庫JA

日本ＳＦ短篇50　Ｉ

日本ＳＦ作家クラブ創立50周年記念アンソロジー

日本ＳＦ作家クラブ編

早川書房

7139

目　次

日本ＳＦ短篇50　Ⅰ

日本ＳＦ作家クラブ創立50周年記念アンソロジー

巻頭言

日本SF作家クラブ第十六代会長
瀬名秀明

一九六三年三月五日、新宿の台湾料理店「山珍居」に十一名の作家・評論家・翻訳家・編集者らが集い、日本SF作家クラブは誕生した。そのメンバーは、石川喬司（評論家・〈サンデー毎日〉編集部）、小松左京（作家）、川村哲郎（翻訳家）、斎藤守弘（科学評論家）、斎藤伯好（翻訳家）、半村良（作家）、福島正実（〈SFマガジン〉編集部）、星新一（作家）、森優（〈SFマガジン〉編集部）、光瀬龍（作家）、そして矢野徹（翻訳家・作家）。同年一月一日には『鉄腕アトム』のテレビアニメの放映も始まり、まさに日本SFが広く社会に浸透し始めた時期であった。一方SFに対する誤解や偏見はまだ根強く、とくに〈SFマガジン〉初代編集長の福島正実会員はこうした世間の誤解に対し、個々の作家の努力をひとつにまとめてSFの専門集団をつくり、さらなるSFの発展に繋げたいと期待していた。以来、日本SF作家クラブは会員数を増やし、プロ作家らによる日本随一のSF&ファンタジー親睦団体として、この二〇一三年に五〇周年を迎える。

　そこで日本SF作家クラブはこれまで支えていただいた多くのファンへ感謝の気持ちを込めて、また未来の読者にSF&ファンタジーの楽しさを届けたいと願い、「日本SF作家クラブ五〇周年記念プロジェクト（SFWJ50）」を推進している。書店フェアや雑誌の特集、展示会やプラネタリウム番組など、さまざまな企画で総合的にSF&ファンタジーの魅力を表現していきたいと願っているが、なかでも本書は当初から私が実現を切望していた、プロジェクトの核となるべき日本SF短篇のアンソロジー（精華集）だ。

　クラブが発足した一九六三年から二〇一二年までの五〇年を、クラブに所属する五〇人の作家、五〇の短篇で振り返る。それぞれの年の特徴をとらえた作品を選び、しかも作家は重複させせない。困難は承知の上のパズルであり、どうしてもピースに嵌《は》まらない作品も出てくる。私の願いから生まれたこのコンセプトをかたちにしてくれたのは日本SF作家クラブ会員である北原尚彦、日下三蔵、星敬、山岸真の四名であった。彼らと〈SFマガジン〉編集長・清水直樹氏の計五名で一年近くかけて収録作の検討がなされたが、その過程は横から見ていた私も本当にわくわくするもので、いまこうして編纂委員が選びに選び抜いた五〇篇を、ひとりの作家の収録辞退もなく皆さまにお贈りできることを嬉しく思う。

　SFWJ50の企画という性質上、収録作家はクラブ会員二三七名（二〇一二年一二月現在）と物故会員（会員資格を持ったまま亡くなった作家）二一名のなかから選んだことを最初にお伝えしておきたい。一時期は会員だったが後に退会された作家や、非会員の作家は選んでいない。もちろん日本SF作家クラブが日本SFの歴史をつくってきたというつもりはない。日本のSFをつくってきたのはひとりひとりの作家であり、また誤解のないようつけ加えておけば、日本SF作家クラブは決して日本SFを代表する団体ではないのだ。

それでも読者の皆さまには本書によって、日本SF&ファンタジーの豊かな広がりと奥行きの一端を存分に感じ取っていただけるはずだ。SFファンなら誰もが知る名作・傑作が多数収められている。なるほどこれが選ばれたのかと膝を打つような作品も見つかるだろう。だからこれまでSFを読んだことがないという人も、人生の大半をSF文化と共に過ごした方も、いまこの五〇篇には胸をときめかせ、わくわくして、何度でも読み返したい、クラブの狭い枠など超えてもっとSFを読みたいと、心から感じていただけるものと信じている。なぜなら私自身、本書のラインアップには感動を覚えているからだ。

日本SF作家クラブの会則第二条にはまっさきに「本会は、SFおよびファンタジーの普及および発展に寄与することを目的とし」と謳われている。本書がいかなる制限もなく編纂されたことは明記しておきたい。本書はこれまでSFコミュニティにあった一切のしがらみを退けて、編纂委員の四名が本当に収録したい作家と作品を選ぶことができた。編集作業を担当していただいた清水直樹氏、高塚菜月氏をはじめ、この企画を実現してくださった早川書房の皆さんには深く感謝を申し上げたい。

ＳＦは未来を想像し、未来を描く。その想像は読者の夢やヴィジョンとなり、実際に未来を創造する力となる。これが小松左京会員の生涯の信念であった。私たちはＳＦＷＪ50の統一テーマである「未来を想像し、未来を創る」と共に、このアンソロジーをすべての読者に贈る。それが日本ＳＦ作家クラブにできることだ。さあ、未来へ歩んでゆこう。

二〇一三年一月

墓碑銘二〇〇七年

光瀬 龍

1963

光瀬 龍〔みつせ・りゅう〕（一九二八～九九）

東京生まれ。東京教育大学理学部動物学科卒業後、文学部哲学科に学ぶ。高校で地学と生物の教師を務め、六〇年にSF同人誌〈宇宙塵〉発表の「同業者」が〈ヒッチコック・マガジン〉日本版に転載されデビュー。六二年に「晴の海一九七九年」を〈SFマガジン〉に発表。

抒情と虚無感に溢れた、独特な未来SFを得意とした。彼を見出した当時の〈SFマガジン〉編集長・福島正実は、光瀬龍は宇宙叙事詩を語る「吟遊詩人」である、と評している。代表作は『たそがれに還る』『百億の昼と千億の夜』『喪われた都市の記録』等。『寛永無明剣』『幻影のバラード』などのタイムパトロール&時代SFや、科学エッセイ『ロン先生の虫眼鏡』などの著作もある。さらにはドラマ化もされた『夕ばえ作戦』のようなジュヴナイルSFでも知られている。没後、その功績を讃えて第二十回日本SF大賞特別賞が贈られた。

光瀬龍にはタイトルに年号を付した、架空の未来史に属する作品群があり、「墓碑銘二〇〇七年」もそのひとつ。二〇〇七年はもはや過去となってしまったが、発表時点では四十年以上も未来だった。人類が宇宙に乗り出したばかり、宇宙船がまだ月に到着していなかった時代に、これほどの作品が書かれていたのである。（北原）

初出：〈SFマガジン〉1963年1月号
底本：『宇宙救助隊二一八〇年』ハルキ文庫

最初に目覚めた時、厚い二重窓のむこうに、巨大な宇宙船が怪鳥のような脚を張って基地のドーム群すれすれに高度を下げて進入してくるのが見えた。血のような残照の中に、横腹の緑色のマークが、一瞬、あざやかに目にうつった。ブレーキ・ロケットを噴きながら、その大きな影は、ゆっくりと視野のはずれに沈みこんでいった。

二度目に目覚めたときは、窓の外は烈《はげ》しい砂嵐だった。基地をおし包んだ微細な赤い砂は、渦巻いて生きもののようにしきりにガラス窓を這《は》った。時計はつねに今日の陽《ひ》の高いことを示していたが、いつやむともない砂嵐は、室内にまだ深い夜を閉じこめていた。

覚めきれない眠りがよどんで、不快なまあくびをかみ殺しながらトジは身を起した。のろのろとベッドをおりると、テーブルの上に投げ出してあるユニフォームに腕をとおして、煙草《タバコ》に火をつけた。紫色の煙がひろがると室内の空気がにわかに活気づく。その気配に、ベッドの下から一匹の大きな砂トカゲが這い出してきて、トジの肩にとびついた。

「おう、ペンペン、腹がへったろう。今えさをやるから待っていろよ」

トジは煙草を持ちかえると、もう何年もの間、起居をともにしている、この唯一の友人ともいうべき砂トカゲの銀色の鱗《うろこ》をまとったその肩や背を撫《な》でてやった。ペンペンは小さな舌を焰《ほのお》のように出した。トジは立って部屋のすみから小さな罐《かん》を手にしてくると、なかみの幾らかをテーブルの上に撒きひろげた。ペンペンは音もなくひらりと身をひるがえしてテーブルにとびうつると、干し固められた小さな甲虫を、その舌でかたはしからなめとった。

トジはベッドに体を投げ出すと、一本の煙草をながいことかかって灰にした。

砂嵐はいぜんとして少しも衰えをみせなかった。

トジがこの基地にやってきてもう五日になろうとしていた。《虹の海》基地で連絡用小型ロケット操縦士をしていた彼は、突然、宇宙省の呼出しを受け、第十三宇宙ステーションへの急行を命ぜられた。そして中継基地であるここまでやって来たのだった。しかし、ここから先の定期便がつかまえられぬままに、たまらなく退屈な時間を送りつつあった。

第十三宇宙ステーションにはどんな任務が彼を待っているかはだいたい想像ができた。

そこは、これまで幾多の宇宙探検隊を送り出したことで有名なステーションであった。

いずれ新しい探検隊の一員として、どこか未知の空間へ旅立たせられるであろう。かくれるようにして《虹の海》基地で小型ロケットを操縦していたのが、結局はまた呼びもどされて困難な仕事を与えられるはめになるのはわかっていた。しかしトジにはなんの感慨も湧かなかった。しょせん、死以外に宇宙パイロットを現役から退かせるものはないのだった。トジは胸いっぱいに吸いこんだ煙を、ゆっくりと輪にして吐いた。ペンペンのガラス玉のような目がその煙の輪を追ってゆっくりと動いた。と、そのペンペンが急に尾をピンとそらし、肢《あし》をふんばって烈しい警戒と闘志をみせた。細い舌が目にもとまらずひらめいた。

ドアがノックされた。

「入れ」

トジは、唇をゆがめて煙を吐き出しながら云った。腕をのばしてペンペンをおさえる。

ドアが開いて、宇宙省のユニフォームの若い男がはいってきた。

天井の蛍光灯《けいこうとう》もかすむ煙草の煙に、男は眉《まゆ》をひそめた。それでも右手をあげて形どおりの敬礼をすると、トジに云った。

「ミスター・トジ。基地司令がおよびです」

トジは無言で起きなおると、煙草を床に落して靴で踏みつけた。男は露骨に眉をしかめた。宇宙パイロットはその職務上また保健上禁酒禁煙は常識である。それにもかかわらず、彼はつねに十数個の吸殻をリノリウムの床に投げ棄《す》てていた。ユニフォームの男はなかばあきれ、なかばいきどおりの非難をこめた視線をトジに、あびせた。彼があの高名な宇宙パイロットであるとはどうしても思えなかった。第一次火星探検にはじまって第二次木星探検に至る九回の遠征に参加しその功績は、三個の太陽功労章、四個の銀星綬章などに輝く名スペース・パイロット、トジその人であるとはどうしても信じ難かった。

トジはペンペンを横抱きにすると大股に部屋を出た。ハッチを幾つか通り過ぎると、円筒型の回廊へ出る。行き交う基地の人々は、この砂トカゲを抱いた大男を奇異のひとみで見かえった。彼がトジであることは誰も知っていた。

司令室と書かれたスチール・ドアを押して入った。長いテーブルを囲んでいる数人の中から、やせた長身の男が立ち上ってトジをさし招いた。

「やあ、ミスター・トジ。たいへんお待たせしましたね。明日の三便で行っていただきます。この二カ月ばかり第十三宇宙ステーション行の人員や貨物が輻湊《ふくそう》していましたね。たいへんご迷惑をおかけしました」

「いや。何年ぶりかでほんとうにゆっくり休みましたよ」

実際にその時、トジは、これまで求めて休息というものを持たなかった何年間かを思い浮べた。広漠たる宇宙航路を、絶えず何ものかに追われるようにかりたてられてきたその年月。それはトジにとって重大な意味を持った年月であった。

トジは声に出して笑った。そのトジの笑いにあわせて、温厚な司令は意味なくほほえんで、書類のつづりをさしのべた。

「これが乗船許可書のひとそろいです。すべて手つづきは終っていますから、これはこのままお持ちになっていってください。それからこちらのかた達も、明日の三便で第十三宇宙ステーションに行かれるのですよ」

テーブルを囲んでいた人々があらためてトジに会釈《えしやく》した。ベテラン技術者らしい鋭い風貌の銀髪の老人。宇宙船パイロットらしいたくましい青年。医務員のバッジをつけた女。注がれるそれらの視線を軽くかわしてトジは小腰をかがめ、書類を無造作にズボンの尻ポケットに押しこんで部屋を去ろうとした。その後姿に、

「ミスター・トジ。握手をしていただけませんか」

一人の青年が立上って、遠慮深げに緊張した声をかけた。

「握手?」

「ミスター・トジ。あなたのお名前は、われわれ宇宙船パイロットの仲間ではあまりにも有名です。私はあなたにあやかりたい」

それはこれまでに何十回となく聞かされた言葉であった。そしてほんとうにその言葉に酔えた時もあった。彼だけを残して、仲間のすべてが死に絶えた宇宙船をあやつって、荒

廃した星を去るとき、わずかに彼を支えたものは、たしかにその言葉であった。

「あやかりたい？　おれにか」

彼が拒否するひまもなく、青年は進み寄って彼の右手をとってしっかりと握りしめた。テーブルの一団から拍手が湧《わ》いた。

「私は第十三宇宙ステーション勤務を命ぜられて《ダイモス》基地からやってきた二等宙航士サイ・リーブスです。ミスター・トジも第十三宇宙ステーションへいらっしゃるのだそうですが、どうかよろしくお願いします」

青年はきびきびとそう云って、あらためてトジの手を強く握った。

こんな時に云うべき言葉はたった一つしかないことを、トジは知っていた。

「こちらこそ。まあがんばってください」

トジはゆったりと笑って、青年の手を握りかえした。青年は興奮にほおを紅潮させた。

トジは静かにドアをあけて回廊へ出た。

心も顔も握手した手も石のようだった。

「ペンペン、砂漠へ帰りたいか？　え、あの赤い砂漠へ」

砂トカゲの目に光が丸くうつっていた。


彼の居室のある第五セクションの食堂は、ドームの地下四階にあった。食堂に行く時だけはペンペンは部屋へ置き去りにする。彼のあとを追おうとして、ペンペンは滑るように床を這ったが、一歩おそくその鼻先でドアがしまると、しばらくは石像のように動かないが、やがて思いなおしたようにもどって、ベッドの下の暗がりに身をひそめる。

そんなペンペンの姿を心に浮べながら、トジはリフトを出た。何番目かの気密扉をくぐるとそこはひろびろとした食堂だった。たくさんの勤務員がテーブルについていた。にぎやかな話し声とふれ合う食器の音が食堂いっぱいに反響していた。

トジが入ってきたのを見て近くの者は首をのばした。

「あれがトジか!」

「功労章を七つも持っているんだぞ。タフな男だな」

「ほら、見とれていないでバターをよこせ。しかし彼の評判はあまりよくないぞ。遠征が大失敗に終った時、いつも帰ってくるのは彼一人だけじゃないか。いくら事故でも一人ぐらい仲間を助けてもどったらどうなんだ」

「彼だけが命からがら帰れたんだろうよ」

「それなら他の者だって帰って来られるわけだろ。いつももどってくるのは彼だけじゃないか」

「お前、トジに恨《うら》みでもあるのか」

「そういうわけじゃないが……」

トジは空席を見つけて腰をおろした。ベルトコンベアーの運んでくる食器の幾つかを取りおろした。トジはその時ふとどこからか自分に注がれる灼《や》けるような視線を感じた。

「……」

人に見られることにはなれている。だが、いつもの好奇と憧憬の混ったそれとは、これは違う。たくさんの人数がこの基地にやってきては出てゆく。もとよりその中にトジの知った人物はいないはずだった。見さだめるのもおっくうだった。そのまま顔もあげずに食事をはじめた。隣では技術部員のバッジをつけた一団が、話に花を咲かせていた。その会話のはしばしがトジの耳にとどいてきた。

「帰ってきて知らされたら怒るだろうな」

「もし必要なら絶対に、のちのちまで本人には知らせないようにすることだってできるのさ」

「……たしかにそれは良い方法だよ。探検の第一段階である高空からの偵察だけの場合なら、ことにそのほうが経済的だし、万一の時の人的損害が少くてすむ」

笑声が湧き、それから難解な数字がやりとりされ、彼らの食事ははかどらないもようだった。

定期航路の宇宙船パイロットの連中が飲物の容器を手にしてやってきて、トジをとりまいて乾盃さわぎをはじめた。幾つかのコップを持たされ、何人かにかわるがわる握手させられた。トジは食事を早々にきりあげて、席を立った。その時トジはまたしても自分に注がれる烈しい視線を感じた。トジは頭を回して、その視線を受けとめた。雑然とならんだ人々の頭の間から、はっきりとこちらに顔を向けている一人の女があった。色の白いのがくっきりと印象的だった。まったく見知らぬ顔だった。

トジはそのまま、再び見かえることもなく食堂を出た。

自室のドアの前に立って開閉用ペダルを踏もうとした時、背後から近づく足音を聞いた。足音は小走りにそしてひそやかにトジの背に迫った。

「トジさんでいらっしゃいますね」

ふりむくと、さっき食堂の混雑の中からトジを見つめていたあの女だった。大きな目がひたとトジの顔に向けられていた。

「そう……何かご用？」

女の右手がつと動いた。小型の無反動銃の銃口が、無表情にトジに向けられていた。

「誰だ、お前は？」

「私の夫はあなたに殺されたわ」

「殺された？　おれにか」

トジは、ああ、また、と思った。

女は答えず、猫のような敏捷《びんしょう》な肢体に殺意をほとばしらせた。無反動銃の安全装置がカチリとおちた。

いけない、この女はほんとうにおれを射つ気だ。トジの皮膚を冷たいものが走った。

「待て！　わけを聞こう。おれにはおぼえがない」

「そらぞらしい」

女の小さな言葉から侮蔑《ぶべつ》の言葉が吐かれた。

「私の夫の名はセン・エイサニ。第二次木星探検隊で死にました。あなたに見棄てられてね」

トジは暗い目つきで女を見た。

「ああ、エイサニ……だがそれは違う。もう助けることは不可能だったんだ」

「あとからいいわけはいくらでも云えるわ。あなたはいつでも仲間を棄てて自分だけは帰って来た。第一次木星探検隊のときも、その前の金星での何度かの探検のときも。帰って来るのはいつもあなただけじゃないの」

トジはじりじりとあとずさりをした。

「私の夫はどんな所で死んだのでしょう。私の夫だけじゃないわ。あなたといっしょに行ったみんなは……悪人、死ね！」

女の指に力がこもった。

「待て、早まるな。聞け。あのときおれには、病気にかかった者を助けるよりも、その病気を地球に持ちこまないようにしなければならなかった。たとえ親友でも見棄てる以外に方法がなかったのだ」

——茫漠《ぼうばく》とひろがるメタンの海。その銅色の波がしらは、夜明けの烈風に千切《ちぎ》れて霧のように飛んでいた。トジはただ一人、必死にマジック・ハンドをあやつっていた。マジック・ハンドは生きもののように動き回って、彼の仲間たちをつぎつぎと船室から引きずり出しては、荒れ狂うメタンの海に投げ落した。変り果てた仲間たち、なりそこないのさなぎのように変り果てた仲間たち。何が原因なのか見当もつかなかった。

もう息の絶えてしまった者も、まだ息のある者も、今は宇宙船の外へ投げ棄ててしまうことだけが、この恐るべき疾病《しっぺい》を地球にもたらさないようにする、たった一つの方法であった。そしてトジが、仲間の死体のもっともひどい炎症を起している部分を切り離して作った一個の固定標本をかろうじて地球に持ち帰ることのできる、たった一つの方法であった。彼だけはまだ健康であった。彼だけはどうしても生きて帰らねばならなかった。

あの時、エイサニはまだ呼吸だけはしていた。エイサニ！——

「金星の時だってそうだ」

トジはうめくように云った。

——宇宙船の外鈑もとろけるような白熱の水蒸気。次第に狂燥状態を強めてくる仲間たち。そしてついに操縦室を破壊しはじめた主席操縦士を手はじめに、全員を射殺してしまわなければならなかったあの結末、残されたトジはただ一人、それでも生きて帰らねばならなかった。

突然、トジの心に耐え難いほど悲しみがおそってきた。今こそただ一人、ロケットに乗って飛びたちたかった。あの荒涼たる空間だけに心をみたしてくれる何かが、そしてそこだけに彼を理解してくれる何かがあるような気がした。

「帰ってくれ。邪魔だ！」

トジはいい棄てて足をかえし、ドアペダルを踏んだ。ドアはさっと開いて走りよってくるペンペンの姿がちらりと見えた。

「逃げるの！　トジ」

女は叫ぶよりも早く無反動銃の引金をしぼった。一瞬、現実にたちかえったトジはまりのように転がった。空気が絹を裂くように鳴った。ころがるトジのあとを弾道が追っていった。トジは傷ついたけもののようにはね起きざま、テーブルの上の罐をつかみとって女に投げつけた。ペンペンのえさははねかえる罐から床に散った。時ならぬ饗宴にペンペンは身をふるわせて突進した。女の無反動銃がペンペンにむかってほとばしるよりも早く、トジは風のように女に体当りをくわせた。女は手ごたえもなくはねとばされて壁にぶつかった。

「ペンペンを射つとしょうちしないぞ」

トジの声は怒りに震えた。彼の太い腕に女はかるがるとつるし上げられた。トジが腕を動かすたびに、女の頭はがくがくとゆれた。

「いいか、よく聞け。帰ってきた者も帰ってこられなかった者も、みんな自分の名におい て責任を果した。おれにはエイサニは船の外へ投げ棄てられるとき笑っていた。たしかに静かに笑っていた。おれにはエイサニの心がよくわかる。エイサニもおれの気もちがよくわかっていたんだ。ちくしょう！　奴らのためにも、おれは絶対にかえってこなければならなかったんだ。奴らの最期は、終焉《しゅうえん》の地はおれだけが知っているんだ。おれは奴らの墓碑銘なんだ」

トジのひとみは底知れぬ深い淵のように暗く光った。女は顔をあげて焔のような視線でトジの言葉をはねかえした。

「さあ、警務部をお呼びなさい。あなたがなんと云おうと私の夫は帰らないわ。名誉がなに？　友情がなに？　それともあなたに夫を失った女の気持がわかるとでも云うの」

女はつかまれた肩をぐいとふりきった。

「私はこれから何度でもあなたをねらうわ。私はスペース・オペレーターの資格をとって、この基地を希望して、配属されてきたんだわ。いつかあなたもこの基地へ来るだろうと思ってね」

着崩れた上衣のえりもとから白い首すじと肩の奥がのぞいていた。その透きとおるような白さが、トジの怒りをぐいとねじ向け、どろどろとしたものが身内に破裂した。彼の右手がひらめいて、女のほおが痛烈に鳴った。床にたたきつけられた女は、子供のように歯をくいしばっていた。

トジはそのとき見た。

白い壁に、つめたい床に、星のように彼を見つめる幾十の目があった。その目はまばたきもせず黙ってトジに注がれていた。それはかつて彼が見棄ててきた多くの仲間たちの妻や子供の目だった。そこには身もこおるような拒否だけがあった。彼らが生きてこの世にある限り、決してトジのことは忘れないだろう。つねにただ一人で帰ってくる男。もどらなかった男たちの残された妻や子にとっては、それは釈明も許さない罪悪なのか。彼らが愚かなのではない。赤い砂漠や、青いかすかな太陽や、無限の空間や、それらを理解させることは難かしい。ましてそこは、時に人殺しですら至高の美徳となり得る世界なのだ。どう説明する？

トジは顔をゆがめて笑った。なにかの言葉が、なにかのふるまいが、かつてそれほどのはたらきをしたことがあったろうか。トジはとめどなく笑った。もし他に聞く者があれば、その笑いの悽愴《せいそう》なひびきに思わず耳をふさいだろう。

トジは氷のような目つきで女を見た。

居室のドアをカチリと閉め、トジは背をもたせかけると深い息を吐いた。滅失の想いがトジを立っているのも困難にした。ズボンのポケットからくしゃくしゃになった煙草をひっぱり出して火をつけた。

「ペンペン、おどろいたろうなあ」

砂トカゲは影のように床を走った。そこはまことに砂漠だった。さえぎるものもない荒涼たる、赤い不毛の砂漠だった。

つぎの日、トジは第十三宇宙ステーションへわたった。


そこは騒然たる活気に満ちていた。回廊にまでうず高く積み上げられた資材、モーターのうなりと鳴りひびくホイッスル。幅広のベルトにスパナやペンチやガイガー・チューブなどをさしこみ、ヘルメットを背にはね上げていそがしく行き来する作業員たち。そのあわただしさと奇妙な荒っぽさは、これはまさしく前進基地特有のものであった。その渦の中に立ってトジはひさしぶりに身内から湧きあがってくる興奮をおぼえた。ここそ宇宙パイロットたちの母港であり故郷であった。

幾十隻、幾百の宇宙船がここから出発した。そしてそのうちの半数はここへ帰ることを夢みつつ、冷たく暗い空間に永遠に消えていった。トジの過去における何度かの探検行も、すべてこの基地から出発し幾千万キロを飛んでまたここへ帰ってきたのだ。ここへ帰ってくるために、時には彼一人で数えきれぬほどの障害をのりこえ、さまよい続けてきたのだった。それ故にこそ、ここにはかつてふり切ったはずのたくさんの想い出が生きていた。

トジは、その過去のいくつかの日と同じように、大股に回廊を歩き司令室のドアをノックした。

「よお、来たな。相変らずで結構だ。坐れ」

基地司令のニン・ハイ博士が大きな坊主頭をもたげて、顔をほころばせた。トジは黙って、テーブルの端に腰をおろした。

ハイ博士はトジを上から下へ、下から上へとなめるように観察してから云った。

「トジは今でも酒を飲むか」

「あれば飲む」

博士はテーブルの下からプラスチックの容器とグラスをとり出して、トジのそばに押しやった。

「規則違反だがまあいい。飲め」

「あんたは？」

「おれはいい。一人で飲め」

トジは薄緑色のグラスを傾けた。

「これもか」

博士は平たい煙草のパックをほうった。トジは空いている片手で受けとめると、器用に一本を引きぬいて火をつけた。

「いやにサービスするじゃないか」

「ふん。お前が来ると知って用意したんだ」

「ところで何か大きな探検計画があるんだそうだが、おれが呼ばれたのもそれか？」

「お前の腕はたしかだからな……その妙ちきりんなものがお前のペットか？」

トジの腕を離れた砂トカゲは、心地悪そうにそろそろとテーブルの上を歩いた。

博士は顔をしかめて砂トカゲを見ていたが、ふと表情を変えて云った。

「トジ。パイロットなどやめて結婚しろ。可愛い女の子とでも世帯を持て。ん？」

「よけいなおせわだ」

博士はこのひどく気むずかしい、そして少し傲慢《ごうまん》なところのある青年が妙に気にいっていた。博士がこの第十三宇宙ステーションの司令になって以来、この青年は何回もどこからともなくよばれてきては探検隊に加わって、博士の見送るなかを、遠い冷たく暗い空間に向って旅立っていった。そしていつもほとんどただ一人で帰ってきた。帰ってくるたびに、青年は少しずつ無口になり笑わなくなった。そしてある時、彼が宇宙省の正規の要員の籍を離れて月のどこか基地で内航用小型ロケットのパイロットの職についたことを聞いた。博士にはなぜだかそれがわかるような気がした。

「トジ。こんどの任務はむずかしい。こんどだけはお前も帰ってこられるかどうかわからん。くわしいことはあとで話すが」

トジは黙ってからになったグラスをくるくると回した。

「トジ。一時間後に参加者全員集合だ。だが、トジ。お前、もし気が進まないなら……今そう云ってくれ」

トジは立ち上った。幅広い肩がドアのところでくるりとむきをかえ、指をちょっとあげてあいさつするとニヤリと笑って外へ出ていった。

「トジ！」

博士の顔は暗くかげった。トジの消えていったドアをにらんで博士は胸にこもった言葉を石のようにのみくだした。


第三次木星探検隊隊長バルガ博士は皆の上に視線を走らせさらに言葉をついだ。

「……以上の研究班の提出資料を検討した結果、われわれはつぎの方法をとることにした。すなわち、航行中はB型冷凍冬眠法を用いることにした。出発三十二時間前に全員冬眠に入る。いいか。まず出発して八十八時間二十七分三十秒たって第一当直のニールセンが任務につく。その時の本船の位置は」

バルガ隊長は壁の昼光スクリーンの航星図の上に座標を作って矢印のサインを動かしていった。

全航程を七つのセクションに分け、隊員のそれぞれが各セクションを分担する。冬眠シリンダーの中の隊員は、あらかじめセットされた覚醒《かくせい》装置によって目覚め、船内のあらゆる装置の点検をし、航路を修正し、会員の健康状態を監視する。そして任務が終ったら再び冬眠に入る。こうして次々に任務は受けつがれてゆくのだった。したがって全員が顔をそろえるということは、一度もないわけである。こうした方法は本来、目的地へ到着するまでの間の健康保持のために考えられたものであり、航法用電子頭脳、内部機構調整用電子頭脳などの発達にともない、広く応用されるようになった。今度の第三次木星探検でも、航路の算定や宇宙船の操縦管理、観測機器の操作などはことごとく電子頭脳が行い、隊員たちはそれらの機構の監視だけを行えばよいのであった。とくに今度の場合は、木星に着陸せずに高空からのみ偵察観測を行うのであるから全員が顔をそろえる必要はなかった。

トジは第四セクション、つまり木星周回コースがわり当られた。このセクションは、特にあらゆる機構が、なかでも観測装置がフルに作動する時期であり、また肉眼による木星観察も重要な仕事の一つになっていた。そのため、もっとも有能な人物をこのセクションに配さねばならなかった。その点トジの配置は誰にもうなずけるものがあった。

隊長バルガ博士をはじめとして、第一機関士のハービット、第二機関士のオサリバン、電装員ユウマ、電子機器管理士のタムラ、それに医務部よりシャーフェ、そしてトジ、の七名が探検隊の顔ぶれであった。

隊長のバルガ博士は、これまで学者としてよりも、むしろ実際に探検隊をひきいて宇宙空間に幾多の業績をあげていた。彼の言葉は聞きとれぬほど低くかすれていた。半年ほど前に火星基地での事故によって声帯を傷つけ、いまだに回復しきっていないということであった。第一機関士のハービットも、第二機関士のオサリバンも、宇宙探検には経験の深い男たちだった。隊員のうちただ一人の女性である電装員のユウマは、二十歳を過ぎたばかりの色の浅黒い娘だった。彫の深い顔立ちと容貌を特徴づける白目の多い大きな目は、彼女の民族の血を示していた。彼女はトジを紹介されたとき、彼をまじまじと見つめ、それからうやうやしく一風変ったあいさつをした。それは彼女の国に古くから伝わる、民族的な英雄に対する儀礼の一つと思われた。トジは古風な、真実味のあふれたそのあいさつが嬉《うれ》しかった。トジの心の中にほのぼのとした優しいものが流れて去った。

出発前の打合わせは、トジにとってはつねに最大にわずらわしいものの一つだった。航星図やグラフやプログラムの分厚な束。そこにたてられたどんな計画も予定も、たった一度の小さな突発事故によってたちまち狂わせられてしまう。最後に支離滅裂《しりめつれつ》になって残るのは、ただ一つ度胸と勘だけであった。荒涼たる未知の空間と精密機械群の中にあって、それだけが身を守るすべてであることを、トジは痛いほど知っていた。まことの自信と孤独と忍耐だけがスペース・パイロットを支えるすべてであることを、トジはひとごとのように思った。

翌日、トジはペンペンを抱いて、ハイ博士の居室をおとずれた。冷眠室へ入るまでまだ数時間あった。

「博士、ペンペンを火星に送りかえしてほしい」

トジは砂トカゲを博士のテーブルの上におろした。砂トカゲはくわっと口を開いて赤い舌をひらめかせ、しきりに落着かなく周囲をうかがった。

「送りかえす？　どうして。こんなによくお前になついているんじゃないか」

「だから砂漠へかえすんだ。ペンペンはおれ以外の誰にもなつかない。おれがいなくなったら、誰がせわするんだ」

「それだったら、お前が帰ってくるまでこの基地であずかっておこう」

「博士、おれが帰ってくることができるならな。だが、またここへ帰ってくるつもりでは、とても出てゆかれないものだよ。そのときこそペンペンは誰がせわするんだ」

「お前のことだ。帰ってくるさ」

「なに！」

「おれの云うことをいちいち気にするな。お前らしくもない。だがこれだって馴らすのにはずいぶんたいへんだったろうが」

「ああ。でも火星の動物や植物は違った環境に馴れやすいんだと、生物管理員が云ってた」

博士はテーブルの上の定規をとって、ペンペンの前へさし出した。ペンペンは首をのばしてそれをうかがい、それから急いでトジの腕の中にかくれこんだ。

「そういうことをしてはいかん。これは驚きやすいんだからな」

「よし、それでは早速手配しよう。だがお前が出発するまでは送り出せんがなあ」

「それはいい。たしかにたのんだぞ」

博士はどこかへ電話をかけると、間もなく作業員の一人が大きな軽金属の罐をかかえて部屋へ入ってきた。

「ああそれでよかろう。トジ、その奇体なイキモノをこれに入れろよ。ちゃんと空気穴まである。えさは何をやればいいんだ？」

トジはペンペンを抱きあげると頭のほうから罐に押しこんだ。ペンペンは少しもがいたが、すぐするすると中へ這いこんだ。ふたのとめ金をカチリとしめつけると、トジはポケットからえさの入った罐をとり出して、机の上へおいた。

「一日一回、ひとつかみずつやってくれ。こいつは水は飲めません」

博士はうなずいて作業員をふり向いた。

「おい、これを輸送部へ運んでくれ。このえさの罐もだ。くわしいことはあとで指示するが、静かなところへそっとして置いておくように」

作業員はペンペンの入った罐を肩に背負った。小さな空気穴からペンペンの呼吸するかすかなささやぎが洩《も》れていた。

「待て！」

トジは突然、腰を浮かして、大きな声で出てゆく作業員を呼びとめた。

ペンペン！　こんどの探検に参加するのを断わろうか。そしてどこかの小基地でペンペンといっしょに暮そうか。ペンペンを棄ててまで探検に参加して、いったい楽しいのか？

ペンペン、ゆくな！

トジは子供のように両手をさしのべた。

博士の大きな手がやさしくトジの肩をたたいた。トジは我にかえってぼんやりと再び腰をおろした。

「行け」

作業員は静かに出ていった。

七時間後、全員は冷凍冷眠用のまゆ型シリンダーの中にあった。この金属の円筒は、眠り続ける隊員たちをその宇宙航路の途上のあらゆる危険から守りとおすのであった。シリンダーは探検船《ダイアドD》に積みこまれた。《ダイアドD》は、省船MK九八号を特殊用途のために改造した四千トン級宇宙船であった。最新型のアライド・バッチ方式熱交換機をポットに収めて側面にぶらさげたこの形式は、長距離の遠征に用いて極めて経済的であると思われた。

厚い防護壁に包まれた船室の金属パイプの棚の上にならべられたシリンダーは、以後、電子頭脳があらゆる管理をするのだった。炭酸ガス吸収装置、塩分濃度調節装置、代謝調整装置などのさまざまなパイプや電線などが直結され、かすかな異変にもただちに処置がとられるようになっていた。

眠りに入る時、トジは浅い夢を見た。後から見知らぬ女に呼びとめられる。ふり向くとニン・ハイ博士が眉をしかめて立っていた。だがトジの予期していたのは、あの色の浅黒い彫の深い顔だちの娘であった。トジはひどく落胆した。「博士、ペンペンはどうした？」博士はもう居なかった。「博士、ペンペンはどうした？　ペンペンは」トジは声に出してたずねながら奈落のような深い眠りに落ちていった。

　定刻。《ダイアドD》は白光を噴いて第十三宇宙ステーションを離れた。それは闇黒《あんこく》の空に輝く千億の星々の間を縫《ぬ》って、なお見つめる人々の目に長く長くうつっていた。レーダーは《ダイアドD》を追って、その巨大な傘をゆっくりと傾けていった。《ダイアドD》から絶えまなく送ってくる電波は、すべての機構が一〇〇パーセントの正確さをもって、活動していることを告げていた。

　長い時間が過ぎていった。《ダイアドD》は一個の天体と化して暗黒の虚空を突進していった。テレビ・カメラは星々の位置を正確にとらえ、電子頭脳はそれをもとにして《ダイアドD》のコースを、その一瞬一瞬に修正していった。

　長い長い時間が過ぎていった。


　突然、トジは烈しいショックに目覚めた。なかば麻痺《まひ》状態のもうろうとした意識の中で、おそろしい嘔吐《おうと》感が渦巻いた。その五体を引き裂いて、ふたたび強烈なショックがはしった。

　トジの眠りは生皮をひきはぐるように身内から分離していった。トジは夢中でシリンダーのカバーをすべらせて、ころがり出るように床におり立った。引き裂かれるような苦痛が全身をおそった。トジは身をかがめると思いきり吐いた。しかし胃の中からは何も出てこなかった。わずかな胃液が床にとび散っただけだったが、それでもいくらか気分はよくなった。耳の中で凄まじい音響が轟《とどろ》きわたっていた。必死の思いで頭をふり、注意をそれに集中してみると、それは意外にも船室内に鳴り響いている警急装置のブザーであった。

ぎょっとして身を起したトジの目に、壁面を埋める無数のパイロット・ランプが狂気のように点滅をくりかえしているのがとびこんできた。あらゆる装置が警報を発していた。

突発事故だ。何か思いもかけない重大な事故が突発したのだ。そのため電子頭脳はシリンダーに眠る乗組員たちの非常覚醒回路をいれたのだ。瞬間的に冬眠からよみがえらせる非常覚醒はしばしば大きな危険をともなう。とくに急激に上昇する体温は、代謝機能を回復不能にまで混乱におとしいれ、時にはそのまま死をもたらす。

トジは脂汗《あぶらあせ》にまみれて操縦席へ走った。

床には、電子頭脳から急流のように吐き出されてくる報告が、もつれて散乱していた。

それを片手ですくい上げて、かすむ視線をあてた。

反応炉《パイル》に制御《せいぎょ》がかかりすぎて、制御板《コントロール・パネル》が作動していない。

それだけを読みとって、トジは本能的に燃料注入ハンドルを力いっぱい回しはじめた。

このままでは推力不足のまま《ダイアドD》は一個の流星となって木星へ突込んでしまうだろう。一秒も早く推力を最大までパワー・アップしなければならない。とりあえず予備燃料まで投入して推力をかせぎながら、トジは針路の確保につとめた。

「みんな！　早く部署についてくれ、隊長《キャップ》、ここはどこだ。位置を出してくれ、早く」

トジはふり向くよゆうもなく怒鳴った。

トジに今欲しいのは人手だった。かならうものなら百人の。だがこの《ダイアドD》には七人しかいなかった。その七人が百二十秒の間に百人分のはたらきをしなければならない。

トジの顔は焦燥にひきゆがんだ。

「いつまでぐずぐずしているんだ。早くしろ！」

トジは舌うちして航路《コーサー》算定装置の非常回路を、操縦席へ切りかえた。前面のスクリーンに灯がともった。波紋のような輝線が躍って《ダイアドD》のコースを示すカーブが浮びあがってきた。それをのぞきこんだトジは、のどの奥で悲鳴をあげた。

《ダイアドD》はすでに正しいコースから六十万キロも離脱してしまっていた。それだけではない。故障したポッド側を内にして、大きな円コースをたどりつつあった。

これではコースの確保もなにもない。円軌道を増速してもいたずらに燃料を浪費して、ついには帰航不能になるだけであった。トジは必死になって、今まわし終ったばかりのハンドルを逆転していった。今のうちに故障をなおしてコースをセットしなければ。それにしてもみんなどうしたんだ！

「なにしているんだ！　こんなところで死にたいのか！」

操縦席からふりかえって叫んだ。

　そのトジの目に、無人の船室がいやにがらんと見えていた。シリンダーからは誰も出てきていなかった。覚醒装置の故障か？　それともすでに六人とも、冬眠管理機構の故障で死んでしまったのか？　トジは操縦席からとびおりるのももどかしく冬眠管理電子頭脳の前へ走った。七つのパイロット・ランプのうち六つがオレンジ色の灯をともしていた。消えている一つはトジのシリンダーであった。トジはメーター・ポッドにかじりついた。

　一号シリンダーはハービット。体温六・三度C。脈搏二・二。塩分濃度四・三七K。VR吸収率〇・九二その他異常なし。二号シリンダーはタムラ。これも異常なし。三号シリンダーはユウマ。異常なし。つぎつぎと目を走らせるどれにもトジのおそれたなんの異常もあらわれていなかった。

　トジはてのひらで汗をぬぐった。

　おそらく非常覚醒装置になんらかの故障があって、他の六人には警報が伝わらなかったものと思われた。

　だが、いまは全員に一刻も早く目覚めてもらわねばならない。故障はどこだ？

「こうなるまでに何とかできなかったのか、ボロ機械め！」

　トジの胸に、にわかに烈しい怒りが湧きあがった。

　かすかな兆候のうちに事故の発生を知り、迅速に処置を講じてゆくのが電子頭脳の保全回路であった。制禦板の故障にしろ、非常覚醒装置の故障にしろ、それがはっきり現れるかなり前から、保全回路の探査装置にキャッチされていたはずであった。たとえ真の突発事故であったとしても、二段の保全回路がはたらくようになっているのだ。

「まさか電子頭脳がおかしくなっているわけじゃないだろうな」

トジは報告テープの束を目の前にかざした。そこには、電子頭脳の活動ぶりが克明に報告されていた。たしかにそれは事故の発生を数時間前に探知していた。だが、それから先の報告は混乱していた回路の選択は適正を欠いて修正をくりかえし、そしてトジが覚醒に至る直前には、完全に支離滅裂となっていた。非常覚醒装置も幾度か入れられては、その都度エラーサーが追いかけるように打消していた。

「電子頭脳までぐずぐずしていやがる」

トジは報告テープを手荒くたぐっていった。

制禦板の故障は、外鈑のひずみによる支持架の取つけ角度の変化によるものだった。報告テープによると、外鈑が三十センチほど内側へくぼみ、それにともなって制禦板の回転軸を受ける支持架がねじれてシャフトをおさえつけてしまっているのだった。おそらく制禦板の作動モーメントに支持架が耐えきれなかったのだろう。

それにしても電子頭脳は、いくつかの対策をこころみていた。そのどれもが成功の可能性のうすいものだった。

「なんで早くみなを起さないんだ。今ごろになって」

たしかに電子頭脳の機構管理に、大きな錯誤があったようだった。それは挿入されている基本データに何か重大なあやまりがあったことを意味していた。

操縦席にもどったトジは追いつめられたけもののように肩で息をした。

もはや、六人の助力を得ることはできなかった。彼らが目覚めたら、まず本格的な修理にかかろうという計画も、駄目になってしまった。

彼らを覚醒させる手段を他にトジは知らなかった。

《ダイアドD》はしだいに強い揺動《ヨーイング》の兆候を示しはじめた。あきらかに木星の衛星カリストの影響と思われた。《ダイアドD》の針路は、最初にトジの予想したものよりずっと木星に近づいたものになっていた。そして航路算定装置は、つぎの一時間にカリストの引力圏を双曲線カーブを描いて通過するコースをはじき出していた。

それは現在の推力不足の状態では脱出はとうてい、望み得なかった。そのままのコースを維持してゆけば、自然落下十一日にして衛星オイローパか木星本体へ突入することになる。もちろん軟着陸は可能だが、《ダイアドD》には着陸の用意は何もなされていなかったし、離陸のための装置はもとよりなかった。今は着陸はすなわち死を意味していた。

トジは心の底からすぐれたクルーがほしいと思った。いま一人の機関士がいれば、電装員がいれば、このような苦境をくぐりぬけることはトジにはさして難事ではなかった。

重力調整装置の赤ランプがついた。引力圏に入ったのだ。トジは船内重力調整装置のスイッチを押した。烈しい揺動がおさまれば、あとは自然落下があるのみだった。未知のコースに入った航路修正装置はしきりに警報を鳴らし続けていた。《ダイアドD》が地表に激突する瞬間まで、それは危急をうったえて鳴り続けるのだろう。それは《ダイアドD》がトジにうったえる悲鳴のように聞えた。

トジは意を決してカリストへのコースをとった。エンジンに点火すると、オート・パイロットを航路修正装置に直結した。トジは推力不足のまま、カリストへの軟着陸を行うことにした。燃料を無駄に使うことは絶対に許されなかった。このままカリストへ着陸して制御板を修理し、離陸をはかることが唯一の活路であった。

木星軟着の経験はすでにあった。そのときに比して、条件は良くもなかったし悪くもなかった。

「コチラ第三次木星探検船《ダイアドD》エンジン故障。カリストニ不時着スル。全員無事ナルモ事態ハ極メテ危急。コチラ第三次木星探検船《ダイアドD》」

トジはスクリーンにカリストをとらえた。

青灰色に輝く巨大な球体が幻のようにかかっていた。直径五千百八十キロ。ほとんど火星にひとしい大きさを持つこの木星の衛星は濃密な大気をまとって、重さをもたないもののように暗黒の空間に浮かんでいた。カリストのはるかむこうに銀緑色の焔のように輝く衛星イオが点滴となっていた。そしてさらに他の二個の小衛星が、スクリーンの端に光っていた。

それはトジにとっておそるべき陥穽《かんせい》であった。過去の幾度かの探検には、その青灰色の天地の中で危うく死という高価な代償を払わされるところであった。多くの仲間がそこで倒れた。貴重な観測器機は石のように投げ棄てられ、時には宇宙船でさえ、木箱より無造作に置き棄てられた。それは際限もなく犠牲を呑《の》みこむ幻の淵であった。

トジは、何度か、その死の淵からたった一人で浮き上り、仲間たちの遺品——無形の遺品たる記憶だけを抱いて、脱出して来たのだった。

そこへ再びゆく。もとより望んでゆくのではないが、六人の仲間たちの命を助けるためには、千に一つの機会をも逃してはならなかった。

トジは細心に落下速度を調整した。カリストは刻々と大きくなりその位置を変えてきた。

今しばらくの努力だった。着陸に成功したら、まず第一に非常覚醒装置の故障個所を発見し、六人の仲間に目覚めてもらう。そして一方では混乱した電子頭脳を調整して正常な活動を回復する。それはおそらく複雑な操作と相当な時間を要する仕事だが、やってできないことではなかった。またそれ以上にトジがこの難関から脱け出す道はなかった。

トジは二個の原子力エンジンを交互にはたらかせてつとめて楕円《だえん》軌道を保持しながら、カリストの大気圏に《ダイアドD》を滑りこませていった。ブレーキ・ロケットが間断なく咆哮《ほうこう》した。航路修正装置は濃密な大気の底をまさぐって《ダイアドD》の着陸点を求めていった。高度八万三千メートル。《ダイアドD》の外の外鈑は、大気との摩擦によって火花を散らした。冷房装置は全力運転にかかっていた。《ダイアドD》の船体はごうごうと震動していた。トジは手早く宇宙服を着こみ、カートリッジのような食糧や水のケースを腰のベルトにずらりとはめこんだ。携帯《けいたい》無電機を背負った。大型のフラッシュライトを肩からつった。もし修理が不能で救助の到着を待たなければならない場合、自分の所在をしめすためにこれらの道具は絶対に不可欠だった。最後にヘルメットをかぶってエア・ロックを開いた。

その間にも《ダイアドD》はぐんぐん高度を下げていった。レーダーに地表がうつりはじめた。メタンの大気はおそろしい粘着性をもって《ダイアドD》をさえぎった。ほとんど八十パーセントに近いアンモニアの気団が検出された。高度一万二千メートル。もう水中をくぐってゆく魚雷のようだった。側方にロケットを噴かして、《ダイアドD》を垂直に立てた。そのまま、まっすぐに降下してゆく船体は今にもくだけるばかりに烈しく震動した。床も外鈑もメーター・パネルもびりびりと鳴っていた。船の外はおそらく地獄のような嵐だろう。スクリーンは一面、矢のように千切れ飛ぶ分厚い雲におおわれていた。

高度四千。トジは右手で力いっぱいスイッチを押した。ブレーキ・ロケットの咆哮がぴたりと止《や》む。一瞬、左手は主エンジンを最大に噴かした。降下速度ゼロ、どうんと衝撃が突きあげてきた。そのままぐらっと大きく傾いて静止した。

気がついた時、トジは船倉へ下りるラッタルの途中にぶら下がるようにしてひっかかっていた。照明が消えて、非常用の微光灯だけが小さな星のように光っていた。体を起してみると、操縦席の床が紙のように裂けて、彼を下へ落したものらしかった。肩のフラッシュライトをオーバータイムにして点灯した。彼のひっかかっているところから下は、巨大なトンネルのように口を開いていた。その第一機械室の中身はどこかへ消えてしまっていた。さらにその下の動力室は影も形もなかった。濃霧のようなメタンの大気が光の輪の中を渦まいて流れこんできた。「しまった!」

トジは曲ったラッタルを必死にかけのぼった。

冬眠管理電子頭脳のパイロット・ランプはすべて死魚の目のように光を失っていた。今、シリンダーに流入しているのは酷寒とメタンの暴風であった。トジは、シリンダーの置かれているところまで這いずっていった。スチール・パイプの棚は倒れ、六個のシリンダーは支持架をはなれて散乱していた。二号シリンダーが中ほどから二つに折れていた。「タムラ!」

トジは息をのんで震える光芒《こうぼう》をあてた。のぞきこむシリンダーの内部にタムラの姿はなく、何か精密な電子器材の一部と思われるものがそこからのぞいていた。トジはシリンダーの内部をつつむプラスチックの薄膜をばりばりと引きはがした。もつれた糸のような細い電路、増幅器、冷却装置、継電器、一見でわかるこれは小型の電子頭脳であった。これも内部にはトジ後にころがっている四号シリンダーにとびついてそれをこじあけてみた。これも内部におさまっているのは小型の電子頭脳であった。一号も五号も六号も、どれにも彼の仲間の姿はなく、今は動力を絶たれた電子頭脳が、つぶれた臓腑のように冷たくおさまっているだけであった。それが正確に脈搏を、体温を、VR吸収度を、あたかも人体からの収録のようにトジの目の前にうち出して見せたのだ。

非常覚醒の回路が入れられても、誰も目覚めてこないはずであった。隊長のバルガも、ハービットも、タムラも、あのユウマも、誰一人としてこの《ダイアドD》に乗ってはいはしなかったのだ。シリンダーの内部に眠り続ける彼らがいると思えばこそ、必死に船をあやつり、恐怖や不安と闘いながらここまで持ちこたえてきたというのに。

トジは床にひざまずいて喘《あえ》いだ。事態の全容がつかめないのがたまらなくもどかしかった。

「これは何かの実験だったのだ。さもなければ非常に新しい探検の方法だったのだ。だが、計画者の誰が、こんなかたちでの失敗を考えられただろう」

「この探検が成功して帰ったら、おれはただ一人で木星まで行ってきたのだなどとは、一生気づかないだろう。そしてバルガ隊長をはじめ彼らは、また基地の集会室かどこかで何くわぬ顔で、おれと話を合わせるのだろう。生死をともにした仲間として」

トジの胸に、不意にあの中継基地の第五セクションの食堂での隣席での会話が思い出された。

『探検の第一段階である高空からの偵察だけの場合なら、そのほうが経済的だし、万一の時の人的損害が少なくてすむ』

『帰って来て知らされたら怒るだろうな』

『のちのちまで本人に知らせないようにできる』

その時、突然トジはあの電子頭脳の混乱の原因に思いあたった。

電子頭脳は制禦板の故障を発見して、ただちに修復操作にかかったのだ。だがその作業は電子頭脳には不可能なことだった。支持架のゆがみをなおすには鈑金工作を必要とした。そのため乗組員に非常覚醒回路を入れた。

だが回路に故障はないのに、シリンダーは沈黙したままである。あるいは六個のシリンダーには最初からの回路がなかったのか。電子頭脳の基本データには《ダイアドD》の乗組員は七人となっていたに違いない。そこから混乱がはじまったのだ。指令と修正は交錯していたずらに報告テープはもつれて山を積み、回復の機会は空しく失われたのだ。

ざまをみろ！　トジはのろのろと立ち上った。エア・ロックを通ってデッキへ出た。

凄《すさ》まじい烈風が正面からトジをおそった。かろうじてデッキのハンド・レールに体をささえた。今は昼か夜かわからなかったが、水底のような薄明が視野を被《おお》う深い霧の奥にあった。大気は泥のように重かった。

目もくらむような閃光《せんこう》が天地を裂いてはしった。落雷であった。

トジはメタンの滴《しずく》をはねとばしながら地表へ降り立った。そこはボーキサイトの露頭とおぼしい岩盤だった。濃い大気の底で、ライトは散乱して足もとまでもとどかなかった。ほとんど手さぐりで岩盤に沿って五十メートルほども進んだとき、再び強烈な閃光が大気を紫色に染めた。後方《ダイアドD》のそびえ立つあたりに、暗いオレンジ色の光の幕がはためいた。それはしだいに太くなっていった。落雷によって、《ダイアドD》に爆発がおきたらしかった。

トジのほおにかすかな笑いが浮んで消えた。幻の彼の同行者、バルガ隊長やハービットやユウマの最期であった。そして三度目の木星探検計画は今、メタンの大気の底で崩壊しつつあった。

救助船は来るだろうか。もし来たとしても、この厚い大気の底にかくされているただ一人の遭難者を見つけ出すことができるだろうか。トジはそれがほとんど望み得ないことを知っていた。

風がいちだんと強くなった。トジは岩盤にしがみついて風をよけた。その背に腕に足にメタンの霧は冷たく滴をむすんだ。トジはいつかこういう日がくるのを、前から知っていたような気がした。

トジの心からはこの時、エイサニや自分に銃を向けて立ったその妻のことや、数々の探検行に死んでいった仲間たちやその家族、つきない恨みや哀しみのまなざしが消えていった。すべては遙かに遠かった。トジは頭をふった。

帰るのだ。何とかしてここから帰るのだ。この困難の度はこれまでの幾度かの遭難に比すべくもなかったが、しかし今度も帰らねばならなかった。今度だけは誰のためでもなかった。

おのれの墓碑銘はおのれのためにだけ記される。そして死は、トジの心からなお遠かった。

退魔戦記

豊田有恒

1964

豊田有恒〔とよた・ありつね〕（一九三八〜）

前橋市生まれ。慶應義塾大学医学部中退、武蔵大学経済学部卒。大学在学中の六一年、第一回空想科学小説コンテスト（後のハヤカワ・SFコンテスト）に応募した「時間砲」が入選第三席。翌六二年、第二回ハヤカワ・SFコンテストに「火星で最後の……」が佳作入選、〈SFマガジン〉六三年四月号に掲載されデビュー。大学卒業後は、手塚治虫率いる虫プロダクションに嘱託社員として勤務。『鉄腕アトム』『ジャングル大帝』のシナリオを担当。虫プロ退社後も黎明期のテレビアニメの脚本家として活躍した。作家専業後の七三年から『宇宙戦艦ヤマト』の原案、設定に参加。アイデア重視の本格SFから、風刺の効いた社会派SF、歴史の本質に迫る時間SFと作風は幅広い。また『倭王の末裔』をはじめとする古代史小説で高い評価を受けた。七一年に開幕した《日本武尊SF神話》は和製ヒロイック・ファンタジーの先駆作。代表作に『モンゴルの残光』『地球の汚名』他多数。日韓問題、原発問題等のノンフィクションでも知られる。

歴史にIFがあったとしたならば……。「退魔戦記」は、蒙古軍の襲来に翻弄される文永年間の日本を舞台に描かれる歴史改変SFの傑作で、後に長篇化された。『モンゴルの残光』と双璧を成す作者の初期代表作である。（星）

初出：〈SFマガジン〉1964年2月号
底本：『火星で最後の……』早川書房
長篇：『退魔戦記』／立風書房、ハルキ文庫

〝退魔戦記〟。私はその異様な題のついた古文書を手にしたまま、しばらくの間は声も出なかった。

この寺の庫裡の中の長櫃《ながびつ》に入っていた古文書が、まるで新しいままのように見えるのだ。信じられないことだが、石油化学会社に勤める私には、この古文書がラテックス加工された改良紙でできていることはすぐ判った。私の専門は、ポリプロピレンなのだが、私の会社では、アクリル系樹脂と共重合したポリスチレン・ラテックスの改良紙も扱っているから、見あやまるはずはない。

古めかしい背綴《せと》じ。達筆な表紙の文字。それらは、いかにもこの古文書にふさわしいものだ。だが、古文書ということから、上質の和紙を想像していた私の期待はみごとに裏切られた。

紙質は、まったくすべすべして繊維を感じさせせない。もし、手漉《てす》きの和紙であれば、一定方向に漉《す》きあげられた靭皮《じんぴ》繊維《せんい》があきらかに判るはずだ。ところが、この古文書は薄いビニール・フィルムのような手ざわりなのである。

最福寺の住職、真泉《しんせん》老人は、じっと私の顔を見つめたまま、にこやかに微笑んでいる。

「脇田さん、先代も、あんたと同じように、二十五の誕生日にわしからこれを見せられて当惑したけんのう、無理もないことじゃ。この脇《わき》の町も、いまは小さな田舎町になってしもうた。ほんでも、昔は、阿波《あわ》蜂須《はちす》賀《か》十七万石の筆頭家老稲田氏の城下として盛えたことじゃけん、あんたのご先祖の菩提所もずっとこの寺じゃった。いつの頃か、あんたの家では、嫡子が二十五才になると、この古文書を読むのが家憲《かけん》のようになっとったですけん。先代もこれを読んで、まず気づいたのが、この古文書の紙のことじゃった」

住職は、ポツリと話しはじめ、しだいに雄弁になった。もう八十才ちかいのであろう、真泉老の額には、深い皺《しわ》がきざみこまれている。だが、徳島弁まるだしの口調は、わりにはっきりしていた。

「和尚さん、父がこの記録を？」

「そうじゃ、まさに、この同じ古文書ですけん」

「ですが、死んだ父が二十五才の誕生日といえば、いまから四十年も前になります」

「ほんで、あんたのお父上は、紙のことを不思議に思うた。後漢の宦官祭倫《さいりん》やパピルスにはじまる紙の歴史を調べなすった。分析にかけたりもされた。そんでも、こんな紙は判らなかった。なんでできているかも判らなんだのじゃけん」

「でも、ぼくには判ります。ポリスチレン・ラテックスの改良紙です。わたしの会社は、菱井油化です。重合物《ポリマー》を扱うのが専門ですから、九分九厘まちがいないと思います。しかし、父がこれを読んだというのは、どうも納得できません。スチレン単一物《モノマー》の生産がはじまったのが一九三〇年代です。当然、重合物《ポリマー》の生産がはじまったのはもっと後、いや、ほとんど最近と言ってもいいくらいです。それを父が二十五才の時に読んだなんて……」

「ほう、あんたには、この紙質がお判りか。ほんでも、この古文書は、少くとも百年以上まえから、この寺にあるものじゃけんのう」

「百年ですって！　そんなことがあるわけがない」

「訳があってものうても、ともかく昔から伝わっておるのじゃけん」

私は、しばらく黙りこんでしまった。

真泉老人が嘘をいっているようには見えない。だが、百年も昔に、ポリスチレン紙らしいものがあったとは、どうしても信じられなかった。だいたい高分子化学という分野が発達しはじめたのは、ごく最近のことである。セルローズに代わるものが作られはじめたのは、デュポン化学のナイロンの合成からである。それすら、たかだか二十五年まえのことなのだ。

「あんた、嘘だと思うておるのじゃのう？　あんたの父上もそうじゃったけん。だが、この記録には、もっと驚くことがあるんじゃけん。それはのう、この内容じゃ。わしは、むかし、あんたの父上と一緒に読んでしもうた。ともかく、わしにも信じられんことじゃったけん、なんと言うたらええか。内容と筆蹟から考えて、この古文書を鎌倉時代のものと断定せざるを得なんだ時、わしは、わが事ながら、気が狂うてしもうたと思った」

「鎌倉時代？」

私のとりみだした様子を、老住職は温顔《おんがん》をほころばせて、いたわるように見つめた。

この脇の町は、私の父の故郷であるとともに、脇田家代々の先祖が、城主稲田氏につかえて居住していた土地だ。かつては、徳島県第二の都会として、吉野平野の藍《あい》の集産地として栄えていたのだが、国道と徳島本線が吉野川の南岸に設かれてからは、北岸の脇町は時代から取りのこされ、今では小さな田舎町に過ぎないのだ。

父の死後、私は、書斎から父の日記を見つけた。その時、私は、この脇田家に伝わる家憲のことを知った。

八月二十日（土）曇
私は、いま迷っている。わが脇田家に伝わるあの古文書を俊夫（私の名）に残すべきか、否か。俊夫が二十五才の誕生日に、脇町の最福寺へ行ってそれを見ることになれば、あれにも私と同じ疑問を課すことになるのだ。いままで脇田家の長子が背負ってきた家憲は、私かぎりで終りにするべきかも知れない。そのほうが、俊夫のためにも良いのだ。あの途方もない記録、私は、そのために、自分自身に、どれほどの重荷をおわせてきたか判らない。俊夫はこんなことと関係なく生きるべきだ。あの記録の真実性を信じた私は、手をつくして種々の事を調べた。セルロイドのようにつややかな紙質のこと。H・G・ウエルズの小説にでてくる時間を旅行する機械タイム・マシンのこと。私に医者としての天職がなければ、人々は、私を狂人扱いにもしかねなかった。そんな一生を俊夫に繰り返させてはならないのだ。

私の父の日記には、そんな事が書かれてあった。父としては、この古文書のことを私に伝えるつもりではなかったのに違いない。だが、父の突然の死によって、私は、父の意向に反して、この家憲の事を知り、二十五才の誕生日の今日、この脇町へやってきたのだ。

「脇田さん、あんた書道は？」

不意に真泉老人が訊いた。私は、父のことを想いだしていたが、顔をあげて答えた。

「なにしろ有機化学が専門なものですから、書道は一向に……」

「この表紙の字を見なされ。これは筆で書いたもんではのうて、まるで焼きつけたように見える」

住職は、そう言って、表紙の文字を指さして、それから、古文書のページをパラパラと繰った。草書体の文字は、私には読めない。だが、その筆蹟のすばらしさは私にもよく判った。そして、老住職の指摘したように、表紙の文字からして筆で書かれたもののようには見えなかった。確かに達筆なのだが、まるで濃淡や筆のかすれたところがないのだ。

「それは、ぼくにも判ります。濃淡がないということですね」

「さよう。それが第一の特徴じゃけん。そいで、表題じゃ。これほどよい手をしとるに、題のつけ方が、いかにも無細工で無造作じゃ。退魔戦記。仏法のほうでは、降魔調伏《ごうまちょうぶく》と言うて、魔を降《くだ》すちゅう言い方はするが、魔を退《しりぞ》くちゅう言い方は、ようせん。戦記という言葉も妙じゃ。戦記いう言葉は新しいものじゃけんのう。これは軍記でなければならん。退魔戦記よりは、降魔軍記のほうがええ。

鎌倉時代の作とする根拠は筆蹟と文法的特徴じゃ。たしかに、この古文書は筆で書かれたもんではない。ほんでも、作者は非常に長い間、筆を持ちつけた人じゃけん、すばらしい出来ばえですて。ここに書聖と言われた王羲之《おうぎし》の筆蹟があるけん、よう眺めて比べてみたらええ。王羲之の喪乱帖と九月十七日帖の写本じゃが、この古文書とは、まるで違《ちご》うとる。ところが、こっちの写本と較べて見るちゅうと、実によう似とる。こっちは中唐の顔《がん》真卿《しんけい》の書ですけん。ここで慎ちゅう字を見てくだされ。立心偏《りっしんべん》の打ちこみを見るとよう判る。王羲之のそれが、細い流麗な線で書いてあるに対して、顔真卿やこの古文書の立心偏は、あらあらしいまでに強う書いてあるけん、いかにも、よう似とる」

老住職は、用意した数冊の書物をつぎつぎにひろげて説明してくれた。素人の私にも、この古文書の文字と顔真卿の書体との類似点はよく判った。

老住職は、なおも説明を続けた。六朝《りくちょう》時代の王羲之の書体は、遣唐使によって日本に紹介され、平安時代の書家、小野道風や後嵯峨帝などの書風に影響を及ぼした。だが、その後遣唐使が杜絶《とぜつ》することになって、唐代の書風が日本へ伝えられたのは、平安から鎌倉にかけての日宋貿易によってである。顔真卿は、八世紀の平原の大守で、安禄山の乱に玄宗皇帝を護って大功をたて、のちに叛将の陣中に捕えられ、味方することを強要されたが拒絶したため斬られたという武将なのである。日宋貿易によって日本に伝えられた顔真卿の書風が、その悲劇的な一生とあいまって、当時の鎌倉武士にもてはやされたのも当然のことであった。

老住職が指摘したのは、鎌倉文学、とくに軍記物に共通した文法的特徴である。くずした草書体の文章は、私にはまるで理解できないものだった。だが、真泉老の話をきくうちに、すこしは判るようになった。

軍記物も、室町にはいってから書かれたものは、漢文口調の七五調のものが多いが、鎌倉時代のものは、それほどでもない。だが、鎌倉時代の軍記物には、それなりの特徴がある。古文書の中に《……馬を射させて……》というように、させという助動詞を、使役や尊敬の意味ではなく、受動の意味として使っている部分がたくさんあるのだそうである。また、《……帰させたべ……》というふうに、給《たま》えをたべという音便化して使っている部分があるが、これも鎌倉時代に共通した使い方なのである。

　このように考えてみると、確かに住職の言うように、この古文書が鎌倉時代に書かれたものと信じないわけにはいかなくなる。私は、しだいに、その内容に好奇心をもやしはじめた。

　筆蹟も文法も鎌倉時代の特徴をそなえた古文書が、ラテックス紙に書かれてある。一見したところでは、私の会社の試作品のラテックス紙より、はるかに進歩したもののように見える。住職の話が本当だとすれば、数百年の年月にも変質せずに伝えられてきたものだ。現在のラテックス紙は、日光や風化に弱いという欠点を持っている。その欠点を除くため、スチレン重合物《ポリマー》と他の重合物《ポリマー》との共重合ラテックスが使われている。ポリアクリルニトリロとの共重合ラテックスは紙に、ポリブタジェンとの共重合ラテックスは人造ゴムに……だが、おそらく、この古文書は、現在の科学では造られていない数種類の重合物の共重合ラテックスでできているに違いない。

　分析してみれば判ることだ。私の会社には先週ドイツ製の最新型の電子定性分析機《エレクトロ・クロマトグラファー》がはいったばかりだ。私は、その微調整のため、おそくまで残業したものだった。東京へ帰ったら、さっそく分析してみよう。

だが、そのまえに、この古文書の内容を知らなければならない。

「ところで、この古文書にはなにが書いてあるんですか」

「ここに、わしと先代とでこしらえた現代語に訳したものがあるけん、これを読んでもろうたほうがええ」

真泉老人は、そう言って、傍らにあったノートをとりあげた。開けてみると、死んだ父の懐しい字が目にとびこんできた。

＊

わが殿《との》、河野弥九郎通有《こうのやくろうみちあり》どのも、家臣の面々も、そして、あれほど記憶のよい伊予三島神社の大宮司すらも、この異常なできごとについては一言半句も覚えていなかった。それ故《ゆえ》、ここに愚僧が述べようとすることは、おそらく誰にも信じてもらえぬのではなかろうか。だが、神仏にかけて誓ってもよいが、あれは本当におこったことなのである。

あのできごとを証明する全てのものが消えうせ、まるで愚僧ひとりが、気が狂ってしまったかのように感じられる。あの広大な丸屋根の陣屋。退魔船の大船隊。とびかう光火箭《ひかりびや》の光条。愚僧は、それらのことを昨日のことのようにはっきり覚えている。

だが、あのことについて詳しく述べる前に、愚僧自身、そして河野家のことについて、いささか書きしるさねばならぬ。

愚僧の名は蓮清。伊予の国、石井郷の郷士の倅《せがれ》として生まれた。長ずるに及んで、河野の殿に従い、遠く海をこえて唐土《もろこし》にわたったりもした。現在、仏門にはいり、日々を看経《かんきん》におくるようになったが、あの当時のことを懐しく思いだすものである。

あの頃、おさなくして千宝丸と名のられていた通盛《みちもり》どのも、いまではご立派に成人なされ、父君なきあとの伊予山崎の庄の領主となっておられる。あの蒙古《むくり》との戦さによって、肥前神崎の庄とあわせて、本領山崎の庄を領するようになった河野家の将来には、最早なんの心配もいらぬ。

通有どの、叔父君通時《みちとき》どの、そのほか、あの戦さに加わった人々の多くは、いまは、みまかって世にない。あの戦さの真相を知らぬままに、みな世を去っていったのだ。いまとなっては、その真相を知る者は、愚僧ただ一人である。

愚僧は、この伊予道後の山中に庵《いおり》をむすび、山の端に近づいた余命をおくっている。この庵で、いで湯にひたり、日々自然を友とし、時と浮沈するのも、また道理《ことわり》である。現在の愚僧の心境は、彭沢《ほうたく》の令を致仕した陶淵明《とうえんめい》、山中に庵をむすんで余生をおくった鴨長明《かものながあきら》にもなぞらえることができる。

そもそも、この道後という土地は、河野家に縁《ゆかり》のふかい所なのだ。通有どのの曾祖父、四郎通信《みちのぶ》どのが九郎義経にしたがい、壇の浦に平氏を討ち、その恩賞として道後を与えられたのである。通信どのは、屋島にいた平宗盛の誘いを断り、源氏に加担したのだから、道後ほどの恩賞は当然のことであった。その後、通信どのは、九郎義経を殺した平泉の藤原泰衡《やすひら》を討って武勲をかさね、やがて伊予一国の守護となられた。

だが、骨肉あいあらそう例は、保元平治の昔のみでなく、河野家にもおこった。承久《じょうきゅう》三年（西暦一二二一年）、鎌倉を討とうとなされた後鳥羽上皇には、時の執権義時に捕えられ、隠岐にながされた。この変に、通信どのの孫、通秀どの、つまり通有どのの叔父君にあたる方が、たまたま後鳥羽院西院の武士であった故《ゆえ》をもって、通信どのも院に味方なされた。だが、武運つたなく敗れた通信どのは、その昔ご自身の手で泰衡を討った陸奥《むつ》平泉にながされ、貞応《じょうおう》二年（一二二三年）五月、かの地でなくなられた。

通有どのの祖父にあたる通久どのが鎌倉に組しておったので、かの元久二年に得た伊予の守護の地位は失ったものの、伊予石井の郷の領主としての地位は奪われなかった。

これによって、孝霊天皇の皇子彦狭島《ひこさじま》の命《みこと》の末孫である河野家は亡びずにすんだ。この名家は、伊予大領越智《おち》玉興《たまおき》の弟玉澄《たまずみ》が河野の地を領してから河野姓を名のり、以来、通有どのまで二十六代、その間、源為義の子親清《ちかきよ》や嵯峨帝の皇子為世《ためよ》などを嗣子にむかえたこともある由緒ただしい家柄である。

文永十一年（一二七四年）夏の頃、通有どの二十七才、愚僧が十九才、まだ出家せず、脇田次郎清治《きよはる》と名のっていた時分のことである。愚僧は通有どのや一族郎党とともに、伊予三津浜の港で、貿易船の帰りを待っておった。唐土慶元府（いまの寧波《ニンポー》）から帰る三島丸の姿が沖合にあらわれた時、われわれは、砂浜を走りながら旗をふった。

　なによりも通有どのが心配されたのは、かの蒙古に関する情報であった。われらが初めて蒙古の事をきいたのは、宋人の商人からである。そして文永五年（一二六七年）、大宰府へやってきた高麗の使節によって、蒙古皇帝の国書が鎌倉に手わたされたのであった。その時分、鎌倉では、ほとんどの人が蒙古の名をはじめて耳にしたほどである。

　通有どのは、遠く海を越えて何度となく唐土へわたられたものであるから、勿論、鎌倉の誰よりも蒙古について詳しく知っていたのである。それ故、通有どのは、蒙古のあなどりがたい武力にふかい関心を示しておられた。もし、蒙古皇帝がこの国に兵船をさしむければ、たちまち全土が蹂躙《じゆうりん》されるに違いなかった。

「殿、無論、三島丸の水夫《かこ》たちが戻ってくれば判ることですが、宋の国はいかがなっておるものでしょうか」

　愚僧は、砂浜に立って腕ぐみをしている通有どののそばに近よって言った。

「清治《きよはる》、宋の国の命脈も、もはや尽きたものと思わねばならぬ。江南の一角を保って細々と長らえておるだけだ。捲土重来を期することは無理であろう。忠臣岳飛《がくひ》も今は世にない。文天祥《ぶんてんしよう》、陸秀夫《りくしゆうふ》などの勇士があっても、国全体が傾いておる。天命なのだ」

「しかし、殿、もし宋の宗室が完全に亡びされれば、次は日本ではございませぬか」

「いかにも、左様。もしかしたら、その時期はもっと早いかも知れぬ。蒙古としては、宋朝は既に自家薬籠中のもの、亡びるのは時間の問題だ。大理《ビルマ》、大食《アラビア》までも兵をのばしておる蒙古が、この隣国である日本を、そのままにしておく筈がない。鎌倉では、蒙古の力を過小評価しておるようだ。高麗を経て鎌倉におくってきた国書の日付は、かの国の年号で至元三年（一二六六年）、いまから八年前のものである。高麗の趙彝《ちょうい》という者が日本侵攻を進言したのが、このまた前年のことであるから、いまでは、かなりの準備が進んでおるやも知れぬ」

夏の日射しが、通有どのの日焼けした顔を真向から照らしていた。六尺をこえる長身、高い顋骨《あごぼね》、見るからに男らしい風貌だ。

通有どのの心は、蒙古のことで一杯だった。騎馬にたくみで、いままで多くの国を討ちしたがえてきた種族、その蒙古人について、この国のほとんどの人が、一握りの知識すら持ちあわせてはおらぬ。島国として孤立したこの国は、国境《くにざか》いを接しあった他の国々のように他国との軋轢《あつれき》にさらされるということがなかった。いま、青天の霹靂《へきれき》のように、蒙古の侵攻という恐怖がもちあがっても、それは、人々の関心を惹きおこすまでには至らぬのだ。市井の人々は、普段とかわらぬままに生活をいとなみ、蒙古の噂も、その人々にとっては、遠い国の御伽話にすぎぬ。

わが国に数十倍する国土、訓練された数百万の兵、それらを支配する蒙古の宗室は、太祖鉄木真《テムジン》よりすでに五代を数え、世祖忽必烈《フビライ》の時代となっている。かつて唐土を支配した宋朝をおびやかした蛮族の国家、契丹《きったん》も女直《じゆるち》も、ほとんど干戈《かんか》をまじえることなく敗れさり、いま僅かに命脈をつなぐ宋朝も、風前の燈のような運命にさらされている。

愚僧は、殿とならんだまま、近づいてくる三島丸を見つめた。満風に帆をはらませて次第に大きく見えてくる三島丸は、財価を満載した船腹をかたむけて走ってくる。一族郎党が砂浜をはしりぬけ、船着場にむかう。女子供たちも、歓声をあげて裸足のまま走っていく。一瞬でも早く身内の者たちに会いたいのだ。

海岸の松が潮風にゆれ、ぎらぎらした日射しが砂地に大きな影を焼きつけておった。二、三日まえまでは時化《しけ》もようだった海も、今日は、すっかり凪《な》いでおる。海辺にあたってはくだける波頭が、銀の飛沫をとばし、空に舞う海鳥が、のどかに弧を描いておった。

「清治、よい日だな、三島丸もよい日に戻ってきたものだ。積荷をおろさねばならん、今日は忙しくなるぞ」

「さようでござりますな、働くには、少々あつすぎる天気ではありますが……」

「文句を言うでない。船にのっておる水夫どもの事をおもえば、積荷をおろすくらいは、さしたる難事ではない」

通有どのは、そうおおせられて、愚僧の背中をたたいた。

通有どののにしてみれば軽くたたかれたのであろうが、剛力なお方だから、愚僧は息がつまるかと思ったほどであった。

ちょうど、その時である。船着場のほうから叫び声がおこった。物狂おしいばかりの声であった。人々は、一斉に空をふりあおいでおる。

「何事であろう、清治、見にまいろう」

通有どのが、そうおおせられた時、愚僧は、天空の一角に奇妙なものを見つけた。まるい輪のような形のものが、白銀《しろがね》のような光をはなちながら、信じがたい速さで降《くだ》ってくるのだった。

人々の叫び声は、前にもまして高まった。白銀色の奇妙な丸いものは、船着場の上にきて、ぴたりと虚空に静止した。

「いかなる変化《へんげ》であろう、清治、行ってみよう」

通有どのは、急ぎ足で走りはじめた。ざわめく人々を押しわけて、船着場までくると、虚空にとまった妙な物は、さらにはっきりと見ることができた。途方もなく大きなものであったが、瓦《かわらけ》の小皿のような形をしておった。

「清治、あれは船ではないか？」

「ですが、船にしては、帆も櫓《ろ》もついておりませぬが」

「よいか、古《いにしえ》の例《ためし》を見ても、役小角《えんのおづの》は、よく空をとんで自在だったと聞く。空をとぶ船のないことがあろうか」

愚僧は、その時は通有どののおおせられる事が信じられなかった。空をとぶ船などというものがあるものか！　それに、奇妙な丸い物は、どこにも窓もなかったし、つやつやした白銀の表面には、櫓も櫂《かい》もついていなかった。

突然、宙にういていた丸い船が、きゅうに斜めに動きはじめ、砂地のほうへ降りた。

あっという間に、それは、砂浜のうえに、ぺたんととまっていた。

「ややっ、降りたぞ」

「行ってみろ」

わめきたてる人々と一緒に、愚僧は、砂浜のほうにひきかえした。人々は、小山のような白銀色のものを遠まきにしたまま、こわごわと見つめておった。

不意に、中から、ゴトゴトと妙な音がしはじめ、その一部が二つに割れ、梯子のようなものが外にのびはじめた。その一端が砂地の上にとまった。

そして、中から、三人の人影がたちあらわれた。左右の二人は男で、真中の一人は女人《にょにん》だった。梯子の上をわたって三人は、砂地に降りた。

愚僧は、あの時のことを、いまでもはっきりと覚えている。

三人とも、ぴたりと体についたような淫らな服を着ており、頭には烏帽子《えぼし》もつけていなかった。

小者の持っていた弓をうけとると、愚僧は、人垣をかきわけ、通有どののそばによって言った。

「化性《けしょう》の者と見うけます。拙者が射てとりましょう」

「まて！　あれは人間だ。姿形《すがたかたち》の異なる異国《とつくに》の人と言えど人間には変らぬ。唐土《もろこし》で会った紅毛碧眼の胡《ペルシャ》人に比べれば、あの者たちのほうが、むしろ、われわれに似ておる。早まってはならん」

通有どのは、弓をとりあげる愚僧を制して、人垣から一歩すすみ出て、三人の異人に向かって大声でおおせられた。

「何者だ！　蒙古の密偵か！　わしは、石井郷の領主。河野弥九郎通有。返答をうけたまわろう」

通有どののお姿は、じつにすばらしいものだった。おそれおののく人々の中から進みでて、きっと異人どもを睨んで立つ様は、まるで金剛力士の再来のように力強く感じられたことだ。一方、異人たちは、じっと通有どのを見つめたまま、何か訳のわからぬ言葉で話しあっていたが、やがて、端に立っていた若い男が一歩すすみ出た。三人とも、黒い髪をしているし、顔付きも、この国の人間と変らぬ。ただ違うのは異様な風体だけであった。

「わたしたち、蒙古とは関係ない。蒙古の支配する遠い国から逃げてきた。この国、三月後、蒙古に侵略される。人、たくさん殺される。蒙古人、この国を支配するようになる。あなたがたも、殺される。わたしたち、あなたがたと一緒に戦う。わたしたち、力を貸さなければ、あなたがた、かならず負ける。蒙古をうちゃぶる、これだけが、わたしたちの目的。ほかに野心はない」

異人の言葉は、いかにも妙な感じだったが、理解できないほどのものでもなかった。

「いかにも、御用の向き、あいわかった。われらも、蒙古《むくり》の事はよく判っておる。強大な国だ。この国の全力をあげても、及ばぬかも知れぬ。だが、三月後に入寇してくるとのこと、それはまことか」

殿は、なおも大声でおおせられた。

「そうです。いまから三月後、文永十一年十月十九日、高麗の木浦を発した蒙古の兵船は、博多湾から大宰府を陥し、九州全土を席捲します。あなたがたには、それ、防ぐ方法ありません」

今度は、もう一人の男が答えた。

「なにを、そのようなことが！　われら、日頃の練磨の腕を見しょうぞ。なんの、おそれることがあろう。そのうえ、われらには大三島神社の御加護がある。京五山の仏徒たちも、怨敵調伏を祈願するであろう」

「だが、通有どの、そのようなことで、蒙古の侵攻を防ぐことはできません。彼らの力は強大なものです。あなたがたに、震天雷《しんてんらい》（黒色火薬）がありますか？　また、あなたがた施火石脳油《しかせきのうゆ》（ガソリン）も持っていない。どうして、蒙古に勝てるでしょう」

「蒙古を防ぐすべはないと言われるのか」

「たったひとつの方法あります。われわれ、あなたがたを助ける、それ以外に勝つ方法はありません」

通有どのは、しばらく考えこんでしまった。この異人たちの言うことを信用すべきか否か。たしかに異人の言うとおり、蒙古はあなどりがたい敵だ。だが、はじめて見る異人たちの言を信用することができようか。

遠まきにした人々は、三島丸のことなどそっちのけで、通有どのと異人の応対を見つめておった。はだしの子供たちだけが、ガヤガヤと騒ぎたてていたが、親たちは、こわごわと異人たちを見つめながら、子供たちの腕をしっかとつかまえておった。

「いかなる方策があって、蒙古に勝てると言われるのか」

しばらくして、通有どのが口を開いた。

「よろしい、お見せしましょう」

左端に立っておった年かさの男が、一歩すすみでた。彼の手には鉄の如意《にょい》のようなものがにぎられておる。その男は、人々に脇へよるように言って、如意《にょい》を持った右手をあげた。

その瞬間、如意《にょい》の一端から、すさまじい光がながれだして、砂浜の松の木をとらえた。

松の木は、青く輝いたかと見るまに、消えうせてしまった。

「光火箭《ひかりびや》の威力を見たでしょう。これが、われわれの武器です。木であろうと、人間であろうと、みな消してしまう」

一同、呆然としている前で、その異人は説明した。松の木のあった所へ行ってみると、あたり一面にこげくさい臭いが漂っておった。

いつの間についたのか、三島丸の水夫《かこ》や船頭たちも近よって、巨大な船を珍らしそうに見つめておった。


こうして、われら河野一党と異人たちとの奇妙な生活がはじまったのだが、その間にも、若い者たちは異人たちから光火箭のつかいかたなどを習っておった。

異人達は、最初あらわれた三人をふくめて全部で六十人。

かしらの名をけん、はじめにあらわれた女性《にょしょう》の名をりえと言った。

愚僧は、一度、りえ女に光火箭のことを訊いてみたことがあった。なぜ、あのようなすばらしい力がでるのだろうか。まるで一握りの如意のように見えながら、岩をもくだく力を持っておる光火箭、愚僧は、その秘密が知りたくてしかたがなかった。

意を決して問うてみると、りえ女は、最初のうち考えこんでいたが、すぐに、説明してくれた。

その説明を、愚僧が理解できたというと、嘘になる。だから、ここには、愚僧が聞いたままをかいつまんで書いておこう。

りえ女のいうところによると、この世のものは、こまかくわけていけば、最後には、百余種類のものになる。その一つ一つをまた、こまかくわけると、ひとつの殻と、そのまわりをまわる粒になる。殻は陽の性《さが》を、粒は陰の性《さが》を持っている。この世のものはすべて、この陰陽の性をもったものによってなりたつが、このほかに、陰陽のいずれにも属さぬ中《ちゅう》性《しょう》の粒がある。これは、どんなものでも通りぬけ、たくさん集めれば、どんなものでも破壊する。その中性の粒をつかったのが光火箭なのだ、ということであった。

異人たちが到着してから、一月ばかり経ったある日、通有どのは、屋敷に諸将を集めて、今後の問題を討議なされた。

異人側からは、けん、りえ女、それに、最初あらわれたりゅうという若者の三人。河野一党からは、通有どの、叔父通時《みちとき》どの、源次《げんじ》為則《ためのり》、佐平次《さへいじ》季次《すえつぐ》、三島神社の大宮司、それに愚僧が出席した。

大板敷の上にすわりこんだ異人たちは、なれないと見えて、幾分くるしそうに見えた。愚僧は、りえ女から眼をはなすことができなかった。はじめて見たとき、あれほど淫らに見えた、肌に密着するような衣服も、かえって愚僧の煩悩をそそりたてるように感じられた。迦陵頻迦《かりょうびんが》のような美しい声で、愚僧には判らぬ言葉を、となりのりゅうという青年とかわしあっているりえ女を見つめながら、愚僧の胸は締めつけられるような想いだった。

もし、板敷の間がうすくらがりでなかったなら、通有どのも、愚僧の顔が赤らんでいることに気づかれたことだろう。りえ女の長い黒髪。胸の隆起そのままに盛りあがって見える白銀《しろがね》色にきらきらと光って見える衣服。あぐらをかいた細い足の線。それらは、愚僧の血潮をかきたて、いてもたってもいられないような気持にさせた。

「けん殿、おこと等は、蒙古の支配する国から逃げのびて来たと言われるが、そこは、いずれの国でござるか」

突然、通有どのの野太い声が、愚僧の煩悩をうち破った。

「あなたに説明しても判っていただけないと思います。ですが、これは判っていただかねばなりません。遠い国です。われわれは、その国から退魔《たいま》船《せん》に乗って、ここへ来ました。われわれが此処にいることは、秘密にして貰わねばなりません。ここで、説明をはじめる前に、簡単に言っておきたいことがあります。通有どの、あなたは、大化の改新を知っていますね？」

「いかにも存じておる。蘇我氏の手から政治《まつりごと》が天皇《すめらみこと》の手に戻った記念すべき出来事だ」

通有どのは、太い眉をうごかさずに答えた。勤皇《きんのう》の志《こころざし》の篤い河野家の当主が、大化の改新を知らぬ筈があろうか。愚僧は、りえ女から眼をそらして、けんの顔を見つめ、答を待った。

「もし、中大兄皇子《なかのおおえのみこ》と藤原鎌足が、蘇我氏を誅殺《ちゅうさつ》できず、逆に蘇我氏が先手を打って中大兄皇子を討ち亡ぼしていたとしたら……。通有どのは、そのようなことを考えたことはありませんか」

一瞬、一座に声がおこった。何という不敬なことを言う異人であろうか。為則《ためのり》などは、いきりたって座を蹴って立ちあがったほどだった。為則は、かの昔、承久の変に後鳥羽院に味方なされた通秀どのに、可愛がって貰った想い出を持っているのだ。河野家の一党は、いまだに皇室に対して深い尊敬をもっている。それを、あろうことか、中大兄皇子が蘇我氏に弑《しい》されるなどと言いだす異人たちの愚かしさに、愚僧もあきれかえったものだった。

「大織冠鎌足《たいしょくかんかまたり》公のことを、ことさらに誹謗するような例は許しがたいが、各々方《おのおのがた》、この国の事情を知らぬ異人のこと故、しずまってくれ」

通有どのの一言で、一座はしずまった。

「もし、お気に障ったら許していただきたいが、ともかく、大化の改新がなされていなければ、間違いなく蘇我氏の天下がやってきて歴史は変っていたはずです。通有どの、判ってください。この日本《やまと》の国が蒙古に勝つか負けるかによって、歴史は大きく変るのです。われわれは、いま、歴史を作りだそうとしています。信じていただけないかも知れませんが、われわれは、千年後の世界から来ました」

けんは、雄弁に話をすすめた。千年後《のち》の世界、まるで途方もない話のように感じられたが、なぜか、けんが嘘を言っているようには見えなかった。年の頃、不惑《よそじ》ちかいけんの顔には、真実を語る者のみがもつ厳しさがあふれておった。

「われわれの世界、つまり千年後《のち》の世界は、蒙古に支配されているのです。文永十一年、蒙古の年号で至元十一年つまり今年の十月全九州を手中におさめた蒙古軍は、やがて全日本を支配するようになるのです。蒙古の皇帝は、フリルタイという選帝会議で、もっとも行政力、軍事力にすぐれた者がえらばれます。東は女直《じゆるち》（満州）から、西は大食《タージク》（ペルシア、アラビア）、太秦《たいしん》（東ローマ帝国）にわたる広大な版図を持った蒙古帝国は、いまや、世界最強最大の国家です。千年後の日本《やまと》の国は、蒙古人に支配されているのです。われわれが、蒙古人の退魔船《たいません》——時をとぶ乗物をうばって、ここへやってきたのは、歴史を変えるためです。日本《やまと》の国を未来永劫にわたって自由なものにするためです。

通有どの、あなたには判ってもらえないかも知れません。ですが、蒙古来襲は三月ののちに迫っています。それまでに、われわれの武器の使い方を覚えて貰わねばなりません。日本の国の危機なのです。千艘の兵船に四万の軍隊が乗りこんで、対馬、壱岐を犯してから、博多湾へやってきます。ですが、敵は、それだけではありません。千年先の世界からやってくる退魔船の集団です」

「千年さきの世界から……！」

通有どのも、絶句したまま、次の言葉が出なかった。千年さきの兵船が攻めてくるなどとは、考えも及ばないことだった。愚僧らは、充分に異人たちの力を知っていたから、けんの言葉を疑わなかった。光火箭の威力、遠方におる人間と自由に話をかわすことができる小さな箱。そのほか、さまざまな魔法のような力を、愚僧たちは見せつけられておった。それ故、彼らの助力のもとに、蒙古を撃退できるというふうな安易な考え方におちいっておった。だが、敵にも、退魔船を持ち、すばらしい力を有する千年のちの人間が加勢しておるとなると、これは大変な問題だった。

その後の会談は、もっぱらけんいが話し役にまわり、われらは、ただそれを聞くのみであった。けんいの話には、判りにくいところもあったが、彼自身は、懸命になってわれらに判らせようと努めている様子だった。

けんいがまず説明したのは、今後千年にわたる歴史のことである。日本《やまと》を支配した後、蒙古人たちは戟先《ほこさき》を西に転じ、えうろぱという地域全体を支配するようになる。彼らのもつ震天雷は、いかなるものでも粉微塵にふきとばす恐ろしい威力を持っており、また、施火石脳油は、あたり一面を火の海にしてしまう力を持っておるとのことだった。この二つの武器をつかって全世界を支配するようになった蒙古人は、やがて施火石脳油を使って、ものを動かす方法を発見する。これが三百年先のことだというのである。施火石脳油を鋼鉄《はがね》の筒の中に封じこめ、それを更におしつぶしてやると、ほんの一滴《ひとしずく》の石脳油が爆裂して、すさまじい力を出す。この力を外側の筒と内側の筒とでできた器械《からくり》に仕込んで、石脳油を一澪《ひとしずく》ずつ注ぎこんで、燃えかすの煙を外に導くようにしてやると、車や船をうごかす力になるのだ。このような発見がなされたのも、単なる偶然ではなかった。震天雷の発見は、ふるくは宋の全盛時代にさかのぼることができる。忽必烈《フビライ》帝の時には、鉄の砲身に封じ込まれた鉄丸をうちだす火砲として使われるようになっておった。蒙古の太祖鉄《テム》木真《ジン》は、東方のほらずむ王国を攻めたとき、はじめて、施火石脳油のことを知った。国王むはめっどの籠城する首都さまるかんどを包囲した蒙古軍のうえに、数十樽もの石脳油がそそがれた。やがて、城壁上の大火弩からはなたれた火箭が蒙古軍中におちると、あたり一面、阿修羅地獄のような火の海になったとのことである。三百年ののち、石脳油の引火力に注目した蒙古の学者たちは、震天雷の代わりに石脳油を火砲に使えるのではないかと考えた。だが、砲身中の鉄丸を宙空にとばす力は得られなかった。しかし、この時、学者たちは、砲身の中に、鉄丸の代わりに鉄の筒を入れることを考えた。そうすると、石脳油が引火する度に、砲身の中の鉄の筒が上下するのだ。やがて学者たちは、鉄の筒の上下の動きを器械と歯車をつかって、廻る力に変えることに成功した。これによって、船や車は、牛や櫂を必要とせず動かせるようになった。

　蒙古人たちが、この動力をはじめて実用につかったのは、飛輪船《ひりんせん》においてであった。

　唐土、宋朝の中期、洞庭湖におこった土匪の勢い強く、策につまった宋室は、忠臣岳飛に、これを鎮圧することを命じた。土匪の頭目楊太《ようたい》は、飛輪船を用いて岳飛を悩ました。

飛輪船とは、外部を牛皮でおおい、内部の轆轤《ろくろ》を人力で廻し、後部の水輪盤（スクリュー）を廻して進む小艇である。櫓も櫂もなく進退自由な飛輪船にさすがの岳飛も苦戦したが、やがて、飛輪船の秘密を知った岳飛は、水面一帯に水草をまいて、土匪を迎え討った。勝ちに乗じて波浪をけって進んでくる飛輪船は、不意に湖水の一部で進退の自由を失った。水面に浮遊する水草が、飛輪船の水輪盤《スクリユー》にまきついて、動けなくなったのだ。かくて土匪は壊滅し、岳飛は京師に凱旋したということである。

この飛輪船の轆轤を施火石脳油の器械《からくり》で動かす試みがおこなわれたのが三百五十年後のことであった。……いや、三百五十年後のことであろう。……愚僧は、けいんの話をまとめて書きつづっているつもりなのだが、どうも頭が痛くなった。ここに書いておることは、まだ起こっていないことなのだ。三百五十年後などと、まるで、戯言《たわごと》のように思えるのだが……、起こったと書くべきなのだろうか、ともかく、文法などにこだわっては、おられぬ。愚僧の使命は、忠実に、あの出来事を記録することなのであるから……

このようにして、世界は、蒙古人によって支配されるようになったのだそうである。だが、愚僧は、けいんの言った話に、どうしても、納得のいかぬ点を発見した。船長《ふなおさ》として、しばしば唐土へ渡ったことのある佐平次は、愚僧の疑問を代弁するようにけいんとの問答をはじめた。

「おことの言うことを認めるとして、地の涯《はて》海の涯は、いかようになっておるものでござるか。千年後の世界から来られたのなら、知っておるはず……？」

「地の涯と言っても、そういう言い方はできないのです。まず、この世界は丸い玉のような形なのですから」

けんの答えは、奇妙なものであった。この世界が丸いと言うのである。愚僧らは、どうにも納得しかねて、矢つぎばやに、いくつかの質問をけんにあびせた。世界が丸いとしたら、日月星辰は、どうなっておるのか。大海の水は、なぜこぼれ落ちぬのか。世界の裏側に住んでいる人間が、なぜ落ちぬのか。

それらの疑問に対して、けんは、いともさわやかに解答を与えてくれた。日輪を中心として、九つの星が廻っており、この世界も、その星の一つだというのである。そして、丸い玉の形をした世界は、球の内側にむかって引っぱる力を持っているので、そのため、裏側の国の人々も落ちないで立っておられるのだそうである。

いかにも愚かしい話だったが、われら一同、いつの間にか、けんの話にひきこまれておった。

やがて、けん達が、蒙古に支配された千年後の日本《やまと》の国から来たことを知るにおよんで、われらの感激は一層おおきなものになった。非道な蒙古人のもとで臥薪嘗胆して、この日を待った異人——いや、われらの子孫たちの話は、まことに胸をうつものがあった。語るけんの目には涙がうかび、聞くわれらの心に強い印象をきざみつけた。

「このまま歴史が続けば、千年後には、悲惨な事態が、日本の国をおおうことになるのです。この退魔船は、時を跳ぶ乗物です。これによって、過去の歴史を変えれば、未来の歴史が変わるのです。通有どの、われわれと一緒に戦ってくださるか」

長い話をおわったけんは、通有どのの額をみつめて、言った。

「いかにも、けん殿、われら、喜んでともに戦おう」

通有どのは、けんの顔を見かえして、きっぱりと言いきった。

それから、三津浜は、蜂の巣をつついたような大騒ぎになった。けんたち未来人の一行は、海底に沈めておいた残り二十隻の退魔船を、砂浜に勢揃いさせた。退魔船は、人が乗っていなくても、遠くから動かすことができるのだ。さらに、未来人たちは、砂浜に丸屋《まるや》根《ね》の陣屋を三つ建てた。

愚僧も、中にはいってみたが、夜でも真昼のように明るい陣屋の中には、名も知れぬ無数の器械《からくり》がおいてあった。

「清治さま、ご説明しますわ。この第一の陣屋には、ものを考える機械《からくり》がおいてあります」

「りえ殿、ものを考える器械とは？」

愚僧は、りえ女にともなわれて、陣屋の中を見てまわった。この陣屋の周囲の壁には、めまぐるしいほどの光の点が明滅しておった。まるで満天の星が一度に輝きはじめたかと思えるほどだった。この陣屋を建てるにあたって、未来人たちは、大きな自《みずか》ら動く車をつかって、退魔船から材料を運びおろして、またたく間に作りあげてしまったのだ。

「これは、いろいろなことを覚えて、人間のかわりに考えたり、数えたりする機械なのです」

千年もたつと、人間の生活も変わってくるものだ。その頃になると、陰陽寮の博士たちの漏刻、天文、算術などの仕事を、みなこの司巫儀《しふぎ》なる機械《からくり》がやってしまうのだそうである。

第二の陣屋はものをこしらえるため、とのことであった。

りえ女たちは、食物から衣類や武具にいたるまで、すべて、この陣でつくりだしてしまうのだ。

第三の陣屋は、未来人の宿舎であった。


それから三カ月のあいだ、われらは退魔船に乗って、未来の武器の使い方をならった。通有どのを中心として、毎日のように慣れぬ武器にとりくんだが、誰ひとり不服を言う者はなかった。日本の国を異狄《いてき》の侵略から守るという誠心が、みなの心を支配しておったからであろう。

退魔船には、大型の光火箭や殻爆雷などの武器が積んであったので、その使い方も覚えねばならなかった。光火箭のほうは、前もって定められた取手をうごかしておけば、敵があらわれたとき、ひとりでに発射されるようになっており、あとはただ、退魔船の一室にある遠方を見る機械《からくり》をのぞいて結果を見とどければよいのだ。爆雷のほうは、火を吐いて敵の兵船にぶつかっていくようになっているので、距離や速さを司巫儀《しふぎ》でしらべてからでないと使えないのだが、その扱い方も、それほど難かしいものではなかった。取手を動かす手間が二、三度余分にかかるだけで、殻爆雷が命中すれば、京の都でも、一瞬にして消しとんでしまうとのことだった。前に光火箭のときに、りえ女から学んだ中性《ちゅうしょう》の粒子が、陽の性《さが》を持った殻を破壊するときに、かくもすさまじい力が出るということだ。

ともかく、未来人の持ってきたものは、なんでも、取手を動かすだけでつかうことができた。それ故《ゆえ》、十日もたたぬうちに、われら一同、退魔船の動かし方をはじめ、光火箭や司巫儀《しふぎ》の扱い方まで、すっかり覚えこんでしまった。

司巫儀《しふぎ》のある陣屋にあつまって、作戦をねったとき、われらの急速な進歩に感服したけいんは、二十一隻の退魔船のうち、十六隻を河野一党に委せると申しでたほどである。退魔船は、時を跳ぶ乗物として使わなくても、反引力装置なるものをつかって空をとぶこともできるのだ。

りえ女の教え方がよかった為だろうか、愚僧の進歩は、通有どのにつぐものであり、そのおかげで、愚僧も一隻の退魔船の船長《ふなおさ》に選ばれたのである。

蒙古の侵寇が、あと一月とせまった頃、愚僧は、りえ女に対して、特別な感情を抱くようになっておった。その時分、まだ若かった愚僧は、所詮、煩悩の虜となる運命《さだめ》にあったのであろう。毎日、未来の武器の使い方を学ぶ手に力がこもっていたのも、愚僧がりえ女を意識しておったからである。

そんな愚僧の気持に気づいたからであろうか、りえ女のほうも、急速に愚僧とちかしい間柄になっていった。そして、ついに、今もうすのもはずかしいことながら、蒙古の襲来が一週間ののちに迫った時、愚僧とりえ女は、人気のうせた三津浜の波打際で、睦みあったのだった。

「此処《ここ》より永遠《とわ》に」

たとえ千年先の未来からきた女性《にょしょう》であろうと、そのときの愚僧には、問題ではなかった。砂浜によせる潮《うしお》の中に身を横たえ、愚僧とりえ女は、素裸かのまま、かたく誓いあったのだ。

だが、愚僧ら二人にかかわりなく、月日は過ぎていった。伊予の山々が紅《くれない》に変わり、空吹く風が肌寒く感じられるようになった頃、愚僧たちは、きびしい訓練によって、退魔船の扱いに不自由なきようになっておった。

神無月の五日未明、われらの乗った二十一隻の退魔船は、三津浜に勢揃いして出発を待った。通有どの、叔父君通時どのをはじめとして、佐平次や為則や愚僧も、おのおの一隻の退魔船の船長《ふなおさ》として乗船した。

将机に坐って安全帯をしめると、愚僧は、取手をひいて、通有どのを呼びだした。目の前の壁が明るくなり、その中に通有どのの顔がうかびでた。通有どのは、白星《しろぼし》の冑《かぶと》に唐綾《からあや》縅《おどし》の鎧《よろい》をつけて、反引力装置の取手をにぎったまま将机にかけておられた。

「清治《きよはる》、どうも、わしは戦《いくさ》に行くような気がせぬ。このように腰かけておっては、戦《いくさ》の気分にはならぬ。けんが不要じゃといって止めおったが、わしは鎧冑をつけさせてもらった」

「将たるもの帷幕のうちにあって、千里に計をめぐらすと申すではありませぬか。まさに退魔船なら、その喩《たとえ》どおりです。対馬まで、ほんの半刻もかからずに行ってしまうのですから」

愚僧は、そういって通有どのをなぐさめたものの、内心ではおかしさをこらえきれなかった。たくさんのつまみや取手のついた退魔船のなかで鎧冑をつけておるのは、どう見ても似つかわしくなかったからだ。通有どのは、そのうえかたわらの壁に、重籐の弓と熊皮の韒入れにおさめた三尺五寸の太刀と三十六差しの黒羽の矢をいれた箙《えびら》まで置かれておった。

「退魔船全船に告ぐ。これより、対馬にむかって出陣する。各船に積んである殻爆雷は、わしの指図があるまで使ってはならぬ。では、かねての指図どおり出陣」

通有どのの命令は、たちまち全船に伝えられた。愚僧は、ただちに司巫儀のつまみをまわした。壁一杯に無数の光点がきらめくように明滅した。これでわれらを、対馬まで連れていってくれるはずだった。

複雑な取手やつまみのついた計器盤のうえの壁に、つぎつぎに舞いあがっていく退魔船がうつしだされていた。愚僧は、左手で反引力装置の取手を倒した。

いつ浮かびあがったのか判らぬほど静かに退魔船は、空中に舞った。遙か下方に、三津浜の白い砂と青い波が見える。浜辺に立って三島明神の幟《のぼり》をふっている女子供たちの姿が豆粒のように小さくなり、やがて、海と陸との境界しか判らなくなった。伊予灘にうかぶ興居島《ごごじま》、怒和島、二神島などが、ぽっつりと小さな点にすぎなくなったとき、退魔船は、もう三千丈の高空に昇っていた。

対馬、佐須浦。われらは、その上空に退魔船を停めて、蒙古の兵船を待った。一千二百艘の蒙古船は、高麗の木浦を発し、佐須浦から十里ばかり北方の海上を航行しておった。

ここで、遠視機をつかって、船長《ふなおさ》の軍議がはじめられた。

「通有どの、対馬はあきらめてください。もし、このあたりに蒙古の退魔船があらわれたという事実があれば、われわれは千年先の科学力を持った蒙古の時間巡邏隊と戦わねばならなくなります。われわれは、時間金牌子《きんぱいっ》（金牌子は、元帝国の通行許可証—筆者注）を持っていません。ですから、たちまち捕ってしまいます。未来蒙古帝国の時間巡邏隊は、近衛軍団はえぬきの青年で構成されています。戦っては勝目がありません。現在のところ、探知器に四次元震動波はとらえられていないので、附近に退魔船はありませんが、いま行動するのは危険です」

これは、けんの意見だった。未来人たちはほとんど、その意見に同調したので、通有どのも賛成せざるを得なかった。眼下にある蒙古の兵船を撃滅することは、赤児の手をひねるよりたやすい事だったが、なによりも、われらが恐れたのは未来蒙古の退魔船の出現だった。

翌朝、遠視機で見つめるわれらのまえで、蒙古の兵船が行動をおこした。守護代宗助国《そうすけくに》の率いる八十騎が、浜に立っておったが、蒙古軍は、強引に千人あまりの軍勢を上陸させてしまった。宗氏は、ただちに陣を敷いて防戦をはじめたが、衆寡敵せず、小半刻ばかりのうちに、八十騎全員討死をとげた。卑怯にも、蒙古兵たちは、鏑矢《かぶらや》をはなって馬を狙い、馬を射れたところを、全員でおっとりこんで嬲り殺しにしてしまう戦法をつかったのだ。

愚僧は歯ぎしりしながら、壁にうつる宗《そう》一族の最期を見つめておったが、ついに、我慢しきれなくなって、通有どのを呼びだした。壁面にあらわれた通有どのは、流石に青ざめ、瞑目したまま、合掌しておった。

「殿、攻撃しましょう。助国どののご無念でござったろう。殼爆雷で蒙古の船をうち沈めて、助国どののご無念を晴らしませぬか」

「たわけ！　清治、よく聞け。けんどのも言われたように時を待つのだ。今ここで蒙古の兵船を沈めることはいとやすいこと。だがわれらは、いま歴史を変えようとしておるのだ。慎重にやらねばならぬ」

通有どのにしても、愚僧と同じように助国どのの最期を悼む心にかわりはなかった。

意気揚々と佐須浦を発する蒙古の軍船を追って、われらも壱岐へとんだ。だが、ここも対馬と同じだった。ろくろく矢合わせもせぬうちに、守護代平景隆は、一族郎党もろとも城を枕に討死した。対馬といい、壱岐といい、そのどちらにおいても蒙古兵の狼籍は目にあまるものであった。男はことごとく殺され、女はことごとく犯された。

そして、神無月十九日、ついに蒙古の軍船は、博多湾に入った。

われら一同、壁にうつしだされる戦さの模様を、くいいるばかりの眼《まなこ》で見つめておった。

翌二十日、ついに、上陸を開始した蒙古軍は、大宰少弐景資、菊地武房、竹崎季長などの防戦をしりぞけ、ついに博多、箱崎の西都市を陥した。数からいっても、とても問題にならなかった。そして、二十日夕方、疲れはてた日本軍が大宰府に籠城すべく兵をひきはじめたとき、蒙古軍も、一斉に船にもどりはじめた。おそらく、慣れぬ土地で野営するのを嫌ったのであろう。

上空一千丈の高さに退魔船を静止させたまま、われらの間では、再び軍議がひらかれた。

「けんどの、いまこそ決戦の時だ。明くれば大宰府はかならず陥ちるであろう。今夜をおいて他にない。攻撃しよう」

通有どのは、きっぱりとおおせられた。宗助国、平景隆その他幾百千の無辜《むこ》の人々を見殺しにしてきたわれらにとって、もう未来蒙古の退魔船を恐れている余裕はなかった。

「やりましょう。通有どの。われわれは歴史を変えようとしているのです。ですから、関係のない人々をそれにまきこむのは望ましいことではありません。今夜子《ね》の刻、このあたり一帯に嵐をつくりだしましょう。それを合図に、風雨に乗じて攻撃してください」

今度は、けんも同調した。未来人たちは、雨を呼び風を起こす術も知っておるのだ。

けんたちの術は成功し、はたして夜半からはげしい雨が降りはじめた。

りえ女、りゅう、左平次、為則、それに愚僧の五人のひきいる退魔船は夜陰と風雨にまぎれて音もなく降下していった。味方を傷つけるおそれがあるので爆雷の殼装備ははずしておいた。だから、低空から、正確に狙って投下しなければならない。

やがて、海上五十丈ばかりにおりたとき、下方に、蒙古の大船団が見えた。

「清治さま、攻撃しましょう」

りえ女は、そういって退魔船をさげた。いちばん先頭の船の上を、りえ女の退魔船がかすめたと見る間に、その船から、天にもとどくばかりの大火柱が立ちのぼった。愚僧も、つづいて、昇降舵の取手をたおすと、壁にあらわれた十字形の真中に敵の兵船がはいったのを見定めて、投下のつまみをおした。狙いあやまたず、愚僧の退魔船の下で、その船は炎上しはじめた。ひきつづいて佐平次や為則も降下し、爆雷を投下した。次々に炎上していく蒙古船に、われわれらは有頂天になって、攻撃をつづけた。

およそ小半刻もたった頃であろうか、船内の呼子《よぶこ》が突然なりわたった。なにかが起ったのだ。

「清治、みなと一緒にすぐ参れ！　蒙古の退魔船があらわれた」

壁にあらわれた通有どのは、それだけいうと、連絡を断った。もはや猶予はならない。海上の船団などにかまってはおられぬ。愚僧は、ただちに取手をひいて、退魔船を上昇させた。りえ女らの四艘も愚僧につづいた。

「清治さま、けんから指示がありました。この世界の外側で戦っているとのことです。あなたの船の司巫儀《しふぎ》に指示を伝えました」

壁にあらわれたりえ女の顔は、さすがに紅潮しておった。ついに蒙古の退魔船があらわれたのだ。

船の外をうつしだしている窓には、もう風雨はうつっていなかった。このような高さにまで昇ると、もう、風も空気もなくなるのだ。

十万丈、十一万丈、十二万丈、小窓の中の針が、ふるえながらのぼっていく。信じられぬほどの高さにまでに達したのだ。

やがて、遠視機の窓に、とび交う光火箭の光条が見えはじめた。星々の輝く真黒な空にまるで火花のように美しく見えた。

「清治さま、敵に遭遇します。反中性子《はんちゅうせいし》遮断幕をはってください」

愚僧は、言われるままに、つまみを廻した。やがて、漆黒の中に、味方の十六艘の退魔船が見えはじた。その銀色の船体に、光火箭の光条があたって、光の飛沫を散らしておった。遮断幕が、敵の光火箭をはねかえしておるのだ。

味方と合流してはじめて、愚僧は、敵の全貌を見とどけることができた。敵は十艘、だが、味方の三倍もあるかと思われる大型の退魔船だった。

まるで、四方から味方をはさみつけるようにして、射ってきておる。どう見ても、戦況は不利のようだった。

突然、愚僧の船は大きく揺れた。あやうく将机から転がりおちるところだった。敵の光火箭が命中したのだ。幸い遮断幕がはってあるので、被害はなかったが、水夫《かこ》の者どもの中には、こぶをこしらえた者もあった。

「皆のものよく聞け。味方は苦戦しておる。敵は味方より強力な退魔船を持っておる。いまのところ光火箭をふせいでおるが、その遮断幕の力も、あと二刻ほどでなくなるということだ。けんどのは、降服をすすめておる。だが、武士《もののふ》たるもの、おめおめと虜囚の恥をさらしてなるものか。わしは、たたかうぞ。かくなるうえは、討って出るのみ。わしに従う者は、船底をおしひらいて討って出よ」

通有どのは全船に命令をくだした。愚僧は、安全帯をほどいて立ちあがった。船艙に用意した宇宙鎧を一着したが、どうにも、頭《かしら》のあたりが不安だった。鉢《はち》は白銀色で丸く、目の前は、玻璃《はり》づくりでできておったが、未来人の宇宙鎧というものは、どう見ても強そうには見えなかった。そこで、愚僧は、宇宙鎧をきたそのうえに、鍬形《くわがた》うったる冑《かぶと》をかぶり、胸のあたりに胴丸を着こんだ。宇宙鎧は、どう考えてもわずらわしかったが、これを着ないと息がつまって死んでしまうという説明を聞いておったので、着用しないわけにはいかなかった。宇宙鎧をきたうえに、鉄《くろがね》鉢《ばち》の冑をかむり、胴丸をつけた様《さま》は、どうにも凜々しい武者振りではなかったが、かような際に、そんなことにかまっては、おられなかった。

愚僧は、五人ほどの小者を連れて、船底の二重扉を押しひらいて、討ってでた。船の外の闇の中に、ふわふわと浮きながら、愚僧はつまみをまわして、背中の笈筒《おいづつ》から火をふきだし、重さのない宙を滑るように進んでいった。

途中、通有どのや、他の退魔船の者たちと合流した。なんと、通有どのも、愚僧と同じような異様な格好だったのである。宇宙鎧のうえに、胴丸を着こみ、鉄《くろがね》の冑をかむり、背には、重籐の弓と箙を背負っておられた。他の者も、おおむね、われらと同様の格好をしておったが、なかには、宇宙鎧だけの者もおった。だが、すべすべした銀色の宇宙鎧は、まるで女性《にょしょう》の肌のようで、おそらくは敵にあなどられるばかりであった。

けいんどのの説明でわれらには判っておったことだが、敵の電探儀《でんたんぎ》なるものは、退魔船のような大きな物は捕えることができても、人間のような小さな物は捕えることができないのだ。しかも、電探儀は、退魔船のほうに向けられているのだから、万に一つも発見されるおそれはなかった。

われらは、いちど、ひくくおりて、下方から、敵船の船底へむかった。はるか下方には海や陸地がひかっておったが、なるほど、けいんの言うように、地の涯、海の涯は丸味をおびておった。

ふりあおぐと——ふりあおぐと言っても、まるで羽のように体が軽く宙に浮いておるのだが——、上方、つまり陸地と反対側に、光条をとばして戦っている敵味方の退魔船が見えた。

「よし、みなの者、手わけをして、とりあえず五艘の敵船を襲うことにしよう」

世界の外にでると、もう音はきこえないので、電波というもので話しあうのである。通有どのの声は、宇宙冑のなかでささやくようにきこえた。

愚僧はこの瞬間を待っていたのだ。すぐさま、背中の笈筒《おいづつ》から火を発して、一艘の敵船にむかって上昇をはじめた。通有どのも手勢を連れて、別の敵船に向かった。通時どのなどは、大槌《おおづち》をぶらさげて、勇んで上昇して行かれた。

船底の二重扉の下にたつと、扉はひとりでに開き、われらを導きいれた。人が来ると、ひとりでに開くように作られてあるのだ。

外扉《そととびら》が閉じ、内扉《うちとびら》が開き、中へふみこむと、出合頭《であいがしら》に、銀色の服をきた蒙古兵がとびだして奇妙な声をあげた。そやつは、愚僧の異様な風体を見ると、仰天して奥へ逃げこもうとした。やはり、宇宙鎧のうえに冑をつけてきてよかったのだ。愚僧は、あたふたと逃げるそやつに追いせまって、抜き討ちに斬りつけた。後袈裟《うしろげさ》に斬られたそやつは、血煙りたてのけぞった。血刀をふるって奥へふみ込んだわれらは、あたるをさいわいに斬りまくった。なかには、腰の光火箭に手をかけるやつもおったが、狭い室内では、なんの役にもたたなかった。

ものの四半刻ほどのうちに、二十人ばかりの敵を斬り伏せわれらは敵船を奪いとってしまった。

さっそく壁にならんだつまみのなかから、遠視器のそれを選びだして呼びかけると、壁に光や線がいりみだれ、やがてはっきりと通有どのの顔をうつしだした。

「でかしたぞ、清治《きよはる》。わしのほうも巧くいった。存外意気地のない奴輩《やつばら》だった」

他の三艘も、われらの手にわたった。そこで、われらは奪いとった敵船の光火箭をつかって敵船を攻撃しはじめた。かくなっては、形勢は明らかに逆転した。今度は敵船が苦しむ番だ。おなじ威力の光火箭でせめられては、敵の反中性子《はんちゅうしようし》遮断幕も、二刻《ふたとき》ともたないはずだった。

「清治《きよはる》さま、敵船からも武者《むしゃ》がでてきました」二重扉のところで外をみはっていた小者がかけつけたので、愚僧は、光火箭をまかせて、船外に出た。

なるほど、通有どのの奪った退魔船のほうに敵兵が進んでくるところだった。笈筒《おいづつ》から火を吐いてせまってくる様は、さすがに恐ろしい観物だったが、あの薬罐《やかん》のようなてらてらした宇宙冑《うちゆうかぶと》は、むしろ滑稽だった。やはり冑というものは、敵の魂をも凍らせるほど恐ろしいものでなければならぬ。

「やあ、良き敵、ご参《さん》なれ。拙者は伊予《いよ》、石井郷の領主、河野弥九郎通有。いざ尋常に勝負いたせ」

通有どのの大音声《だいおんじよう》が、冑のなか一杯に轟いたので、愚僧は聾になるかと思ったほどだった。

ところが、敵は卑怯にも、名乗《なのり》もあげず、いきなり光火箭を射かけてきた。流れる光条に、愚僧は思わず息をのんだが通有どのから僅かに狙いがそれた。

「これは卑怯なり、かくなるうえは、わが一矢をうけて見よ」

通有どのは、ふたたび大音声で叫ぶと、背中の箙から黒羽の矢を手にとった。重籐の弓をきりきりと満月のようにひきしぼり、ひょうと射て放てば、七寸五分丸根の鏃《やじり》はあやまたず敵兵の胸もとを貫いた。敵船からは、次々と新手を繰りだしてきたが、次から次へと射っておとされた。射たれた敵は、宙に浮いたまま倒れもしないのだから、これはまた奇妙な戦であったが。

かくして、一刻ばかりのうちに、戦の勝敗は明らかとなった。遮断幕の切れた敵船二艘は、二十六艘の味方の退魔船から注がれる光火箭をうけての火の玉となって燃えあがり、残り三艘は、わが軍門にくだった。


やがて、われらは、一族郎党に迎えられて伊予三津浜に凱旋した。新たに手にいれた八艘も加えて、二十九艘の退魔船が勢揃いして、さすがに広い浜辺も狭く感じられたものだった。

けんたち未来人一行の慶びは、われらの想像以上だった。十艘の敵船にかこまれ、一度は、降服を決意したけんだったが、今となっては、通有どのの決断に、いくら感謝してもしきれない様子だった。

「通有どの、ほんとうにお礼を言います。最初、ここへ来た時、わたしは、あなたがたの力を疑っていました。だが、今やっと、あなたがたの力を知りました。なるほど、わたしたちは、科学力においては、あなたがたよりまさっています。しかし、わたしたちは、長年の蒙古の圧制によって臆病で卑屈になっていたのです。あなたは、すばらしい人です。この日本《やまと》の国を蒙古の手から救ったのです。わたしが今いる世界、ここでは、忽必烈《フビライ》帝の東方遠征は失敗し、嵐のため、多くの兵船が沈んだことになるのです。あなたは、輝かしい日本の歴史をつくりだしました。やがて、あなたがたも、自動車や飛輪船をつくりだし、自由自在に日月星辰の間を航行するようになるでしょう。最初に月を、ついで宵の明星、さらに、この太陽の支配する九つの惑星すべてを手中におさめるでしょう」

けいんの目には涙が光っておった。長年しいたげられてきた蒙古を破った感激をおしかくすことができなかったのだ。

「だが、けいん殿、おことの喜びは判るが、はたして蒙古皇帝は、このままあきらめるだろうか」

　通有どのは、さすがに慎重だった。蒙古皇帝ともあろうものが、このまま引っこんでしまうだろうか。数万の軍勢をさしむけながら、東方の一小国に破れたとあっては、他の国へのしめしがつくまい。聞くところによれば、あのように強固に見える蒙古帝国にも内紛があるとのことだ。蒙古帝国は、京師《みやこ》のある支那本土の他に、窩濶台《おごだい》、伊児《いる》、察合台《ちゃがだい》、欽《きぷ》察《ちゃく》の四汗国と呼ばれる属国をかかえておる。中には、窩濶台《おごだい》汗国のように、宗室に叛くものすらでてきておる。さすれば、かならずや忽必烈帝としては、面目にかけても日本攻略をはかるに違いないのだ。

　愚僧は、けいんの顔を見つめたまま、答えを待った。けいんにもその先は、はかることができないのだ。

「退魔船の説明のときに、申しあげたと思いますが、歴史というものは、かならずしも、一本の線のようなものではないのです。それぞれ、おこる可能性にしたがって、さまざまの世界があります。ですから、違った歴史のうえには、今日の戦いで日本《やまと》が、やはり敗れている世界もあります。つまり、もう一度、蒙古が攻めて来るとなると、それは、歴史の分岐点になるのです。その戦いで日本《やまと》が敗けてしまえば、その歴史は蒙古の圧制につながるものになりましょう。いまいる歴史の流れは、わたしにも、まったく予測できません。わたしたちの世界では、このとき、すでに日本は敗れておったのですから……」

けんの言葉に、人々は静まった。あまりに喜びが大きすぎたのだ。今度の戦《いくさ》では、日本へ攻めてくる月日が前もって判っておった。ところが、もう一度やってくるとなると、その日は、誰にも判らないのだ。

「けん殿、おことは、さきほど、四次元震動波とやらで、近くに退魔船があらわれると、すぐに判るのだと申されたな。それは、まことか」

「無論、それは判りますが、はたして、何年先、いや何十年先のことやらも、定《さだ》かではないのですから」

「それは判っておる。だが、もう一度、蒙古が日本に攻めてくるとしたら、今度の戦さで判ったように、日本が敗れることは間違いあるまい。それでは、その歴史の流れの先にも蒙古が全世界を支配しておる別世界がある筈。さすれば、その世界の時間巡邏隊も、この重要な歴史の分岐点を監視しておる筈だのぅ。わしは、殻爆雷を積んだ無人の退魔船を、博多湾上空に浮かべておいたらよいと思う。そして、五里四方に退魔船があらわれたら爆発するようにしておくのだ。もし蒙古の軍船が博多湾にはいってきて、上空に監視の退魔船があらわれれば、四次元震動波を感じとった無人の退魔船は、ただちに爆発するであろう。さすれば、一石二鳥ということにあいなる」

「なるほどそれは名案だ！」と、けんはさけんだ。「明日からでも仕事にかかりましょう。われわれの力なら、それは、簡単なことです」

　けんは、すっかり喜色をとりもどしていた。

　やがて、われらは、勝利の酒盛をひらいた。通有どのの館は、われるような騒ぎになった。歌いだす者、踊りだす者、誰も喜びをかくさなかった。愚僧も、つい地酒をすごして、大声でわめいたりしておったが、ふと、気づくと、りえ女とりゅうという若者がいなかった。この喜びの時に、なによりも喜びを分かちあいたい当のりえ女がいなくなってしまったのだ。愚僧は、太刀をとりあげると、よろめく足をふみしめて、板敷の間をあとにした。築地を通りぬけて、木戸を開いて外にでた。

　十月二十二日の月は、半分かけた姿で黒一色の景色に、かすかな明りをそなえておった。社《やしろ》の森や、地蔵堂などを見てまわったが、どこにもりえ女の姿はなかった。

　そうだ、浜だ。愚僧は、それに気づいて、足早に小径を通りぬけ、浜へ向かった。十月の風は冷たく、その冷気が愚僧の酔いをさました。

老松のわきを走りぬけて浜にでた愚僧は、思わず立ちすくんだ。

りえ女はそこにいた。砂浜に身を横たえて、りゅうと一緒に……。

「り、りえ女、そ、そなたは……」

二人は愚僧の声に、がばと跳ねおきた。そして、愚僧の顔をまじまじと見つめた。りえ女の銀色の服のわきの締め金が太股のあたりまで開いたままだった。

「清治《きよはる》さま、とうとう気がついたのね。あたしは、ここの人たちには悪い女だったわ」

「り、りえ女、こ、これは、一体どうしたことなのだ！」

「わたしたちと、あなたがたの習慣が違うのよ。清治さま、あたしたち、千年先の女たちは、蒙古人の奴隷だったわ。誰の慰みものにもなる悪い女だった。あたしは、そういう環境の中に生きてきた。昔の世界にあったような、契約異性とだけ生活していく習慣は、あたしたちの世界には、もうないのよ。ここへ来て、あなたを知ったとき、あたしは、あたしなりの方法で、あなたを愛した。

でも、あたしたちは、また遠い未来へいくの。違った歴史の流れから到達した未来がどんなものか、それは、あたしにも判らない。でも、あたしには、そうするしか方法がないの。

さようなら、清治さま。もう、お逢いしないかも知れない」

りえ女は、淋しそうな微笑をうかべた。りえ女自身、けっして幸福ではないのだ。愚僧は、とりとめようのない自分の心に言いきかせると、その場をあとにした。そして、通有どのの館《やかた》とは反対の道後のほうに足をむけた。

　愚僧の物語のうちで、最も奇異な、また悲しむべきことは、それから一月ばかり経ったある日おこった。愚僧は道後の山をおり、ひさしぶりに通有どのの館のほうに向かった。三津浜の砂地には、なぜか退魔船がなかった。

　館にはいると、双肌ぬぎになって弓を射ておられた通有どのは、愚僧に気づいて、矢をほうりだし、近寄って来られた。

「清治、久しぶりだな。合戦に参加できなかったもので、腕がなって仕方がないわ」

「殿《との》、退魔船が見当りませぬが……？　それに、けん殿の一行がおりませんが……」

「なんと申した？」

「退魔船のことを申しました」

「たいません？　なんのことだ？　しばらく見えなかったがそちは、どうかしたのか？」

「どうかしたのは拙者ではありません。殿のほうこそ……、拙者を、おからかいになって」

「からかってはおらぬ。そのほうこそ。それから、けんどのとか申したな」

「いかにも。未来から退魔船に乗ってきたけん殿のことでござる」

「そちのいうことは、さっぱり判らぬ。もっと判るように話してくれ」

「殿は、拙者やけん殿といっしょに、蒙古《むくり》と戦ったではありませぬか」

「なに、蒙古《むくり》とな。あの合戦に加わらなかったのは、かえすがえすも残念だった。わしが三島明神から金子を借りうけて出陣の準備をしておるうちに、蒙古《むくり》め、退散しおった」

「殿、蒙古《むくり》は、われらの手で追いはらったのではありませぬか！」

「われらの手だと大宰府も危いところだったが、神風が吹いたのだ」

「か、かみ風？」

「いかにも、八百万神《やおよろずのかみ》が国難を救いたもうたのだ」

「と、との、源次為則《げんじためのり》や佐平次季次《さへいじすえつぐ》を呼んでください」

愚僧は、ついに大声をだした。信じられないことだったが、通有どのは、あのことに関して何ひとつ覚えてはおられなかった。為則《ためのり》や季次《すえつぐ》が呼ばれた時、愚僧の一縷の望みは消えた。殿と両人はおろか、三津浜の住人ことごとくが、何も覚えてはおらなかった。

二十九艘の退魔船、三つの丸屋根の陣屋、そして、未来人のことごとくが消え失せ、誰も、そのことを忘れはてておったのだ。

かえって愚僧のほうが乱心あつかいされたが、愚僧には、なにひとつ証《あかし》となるものはなかった。光火箭ひとつ残ってはおらなかった。女子供や小者にいたるまで、会う者すべてに尋ねてみたが、徒労におわった。

すべてに絶望し、愚僧は、三津浜にさまよい出た。たしかに、あの光火箭に射たれた松はなくなっていた。通りがかりの子供をつかまえて訊いてみると、雷に射たれたためだということだった。

愚僧は、あてもなく浜を歩きまわった。砂地に沈むようにとまっていた退魔船のおかれてあったあたりも、きれいに砂が盛りあがって、疑う余地はなかった。

だが、波打際までできた時、愚僧は、歩みをとめた。多少波に洗われてはおったが、たしかに、そこには轍《わだち》の跡があった。まるで毛虫のように車の間にかけわたされた鉄《くろがね》の帯を廻して進む、あの未来人たちの車のものに間違いはなかった。

愚僧は、夢を見ているのではなかったのだ。愚僧の言うことが本当で、他の人々は、記憶を失ってしまったのだ。

そう思うと、あの過ぎ去った日々のことが潮のように心の中に湧きあがってきた。りえ女とはじめて逢った日。退魔船の操縦を学んだ日。海岸でりえ女と抱《だ》きあった日。そして、宇宙鎧《うちゆうよろい》を身につけ戦った日。それらの日々が、まるで昨日のことのように思えた。

「り、りえ女――、拙者がもとに帰ってきてくれ――」

愚僧は、そうすることが無駄だと知りながら、波打際に立ったまま、大空にむかって叫んだ。

だが、無論どこからも答《いら》えはなかった。初冬の太陽が、弱々しい光を投げつけて、波頭を銀色に染めておるばかりだった。

それからの愚僧の生涯を、くどくどと述べてもはじまるまい。愚僧は、その後、仏門に帰依し、この山中に暮らしてきたのだ。

だが、この書をおわるにあたって、蒙古の二度目の来襲のことを書き記しておかねばならぬ。

文永の役から七年たった弘安四年（一二八一年）蒙古軍は再度来襲してきた。無論、出家した愚僧は、この役《えき》には加わらなかったが、通有どの、通時どのは、一族郎党を率いて、肥前唐津へむかった。

その合戦の模様は、いろいろな書物に記されてあるから、愚僧が、ここであらためて述べる必要はあるまい。

通有どの、通時どのは、敵船を襲い、敵将を捕え、めざましいはたらきを為されたとのことだ。この戦いで、通時どのは震天雷《しんてんらい》に打たれ討死をとげた。そして、通有どのも、重《おも》傷《で》をおって、それから数年を経ずしてなくなられた。

愚僧は、それから、このお二方の墓所に詣で、看経《かんきん》に日々を送るようになった。

愚僧の若き日の、あの出来事は、はたして真実であったのだろうか。もはやそれに答えてくれる者は、どこにも居《お》らぬ。

ただ、その証《あかし》として、ひとつだけ言えることがある。それは、弘安の役のとき、蒙古の船を撃滅した神風のことである。愚僧は、その後、大宰府へおもむいて、いろいろと調べてみた。そして、二度目の神風は、実は殻爆雷を積んだ退魔船の爆発であるという事実をつきとめた。

弘安の役のときは、前回にくらべて、大宰府の防備はかたかった。だが、蒙古《むくり》のほうも四千艘という文永の役に数倍する軍船をさしむけてきたのだ。そして、今度も、日本軍は敗北寸前にあった。そこへ神風が吹いたというのである。なるほど、西海の国々は、秋になると、しばしば大嵐に見舞われる。だが、あれは水無月の頃だった。愚僧は寡聞にして、水無月の頃、あのような大嵐が襲ってきたという例《ためし》を知らぬ。

愚僧が土地の漁師たちから聞いたところでは、あのとき浜に打ちあげられた蒙古兵の死体は、体中あかはだかのように脹れあがり、皮膚がべろべろにむけておったと言うことだ。

愚僧は、りえ女の話を思いだしたものだった。

殻爆雷が爆発すると、多量の中性子《ちゅうしょうし》を放出するとのことだ。蒙古兵たちは、疑いもなく、中性子《ちゅうしょうし》を浴びて、焼けただれて死んだのだ。

現在の愚僧の心は、弥陀《みだ》の浄土にあるごとく、澄みきっている。日々、仏壇に香華をささげ、南無阿弥陀仏を唱える生活に満足しておる。今かんがえてみると、けんたちが、去っていった理由が判るような気がする。

愚僧らは、退魔船に乗り、自由自在に宙を舞うことを学んだ。一瞬にして京の都を煙にする恐ろしい力のことも知った。

だが、愚僧たちに、それを使う資格があるだろうか。人間誰しも、罪業ふかいものである。欲心のない人間など、どこの世界にも居らぬ。

通有どのとて例外ではなかろう。あれだけの力を身につけて、はたして正しく使うことができたろうか。無論、望みさえすれば、退魔船や光火箭をつかって、日本《やまと》の国はおろか、全世界を手中におさめることもできるだろう。

人の世は、変遷さだまりなく、争いの絶えぬものである。諸行無常、覇者たる者も、かならず亡びる運命《さだめ》にある。おそらく、未来の世界でも、それは変らぬであろう。

もし、争いがなければ、光火箭もいらぬ。退魔船もいらぬ。

けんどのは、われらが、あの武器を使ってお互い同士あらそって亡びぬよう、全ての人から記憶をうばって去っていかれたのだ。

やがて、われらにも、あの力をつくりだす日が来よう。だが、あの力を、武器につかってはならぬ。山を毀《こぼ》ち都をつくり、海を埋めて田畑とするごとき、民《たみ》の為になる目的に使わねばならぬ。

愚僧は、いま山中に庵をかまえて、八十《やそじ》になんなんとする齢《よわい》を長らえておる。

鎌倉の執権、北条高時は、闘犬や田楽にうつつをぬかし、諸政をかえり見ぬという。

だが、愚僧は、あずかり知らぬことだ。愚僧は、ただ毎日仏《ほとけ》につかえ、逝き人の冥福をいのるのみなのだ。

あのとき、けんたち未来人の一行が去ったのち、唯一の遺品として残った、この紙に、光線筆でこの書を記し終えれば、愚僧のなすべきことはもはやないのだ。

元弘二年（一三三二年）

神無月八日、己亥　　　　　　　　　　僧蓮清　記之。

ハイウェイ惑星

石原藤夫

1965

石原藤夫〔いしはら・ふじお〕（一九三三〜）

東京生まれ。早稲田大学理工学部電気通信学科卒の工学博士。日本電信電話公社（現NTT）に勤務し、後には玉川大学教授も務めた。SF同人誌〈宇宙塵〉発表の「高速道路」を改題した「ハイウェイ惑星」が〈SFマガジン〉六五年八月号に掲載されデビュー。広範かつ正確な科学知識に基づいた作品を得意とし、日本SFの黎明期においては、ハードSF＝石原藤夫というイメージすらあった。コンピュータ社会が万能ではないことを予見した『コンピュータが死んだ日』や、『光世紀パトロール』『宇宙船オロモルフ号の冒険』に代表される宇宙SFなどがある。『SF相対論入門』などの科学ノンフィクション著作も多数。また『SF図書解説総目録』をはじめとするSF書誌でも多大な功績があり、我が国においてSF書誌の概念を普及させ、九一年に第十二回日本SF大賞特別賞を受賞した。「ハードSF研究所」の主宰者でもある。

惑星開発コンサルタント社のヒノとシオダが奇想天外な惑星を調査する《惑星》シリーズは石原藤夫の代表作で「ブラックホール惑星」「バイナリー惑星」など傑作揃い。「ハイウェイ惑星」はシリーズ第一作。巨大ハイウェイが走る惑星で繁栄する、不思議な生物。その発生と進化を分析する過程が実に興味深い。（北原）

初出：〈SFマガジン〉1965年8月号
底本：『ハイウェイ惑星』徳間デュアル文庫

1

高いシダ植物のてっぺんから、身をのりだすようにして、ヒノは大声でいった。

「まったくすごい道路じゃないか。太陽系のどの惑星にだってこんなのはないぜ！」

ヒノがすっかり興奮して、いかついあから顔をますます赤くしているのもむりはない。

それはじっさい、すばらしいの一語につきる道路だった。

上空からの観測によると、幅は確実に三キロメートルはあり、完全に一直線を保ったまま、うっそうとしたシダ植物の原生林《げんせいりん》をつらぬいてどこまでも走っている。

ゆるやかな横断勾配《こうばい》と、淡いブルーの色彩をもった、広くはてしないハイウェイなのだ。

「なあシオダ、こんなとてつもない道路が、しかもこの惑星をぐるっと一周しているというんだから驚くじゃないか。これをつくったのは、いったいどんなやつらだったんだろうな」

となりのシダ植物にのぼっていたシオダは、しかし、それがくせである小首《こくび》をかしげた姿のまま、ヒノのどら声をきき流していた。

行動派のヒノは、とてもじっとはしていられないとばかり、それまでしがみついていたシダ植物の先端から、八メートルほどの高さをもつ道路の防護壁にロープをかけわたし、それを伝って壁の上に、さらにその内側の路面へと、すべりおりた。

「はやく来いよシオダ。適当な弾力があって、じつに歩きいいぜ。じっさいこの道路の近くに墜落《ついらく》したおかげで命びろいしたというもんだ。原生林の奥だったら、とても艇まで帰るのはむりだったろうからな」

陽気にしゃべるヒノにつづいて、シオダも慎重な動作で道路におり立った。

ふりかえってそれをたしかめてから、ヒノはふたたびしゃべりはじめた。

「帰ったらイーハラ調査課長からきっとお目玉だぜ。道路を調べに来たのに、調査艇の着陸でまず失敗して、その道路にばかでかい裂け目をつくっちまったうえに、こんどはヘリで穴をあけてしまった。修繕《しゅうぜん》する必要のない道路をわざわざ毀《こわ》しに来たようなものだからな」

ふたりは、経済的な事情もあって、空気の濃い惑星の上空で行動するときはロケットでなくヘリコプターを使うように指示されていた。

そのヘリコプターが、どうしたことか空中で火をふき、路面にまっさかさまに墜落してしまったのだ。ふたりはパラシュートでぶじに飛びおりたが、その場所がこの道路のすぐそばだったということは、まあまあ不幸中のさいわいといってよかっただろう。

宇宙調査艇も、ここから一直線の道路ぞいに百五十キロほど行ったところに、近くの原生林をやきはらって着陸していたからだ。

「どうもただの材料でできた道路とは思えない」

シオダがはじめて口を開いた。なにか考えこんでいる口調である。

「調査のほうはもういちど出直してからにしようじゃないか――」ヒノは、あいかわらずだな、といった顔つきでこういってシオダを眺めた。「――とにかく艇に早くもどることが先決だ。急いで歩いたって三十時間はかかる。食料もないんだから、よけいなことをしているひまはない」

ヒノのことばももっともだった。

食料も探検用具もみんな燃えてしまい、いま手もとにあるのは、パラシュートを利用して作った防護壁をこえるためのロープ一本という心細いありさまだったからだ。

しかしシオダは、いぜんとして超然《ちょうぜん》たる研究者ペースをくずさない。細長い身体をかがめて小首をかしげたまま考えこんでいる。

ずんぐりとした体軀《たいく》で実行力を買われているヒノとは対照的だが、こんなところがかえって上役に信用されているのだ。

彼はしばらく黙っていたが、やがてかみしめるように、

「原生林に囲まれた道路が、誰《だれ》もいないのにこんなにきれいなままでいるなんて、少しおかしいとは思わないか？」

「なるほど……」ヒノはあらためてあたりを見まわした。「チリひとつ落ちていない。かすり傷も見あたらんな」

「そこなんだ。ぼくがさっきから心配しているのは」

「そういわれてみると、なんだかいやな予感がしてきたよ……」

そのことばがまだ終わらないうちだった。

すぐ足もとの路面から、とつぜん、噴水を束にしたような大量の水がふき出し、いきなりふたりの体をななめ下から押しあげた。そして、その噴水の位置がすーっと道路の端にむけて移動したのである。

ふたりはどうすることもできず、噴水に乗せられて木屑《きくず》かなにかのようにぐるぐる回りながら、防護壁の外につき出されてしまった。さけるも逃げるもない、あっというまのできごとだった。

ヒノは道路わきの巨大なシダ植物の根もとにしがみついて、声をからした。

「シオダ、大丈夫かっ！」

「これでがてんがいったよ」

おなじ木の上のほうで、シオダのおちついた声がした。ふたりともぶじだったらしい。

「よけいなものが路面につくと、水で洗い流す仕組みになっていたんだ。遠くに見えていたヘリの残骸《ざんがい》も押し流されてしまっている」

シオダはぐしょぬれの体で、ずるずると太い幹をすべりおりながら、これでやっとなぞが解けたぞ——という表情をしてみせた。

ヒノはすっかりしょげかえって、地べたに腰をおとしている。

その目のまえで、ふき出した水の残りはたちまち路面に吸いこまれ、ついで、ふたりを流出させるために十数メートルの長さにわたって路面の高さにまでひっこんでいた防護壁が、見るまにぐんぐん上昇し、もとの高さにもどっていった。

気候は地球の熱帯なみで、水にぬれても寒くはなかったが、ふたりとも高温多湿むきの軽装だったため、むき出しの両腕両脚は傷だらけになっていた。

だが、シオダはひるんだ様子もなく、おもむろに内ポケットから調査ノートを取りだすと、小首をかしげながら記入をはじめた。ヒノもため息をついて、それにならった。

両人とも、有名な『惑星開発コンサルタント社』の調査課に所属する若手社員だった。

そしてふたりがこの惑星『ネット』に派遣されたのは、このハイウェイが惑星を開発する際に利用できるかどうかを、調査するためだった。

出発にさいしてイーハラ調査課長から渡された資料によると、ここら辺一帯は、第七七辺境《へんきょう》恒星区と呼ばれ、これまで全く未開の宙域であるとされていた。ところがごく最近、その中心にある恒星系で、三千万年ほどまえまで栄えていた種族の遺跡が発見されたのである。

その遺跡からの出土品は、主として考古学者に喜ばれるたぐいのものだったが、中にはそうでないものもあった。『コンサルタント社』が開発設計の権利を取得した、道路つき惑星に関する記録もそのひとつだった。

その種族は、彼らの星系の勢力範囲内にある、無人で居住可能な惑星千数百個のすべてを開発する計画をたてたものらしい。

その第一着手として、経度と緯度を表す線にピタリと一致した、たがいに直交する無数のハイウェイ群で、ボールを網でくるむように、それらの星々を包みこんでしまったのだ。

まず道路をつくれ——これがその種族の信念だったらしい。

ところが気の毒なことに、その計画の第二段階を実行に移す寸前に、彼らは滅亡《めつぼう》してしまったのである。

抜け目のない『惑星開発コンサルタント社』が、これら道路つき惑星群に目をつけたのは当然のことであろう。

そして、調査の第一回として、この惑星『ネット』が選ばれたのは、全面沼地《ぬまち》だらけで海も山もないため、完全無欠な周回道路で球面図形が描かれている——という記録が残っていたためだった。

「きわめて有効な妨害物除去機能を具備《ぐび》していることが判明した。静止した物体、およびある限界速度以下で移動する物体を検出し、これを大量の水によって一気に流出せしめるものである……こんなところかな」

ヒノが自分のノートを読みあげた。やけになった声である。シオダがつけ加えた。

「物体検知や水の噴出の機能は、局所的なものではなく、路面全体に分布しているようだ。だから厳密には『面分布型妨害物除去機能』と称すべきだろう。それからほかにもまだいろいろ気になることがある。もういちど路面に出て実験してみようじゃないか」

「実験だって!?　われとわが身を使ってかい？　正気のさたじゃないぜ」

「このままじっとしていても飢《う》え死《じ》にするばかりだ。とにかくこの道路を利用する以外に調査艇まで行きつく方法はない。まずデータを集めよう」

「それもそうだ。早足で歩けばいいってことにでもなれば、めっけもんだからな」

ヒノもなっとくして立ちあがった。こんどは、シオダのほうが先に路面に乗りだした。ふたりはまず全速力で走った。つぎにしだいにスピードをゆるめ、軽い駆け足になった。そこで水がやってきた。ふたりは必死になって逃れようとしたが、むだだった。

水は、直径二メートルほどの柱となって強烈にふき出しており、そのうえ、さけようとして身をかわしても、それにつれて噴出口もすばやく移動してくるので、結局押し流されてしまうのだった。

「もうだめだ」

ヒノは、シダ植物の幹《みき》にいやというほど頭をぶつけ、ぬらぬらしたコケの上にしゃがみこんでしまった。

この惑星の重力は地球の七割だったが、ふたりとも無重力になれているので、それだから軽く走れるというものでもなかったのである。

「あきらめるのはまだ早い——」シオダは、すっかり青ざめてニキビの跡《あと》だけが赤く残っているヒノの横顔を見ながら、おちついていった。「——疲れるたびに壁を乗りこえて休むことはとてもできないが、さっきの経験によると、三、四分程度なら路面でも停止していられるんだ。だから、三分休んでは全速力で走り、そしてまた三分休む、といったことをくりかえしてみたらどうだろう？　もういちど実験してみるよ。きみはここで待っていたまえ」

シオダはヒノを残して、ふたたび防護壁を乗りこえていった。結果はしかし、かんばしいものではないらしかった。これでもか——といわんばかりの水音が、二度も三度もきこえてきたからである。

ヒノがげんなりしているところへ、シオダが意外にも嬉《うれ》しそうな顔でもどってきた。

「道路の新しい機能を発見したよ。ほら、あそこだ」

　シダ植物によじのぼって、壁ごしにシオダの指さす方角を眺めると、まっ平らな路面の一部がわずかにへこんで、少し陰になって見えている。

「なんだい、あれは？」

「われわれのヘリが墜落した跡さ」

「それがどうしたっていうんだ？」

「あの穴は、最初はもっとずっと大きくて深かったんだ。それがこうして見ているうちにも、少しずつ平らになっていってるんだ」

「なるほど、高級な道路だな」

「自己修復機能というやつだ。むろん面分布型だろう。まったくすばらしい道路じゃないか！」

　シオダは目を輝かせて、ぐしょぬれになった調査ノートをまた取りだした。

　ヒノは泣き声で、

「自己修復だかなんだか知らないが、結局実験のほうはどうなったんだ。どうやらだめらしいじゃないか」

「ああ……」さすがのシオダも、そういわれるとちょっと元気を失った。「敵はそんなに甘くはなかったよ。過去の休憩時間を、ちゃんと計算に入れているらしい。防護壁の上を伝って歩いてもみたが、やはりいけなかった。壁がすうっと引っ込んでぴゅっと狙《ねら》いうちさ。まるでおもちゃにされてるみたいだ」

　こうして、長時間全力疾走しないかぎり、このハイウェイの使用は不可能であることを、ふたりはいやというほど知らされたのだった。

　この路面のような、ある機能が面にわたって分布している構造物は、生体の皮膚《ひふ》を連想させるため、俗に皮膚型面構造と呼ばれ、地球でもかなり昔から実用されているものだった。

　だから、この道路の機能がわかってしまえば、その原理については、ふたりともさして神秘を感じることはなかった。だが、ふたりを圧倒したのは、三千万年ももちこたえたその強靭《きょうじん》な耐久力と、三キロ幅の道路で縦横《じゅうおう》に惑星全体を囲んでしまっている、規模の雄大さだった。

　地球人の面分布構造物は千年も働けばいいほうだったし、コストが高いので、とくに重要な部分にしか利用されていなかったからである。

「いったいどのくらいの費用がかかったものか、想像もつかんな」

　からだを休めて考え直すために、また近くのシダ植物によじのぼりながら、ヒノが嘆声《たんせい》を発した。

　眼前にひろがる壮大な路面は、横断勾配のため道のむかい側が水平線の下にかくれており、ライトブルーの色彩も手伝って、まるで凪《な》いだ海のようである。

「桁《けた》はずれとは、このことだろう――」シオダもうなずいて、「――しかもひとつやふたつの星じゃないんだ。とにかく偉大な仕事を残したよ」

それからふたりは、その木のてっぺんに並んで横になった。巨大な葉が密生していて、ふたりを楽々とささえてくれるのだ。

酸素は比較的濃密だったので呼吸の苦しさはじきにおさまったが、がっかりすると同時に、これまでの激動で打ったりくじいたりした個所《かしょ》が、急に痛みだした。

声をそろえてうんうん唸《うな》っているふたりの周囲には、道路のすぐ脇から、いやらしいまでに濃く湿っぽい緑色をした、大小さまざまなシダ植物が密生しており、その奥はすべて昼なお暗い大原生林になっていた。

シダ植物の間にわずかにのぞいている地表も、大部分が泥沼で、道路以外を歩くことなどとても考えられない。おまけに食料もなにもないのだ。これまでのところ、危険な猛獣毒蛇のたぐいは見られなかったが、このままでは、餓死《がし》を待つだけである。

「なあシオダ、おれたちの会社は、どうしてこうケチなんだろう。専任のパイロットをつけてくれていたら、そいつが調査艇に残っていることになるから、こんな目にはあわなかったんだ。調査員にパイロットを兼任させて、たった二名で未知の星に出張を命ずるなんて、まったくひどいやりかたじゃないか。ヘリだって中古品だったから、あんな事故を起こしたんだぜ……」

ヒノはぐちをこぼしながら、よろよろと起きあがって伸びをした。

そのときだった。

救世主が出現したのである。

2

「おいシオダ、ちょっとおれをつねってみてくれないか?」

ヒノは信じられないといった声をだした。目は道路上の右はるか遠方を、凝視《ぎょうし》したままである。

「どれどれ――」ゆっくりあとから立ちあがったシオダも、思わず首をまえにつき出した。そして、ふだんの彼にも似合わず上ずった声でいった。「――こちらもつねってみてくれ」

出現したのは四輪車だった。四輪車自体は、地球でもさほど珍しいものではない。一部では、けっこう重宝《ちょうほう》がられてもいた。

不思議なのは、使用者のいないはずのこの道路上に姿をあらわしたこととと、その格好が、遠目にもわかる旧式なことだった。

　ずんぐりした図体に、車輪がつき出るように付属している。なんとも奇妙なスタイルである。

「博物館にあった、昔の乳母車《うばぐるま》みたいじゃないか。原始的な知的生物がいるのかもしれんな」

　ヒノがほえるようにいうのを、シオダは手で制した。

「静かに観察しなきゃいかん。見つからないようにしろ」

「おれたちを乗せてってくれるといいがな」

「敵か味方かまだわからないんだぞ」

「それはそうだ——」といいかけて、ヒノの声がまた大きくなった。「——おい、見ろ。あいつはただの車じゃない。化け物《ばもの》だ——」

　四輪車は近づくにつれて、ますますその奇怪なスタイルをあらわにし、どうしても人工の機械とは思えない姿を、ふたりに見せはじめたのである。

　四輪車の胴体は、がま蛙《がえる》を巨大にしてトサカをつけたような、一種の爬虫類《はちゅうるい》を思わせた。その爬虫類の横につき出た短い四肢の先端が、車輪状になっているのだ。

　それはやがて、ふたりの目のまえ五十メートルほどのところを通りすぎた。時速は二十五キロくらいか。まさに快適なスピードである。

四輪車は一台——いや一匹だけではなかった。あっけにとられているふたりにグロテスクな背中を見せて、四、五匹がつづけざまに走っていった。大きさはロバぐらいである。いずれも、あと足、つまり後輪のほうが大きく、力強く回っている。

その一団が去ってしまってから数分もたって、ヒノがようやく口をきいた。

「サーカスよろしく、やつらにとび乗り、うちまたがってつっ走るんだ。うす気味は悪いがちょいと爽快《そうかい》だぜ。もっとも……」と、ここで、となりで考えこんでいるシオダをうかがって、「シオダの流儀でいくには、そのまえに、あいつらがなぜ車輪をもっているのか、そのなぞを解かなけりゃならんな」

「基本的には問題はないだろう——」シオダは一語一語かみしめるように答えた。「——逆を考えてみればいいんだ。つまり、なぜわれわれをはじめ地球の生物たちが、生まれながらには車輪をもっていないかということをだ。答は簡単さ。はじめに道路がなかったからなんだ……」

「わかったよシオダ！　おれにもいわせてくれ——」ヒノは嬉しそうに手をうつと、シオダのことばをひきとった。「——たしかにそうだ。われわれに車輪がついていないのは、進化のはじめに道路がなかったからだ。どこまでもつづく平らな道路がなかったら、車輪なんて無用《むよう》の長物《ちょうぶつ》だものな。われわれは、山あり谷ありの複雑に変化する地形に適する手足を与えられたからこそ、ここまで進化してきた。かりに突然変異で車輪をもたせられたとしたら、たちまち飢え死にしてしまっただろう。ところが、この惑星では事情がまったく違っている。記録によれば、まだ原始的な生物が沼地に棲息《せいそく》しているだけだった三千万年ほど昔に、このハイウェイはつくられている。つまりこの惑星の生物にとっては、本格的な進化のおこる以前から道路があったことになる。説明はこれだけで十分だろう。この惑星上では、車輪をもたずにのそのそ歩くような連中は、例の妨害物除去機能にあって道路が利用できず、生存競争の敗者となった。一方たまたま車輪にめぐまれた生物は、自己修復機能によって常に平らに保たれている路面をぞんぶんに活用して、あそこまで進化してしまったというわけだよ。これでどうだい。理屈にあっているだろう？」

ヒノはとくいになってシオダに同意を求めた。

「だいたいはいいと思うが、もう少しこまかく考えてみたいんだ」

シオダは半ばうなずきながらも、眉《まゆ》をしかめて思案《しあん》にふけっている

ヒノはひやかすように、

「そういえば、おまえは本社にいるとき、進化論にやけにこってたようだったな。なにかうまい考えがあるのか？」

「うまい考えがあるわけじゃないが……」

シオダは、少し間をおいて話しはじめた。

「車輪の出現といった大進化――つまり構造プランの変革が生ずる条件と確率について、

よく検討してみる必要があると思うんだ。ぼくは入社当初の訓練期間に、宇宙生物の進化論で有名なドクター・タナベの講義をうけたことがある。今その内容を思い出していたところだったんだが、結局こういうことらしい。

まず十九世紀に天才ダーウィンが出て、はじめて近代的な進化論をうちたてた。自然淘汰《しぜんとうた》によって適応的価値のあるものだけが残るという、ダーウィニズムがそれだ。この説はその後、突然変異《とつぜんへんい》をはじめとする多くの現象の発見や新しい研究によって補足、修正され、一種の総合学説として一般に採用された。遺伝子の突然変異、集団の大きさの制限・隔離《かくり》条件など様々な現象を総合して進化の過程を説明するものだ。

しかしこの説も万能とはいえなかった。とくに種《しゆ》の進化ではなく、もっと大きなグループである科《か》、目《もく》、綱《こう》、門《もん》などの進化――すなわち大進化を説明するには、十分なものではなかったのだ。

大進化においては、からだの構造プランそのものが変わってしまい、新しい器官が生成される。こういう現象を単純な突然変異で説明するのはどうもむりがある。この点を解決するために、分子生物学などをバックに分子進化の中立、進化の不均衡など、いろんな説が出たが、結局現在では、第二のダーウィンといわれるドクター・タナベの『万有定向法則』説がもっとも有力とされている。この説によると、太陽系にかぎらずどんな惑星の生物も、宇宙をつらぬく大きな定向法則に従って、広義のバクテリアや藻類《そうるい》から知能をもった生物へと進化する。星によって見かけはずいぶん違った生物がいるが、それは環境と条件によってその法則がある確率で具体化しているにすぎないのだ」

ここでヒノがじれったそうに口をはさんだ。

「講義はそのへんでたくさんだ。ここらで現実にもどってくれよ。結局、四輪車とどう関係するんだ？」

「つまり、その万有定向法則の中には、あの車輪のような大きな無限回転機構の生成に関する項目は含まれていなかったように記憶しているんだ」

「ということは、おれたち、タナベイズムを補足する大発見をしたということだな！」

「そういうことになる。しかしこれが万有定向法則に組み入れられるためには、科学的に、また論理的に、筋《すじ》のとおった説明がなされなければならない。それにはデータが必要だ。地理学的にも、比較発生学的にも、解剖学的にも……」

「おいおい、冗談じゃない。こんなところでのんびり研究などしていられるもんか。とにかくとび乗ってみようじゃないか」

ヒノはもうがまんがならないとばかりこう叫ぶと、ロープを用意して遠く坦々《たんたん》とつづく路面に視線をこらしはじめた。

「調査資料を得るという意味も含めて、乗ってみよう。ただし油断はするな」

シオダもこういって、ヒノにならった。

好運はふたりを待ちかまえていた。さっそく一匹の、さきほどのよりひとまわり大きな四輪車が、防護壁ぞいに姿をあらわしたのだ。形も少し違っている。蛙よりも、トカゲに無数のイボイボをつけたといったしろものである。

ふたりはずるずるとロープをつたっており立ち、駆けよると、「それっ」という気合いもろともその四輪トカゲにとび乗った。イボが五、六個ぬけ落ちたようだったが、とにかく乗車拒否にはあわなかった。

「うまくいったぜっ！」

ヒノがトカゲの首ったまにかじりついて歓声をあげた。だが、好運はたちまち消えうせてしまった。調子の良かったのはとび乗った瞬間だけだったのだ。

ふたりを乗せて百メートルも進まないうちに、四輪トカゲは元気を失ってのろのろ運転にうつり、じきに、腹を路面にペタリとつけて、ストップしてしまったのである。ふたりの重さをささえきれず、つぶれてしまったのだ。

「ざんねん、意外に馬力がない。ふたりじゃオーバーロードだったかな」

ヒノがくやしそうにトカゲの首をたたいた。

シオダはそれには答えず、じっと車輪をみつめている。回転機構のなぞを解こうというのだ。

ヒノも気をとりなおして、同じように車輪を眺めた。

——そこで変事がおこった。車輪が抜けたのである。

たしかにそうだった。トカゲの肢《あし》についていた四個の車輪は、その肢の先端からするするっと離れ、一団となっていとも軽やかに、これまでと同じ方角にむけて、走りはじめたのである。

そして一方、胴体のほうは、大きく身ぶるいしてふたりを路上にほうりだすと、鈍重《どんじゅう》でみっともない爬虫類となってのそのそ歩きだしたのだった。

「これですべてが明瞭《めいりょう》となったよ！」

シオダが、この惑星に到着して以来、はじめて会心《かいしん》の笑みをみせて立ちあがった。試験問題が偶然とけたときに誰でもがする、あの表情である。

「爬虫類の四肢と同じグレー・グリーン系統の色彩をしているので気がつかなかったが、車輪は車輪で別の独立した生命——車輪生物とでも呼ぶべき存在だったのだ。それ自体が車輪である生物なら、その進化の過程を合理的に説明できる。まあ聞いてくれたまえ。かつて沼地に棲息していた無脊椎《むせきつい》動物たちの大部分は、原生林の中で、あのいやらしい爬虫類——外観だけでは決められないが少なくともそれに近いものではあるだろう——に進化していった。しかしきみがいったように、たまたま道路の近くにいた連中のなかには、例の水ぜめの際の間隙《かんげき》を利用するか、壁を這《は》いのぼるかしてうまく……」

ここで時間切れとなったのだろう。水がふき出し、ふたりと、道の端でまごまごしていたさきほどの爬虫類とをもちあげた。水にふりまわされながらも、シオダは大声で話しつづけた。

「……うまく道路に転がりこんだやつらがいたんだ。その中のさらにごく一部分だけが路面に生きのこることができた。生きのこる条件はただひとつ——ころころと転がりながら、すばやく移動できるということだったにちがいない。這いずりまわるしか能のないぶきっちょなのは、当然洗い流されてしまうからだ……」

ふたりはシダ植物に頭をぶつけ、コケの上にほうりだされた。爬虫類は悠々《ゆうゆう》としたペースで密林の奥へ消えていった。シオダは後頭部をさすりながらも話をやめなかった。ヒノはすっかりあきらめて聴きいっている。

「……むろん生きのこるのは、何千万回かそういうことがあってやっと一匹か二匹といったわずかなものだったろう。だが一匹でもいついてしまえばあとは簡単だ。それが車輪生物の原形となり、回転による遠心力でしだいに平べったくなりながら、道路という特殊な社会で適応放散《てきおうほうさん》し、これまで見たような、種々の大きさの車輪生物ができあがったのだ。古い表現だが、わかりやすいネオダーウィニズム式にいえば、ころがり移動能力をもった突然変異種が、この環境に適応し、さらに変異をかさねて軽快な車輪生物にまで進化したということになる。ぼくははじめから、四肢の先端が突然車輪に変異するのはどうもおかしいと思っていた。あれは防護壁をこえて道路に入りこんだ爬虫類が、車輪生物をくっつけた姿だったのだ。これで安心したよ。この説明なら、タナベイズムを補足するに十分だろう？」

「車輪はどうしてひとりで走れるんだい？」

ヒノが少しくやしそうな顔できいた。

「手にとって見なければわからないが、力学的には簡単なことだ。周辺部の変形とか、重心の移動とか、いくらでも方法はある。路面が理想的にできているから、ころがりマサツはごくわずかで、エネルギーをほとんど消耗せずに走りまわれるはずさ」

「くいものはどうしているんだろう？」

「餌《えさ》だって案外豊富なんじゃないかな。なにしろ八メートルの壁ひとつへだてた外は、栄養のありあまった原生林がべた一面つづいているんだ。大気の中にも養分がずいぶん含まれているだろうし、嵐《あらし》が吹けばむろんのこと、そよ風にのってだっていろんなものがまいこんでくるだろう。葉っぱといっしょに原始的な小動物などもやってくるかもしれない。とにかく外敵はみんな道路が除いてくれるんだから、ひとたび適応してしまえば、こんな理想的な環境はちょっとないよ」

ヒノは明るい表情でいった。

「よしわかった。こんどはもっとでっかい丈夫そうな四輪車を見つけようぜ。おれたちが車輪生物を脚につけるなんてとてもできないからな」

シオダはうなずいた。

「そんなことしたら手足が折れてしまう。とにかく巨大な四輪車を見つけることが、助かる唯一の道だ」

そこでふたりは、再度シダ植物によじのぼった。

パラシュートで作ったロープは、さっきのりこえた時になくしてしまっていたので、その木のすじばった大きな葉をうまくつないで、代用品をこしらえた。

これで準備はととのい、あとは大型車の出現をまつばかりとなった。

3

ふたりは、文字どおり目を皿にして、路面をにらみはじめた。しかしこんどは、さっきのようにうまくはいかなかった。中型車は時々通過するのだが、大型車はいっこうにあらわれないのだ。

二時間がたち、やがて三時間がすぎた。ヒノはすっかり疲れて充血した眼をしばたたきながら、いらいらした声をだした。

「ぜんぜん姿を見せないな。あれ以上でかいのはいないいんじゃないのか」

「そうはいえないよ。あれを見たまえ――」シオダはおちつきはらって右手前方を指さした。そこには車輪だけの一団が軽快に疾走《しっそう》する光景が見えた。「――さっきから時々、あいう車輪だけのグループが通りすぎているが、その中に、二、三十四に一匹の割合で、かならず直径一メートル前後の大きなやつがいるんだ。さっきつぶれたトカゲの化け物についていた車輪の二倍以上だ。中心孔もちゃんとついている。だからあせることはない。いまに出現するにちがいない」

「そうか、おれは四輪車になっているのばかりに注意していたので気がつかなかった。そういわれてみると、たしかにでかいのが走ってるな」

ヒノは気をとりなおした。

よく見ると、四輪車のように派手ではないのであまり目立たないが、車輪だけの集団が、やはり一番多く通るようだった。そして各々の集団にいろんな直径の車輪が属していることがわかった。

しかし、しばらくしてヒノは、また心配そうな声をだした。

「大きな車輪はたしかに通っているが、それが爬虫類の足にくっつくとは限らんだろう？その点はどうだい？」

「ぼくの判断では、いままでここを通った連中はみんな脚にはまるようにできている。心配しなくてもいい。というのは、彼らは雑然とかたまって走っているようだが、くわしく観察すると決してそうではなく、必ず四匹が小グループをつくっているのだ。そしてそのうちの二匹が他の二匹よりもひとまわり大きい。これは、四輪車の後輪と前輪の組み合わせにぴったりあてはまる。大型車輪についても同じことなのだ」

「なるほど、それなら安心だ。彼らはもともと爬虫類を運ぶようにできているんだな。ご苦労さまなこった」

「ぼくははじめ、爬虫類が一方的に車輪生物を利用して走っているんだと思った。利用する気がなかったら、わざわざ道路に入りこむこともないだろうからだ。しかしこうやって車輪のほうもはまりこむ用意をしているところをみると、運搬することによって、車輪にとっての利益もなにかあるにちがいない」

「共存共栄《きょうそんきょうえい》の道があるのかもしれんな。ところでシオダ、四匹が小集団をつくっていることはおれにもわかってきたが、後輪用と前輪用の大小二種があるのは、メスとオスが対《つい》になっているということではあるまいか。つまり車輪夫妻が二組でグループをなしているんだ」

「ありそうなことだな。ぼくもどちらかがオスでどちらかがメスだと思う。しかし一夫一婦が二組とはかぎらないよ。二夫二婦制の可能性のほうが強いんじゃないか？」

「そいつはすてきだ！」ヒノがにやりとした。「おれたちは独身だからわからんが、一夫一婦制というのはどうもアキがくるらしい。その点二夫二婦制だったら変化に富んでいていいだろうな。多夫多婦制みたいに不道徳ではないし、われわれもひとつ……」

ヒノの話が脱線しそうになったとき、シオダがついに発見した。

「やはりいたよ。見たまえ」

彼は、道のかなり遠方を、左から右へと走る、やや平べったい形の大型車をさししめした。

「よし、行こう！」

「まてまて、あわてるな――」ロープをひきよせようとするヒノをおしとどめて、シオダは小首をかしげた。

「――走っている向きが逆だよ。艇はこの道路を左にまっすぐ行ったところにある。だから車にターンしてもらわなければならない。しかし、Uターンねがいます、というわけにもいかんだろう？」

「やれやれ、なさけない。万事あなたまかせなんだからな。しかしとにかく出現したんだから希望がわいてきた」

なにはともあれ大型車が存在しているということはわかったので、ヒノもそうがっかりはしなかった。そして、ふたたび目を皿にしはじめた。

それから一時間余の後、ついに、左にむかって走る、待望の大型車がその勇ましい姿を路上にあらわした。

おりた。

「バンザイ！」

ヒノがときの声をあげて壁にとびうつり、たらした代用ロープをつたって路面にすべりおりた。

シオダもこれにつづいた。

ふたりはその車にむかって夢中で走った。近づくにつれて、それは思ったよりも大きく、堂々としていることがわかった。

車輪は中型車の確実に二倍半はあり、それをはめた爬虫類は、緑のコケの生えた巨大なコウラをもつ大海亀《おおうみがめ》に似て、ただそれよりもさらに平べったかった。体長は、首を含めると五メートルに達するだろう。速度もかなり速く、時速三十キロ以上はだしているようだ。

ヒノとシオダは、ほとんど同時に、そのコウラにとびついた。コウラはすべりやすかったが、必死にかじりつき、一面の凸凹に爪《つめ》をたて、よじのぼった。

そしてコウラの上にはらばいになり、車の様子をうかがった。車はいったんスピードをおとして、ふたりをハラハラさせたが、じきにもとの調子にもどった。

「つぶれそうにないぜ」

ヒノが、うしろで両手をついているシオダにむかって叫んだ。シオダも笑顔でうなずいた。

「こんどは大丈夫そうだ」

数百メートルをすぎたが、車はびくともしなかった。まことに威風堂々《いふうどうどう》、あたりをはらうような走りっぷりである。

ふたりはようやくコウラにしがみついていた手を離し、ほっとして体の力をぬいた。

こうしてふたりは、ついに道路の利用に成功したのだった。


見上げればライトブルーの空はあくまでも高く澄みわたり、天頂をはさんで西と東にふたつの太陽が白色の輝きをみせている。

その陽光を一面にうけて、道路はただ茫漠《ぼうばく》とひろがっていた。

前方からやや右にかけて路面が天球とまじわる水平線のあたりは、水蒸気にかすんで、無限を思わせる一幅《いっぷく》の絵画である。

瞳を転じて左方を眺めると、これまたはてしなくつづく防護壁のむこうに、うるんだような緑の大原生林が、霞《かすみ》をたなびかせて横たわっている。

車は道の左よりを走っているから、右側は視界のつづくかぎりの路面だ。それは道というよりは、輝くばかりのブルーの色彩で絶妙な曲面を描く、人工の大平原だった。

その大平原のはるかかなたには、いくつもの車輪生物の集団がすべるように動き、思いだしたように四輪車があらわれ、そして消えてゆく。

遠く、また近く、ときおりあがる水煙《すいえん》は、母なるハイウェイの生命の息吹《いぶ》き——妨害物除去機能の動作なのだった。

「このすばらしさはどうだ！」

ヒノは風を切って赤くなった鼻の頭をふるわせた。なんともいえない走りごこちである。圧倒的な広さと、快適なスピードと、目にしみる色彩が、ヒノの心を夢路《ゆめじ》にさそい、コウラをとおしてつたわる路面の弾性《だんせい》が全身をときほぐすのだった。

ヒノはわれを忘れて歓声をあげ、四肢を躍動させた。

一方シオダは、身の安全をたしかめ、呼吸をととのえると、恍惚感《こうこつかん》にひたりながらも、車輪の入念な観察をはじめた。

直径は前輪が約八十センチ、後輪が一メートルはあった。厚みはともに二十センチをかなりこえているようだった。脚をのばしてそっと爪先《つまさき》でさわってみると、タイヤに相当する部分はかなり固かったが、それ以外はふわふわしたビロード状の皮膚でおおわれていた。

輪の横腹――ホイールカバーにあたる部分――は激しく脈動《みゃくどう》しており、動力との関連を思わせた。中心にはむろん孔《あな》があいており、その孔にこの爬虫類の肢がつっこまれている。

孔の周辺はカメラの絞りを複雑にしたような機構をもっているらしく、完全な円形からはちょっとはずれた形をしているその肢をピッタリと包みこみながら、なめらかに回転している。まことに巧妙な軸受けである。

シオダは、ためつすがめつ車輪を調べ、調査ノートに書きつけた。

まえに乗っているヒノが、そういうシオダの態度にやっと気がついて声をかけた。

「車輪についてなにかわかったかい？　動力はどうなってるんだ？」

「まだはっきりしない――」シオダは首をふった。「――見てみたまえ。車輪の横腹が強く脈動している。ぼくの考えでは、体内の組織を激しく動かして重心を前へ前へとずらし、それによって回転力を発生させているようだ。肢にはまらずに走っている連中は、たしかにそうしているようだった。しかし、それだけではこんな大型車を加速することはできないだろう。どうも軸受けの部分になにか秘密があるらしい。はずしてみられないのがざんねんだよ」

「そうかもしれんな。ギャーでもついてるんじゃないのか？　ところでシオダ、この車輪生物というやつ、見れば見るほどよくできているな。何世代にもわたってころがっているうちに、遠心力で平べったくなったばかりでなく、まん中に孔まであいちまったというこ となんだろうが、肢をはめてくださいといわんばかりだ。自然の巧みさにはおどろくよ。それに、爬虫類の四肢がまた傑作だ。いかにも走りよさそうに真横につき出ている」

「そのへんのことはもう少し調べる必要がある……」

「おや、あれはなんだ？　風変わりなやつがでてきたぜ！」

ヒノがここで急に前方を指さした。

それは、数十メートル先を車と同じ方向に走っている一個の車輪生物だった。しかし、形がこれまでふたりが見たものとはずいぶん違っていた。直径よりも厚みのほうが何倍もあるのだ。

それはスピードがあまりないらしく、距離がだんだんちぢまり、しばらくふたりの車とならんでいたが、やがて、後方に追いぬかれていった。直径三十センチ、長さ、つまり厚みが八十センチ以上もあった。

「奇形じゃあるまいな」

ヒノはちょっとあっけにとられてシオダをふりむいた。

シオダは強く首をふった。

「奇形なんかじゃないと思う。進化の途中で停滞した、車輪生物の原形に近い種ではないだろうか」

「そうか！　遠心力で平べったくなるところまでいかなかったやつなんだな。そういえばからだもふにゃふにゃしていて、なんだか頼りないまわりかただった」

「こちらとならんだときにはっきり見えたが、円周方向の運動のほかに、回転には不要な軸方向のうねりがともなっていた。沼地を這っていた時代の蠕動《ぜんどう》の名残《なご》りにちがいない。ということは、この発達したほうの車輪の脈動的な重心移動は、昔の蠕動から変化したものであることを暗示している。興味深いじゃないか」

「いわれてみればもっともだ。車輪生物にもいろんな種類が……」こういいながらうしろをふりかえったヒノが、びっくりした声をだした。「おい、二匹になっちまったぜ！」いままで一匹だったその細長い車輪生物が、半分の長さの二匹の車輪に変わってしまったのだ。

まん中から輪切りにしたチクワが二本並んでころがっているみたいである。

「いよいよ原形に近い種であることがあきらかになった――」シオダもうしろを見て、ひとりうなずきながらいった。「――無脊椎動物によくみられる、分裂《ぶんれつ》増殖をしたのだ。原始車輪とでも名づけようか」

「なるほど、もとは無脊椎動物だから分裂で増えても不思議はないな。そしていままでの連中は運搬車輪とでもしておくか」

ヒノは興奮した顔でこういってから、しばらくだまってなにか考えこんでいたが、やがてシオダにたずねた。

「さっき、車輪生物の進化を推理してくれたが、あの説明の中に、適応放散ということばがでてきた。あれとこれとはなにか関係があるのか？」

「ああ――」シオダはうなずくと、例によって小首をかしげ、のどかな口調で話しだした。

「――適応放散とは、もともとは地球の生物地理学的研究から出てきたものなんだ。そのいちばん有名なのはオーストラリアの有袋類《ゆうたいるい》だろう。この大陸がユーラシアから分離した当時は、まだ有胎盤類《ゆうたいばんるい》は生じていなかった。そこで、古代有袋類はその原形を保ったまま、のびのびとその環境に適応し分化していった。こういった有袋のような基本的体制が生活に応じて分化していく過程を適応放散という。進化の典型だね。ところで、もうひとつおもしろいことがある。それは、こうして放散したオーストラリアの有袋類の種が、それぞれ、外部でまったく別個に分化していた有胎盤類の種と、じつにうまく対応していることなんだ。なまえをあげてみると、クマにフクログマ、リスにフクロリス、ノネズミにバンディクート、トビウサギにカンガルー……といった調子で、袋の有無を除けばまったくよく似た形態をもった種が独立してできあがってしまった。この現象を適応集中と呼んでいる。適応集中もまた進化のなぞを解く重要なポイントとされてきた……」

　ここでヒノがちょっと伸びをし、そのままコウラの上にごろりとあおむけになった。陽《ひ》ざしはかなり強いが風がきもちよく当たるので、少しねむくなってきたらしい。

　シオダはあいかわらず自分のペースで話しつづける。

「以上はしかし、地球時代の話だ。現在のタナベイズムにおいていわれる適応放散・適応集中という術語は、宇宙各生物の遺伝情報物質と関連して、はるかに広い適用範囲をもっている。万有定向法則の支柱ともなるべき思想を表しているんだ。その内容のちゃんとした説明はぼくにもできない。講義ノートもないしね。まあ簡単にいえば、出現の確率と系統のトポロジーと環境条件の分布関数とを、可付番無限個《かふばんむげんこ》の要素をもつマトリクスで組み合わせた方程式の解として記述されるところの、進化の基本法則のひとつなのだ。ぼくはこのハイウェイの車輪生物も、この放散と集中の基本方程式をいくぶんモディファイするだけで完全に理論的に説明される進化の過程をたどっていると思うんだ」

ヒノはヒュッと口笛をふいた。そしてとじていた両眼をうすくあけると、

「結局、道路外で無脊椎動物から爬虫類やなんかができたように、車輪生物にもいろいろできるということだろう？　車輪の形をした、ステゴザウルスやブタやマグロや人間が出現するっていうわけだ」

「そういうことだが、マグロはむりじゃないかな。海がないからね――」シオダはくそまじめな顔でいった。「その方程式に、海の存在イコールゼロという環境関数を入れて解くと、マグロの出現確率イコールゼロという解が得られるというわけさ」

ヒノはふたたび口笛をふいて、それきりしばらく、横になったままぼんやりとしていた。

車は依然として快調に走りつづけている。

「鳥類《ちょうるい》はどうだろう？」

ヒノが急に思いついたようにきいた。

シオダはちょっと首をひねってから答えた。

「まずむりだろうね。地球の始祖鳥《しそちょう》が樹上性であったことは有名な話だ。それは、外敵を防ぐために樹上で生活していた小型動物が、木から木へとび移る必要から原始鳥類に進化したものだったからだ。鳥類が出現するには、地表環境のこういった高低が必要だ。高い

樹木はなくても、岩がごつごつとそびえている惑星では飛翔《ひしょう》生物ができやすいことが知られている。とにかくとび移らなければ生活しにくい環境があってはじめて、それに適応する生命形態ができあがるのだ。その点この道路はただもう坦々としているからね。ちょっと可能性はないよ」

「とすると、あれはいったいなんだろう？　さっきから飛んでるんだ」

ヒノはななめ後方の空を指さした。

4

「えっ!?」

シオダは驚いてふりあおいだ。

そして、うなった。

「信じられない。たしかに円形の飛翔体だ。空とぶ円盤ではあるまいか？」

しかしそれは、ふたりが見なれた人工の空とぶ円盤とはかなり違っていた。ヒノが指さす空の一隅には、車輪生物をそのままさらに平べったくして横にねかせたような、完全に円形の物体の一団が音もなく飛びまわっていたのだ。

その一団は風を切って下降しながらふたりの車に近づき、おおいかぶさるように真上を通過すると左手で大きく旋回し、こんどは右前方の上空へと去っていった。

直径三メートルはある、たえまなく回転しているグリーンの円盤、その中心に大きくあいた同心状の円孔――パイナップルを輪切りにしたようなその格好は、まぎれもなく、車輪生物が空を飛ぶ雄姿《ゆうし》だった。

「新しい理論が必要だな、シオダ。空とぶ車輪様のおでましだ」

「ぼくらが知らない秘密があるんだろう」

シオダがはじめて弱音《よわね》をはいた。

空とぶ車輪は考えこむシオダをあざ笑うように、遠く霞の中に姿を消した。

しかし、他の空とぶ車輪が、また十数羽でグループをなしてあらわれた。時間がたつにつれ、その数は増加した。やがて、群の数にして二、三十、車輪の数にして数百羽が空を舞うようになった。

「前代未聞《ぜんだいみもん》の奇観だな。こうたくさん飛ぶところをみると、巣が近いのかもしれん」

ヒノが話しかけた。しかしシオダはそれには答えず、じっとはるか前方をにらんでいた。行く手はあいかわらず広漠《こうばく》たる路面の連続で、遠く霞の中で、空と境を接している。その境界線が、ふいに、ゆっくりと盛りあがりはじめたように見えた。

シオダは体をまえにのりだした。

ヒノも思わず腰を浮かした。

眼の迷いではない。はてしない円周を描いて拡《ひろ》がる地平線全体が、いっせいに空にむかって浮きあがりはじめたのだ。その圧倒的な量感がふたりを威圧した。

しばらくして、ヒノが沈黙をやぶった。事情を理解したのだ。

「何かと思ったが、ヘリコプターから見たあの立体交差路にさしかかったんだ。こちらの道路が盛りあがり、その下を直交する道が通っている。なにしろ桁違いにでかいんでびっくりさせられるよ。あれをこせば、調査艇まであと半分ということになる。あのときは、空とぶ車輪にまでは気づかなかったが」

「そうにちがいない。そして、空とぶ車輪のなぞも解けたようだ――」シオダは、やっと安心した、といった声をだした。「――立体交差路の傾斜が、彼らの発生に寄与したんだ。おそらくこうだと思う。昔、進化の先端をいっていた、きわめて高速度の車輪生物の一種が、この立体交差路を縦横に駆けめぐっていた。傾斜の変化する路面を高速で走ると、体が浮いたり沈んだりするのは、スキーなんかでも経験するが、物理的にも明白なことだ。慣性《かんせい》の作用で路面の接平面に垂直なベクトルが発生するからだ。その力によって、スピードのある車輪生物は、路面を離れて浮きあがることがあったにちがいない。そしてそういう高速の連中は、遠心力がそれだけ強く働いているから、からだもきっと薄く、広くなっていただろう」

「それが横にねて、そのまま円盤型グライダーになったってわけか」

「そうだ。おそらく不規則な気流の関係でたまたま横になり、揚力《ようりょく》が働いてすーっと飛んだのが始まりではなかったろうか。この原理は鳥類の出現とはまったく違ったものだ。万有定向法則の重要な補正事項ができたな」

シオダはさすがに嬉しそうに、こう結んだ。

車はその間にも、交差路にぐんぐん近づき、やがて勾配をのぼりはじめた。そこで空とぶ車輪の離陸風景がまのあたりに眺められた。

彼らはふたりが予想したよりもさらに巧妙な機能をもっていた。すなわち、路上を回転しているうちは、直径一・五メートル、厚さ十五センチほどの高速回転体なのだが、浮かびあがって横になる瞬間に、そのしわだらけの腹部をぐんとのばし、たちまち直径三メートルはある、うすい円盤に変化するのだ。そして中心にあいた同心円の内側からは、大きな幅の広い触手が数葉《すうよう》、顔をのぞかせて激しく動いていた。

「地球の鳥が羽を拡げるのに対応して、やつらはからだのしわをのばすんだな。それから、あの内側に出ているヒレみたいなものは、飛ぶときの動力源になってるんだろうか」

ヒノが感嘆の声を発した。シオダもいまさらのように目をみはっていた。

「進化の妙だ。無脊椎動物から直接分化したのであんな芸当ができるんだろう。ヒレは、からだのバランスをとったり、向きを変えたりする程度じゃないかな。傾斜路にかたまっていることや、防護壁の外へは出ようとしない点からみて、まだ自力で飛ぶところまではいっていないようだ」

ふたりはあかずに眺めつづけた。ヒノは、空とぶ車輪が離陸するたびにうなり声をあげ、シオダは調査ノートを埋めていった。

こうしてドライブは順調にいっているようだったが、ついに危機がふたりをみまった。車のスピードが落ちだしたのだ。

「おいシオダ、なんだか頼りなくなってきたぜ」

ヒノがあわてて、はげますようにコウラをたたいた。

「油断のできない事態におちいったようだ――」シオダも空とぶ車輪から目をはなし、四輪車を点検しながらいった。「――平らな場所とちがって、位置のエネルギーを追加しなけりゃならんから、スピードの落ちることは予想していたんだが……」

上空からの写真でほぼわかっていたが、この立体交差路は、ふたりの通りつつある経線《けいせん》に沿った道路が、緯線《いせん》に沿った道路をまたいでおり、立体部分の全長は約六キロメートル、頂上の平坦部分二キロメートルをはさんで前後に同じく約二キロメートルの斜面がある。頂上の高さは約二百メートルだから、縦断勾配は平均一〇パーセントということになる。もとよりすべて概略の推定値だが、これは道路としてはかなり急な勾配である。

「スピードは落ちても水ぜめにさえあわなきゃいいんだ」

ヒノがいのるようにいう。

「そううまくいくかどうか。この海亀、コウラばかり大きくて、体重は案外少ないようだ。われわれの目方が無視できないとすると、まずいことになるぞ」

シオダも深刻な顔だ。

事実、まずいことが起こってしまった。

頂上まであと数百メートルというところまではなんとか進んだが、そこで、完全に妨害物除去機能に検知されそうなスピードになってしまったのだ。

「これはいかん、どうしよう……そうだ！　ひとりずつおりて走ったらどうだ。おれからやってみる」

ヒノはこう叫ぶと、ピョンと路面にとびおり、車とならんで走りだした。車はややスピードを増した。しかしヒノがいくらはりきっても、この斜面を駆けのぼるのだから、長つづきはしない。

じきに息が切れて、ふたたびコウラにかじりついた。これがいけなかった。ヒノの体がぶらさがったとたん、そのショックで、四輪車はあわれにも、よろけるようにストップしてしまったのだ。と同時に、車輪はスルッと四肢をぬけ、海亀を見捨て、ふたりをしりめに、さっさと走り去ってしまった。

「走れ、とにかく走るんだ！」

コウラからとびおりたシオダが、はやくも全力疾走に移りながら、ヒノをせきたてた。

「ひどいことになった！」

ヒノも必死で駆けだした。もうここでぐずぐずしているわけにはいかないのだ。これまでだったら、水ぜめにあっても原生林にたたき出されるだけですんだ。しかしここは立体交差路の上部であり、防護壁のむこうは空中なのだ。

原生林に落ちこんでも、下の路面に墜落しても、百数十メートルの高所からだから、絶対に命はない。ふたりはただもう夢中で走った。

幸いなことに、頂上までの上り勾配はそう長くはつづかなかった。じきに平坦な路面に出た。

うしろでにぶい水音がひびいた。ふりむくと、水煙《みずけむ》りとともに海亀が洗い出されていた。

「き、きのどくなこった」

ヒノがあえぎながらかすれた声をだした。頂上の長さは二キロメートル、それをすぎれば下り勾配になる。そこまで走りつづけられるかどうか……それがふたりの運命をきめるのだ。

「とまるなよ、ヒノ。とまったらぼくらもああなる」

「とまるものか！」

ふたりは地上二百メートルのこの雄大な交差路上をひたはしりに走った。未知の惑星に派遣されるぐらいだから、両人とも身体強健だし、フィジカル・トレーニングも十分つんでいた。しかし脚をゆるめる余裕がないのだから苦しい。気温も高い。

「太陽がふたつも照ってやがる」

と、ヒノ。

「よけいなことはいうな。エネルギーのロスだ」

シオダが忠告する。

ふたりはとうとう走りきった。もう目のまえがまっ暗になるほど疲れ、手足の感覚も失っていたが、とにかく下り勾配の斜面にまで到達したのだった。

「オ、オリンピックに出たら、優勝ま、まちがいなしだ」

機械的に両脚を動かしながら、ヒノが苦しい息で安堵《あんど》のことばをはいた。

するとそのとき、広大な路面がいっせいに鋭くうなりはじめるのが感じられた。ふたりは緊張してきき耳をたてた。むろん走りながらだ。

「どこかで爆発でもあったのか!?」

ヒノは左右を見、うしろをふりかえった。

そして息をのんだ。

シオダもそれを見つけた。

ふたりが駆けおりてきた斜面をよぎって、長大なグリーンの帯が、ずり落ちるように、こちらにせまってきていたのだ。

「車輪生物の大集団だ！」

シオダが叫んだ。帯は、巨大な車輪生物の一大集団移動だったのだ。帯は近づくにつれて、大規模な緑の雪崩《なだれ》となった。

「このままでは押しつぶされる！」

ヒノの悲鳴に応じてシオダが絶叫した。

「とにかく壁よりに逃げよう。そして、うまくタイミングをとって身をかわすんだ」

集団は路面中央に近いほど厚く重なり合っているらしく、壁にちかいところはまばらだった。ふたりは路面をななめに駆けぬけた。

「なんという数だ！」ヒノは壁ぎわまでたどりつくと、うしろを見上げた。「千の桁だな」

「ここから見えるだけで、三千匹はいる」

「餌でも求めて集団移動しているんだろうか。ずっとぼくらのうしろから来ていたようにはみえなかったから、下の道路からインターチェンジを通って入りこんできたんだろう。それにしてもみんなでかい。巨大車輪と呼ぶことにしようぜ」

「いいだろうね。とにかくぶじに行きすぎてもらいたいよ」

大群はみるまに近づき、ふたりの眼前をすさまじい迫力で通過しはじめた。互いにぶつかりあいながら、ごうごうと路面を鳴りひびかせ、さか落としの勢いで斜面をくだって行くのだ。

直径は小さいものでもふたりの背たけほどあり、大きなものになると、五メートルに近かった。厚さも一メートルから三メートルに達していた。見通せるような中心孔はあいていなかったが、それらしい痕跡《こんせき》はあった。

ふたりは壁に体をすりよせて危険をさけながら走りつづけた。

ドスン！

ふたりのすぐまえで、特別巨大な二匹が激しく衝突した。その瞬間、左側の一匹の腹部が大きく波うち、中心部にあるしわだらけのくぼみが開いて、白っぽいつやのある円盤が五つ六つ、たてつづけに飛びだした。円盤は路面に強くぶつかり、ひびが入り、ふたつに割れた。

「卵がかえったんだ」

ヒノがそのカラにつまずきながらどなった。中からグリーンの小型車輪があらわれ、ころがりだしたのだ。小型といっても親が親だから、直径数十センチはある。だが、その子ども車輪たちは、いずれもじきに力を失ってたおれてしまった。

「かわいそうに――」シオダが飛びこえながらいった。「――中心孔の中であたためられていたのが、いまの激突で飛びだし、早産になってしまったんじゃないだろうか？」

「そうらしい――」ヒノも飛びこえながらどなった。「――きのどくに！」

そこでふたりは大失敗してしまったことに気づいた。

卵に気をとられているうちに、うしろから一匹が壁づたいにころがってきていたのだ。

「しまった！」

ふたりは同時に叫ぶと、壁にへばりついた。その車輪はすれちがいざま、ふたりを壁からひきはがすような衝撃を加えて行きすぎた。その後地鳴《じな》りは急速におとろえ、ナダレは緑の帯となって、潮がひくように遠ざかっていった。

そのあとに、あわれな子ども車輪と卵のカラと、そしてふたりが残されていた。

5

シオダは、はらばいになったまま唇をかんだ。

路面にひきたおされたとき、右膝《ひざ》をいやというほど打ちつけたのだ。大腿部《だいたいぶ》までしびれてしまっている。

その横には、ずんぐりとしたヒノが、こわれたテディベアみたいにころがっていた。

「ヒノ、どうした、意識はあるかッ？」

「頭はやられなかったが胸をうった。それと足だ。アキレス腱《けん》を痛めたらしい」

返事があった。とにかく生命はとりとめたのだ。

「どちらの足だ?」

「両方なんだ」

ヒノはまだうつぶせになったままだ。

シオダは斜面を目測した。現在位置は、もう立体部分の外れだから、そう高くはないだろう。壁からつき落とされても助かるみこみはある……こう考えてシオダは、ヒノをはげました。

「ヒノ、水がふき出したら、おちついて調子をとってとびおりるんだ。下まで十メートルはない。うまく沼にでも落ちこめば、命は失わないですむ」

「そう祈っている」

か細い声でヒノが答えた。

「時間はまだ一、二分あるだろう。その間に元気をとりもどせ」

シオダは、使えるほうの足ではねながらヒノに近より、肩をゆさぶった。そのとき、痛む右足に、異様な感触がはいのぼってきた。

ギョッとしてふりむくと、その足に、一匹の車輪生物がはまりこもうとしているではないか!

例の運搬車輪の一グループなのだ。シオダはあわてて左足でけとばした。しかし彼らは執拗《しつよう》だった。四匹が分散して、両脚両腕を狙ってくいついてくるのだ。

単純な外観からは想像できないほど小回りがきき、さらに中心孔の内側から細長い十数本のぬらぬらした触手《しょくしゅ》を出して、からみついてくる。この触手はこれまでみた運搬車輪では孔の内部にかくされていたらしく、気づかなかったものだ。

必死になって防いでいると、別のグループが、こんどは倒れたままのヒノをとりかこんだ。

「ヒノ、運搬車輪が攻めてきたぞッ！」

シオダは長い手足をバタバタさせながらどなった。

しかしもうおそかった。あとから来た車輪たちは、アッというまにヒノの四肢にはまってしまい、軽装のためむきだしになっている手足のつけねにくいこんだ。ヒノは悲鳴をあげ、ギクッギクッと奇妙なほど間欠的《かんけつてき》にもがいていたが、やがて腕と脚をピンと体から直角につっぱると、すべるように走りだしてしまった。

「いまはこれまで……」

シオダは観念のまなこをとじると、自分も暴れるのをやめ、手足をつきだした。道からつき落とされるのと、四輪車にさせられるのと、どちらが危険の度合いが大きいか……ここではその確率の計算は不可能なのだ。とにかく離ればなれになるのがいちばん良くない

——そう決心したのだった。

四匹の車輪生物は、その触手を巧妙に使って、たちまち四肢のつけねまで入りこんだ。そして、四匹が一体となって連けい動作で触手をからめたかと思うと、想像もしていなかった強い力で、はずみをつけるようにぐいと肩をこじ上げ、股《また》をひきさいた。シオダは悲鳴をあげ、もがこうとした。

その瞬間、全身をつらぬいて電撃がはしった。ショックは短時間で消えたが、また動こうとすると、瞬時をおかず同じ電撃だった。

シオダはすぐにもがくことの不利をさとり、体の力をぬいた。手足はいつのまにか体から直角につき出ており、四輪車——つまりシオダ——はすでに、ヒノのあとを追ってスタートをきっていた。

こうしてふたりは、ついに自らが四輪車となってしまった。走るスピードは爬虫類の場合とかわらない。車輪の直径も厚さもちょうどふたりに適した寸法で、二の腕と太ももにはまったままぶんぶん回っている。

その付近の皮膚は激しくけいれんしており、車輪に接した部分は赤く充血してきている。

しばらくしてシオダがまえを行くヒノに呼びかけた。

「どうだい、気分は？」

「脳の働きはたしかだ。しかし首から下はどうなっちまったんだか……とにかく動かしたらさいご、ビリビリッとくるんだ」

「電気と触手で、手足をむりやり車軸にしてしまったんだ。まったく巧みなやりかたで、逃れようがない。股の部分なんて、きっとひどいことになってるぞ。筋は裂けてるだろうし骨にもヒビが入っているだろう」

「股なんかどうなってもいい。とにかく調査艇に帰れるかどうかだ」

「それからもうひとつ、連中はぼくらの血を吸っているらしい。見ろ、軸受けの部分がまっ赤になっている。まえに考えたように、やはり自然界は相互扶助《そうごふじょ》の精神で運営されているんだな。彼らは爬虫類を運んでやるかわりに、その途中で電気をかけてかなしばりにしておき、体液を養分として吸収していたんだよ。さっきはコウラやイボで絶縁《ぜつえん》されていたせいか電気には気がつかなかったが……」

「血の少しぐらい分けてやってもいい――」ヒノは悲痛な声をだした。「――調査艇のところまで行っても、このままじゃ止まるわけにいかん。それが問題だ。爬虫類どもが運搬車輪――いや吸血車輪だな――のいいなりにどこへでもつれて行かれるというはずはない。なにか、停車したいときに電気を遮断するうまい方法があるんじゃないのか」

「彼らは要するに、移動しさえすればよかったのではないだろうか。この惑星はどこも似かよった地形で、めざす目的地なんてありそうにない。別の場所に移れば餌が見つかるだろう、といった単純なことじゃないだろうか」

「われわれにはちゃんとした目標があるんだ。どうしてくれる……」

ヒノの語尾は、心細く風にかきけされた。

車輪はふたりの体液を吸いとったせいか、いやましに速度をましてきた。シオダは首をまげて、その様子をじっと見つめた。

「まあおちつくんだ。ここでわめいてみてもはじまらない。車輪を観察しているうちに、いい考えがうかぶかもしれない。きみも、肩のところで回っているやつを見てみたまえ。やはり腹部の脈動だけで動いているのではなく、内壁からでている触手を皮膚にまきつけ、すごい速さで腕をひねるように動かし、その反動で回転力を作っているようだ。それがまた、ダイナモになっているんじゃないか？　きみは電気工学の講義をよく聴いていたようだが……」

「回転を利用した発電機とみるのはちょっとできすぎているな。やはり化学的なものだろう」

ヒノも、ようやくおちつきをとりもどしたようだった。

「なるほど、そうかもしれないな。……ところでヒノ、ぼくはいま頭にひらめいたことがある。それは、この吸血車輪は胎生《たいせい》ではないか――ということなんだ」

「やけにおちつきはらっちまったなあ」

「いや、吸血車輪の本質にせまる問題だよ。われわれははじめ、沼地時代の面影《おもかげ》を残した原始車輪の分裂増殖を見た。そしてつぎに、巨大車輪が卵生《らんせい》であることを発見した。後者のほうが明らかに進んではいるが、巨大化という一種の定向進化は、昔地球で滅び去った恐竜のようにどうしても機動性を失うので、スピードが死命を制するこのハイウェイ上で、どこまでも栄えるとは考えにくい。つぎに空とぶ車輪だが、これが卵生かどうかは不明としても、やはり飛ぶ能力以上のものを発達させるとは思えない。なぜなら、知的生物へと進むには、どうしても道具をつかむ手が必要になるが、せっかくもっている大きな触手を、飛ぶことに使ってしまっているからだ」

「そこで吸血車輪の登場というわけか」

ヒノが口をはさんだ。ふたりは前後にピタリとならんで走りつづけている。

「そうだ。今のところ、知性をもっているとは思えないが、彼らは、われわれを自由自在に扱うほどに発達した細長い触手をもち、常に協力しあう小集団として行動し、さらに電気を起こすような芸当もする。万有定向法則によれば、知的生物の発生は、分裂〜卵生〜胎生、という経路をたどって行われる確率がもっとも高い。したがって、もし彼らが胎生であれば、知能をもつにいたる進化の路《みち》をたどる条件がそろっている……少なくとも有力候補だということにはなるんだ」

「巨大車輪が恐竜、吸血車輪がサルにあたるというわけか。調子のいい推論だな。憶説《おくせつ》は憶説でけっこうなんだが、体がやけにしびれてきたじゃないか……アチッ！」

ヒノがいいかけてギクンと全身をふるわせた。うっかりもがこうとして、また電気をかけられたのだ。

「そろそろ血液が限界に近づいたらしい」

シオダも、さすがに話題を転じた。

「なんとかならんものか!」

ヒノはふたたびあせりの声をだした。

シオダは首をぎゅっとひねったまま、考えつづけた。

道路はただ坦々として行く手にひろがり、ふたつの太陽はいぜんとして強い陽ざしをあびせている。二時間もたったろうか。延々とつづく防護壁の向こうに、なつかしの調査艇の姿が、ぼんやりとした銀色の点となって見えはじめた。

ふたりはもう疲労こんぱいその極に達していた。ヒノは死んだようにおとなしくなり、シオダはまえを行くヒノの開いた両脚をにらみながら、最後の力を脳の神経細胞に集中していた。

「名案がうかんだぞ!」

シオダがとつぜんどなった。血の気をうしなった細長い体の、どこにこんなエネルギーが残っていたかと思われる、大声である。

ヒノはビクリと頭をふるわせただけだったが、シオダはかまわずしわがれ声をあびせた。

「りきむんだ。大声をあげてもいい。とにかく汗をかいて血行をよくするんだ。おいっ、きこえるかッ！」

しばし間をおいて、ヒノの気のない返事がかえってきた。

「どういうわけだ？」

「血の循環が良くなれば、養分が吸いやすくなってさらにスピードがますにちがいない。一刻もはやく調査艇の近くまで行くんだ。まだ間に合うかもしれないんだ」

「シオダ、おまえもついに頭にきたか……」

シオダはそれにかまわず、

「覚えているか、われわれの艇は着陸のまぎわに道路に大穴をあけたんだ。こっちの壁よりの、大きな深い亀裂《きれつ》だった。自己修復機能がいかに優れていても、あれを直すのは大変だ。まだ道が完全にもとに戻っていないとしたらどうだ。そこで車輪がひっかかって転ぶくしてくれる可能性が大ありじゃないか！　それに、うきあがっただけでも、電気回路が遮断されるかもしれない……」

ことばの途中で、ヒノの顔面に生気がよみがえった。彼はうなだれていた頭をもちあげると、キッと前方をにらんだ。

「あった！」

こんどは彼のほうが大声を発した。もやにかすんではいるが、黒っぽいくぼみが路面を横切っているのが望見《ぼうけん》されたのだ。場所も艇に近い。たしかにあの亀裂の痕跡である。

ヒノは狂ったようにわけのわからぬことを叫びだした。シオダも歯をくいしばり、顔をゆがめてりきみはじめた。これが生死のわかれ路だと思うから死にもの狂いである。

努力はかなったらしく、車輪はぐんぐんと回転速度をあげた。血液を吸収しやすくなったのだから当然のことだ。

くぼみはぐんぐん近づいてきた。しかし自己修復機能も完ぺきな動作をしているらしく、黒い色がみるみるうすらいでいく。平らな路面に急速に復旧しつつある証拠なのだ。

「ちくしょう！」

ふたりは最後の力をふりしぼったが、その狂態をあざ笑うように、車輪は修復直後の路面を微動だにせず、風をきって通りすぎてしまった。

「だめだ——」ヒノは悲痛な声をだし、ついで、「——道路なんて……あまり手まわしよく立派につくりすぎるのも考えもんだよ」

とつぶやくと、がっくり頭を垂れた。気を失ったらしい。

つづいてシオダの頭も落ちた。

ふたりはそのまま車輪にのせられて、無限のかなたに運び去られてしまう……とみえたそのとき、事態はとつぜん変化した。

車輪はつぎの瞬間、意外にも急に速度を減じ、徐行したかと思うと、手足からするっと抜けでてしまったのである。ふたりはどすんと頭から路面に投げだされた。いやというほど額を打ったショックで、遠のいていた意識がもどった。

起死回生《きしかいせい》とはこのことであるが、むろん立ちあがる元気などは残っていない。

「助かったのか……？」

ヒノが、むらさき色にはれあがった両腕両脚のつけねと、名残り惜しげにふたりの周囲を回っている八匹の車輪生物を交互に見ながら、信じられないといった声をだした。

「車輪をはずした爬虫類がのそのそとしか歩かなかった理由がこれではっきりした」

シオダは、養分を十二分に吸いとって、心なしか厚みまで増した車輪たちの弾むような走りっぷりを眺めていたが、やがてのろのろと手を動かして、ポケットから調査ノートをひきずり出した。真理探究の熱情だけで動いている。

「すっかり消耗しつくして歩く元気もなくなってはじめて、車輪に解放されるしくみになっていたのだ。自然の摂理《せつり》の巧妙なること、驚くばかりだ」

自然の巧みはさらにつづいた。

後輪の役目をしていた大きなほうの四匹のぽってりふくれた横腹に、中心孔を囲んで同心円状の切れ目がついたかとおもうと、パチンとはじけ、中からふたまわりほど小さなリング状の車輪が、それぞれ二匹ずつ姿をあらわしたのだ。

「子ども車輪だ。おまえのいったとおり、胎生だったな！」

ヒノが目をまるくした。

小型リングはしばらくふにゃふにゃと一個所を回っていたが、じきに親と相似形の立派な車輪姿になり、親車輪に囲まれて、軽快に走りはじめた。

「後輪の力強く大きなほうが、メスだったこともわかった」

シオダも目を見はっていた。

いまや十六匹となった車輪生物は、一団となって遠く霞の中にその姿を消した。

そこで水がやってきた。

ふたりは一気に防護壁の外に洗い出され、コケだらけの地面に転がった。

そしてすぐ目のまえに、中古品ではあるが銀色に輝く宇宙調査艇の頼もしい姿があった。

ふたりはようやく力をとりもどした両腕で地面を這い、じわりじわりと船ににじりよった。

「艇のそばで養分がちょうど底をついたとは、おれたち、じつに運がよかったな」

ヒノが、調査艇の支柱にやっとの思いで手をかけてつぶやくようにいった。

「よすぎたくらいだよ……」

シオダはハッチの開閉装置を緩慢《かんまん》に操作しながら、かすかにうなずいた。

6

それから数十時間ののち、艦内の自動治療機械のおかげで切れた筋をつなぎ折れた骨を接合し、すっかりもとの体にもどったふたりは、一夜あけてひとつめの太陽があがるのと同時に、この惑星を離れることとなった。

調査用の器具類をヘリコプターとともに焼失してしまっているので、このままで調査をつづけることはできなかったからだ。

帰るとイーハラ調査課長に叱《しか》られるのは目に見えていたが、ふたりは気にしていなかった。

なにしろ失敗の多いコンビなので、叱られるのはなれているのだ。

パイロット席のヒノは、こんどは路面を傷つけないように注意しながら離陸をおえると、にやにやしながらいった。

「なあシオダ、おれはこういうことを考えてみた。おまえの説のように車輪生物たちがやがて知能をもつことになると、当然ハイウェイの外に進出を試みるだろう。彼らはそのとき、どんな道具を使うと思う？　おれは、まず空とぶ円盤を発明して壁をのりこえ、四肢でのそのそ歩く乗り物で原生林を開拓するんじゃないかと思うんだがね……」

保護椅子《いす》にごろりと横になったヒノを眺めて、シオダも笑った。

「あるいはね……ところで、ぼくはいま、のこっていたひとつのなぞを解いたように思う。

それは〈孔〉に関することだ。きみがいったように、車輪生物の中心孔の生成にはたしかに遠心力が大きく作用したのだろう。なにしろ無限回転生命体だからね。だが、それだけで、あんな重要な機能を備えた孔ができあがるものだろうか。この疑問は最初から胸にわだかまっていたんだが、いま資料を整理しているうちに、思いついたことがある。ぼくらが地球で知っている無脊椎動物には、軟体類《なんたいるい》、輪形類《りんけいるい》、線形類《せんけいるい》、海綿類《かいめんるい》……など多種多様な種類があるが、いずれもからだの一部に一種の体腔《たいこう》をもっている。車輪生物の祖先もおそらくそうだったにちがいない。そしてその体腔は多くの場合、腸の役割を……」

「腸だったのか！」

起きあがって身をのりだすヒノにうなずきかえしながら、シオダはつづけた。

「……厳密にいえば、腸の原形から出発した腸類似器官ということだ。道路外の生物では、その原始的体腔が長さの方向にうねうねと発達し、口・胃・腸・肛門《こうもん》といったふうに分布的に諸機能を具備するようになった。しかし車輪生物においては、体腔はこれとまったく逆に円周方向に発達し、軸方向には長さをもたないひとつの環として、諸機能を集中させたのだ。だから、あの中心孔は、摂取孔《せっしゅこう》、消化器官、排泄孔《はいせつこう》などのすべてをかねそなえているにちがいない。それから、あの大きな触手は腸壁の〈ひだ〉が進化したものだろうし、またその随意運動は、われわれの胃や腸の無意識の蠕動《ぜんどう》に対応したものだろう」

「すると、吸血車輪は腸でおれたちにからみつき、巨大車輪は腸で卵をあたため、空とぶ車輪は腸をはためかせて飛んでいたってわけだ。万事ハラ芸とは、えらい進化じゃないか！」

「じつに合理的な進化だ」

「まったくだ。一匹つかまえてこれなかったのが残念だな」

「こっちがやられそうになったんだぜ。それに……」

シオダはスクリーンに目をやりながらいった。そこには、すでに惑星全体が、丸みをおびて見えるまでに遠ざかり、その表面に網の目のように直交する無数の青白色の線が、グリーンを背景に浮かびあがって見えていた。

「……やつらは道路がなくちゃ生きていけないんじゃないか？」

「ああ——」ヒノもスクリーンをのぞきながらうなずいた。「——回転を止めたら目をまわしちまうかもしれんからな」

魔法つかいの夏

石川喬司

1966

石川喬司〔いしかわ・たかし〕（一九三〇〜）

愛媛県生まれ。東京大学仏文科卒。毎日新聞記者時代からミステリ・SF評論を手がけ、六〇年代には日本でほぼ唯一のSF評論家として活躍。『文芸年鑑』ほかでの年度回顧、六三年〜七七年の〈SFマガジン〉連載時評「SFでてくたあ」、個々の日本SF作家論、〝明日の大文学〟としてのSFの道を探った「戦略的SF論」、などが日本のSF黎明期に果たした役割の大きさは計り知れない。そうした活動をまとめた『SFの時代』（七七年）で第三十一回日本推理作家協会賞を受賞。ほかSF・ミステリ両分野の評論書やアンソロジー多数。SF・ミステリ作家としての著書に『魔法つかいの夏』『アリスの不思議な旅』『世界から言葉を引けば』『エーゲ海の殺人』『彗星伝説』などの短篇集がある。競馬評論でも知られ、その方面の小説やエッセイ集なども多い。七九年、東大で日本初のSF講義。

第一短篇集表題作ともなった「魔法つかいの夏」で描かれる太平洋戦争中の化学工場への学徒動員は、作者の実体験に基づくもの。作者には、SFとの関わりを含めた自伝・私小説的要素を夢の世界を介して描いた《夢書房》シリーズという一連の短篇があるが、七八年発表のその一篇「世界から言葉を引けば」では、本篇で語られた超能力のエピソードに別の角度から光が当てられている。（山岸）

初出：〈SFマガジン〉1966年2月号
底本：『魔法つかいの夏』ハヤカワ文庫JA

恋人ができたら、ぜひ試《ため》してみたいことが、ひとつだけあった。中学二年生の比呂人は、配給の紙のズボンに紙のゲートルを巻いて、毎日、女の子を探して歩いた。

戦争はたけなわである。南の島々では、転進と玉砕が繰り返されていた。新聞をひらくと硝煙のにおいがする。いまに神風が吹くだろう。

「ほんまに神風は吹くじゃろか」

「吹かい。吹かん思う奴は非国民ぞ」

「日本は神様の国じゃけんな」

動員先の化学工場でトロッコを押しながら、中学生たちは口をとがらせてそんな会話をかわした。

神風もさることながら、比呂人には恋人の方が一大事だった。早くあの魔法の実験をやってみたい。だが、殺風景な化学工場で、女の子といったら、いつも邪険な手つきで栄養失調の中学生から汚いシャツをむしりとる診療所の看護婦か、埋立地に来ている姉ちゃん然とした女子挺身隊くらいのものだった。

中学生たちは、空襲よけの迷彩をほどこしたフォルマリン倉庫の天井近くに、カマス袋を高く積み上げて、秘密の遊び場をこしらえていた。そこの天窓からは、埋立地が見渡せた。埋立地は、化学工場の北のはずれに、三方を真っ青な夏の海に囲まれて拡がっており、そこで女子挺身隊がモッコかつぎをやっていた。

揺れるお下げ髪、日の丸の鉢巻、一億一心勤労報国と染めぬいた白ダスキ、汗にぬれた半袖のシャツ、紺絣のモンペからわずかにのぞいている素足……玩具の望遠鏡に目をこらして、泥にまみれた女学生たちの群れを物色しながら、比呂人は嘆息をつくのだった。あの中に、ぼくの恋人がいるだろうか。

「ぼくの恋人は、色が白うて、大きな目がうるんどって……」日ごと夜ごと、彼は空想の肖像画に熱中した。

フォルマリン倉庫の迷彩は、鬼の顔そっくりで、天窓は遠くからみると、額に彫られた骸骨の組合せに似ていた。

ある日、比呂人に予感がわいた。

昼休みに、埋立地の周辺をむなしく探検しての帰り道だった。クレーン塔の傍をとおりかかると、岩壁に油槽船が泊っていた。進水したばかりらしく、陽をあびて銀色に輝いていたが、突然その船体が透明になりはじめ、みるみる大気に溶けこんで消えてしまったのである。

びっくりして彼は目をこすった。見直すと、船はもとのままチャンとそこにあるではないか。

そのときだ、比呂人の胸に予感が泉のように湧いてきたのは。

いますぐ、恋人がみつかる！

巨大な影が怪鳥のように彼の肩を掠めた。見上げると、きれいな飛行機雲を曳いたB29の編隊があった。編隊はすでに脱糞を開始していた。彼はあわてて、目についた防空壕に飛びこんだ。

――その防空壕で、念願の恋人がみつかったのである。

葉子は、防空頭巾の下から、おびえた目を比呂人に向けた。彼女の肩に菜っ葉服の工員がおおいかぶさっているのが、薄明りにみえた。

それも一瞬――閃光とともに空気がキューンと鳴って、いきなり壕の天井が崩れ落ちてきた。

「こりゃあかん」

工員はズボンを押さえながら外へ飛び出して行った。戦闘帽を阿弥陀にかぶった反っ歯の中年の男だった。

比呂人と葉子は足がすくんだまま、土に埋もれた。遠くでサイレンが遅ればせの悲鳴をあげていた。……

目を開くと、目の前に、青くうねる海があった。黒煙に包まれてさっきの油槽船が沈みかけている。いましがたまで防空壕を海からさえぎっていた筈の起重機の塔は、姿を消してしまって、跡形もない。

葉子は放心の表情で燃える海をみつめていたが、やがて比呂人をふりかえると、不思議そうにいった。

「うちら、生きとるん?」

二人は血だらけの顔を見合せて、笑った。葉子のちぎれたシャツの胸に、ヒヨコ草の花がひっかかって揺れていた。

こうして、二人は愛しあうようになった。

あのとき、ぼくは未来の光景をみたんだ、と比呂人は考える。油槽船の消失と、恋人の出現を、前もって嗅ぎとることができたんだ。もしかしたら、子どもの頃の、あの輝かしい魔法の力が、ぼくに蘇ったのかもしれない。……

知りあって三日目、恋人たちはしめしあわせて、ボートで夜の海へ出た。燈火管制下の暗い町が、月に照らされた四国山脈を背負って、だんだん遠くなって行く。脱けだしてきた寮では、もうみんな眠っているだろう。

山脈の中腹に選鉱場の灯がかすかにみえる。比呂人の家はそこにあった。そして葉子の家は、その山を越した向うの太平洋の岬にあった。

学徒動員令が、町の化学工場へたくさんの中学生や女学生を集めていた。その町は、昼と夜とで人口が二万以上も違うといわれた。近郊の百姓のほとんどが工場労働に引っぱり出されていたからだ。

「あんた、もう漕がんでもええわ」

二つ年上の葉子は、姉さんらしい口をきいた。

比呂人が手を放すと、オールは夜光虫に飾られて浮き上った。

遠くで満月が静かな海に向かって一人で輪投げ遊びをやっている。

「ああ、お星さんがきれい。あんなにきれい」

稚い恋人たちは、星空をよくみようと、並んで仰向けに寝転がった。

頭の下で、波が舟底をくすぐっている。

「なあ、あのお星さんの向うには何があるじゃろ？」

「お星さんの向うは——またお星さんよ」

「そしたら、そのお星さんのまた向うは何があるじゃろ」

「おんなじだわ」

「けんど、どこまで行ってもおしまいがないちゅうのはおかしいね」

「あんた阿呆ね。そんなこと考えたって仕様ないよ。どうせ人間にはわからせんもん」

「あそこまで行ってみたいなあ。飛行機で飛んで行きたいなあ」

「あんた航空兵になりたいん？」

「うん」

「やめといた方がええよ。日本は負けるんよ。神風も吹かんのんよ」

「馬鹿いえ。そんなことあるかあ。そんなこと、非国民のいうことぞ」

比呂人は怒って体を起し、オールで思いきり海面を叩いた。

「そんでも工員長の山下さんがいうとったもん。うちは知らんわ。うちはどっちでもええ」

遠くで海が寝返りを打った。まっしろなお腹がみえる。

突然水音が立って、銀色にきらめくものがボートの中に飛びこんできた。

「いや、お魚がうちの頬っぺたなめた」

月光に誘いだされた妖精のようなその魚は、しきりに体をくねらせて、指をすりぬける。

比呂人は天啓を感じた。こんなことは滅多にあることではない。神さまの知らせでなくて何だろう。

彼はいまこそ、あの念願の実験をやってみようと思った。けれども、それを葉子さんにどう説明しよう。

「あんなあ、……あんなあ、ちょっと目えつぶってくれや」

「なんで？」

「なんでも。面白い実験するん。あんなあ――」

そのとき、またしてもサイレンが悲鳴をあげはじめた。海面をあわただしくサーチライトが走った。海の上を黒マントの怪人が逃げまどうようだ。

「どうしょ。早よう帰らんといかんわ。うちら死んでしまうわ」

「どして？」

「あんた、あの工場で半年も働いとって知らんかったの。あそこ、毒ガスこしらえとるんよ」

「……」

「空襲になったら、タンクの栓抜いて、毒ガスを海へ流すんよ」

「毒ガスは戦争で使うたらいかんことになっとるんじゃろ。世界の約束じゃろ」

「そんでも作っとるんよ」

声を限りに悲鳴の尾をひいていたサイレンは、息をつく暇もなく、そのまま空襲警報の喘ぎに変った。

いくら焦っても、一向に陸は近づかない。

オールのはねる水しぶきを浴びて、死んだように腹をみせていた先刻の魚が、プクリと動いた。

不意に探照灯とサイレンが沈黙し、月夜の静寂があたりを包んだ。その静寂のなかから爆音が迫ってきた。比呂人と葉子は、オールを捨てて呼吸をつめたまま、お互いの目の中に、逃げ場所を探しあった。

まもなく、海の向うに火が降りはじめた。火はみるまに土砂降りになり、飛沫をあげて町をなめつつ拡がった。

炎の舌は、すぐそこの海面にまで届いていた。それは美しい眺めだった。

比呂人は、恐怖を忘れて、その美しさにみとれているうち、炎のなかにふと海軍に行っている兄の姿が浮かびあがったので驚いた。

水兵服姿の比呂人の兄は、血だらけの片足を炎に包まれた四国山脈にかけ、苦悶にもだえる手で銀河の星々をつかもうと、むなしくあがいていた。

いい気味だ、と比呂人は思った。ペテンをかけてぼくの魔法を奪った兄貴の奴め、うんと苦しむがいい。

火の踊りはますます傍若無人になった。恋人たちは、火照りに頬を熱くしながら、手をにぎりあって、その低い無気味な舞踏の足音に聞き入っていた。……

　町はほとんど全焼したが、化学工場と寮は焼け残った。中学生たちはがっかりした。騒ぎのおかげで二人の向うみずな冒険は発覚せずにすんだ。

　工場では悪い遊びが流行っていた。

　フォルマリン倉庫の遊び場に、つぎつぎと級友がひっぱりこまれ、ズボンを剝ぎ取られた。白い無防禦な中学生の下半身は、やさしい家畜のようににおった。

　いたずらの主謀者は、魚屋の春吉と片目のヨッチンだった。

「発射用意」で、馬鹿力のあるヨッチンが、逃げようともがく友だちの両足を押し開く。

　足の間の、生毛のはえたかわいい大砲を春吉が撫ではじめる。

　放免された仲間たちが合唱した。

〝おヘソとおヘソをくっつけて、こんなよいことナシの花……〟

　春吉の指の間から、白い液体が勢いよくほとばしった。

「七十二センチ！　よう飛んだなあ」

　この遊びのフィナーレは、若々しい栗の花のにおいにつつまれた。

　級長の比呂人は、早くから春吉に狙われていた。しかし相棒のヨッチンが、「級長さんだけはやめとこや」と反対していたのだ。

とうとうその日が来た。

岩壁に着いたボーキサイトをトロッコに積んで、いくつもの倉庫をくぐり、長い橋を渡って、埋立地に新設中のアルミニュウム工場まで運ぶのが、その日の中学生たちに割当てられた仕事だった。海の風を吸いながら、中学生たちは競争で走った。沖にはお城のような巡洋艦が浮かんでいた。痩せて小さな比呂人は、途中で何回も休憩しなければならなかった。

コースの途中に長いトンネルがあった。その中は冷んやりして、汗をふくんだシャツが肌に貼りついた。そこを抜けると、フォルマリン倉庫の鬼のような迷彩がニュッと現われるのだ。そのトンネルの出口のところで、いきなり比呂人はうしろから目隠しされた。魚くさい手だった。

そのまま遊び場へ連行された。誰もいなかった。紙のズボンが剝ぎ取られた。ココリを貼り合わせてつくった配給のズボンである。ヨッチンが懸命に目をつぶって比呂人の腰を押えた。目脂のたまった春吉の三白眼が槍で磯ウナギを突くときのように鱗くさい口臭とともに迫ってきた。もう絶体絶命だ。

しかし、必死にのけぞりながら、蠅の死骸や蜘蛛の巣のこびりついた天窓越しに、葉子たちの働いている埋立地がみえたとき、比呂人の胸には、不意に確信が湧いてきたのである。比呂人は念じた。魔法よ、働け！

果たして、突然足場がグラグラ揺れはじめた。とみるまに、高く積み上げておいたカマス袋の山が崩れ、三人はもつれあったまま、その亀裂にのみこまれて行った。

四国には珍しい地震だった。

「魔法が復活したんだ」と落ちながら比呂人は微笑んだ。葉子さんの愛の力で魔法が蘇ったのに違いない。


芋粉でこしらえた饅頭二つの昼食がすむと、担任教師の山羊がみんなを整列させてお説教をはじめた。

「ええか、お前らの体はお前らのもんであって、お前らのもんでないんじゃ。これは天皇陛下の——オイ、気を付けせんかい——もんなんじゃ。ええのう、お国の宝なんじゃい。しゃあからして、馬鹿な悪戯なんぞで夢粗末にせんこと。分ったのう」

山羊のうしろに制服の将校が控えていた。

「予科練の志願者はもうおらんか。こないだ割当てた者は早よう手続きしてくれよ。少年兵の申し込みも今日から受付ける。希望者が足らんかったら、前と同様こっちから割当てる。頼んだぞ。沖縄の戦局はますます急を告げとるんじゃから、みんなしっかりせんとあかんぞ」

解散になると、中学生たちは二列縦隊をつくり、歩調をとって、それぞれ配属されている工場へ散って行った。比呂人と春吉とヨッチンは、足をひきずりながら縦隊を追った。

山羊の講義はお休みだった。せっかく中学生になりながら勉強できなくて可哀想だと、山羊は昼食後のひとときを講義の時間に当て、せめてもの慰めにしていたのだ。惰性になっている絶対的な服従ぶりで中学生たちはその講義を聞いたが、本心は女学生のチラチラする埋立地のあたりをぶらつきたくて仕様がなかったのである。

フォルマリン倉庫の入口で、思いがけなく、比呂人の母が待っていた。青ざめた他所行きの顔だ。わざとノロノロ近づいて行くと、遠足のおむすびのにおいがした。

「一時間くらいええから、母ちゃんと遊んでこんかや」

指導工員の吉田が、母の土産らしいトウモロコシをかじりながら、「奥さん、行って来なさいや」と目を細めた。どうせ工場にはすることがないのだ。赤紙待ちの工員たちは、内職作業に熱中していた。

母と歩くなんて何カ月ぶりだろう。

「どうしたん。なんぞ変ったことあった?」

「……兄ちゃんが、死んだんよ」

母は、小さなオナラのような叫びをもらし、いきなりしゃがみこんで顔をおおった。

やっぱりそうだった、と比呂人は思った。

母子は、防空壕の中に人目を避けて、泣きじゃくりながらジュンメンの握り飯を食べた。

大学の途中で海軍にひっぱられた兄は、訓練中に病気で死んだのだという。母はくしゃくしゃになった黒枠の通知を取出してみせた。

「せめてお国のために戦死したんなら、あきらめもつくけんどのう」

「ほんでもええよ。ぼくが飛行兵になったら二人分ご奉公するけに」

「お前、やっぱり飛行機乗りになるんか。やめといてくれんかのう。母ちゃん、拝むけに」

「そんなこというたって。一億総決起じゃないか」

「あかんかのう。お前は小さいときはお医者さんになるいうて、そんなら兄ちゃんは銀行員になるいうて、楽しみにしとったのにのう。兄ちゃんは本当にかわいそうなことしたなあ。夢のお告げはやっぱり当たったわ」

この最後の言葉をきいて、比呂人の目が急に輝いた。せきこんで訊ねた。

「母ちゃん、それ本当か。いつ？　いつ兄ちゃんが夢枕に立ったん？」

「この町が焼けた晩じゃった。うとうとしとると、兄ちゃんが青い顔して枕許に立っとる。足をみたら血いだらけなんじゃ。ハッと思うて目えさましたら、目の下が火の海で、こんどはお前のことが気になって……」

比呂人は昂奮してきた。大砲が立ってきた。

あの晩、葉子さんと二人で乗ったボートの上から、焼ける町にみた兄の幻……。

「お前は勘のよう働く子じゃった。覚えとるかのう。一銭銅貨を裏返しにして——」

「お母ちゃん。なんべんも聞いたがな」

一銭銅貨を幾枚も製造年の方を隠して並べておく。幼い比呂人は「昭和×年」といいながら一枚ずつ開けていく。それがピタリと当っていた。そんな不思議な能力を彼がもっていたという。

訪ねてくる客の誕生日を片っ端から当ててみせたし、父親の落盤による不慮の事故死も予言したという。

中学にはいるころまで、彼は自分のそんな能力を信じていた。

ラジオで大本営発表の軍艦マーチが鳴りだすと、アナウンサーが何もいわないうちに「轟沈空母一隻、大破大型巡洋艦……」などと得意になってしゃべり、それがことごとく適中していた。

地理の教師が全国の都邑《とゆう》の名前を挙げて人口をいおうとするたびに「×万×千×百」と彼がつぶやいた。先を越されて教師は腹を立てたが、彼にはその衝動を押さえることができなかった。いちど教師の虎の巻と彼の予言が食いちがったことがあり、喜んだ教師があとで調べてみると、虎の巻のミスプリントだった。

天気予報や病気の診断を乞いにくる人もあらわれた。「大きくなったら医者になりたい」という彼の希望はこんなところから生まれてきたのである。

ところが、二年前のある朝のことだった。

休暇で東京の大学から帰ってきていた兄が、お尻をもたげて頭を畳にすりつけるようにして新聞を読んでいるうち、両手で紙面を隠して、

「おい、天才、本日の我が軍の戦果当ててみいや」

そのときの兄の目付きがイヤで、比呂人はなぜか答えたくなかった。しかし執拗に迫られて、

「よっしゃ、巡洋艦一隻撃沈、二隻中破、駆逐艦……」

兄は、口辺に意地の悪い、みなれぬ笑いを浮かべた。

「これみい」

新聞は、ガダルカナル島からの〝皇軍の撤退〟を報じていた！

信用していない兄の目が、比呂人の胸に灼きついた。ありもしないことを質問するなんてペテンじゃないか。ぼくを罠にかけたのだ。ぼくは「我が軍の戦果」という兄ちゃんの言葉を素直に信じて、答をひきだそうとしたのだ。それなのに。存在していないものを当てることは、誰にだって出来ない。

その事件以来、魔法の力は比呂人を去った。果たしてそんな能力が自分にあったのだろうか。家族たちは、ごく僅かな偶然のケースに感動したにすぎないのを、わざと大げさに

酔ってみせたのではないか。幼いぼくは、家族のいつわりの陶酔に騙されて、自己の能力を強く信じこんでしまったものに違いない。そこで奇妙なことが起こったのだ。誤解にもとづく自信からくる精神力の集中が、つぎの奇蹟を実現するという、ヘンテコリンな出来事が。つまり、名探偵ホームズのように、精神の集中がもたらす鋭い観察力によって、余所目には何の変哲もない、ありふれた事物の表情から、ささやかな手掛りを素早くつかみとり、それらを結びあわせて、ふつうの人には「奇蹟」とうつる推理を演じてみせていたのだろう。

比呂人は漠然とそのようなことを考えるようになった。来客の生年月日にしたって、大本営発表にしたって、ぼくは前もって無意識のうちにどこかで耳にしていたのを、あらためて意識にのぼらせただけのことかもしれない……。

比呂人の無邪気な自信はガラガラと崩れた。もう精神の集中などはむずかしい。彼が何かを当てようとするたびに、あの信用していない兄の目が浮かんできて、彼の心はヒビの入ったレコードのようにガクンと滅入り、だらしなく失敗を繰り返すのだった。

比呂人が恋人をほしくなったのは、そのころからだ。

誰も故郷では予言者になれない。彼の寝小便や泣きベソをすっかり知っている隣人たちにとって、彼ひとりが自分たちと違う人間であることを信じるのはむずかしい。しかし、どのような意地の悪い疑いの目付きに囲まれていても、その中に唯一人、ひたむきな信頼を寄せてくれる乙女のまなざしさえあれば、彼は奇蹟を実現することができたのだ。

そうした少女さえ出現すれば！　あるいはあの輝かしい力がぼくにかえってくるかもしれない。兄ちゃんが引裂いた傷口を、愛がやさしく癒してくれるだろう。愛しあう二人の間にならば、密閉した扉をすりぬける怪人の奇蹟も可能なんだ。恋人たちは何も話さなくても、心と心が水のようにかよいあうのだ。

だから比呂人は恋人がほしかった。愛の奇蹟をぜひ試してみたかった。

一日逢わねば千秋の
想いをこがす胸と胸
ああ懐しのお姉さま……

夕焼に染まった静かな瀬戸内海のみえる寮の裏山で、自己流に改造したそんな流行歌をひそかに口ずさんでいると、比呂人の胸はきゅっとしまってくるのだ。葉子さんはどうしているだろう。友だちと散歩でもしているだろうか。ボートの冒険の別れ際にした逢いびきの約束を、お母ちゃんがやってきたために破ってしまったのが、失敗だった。どうして連絡をつけたらいいだろうか。

葉子さんの行状を精神感応できないのは、まだ愛の力が足りないからなんだ。もっと愛が深まれば、いつだって、どこにいたって、葉子さんのしていることが、鏡のようにぼくの心に映るはずだ。それにしても、葉子さんはなぜ、あんなに淋しそうなんだろう。なにか黒い影が、いつもあのひとを蔽っているようだ。めったに笑わない。笑っていても、不意におびえたように沈みこむ。はじめて逢ったときの、あの防空壕で葉子さんの肩におおいかぶさっていた工員は何者だろう。

比呂人がそんな物思いにふけっているうちに、海はいつかすっかり夕闇に包まれて、波たちがぺちゃくちゃと秘密めかした夜のおしゃべりをはじめている。

寮の夜は、芋ガユをすすってしまうと、もうすることがなかった。はじめのうちは行なわれていた山羊のお説教も立ち消えとなり、暗くて本も読めず、先生が別棟の特別室へ引揚げたあと、中学生たちは気ままに行動するのだった。

春吉が幽霊にさわったといいだしたのは、そんなある夜のことである。さっき用を足していたら、便器の穴から幽霊が出てきて、彼の体をすりぬけて窓から逃げ出していったという。

「そんとき、わしゃ幽霊に触ってやったんじゃ」

みんなは、西瓜を食う手をとめて、息をのんでつぎの言葉を待った。

「そしたらヒヤッと冷たかった。風に吹かれとるみたいじゃった。手応えは何もなかった」

「お前、そんな悪いことしたら幽霊にうらまれるぞ」

誰かが心配そうな声を出した。

「アホかい。幽霊やか、おらんわい」

縁側で涼んでいたグループからキイキイ声の反論が出た。ヨッチンだった。

「そんでも、見たんじゃから仕様がないぞ」

「錯覚じゃ。びくびくしとるけに、なんぞを見間違うんじゃ」

春吉とヨッチンの間には、先日のフォルマリン倉庫の一件以来、微妙な対立が生じているらしい。

「バカいえ。幽霊は本当ぞ。うまいこと成仏でけんかったら、人間はみな幽霊になるんじゃ。人魂がこの世で迷うんじゃ」

「お前、二十世紀にそんなアホなことというとったら笑われるぞ。死んでしもたら何もかも無《の》うなってしまうんよ。一切無よ」

「そんなら魂はどうなるん？　死んで焼場で焼いてしもたら、そりゃ体は無うなるわい。けんど、魂は燃えやせんで」

話にならん、といったふうに手を振って、ヨッチンは沈黙した。議論は、他の仲間たちに受けつがれた。

「そうじゃなあ。魂はどうなるんじゃろ」

「そないいうたらお前、生まれるときは魂はどこから来るんじゃ」

「お母ちゃんのお腹の中で体といっしょに大きゅうなるんじゃないかのう」

「魂と心とどう違うんじゃ」

「魂いうたら心のこっちゃろ」

「そしたら幽霊は心かや。心じゃったら怖ろしいことあらせんで。心はものを思うだけじゃ。ウラメシイ思うだけじゃ」

「わからんのう」

中学生たちの議論は紛糾して、庭の西瓜畑で葉子のことを考えていた級長の比呂人が意見を求められた。

「小学校の理科でやった蛙の解剖なあ。腹裂いてもまだ生きとるけんど、方々いじっとるうちに死による。そんで忘れてしもうたころに、足がピクッと動きよる。先生は、筋肉の収縮による物理的な現象で、蛙はもう死んでしもうとるというたが、どうかわからせん。トカゲの尻っ尾も同じこっちゃ。執念ちゅうもんかも知れん。人間も――」

「級長さんのいうことむずかしいわ。執念いうたら幽霊みたいなものか。ぼくら解剖するとき一生懸命見とっても、魂みたいなもんはどこからも出て行かんかったなあ」

「お前、魂は目には見えんのよ。ボウフラでも蚊でも、みな魂を持っとるんぞ」

西瓜の残骸に飛んできた蠅を一人が捕えた。

「あ。殺してしもた。いままで生きとったのにもう死んどる。こんなカスは脱けがらじゃ。羽も血もおしまいじゃ。魂はどこにあるんじゃ」

「蠅や蚊の幽霊か。えろう小《こ》んまい幽霊じゃな」

中学生たちは笑った。

と、一人が急に声をひそめて、

「おい、春吉のみた幽霊は、もしかしたら殺されよった捕虜のやつかもわからんよ」

といいだした。隣りの捕虜収容所で、つい二、三日前、不時着した若い米兵が憲兵隊になぐり殺されたばかりだった。不意に沈黙があたりを包んだ。

その沈黙を破って、

「やっぱり幽霊はおらんわい」

頑固に言い張ったのはヨッチンである。

比呂人が反対した。

「お前、そしたら神風も吹かんと思うとるんか」

「神風は吹かい。日本は神様の国じゃけんな。けんど幽霊と神風と、なんぞ関係あるん？」

「さっきいうた執念じゃ。特攻隊で死んだ兵隊さんの恨みが積るんじゃ。死して太平洋の防波堤になるというのはそのこっちゃ。そして大風が吹くんじゃ。アメリカの軍艦はみな沈むし、沖縄もフィリッピンも、どこもかもアメリカの兵舎が吹き飛ばされてしまうんじゃ」

「そうなったらええなあ」

「本当に吹くじゃろか」

「吹かい。吹かん思う奴は非国民ぞ」

一同はにぎやかに軍艦マーチを歌いはじめた。

比呂人がふと目を上げると、崩れた土塀の向うで白い幽霊が手招きしているのが見えた。身ぶるいしてもう一度見直すと、それは白い浴衣を着た葉子のようだった。

彼は飛び出していった。

しかしあたりには誰もいない。森閑とした蓮池があるばかりである。月光の中に葉子の幽霊は蒸発してしまったかと思われた。

蛙の鳴き声にとりまかれて立ちつくしたあげく、比呂人は一層せつない慕情をそそられて、葉子の下宿している町のペンキ屋へ足を運んだ。焼け残ったペンキ屋の店では、葉子の叔父さんらしい裸の大男が、遮蔽電球を吊るした土間にしゃがみこんで看板を書いていた。

近眼の比呂人には文字は読めない。しかし彼の頭に「神州不滅本土決戦」という文句が浮かんだ。

果たして、通りすぎてからまた引返してみると、叔父さんらしい男は、往来を吹く夜風にそのポスター看板を乾かそうとしており、そこには威勢のいい肉太の字で明らかに同じ文句が読みとれた。久しぶりによみがえった比呂人の魔法だった。

葉子さんのおかげなんだ……。

恋人には会えなかったけれど、魔法の勝利に心慰められながら、比呂人は寮への道を引返して行った。

その途中で、向うから変な蝦蟇の化物のような姿が近づいてくるのに出会った。よくみると、それは両膝を道にすりつけて、よろよろとやってくるおじいさんだった。比呂人を見てパクパクと口を動かした。耳を近寄せると、

「ラバウルはまだ遠いか」

というふうに聞こえた。

老人はその間ももどかしそうに足の動きを止めない。老人の背中を見て比呂人は驚いた。そこには、泣きわめく口の形をした赤ちゃんの骸骨がくくりつけられていたのである。ヒモが喉に食いこんでいた。その下に、兵隊帽とセーラー服の、二枚の色あせた写真が揺れていた。

「執念の幽霊じゃ」

と比呂人は思った。彼の頭の中で、いっさいの物語がひらめいた。

ヨッチンは、かつて比呂人の忠実な部下だった。

小学校から中学にかけて、ヨッチンを相手にいろいろな実験が行なわれた。たとえば、比呂人は生まれたばかりの子犬を親犬の見えないところへ連れていって、その耳をつねる。「親犬のやつ、耳かきよった。右の耳じゃ。いいや、左の耳じゃ」

呼吸を切らしてヨッチンが報告に走ってくる。親子の犬の間には感応があったのだ。比呂人はヨッチンにシャム双子の話をして聞かせる。

「そんなら、兄貴が御馳走食うたら、弟も腹ふくれるんじゃな」

ヨッチンは大きな顔の中に埋もれている義眼を、せいいっぱい光らせてみせた。

二人はポケットにいつもサイコロを持っていた。持物検査のたびごとにその隠し場所に苦労した。

比呂人がサイコロを振って手で押さえ、「なんぼじゃ」と聞く。

「うーん、五つじゃ」とヨッチンが答える。「大方違うとるぞい」比呂人の手が除かれるのをヨッチンはあきらめた目付きで追う。二つだ。「やっぱりのう」

こんどはヨッチンが転がす。「一」比呂人が短く、断定的にいう。

「おお、また当たった」ヨッチンは鼻をすすり上げる。「比呂っさんは天才じゃなあ」

そのヨッチンも、例の一件以来、口辺に疑わしそうな薄笑いを浮かべるようになっていた。

しまいにはヨッチンの方が確実にサイコロの目を当てるのだった。比呂人の心はぐらつき、迷ったあげく口にする数字はまるで見当が違っていた。

ある雨上りの夕方、比呂人が石蹴りで一人占いをしながら散歩していると、焼跡にポッンと残った薬屋から思いがけず葉子が出てきた。

比呂人は頬を染め、嬉しさに胸をドキドキさせた。

「なに買うたん？」

「ええもん。当たったら見せたげる」

葉子は、お風呂にもぐりっこしたときの母のように上気した顔をしていた。

ぼくは試されている。比呂人は固くなった。紙包みの大きさ、薬屋の品物……などと考えるようでは駄目なのだ。何気なく、すぐと頭に浮かばなくちゃあ。

「わからんよ。教えて」

「これよ。触ってみなさい」

包みの上から手を当てると、それはぐにゃぐにゃしていて、衣類のようだった。

「バ、ン、ド」

葉子は比呂人の耳に口をつけてそういうと、意地悪そうな目をした。

比呂人は首を傾げた。革帯ならこんな手触りではない。

比呂人はつまずいて、下駄の鼻緒を切った。葉子は道端の草をむしり、強い匂いのするその茎を代用品にして鼻緒をすげながら、

「こないだの夜、うちがお腹痛うなって蓮池にしゃがんどったら、あんたキョロキョロ探しとったね」

「なんじゃ、また雲隠れの術でも使うたんか思うた」

比呂人は葉子の白い浴衣を眺めた。

「あんたの兄さんね、本当に空襲で死んだん？」

「そうじゃ」

「工員長の山下さんがいうとったわ。訓練があんまりひどいんで、脱走して射ち殺された人もいるそうよ。それから煙突にのぼって身投げ自殺した人も」

「馬鹿いえ。なんで逃げたりせにゃならん。お国に捧げた生命じゃないか」

「山下さんの話よ。うちは知らんわ」

「山下さんいうたら、そんなことばっかりいうとるん？　売国奴みたいな人じゃなあ」

葉子はそれには答えず、口笛を吹きだした。それが例の〝一日逢わねば千秋の……〟だったので、比呂人は胸をしめつけられた。彼も一緒に口笛を吹いた。気が遠くなりそうだった。

「あんた、なんで比呂人いうの？　おかしな名前じゃね」

「おじいちゃんがつけてくれたんじゃから、おかしゅうても仕様ないわ」

——なんちゅうたって、うちは士族じゃけん——と坑夫長屋でいつも自慢していた祖父は、天皇にあやかって孫にその名前をつけたのだ。さすがに人前では〝ヒロト〟と呼んだが、内輪だけのときは目を光らせて〝ヒロヒト〟と発音した。そんな二重操作が孫に早い自我のめざめを味わわせた。その祖父の死期も比呂人は当てた。

比呂人が黙りこんでいるので、葉子は浴衣をすり寄せて彼の顔をのぞきこんだ。

二人は同時にものをいおうとして笑いころげた。

ぼくたちは一致した。今だ！

「あんなあ、おもろい実験やらへんか」

「どないするん。聞かせて」

「そうっと、何でもええ、心の中で考えるんじゃ。そしてそれを当ててみせるんじゃ」

「あほらし。そんなことだったん」

「なあ、やってみよ」

「そんなら、うちが先に当てたげるわ。目えつぶって考えなさい」

「よっしゃ」

彼は、葉子さんを愛している、愛している、と心に思った。

葉子は口をすぼめて
「ええねえ、当てるよ。いまうちがどないいうて当てるか、考えとったでしょう。それから、バンドいうたら何だろか、と思うとったでしょう」

実験失敗。比呂人は肩すかしを食った。

「ちょっと、あんた」葉子は彼の頬を打って、蚊をたたき落した。

しかし、葉子を知ってからというもの、さきのポスター看板の透視や、いざり老人の事件をはじめとして、どうやら比呂人の中の魔法つかいが、しだいに生き返ってきたらしいのだ。いまから思えば、葉子とはじめて会った日の油槽船の運命予見や、その三日後にボートから見た兄の幻なども、やはり愛の力だったのだろう。

魔法は復活しつつあった。

タール工場の真空ポンプを比呂人の班が取付ける。モーターの芯出しがむずかしく、水準計の震えがなかなか止まない。いい加減に切上げて埋立地でサボっていると、急に胸騒ぎが起る。途端に爆発音。問題のポンプが破裂し、工員がバラバラの肉片になって散ってしまったのだ。

葉子のことを思いながら尿素圧搾機のメダル取替え工事をする。試運転の結果は面白くないが、指導工員の吉田はもうすぐ戦争に行くのでやる気がない。そのままにして、アメリカの捕虜をからかいに行く。ノッポの黒人が二人、重い鉄板を運んできてはグラインダーで穴を開けている。ピストルを持った半裸の軍人が看視しているので恐くない。

「お前、どこで捕まったんか英語で聞いてみい」

「なんで自決せんかったかい。ヤンキーいうたら恥知らずじゃなあ」

黒人が夏の結晶のような汗だらけの顔を上げるたびに、ライオンの檻の前の子どものようににわかに後ずさりしながら、そんな会話を交しているうち、比呂人はハッとする。針がささったような瞬間の痛みだ。果たしてまた爆発音である。尿素圧搾機から吹き飛ばされた徴用工が、コンベアに挾まれて丸ごと砕けてしまう。

トロッコを押している。向うで友達が空倉庫の事務所をのぞきこんでいる。比呂人をみつけて「声出すな」と口に手を当てる。中で裸の男女がもつれあっている。ナ、ナというように唾をのみこむ音をさせながら友達が肩にまわした手に力を入れる。比呂人たちは物蔭にひそんで密会の男女が出てくるのを待つ。女が先に出てきた。診療所の看護婦だ。男が出てきたとき、比呂人はあやうく声を立てそうだった。あのときの男だ。葉子さんとはじめて逢ったとき、防空壕の中で彼女におおいかぶさっていた反っ歯の工員。工員長の山下というのは、この男だろうか。渦を巻く頭の中に、いきなりそのショックとは別な感覚がとびこんでくる。爆発音。こんどは油槽船に積荷中のフォルマリンの自然発火で、仲間の中学生たち十七人が空中に吹き上げられたのである。

ヨッチンも春吉もその中にいた。人間が死ぬことは別に珍らしくなかったが、そうした事故の一瞬前に体を貫く不思議な感覚に比呂人は溺れはじめていた。感覚だけが襲い、事故の起らぬこともあったが、それはきっと他の工場で大惨事が生じているのに違いない。

夜、比呂人のみる夢が、幼年時代に逆もどりした。それは、主に空気を蹴りながら空高く翔ける夢だった。ときどき地上に獲物をみつけ、息をひそめて舞い降りようとすると、にわかに胸が押しつぶされそうに苦しく、そこで目が覚めた。

またこんな夢もみた。丸めた鼻糞を掌にのせようとする。それが途方もなく重い。気分が悪くなるほどの重さである。よくみると、鼻糞は圧縮された無数の死体であった……。

いずれも幼年時代、無邪気に自分の魔法を信じていたころ、毎夜うなされた夢である。朝のめざめは、ふたたび割れるような頭痛を伴なって訪れるようになった。彼はうっかりしていたのだ。魔法を失ってからというもの、彼の一日は健康そのもので、何の翳《かげ》りもなかったので、いつかそれに馴れてしまい、そのままの穏やかな生理状態で魔法が蘇ってくるものと期待したのは、比呂人の錯覚だったというほかない。

昼間、目にふれる事物が彼に語りかけてくる内緒話の氾濫を、がっちり受けとめて消化することは、中学生の彼には不可能だった。

母校への連絡から帰ってきた山羊の報告を聞いていて、その吐く息が最前列の彼の耳たぶをくすぐると、山羊のすごしてきた妻との夜がいちどきに頭に流れこんできたり、墜落した米軍機の尾翼のマークを遠くから眺めた途端に、それに乗っていた髯男の全身像と、彼のポケットにかくしてある金髪の愛人の笑顔がひらめいたり、春吉が無造作に素足に巻いた紙のゲートルの隙間からのぞいている汗ばんだ毛臑が、不意にヨッチンの脚気気味にむくんだガニ股の足とからみあって奇妙な同性愛にふけっている光景が見えたり、といったぐあいである。

予感と透視はつぎつぎと遠慮なく彼を襲って土足のまま侵入し、彼の頭は秘密の洪水に耐えかねてクラクラした。めくるめく夏の光が、彼の外側にも内側にも充満していた。

鹿児島県××郡××村大字××なんて地名がひょっこり頭に浮んできたりする。数日たったら、その村へ戦死公報が送られてくるに違いない。

恋人たちは、お昼休みに、いつも硫酸工場の中で逢いびきした。『危険立寄ルベカラズ』の貼り紙が出ている一番奥の部屋へ窓からしのびこむと、そこには青々と湛えたプールがあった。硫酸の水槽だと比呂人たちは聞かされていた。人気《ひとけ》はなかった。

「これ本当に硫酸じゃろか」

「指突っこんでみなさい。溶けてしまうから」

「硫酸銅の水かもわからんよ」

「ずうっと前に工員が落ちこんで、引揚げたときは半分溶けとったそうよ」

ツーンと鼻をさすにおい。気味悪いほど涼しい。思わず汗がひっこむ。こわごわ立っている二人の影が水面に映っている。

マメ東条と仇名されている比呂人の、ハゲの多いとんがり頭、狐のような吊り上った細い目、不服そうな口もと、不器用にゲートルを巻いたくの字型の短い足。葉子の運動選手のように引締った大柄な体、体にそぐわぬあどけない顔。……オヤ、葉子さんのお腹がふくらんだ。

何気なく比呂人は恋人のお腹に手をのばした。葉子がギクッとふるえたので、比呂人は「ワーッ」とそこを押さえた。

「何するん。いやよ」

葉子はよろめいて「落ちこむところじゃった」と肩で大きく呼吸をした。

そのとき、また警戒警報が鳴り出した。

「中部軍管区防空情報……敵機はただいま室戸岬南方四十キロの海上にあり松山、広島方面に向けて北進中……」

比呂人の口が動いた。すると遠くでそれを真似るラジオのアナウンスが聞こえてきた。

葉子さんのお腹の中に赤ちゃんがいる！

硫酸工場を脱けだして、はじめて逢った思い出の防空壕に駆けこみながら、比呂人はそんな新鮮な驚きにとらえられていた。

「あんた、知っとったね。知ってしもうたね」

葉子は比呂人の耳に食いつくようにして、低い声であえぎながらそういった。サイレンの悲鳴がたちまちその声を消した。暗闇の中で、葡萄のような葉子の目がギラギラと輝いて、比呂人をにらみつけた。

長い静寂があった。工場は死んでいた。ときどき「待避！　待避！」という短い叫びが鋭くひびいた。

壕の中には二人きりだった。

いま葉子さんのお腹の中でいのちがつくられている。神秘だなあ……。

比呂人は酔ったようにその発見を追った。

「ねえ、葉子さん、赤ちゃんの音聞かせて」

葉子は不思議な微笑をもらした。やがて立ち上ると、ゆっくりとモンペを脱ぎはじめた。

「ウソじゃ。もう聞かんでもええ」

取返しのつかない失敗をしてしまったような後悔で比呂人の胸は空っぽになった。しかし継ぎはぎだらけの汚れた下着の下からあらわれてくるやさしい綺麗な肌から目をそむけることはできなかった。彼は泣きだしそうになりながら、その美しいものを見詰めた。

「これ、バンドよ」

葉子は眠そうな手つきで、黒い布を剝ぎとった。

「こんなものもう要らん。あんたにあげる」

「ぼく……」

「ねえ」葉子はやにわに比呂人の頭を抱いてお腹に近づけた。いたずらっぽい含み笑い。だが頭を抱えた手は荒らっぽい。

やわらかく暖いものに比呂人の耳は押しつけられた。

「聞える？……まだ聞えんわ」

こんどは葉子は泣きだした。比呂人の反対側の耳に、つづけざまに涙が落ちてきた。それははじめ温かく、すぐつめたく冷えた。葉子のお下げ髪がそれを掃き散らした。

このやわらかいお腹、この向うに、いのちが芽生えている。まったく神秘だ……比呂人はすべてを忘れて好奇心だけになっていた。

荒々しく彼の頭がはねのけられた。

「恥かしい。うち死にたい。あんた一緒に死んで」

「どして死ぬん。死なんでもええよ」

「……」

「子ども生んだらええ。早よう見たいわ」

葉子はモンペを結んでいた手をとめて、急に狂ったように叫びはじめた。この前の失敗にこりて、壕の天井を新しく覆った鉄板が震えるほどの声だった。「みな燃えてしまえいい」とか。

　葉子さんは気が狂った、と比呂人は悲しくなった。しゃがみこんで足もとの土をすくった。二人を生き埋めにした土だ。しめっていて、水が滲みだしてきた。

　土は、比呂人に葉子の妊娠の秘密を語りたげだった。比呂人は耳を傾けなかった。けれども比呂人の頭には、いつか見た葉子の叔父さん、夏の夜に『神州不滅』と書いていた、あの裸の大男の分厚い唇が浮かんできた。それは、ズボンを押さえながら壕から飛びだしていった、反っ歯の工員のイメージではなかった。


　比呂人は決心した。ぐずぐずしてはいられない。学徒隊の行進が行なわれて午後からお休みになる次の日曜日に、あの念願の実験をやろう。

　正午から三十分間、お互いに別々のところにいて、葉子はノートに心に浮かんだことを書き、比呂人はその内容を精神感応して別のノートに記録、あとで見せあう――

　その計画を葉子に納得させるのが一苦労だった。

「そんなこととして何になるん？　アホらしいわ。あんたちょっとキ印じゃね」

　葉子は調子っ外れに笑いころげたが、結局承諾した。そのあと、またひとしきり泣き喚く発作があった。

「愛するというのは、そんなことと違うんよ。もっと深刻なことなんよ。あんたはまだ子どもじゃけん、わからんのね」

しかし、そうでないことを、どうやって葉子に知らせよう。

その日が来た。

太陽は広場を焦がした。中学生たちは海水浴が恋しかった。比呂人は学徒隊の先頭に立って歩調を取りながら、踏みおろす足の下にミミズが喉を渇かせてうずくまっている様子を想像し、さらにそのずっと向うにはアマゾン河が川底をこちらに向けて流れているんだな、と考えた。あいつぐ事故で、中学生の数は半減していた。

本土決戦に備えよ、という軍事教官の訓辞を最後に、解散になると、比呂人は、化学工場で一番高い煙突にのぼっていった。

海からの風がこころよい。吸いこまれそうな青い空。眼下に、迷彩をした工場の、窓硝子だけがキラキラ光っている。工場の三分の二が、もはや廃墟だった。

しかし、目の前にうねっているこの海のどこかで、神風がひそかにエネルギーを蓄えているに違いないのだ。

ああ、体が溶けてしまいそうだ。眠くてたまらない。もうそろそろ十二時だろう。葉子さんは何を書いているのだろうか。……それにしてもものすごく眠い。眠っているときの方が隠れた心が活躍しやすいから、感応が敏感にできるかも知れない。人間はおそらく何かの生まれ変りなんだ……。

比呂人は空を飛んでいた。空気をうまく蹴って浮力をつけるには要領がいる。彼は低空飛行で化学工場の上空を旋回するのに飽きて急上昇をはじめた。やがて成層圏を突き抜けてみるみる星々の群れの間に達した。と思う間に、ひとつの赤く灼けた星が接近してきて避ける暇もなく衝突してしまった。星はガランドゥらしく、大きな、けれどもうつろな響きをあたりに散らせた。ガーン、ガーン、ガーン。あ、誰かが呼んでいる。大きな声で呼んでいる。

比呂人は目を覚ました。

彼は青空で染まった胸の中を手探りした。大きな暗い空洞の天井から滴が落ちてそれがものすごく反響している。そしてそのたびに体が内側から溶けてゆく——そんな奇妙な感覚が起った。

あわてて彼は煙突を駆け降りた。

そうだ、葉子さんは死んだんだ！　あの硫酸プールに身を投げて死んだんだ。

呼吸をはずませて彼は硫酸プールの部屋へ飛びこんだ。

水は青ざめて、かすかに揺れていた。そこにはしかし、何の異常も見当らなかった。

ああ、葉子さんはもう溶けてしまったのだ……。

比呂人は茫然とたたずんだ。あの葡萄のような瞳も、やわらかいお腹も、お腹の中の赤ちゃんも、みんな溶けてしまったのだ。葉子さんがすっかり溶けて、この硫酸の一部に変ってしまったのだ。じゃあ、ぼくも死ななければいけない。この中へ飛びこまなければいけない。

比呂人はそう考えた。当然葉子さんのあとを追うべきだと思った。しかし何かが彼を躊躇わせる。それは何なのか。

ぼくは葉子さんを心から愛していたのだから、葉子さんが死んだいま生きている甲斐がない。同じように身を投げよう。

だが足がすくむ。葉子さんは葉子さん、自分は自分、という気持がチラリとかすめる。

そんならぼくは葉子さんを愛していなかったのか。そんなエゴイストだったのか。恋人の体が溶けて行くのを精神感応できなかったなんて、なんという情けないぼくなんだろう。

やっぱりぼくも死のう。

比呂人は一歩ずつプールに近づいた。柵をまたいだ。体が骨の芯まで冷えきったようなのに、汗が流れるのはどうしたことだ。彼はプールの縁にしゃがみこんでまた考えた。それから、思いきって体ごとドボンと水にはいった。足からだんだんはいっていくと、溶ける時間が長くかかってきっと痛い思いをするだろう、と考えたからである。

……

もちろん、中学生の体は、溶けもふやけもしなかった。紙のコヨリを貼りあわせてつくった配給の作業服がバラバラにほぐれただけのことである。

やがて、窓に少女の顔があらわれた。少女は、お腹を強く窓枠に押しつけながら、白い足の裏を見せて窓をまたぎ、室内に入ってくると、中学生と並んでプールに身を沈めた。ノートをしっかりと胸に抱えたまま。

そのノートには、こんなことが書かれてあった——

「うちがぎょうさん背の高い色の白い外国人と手ぇ組んで歩いとる。赤い靴はいて。唾吐きながら。みんな妙な顔して振り返る。その人は兵隊さん。煙草吸ぅとる。ええにおい。うちは何か食べとる。ああ、口の中が気味悪い。

うちは死にたい、死にたい」

——恋人たちは、こうしてノートを間にはさんで、固く抱きあったのである。

ぼくたちの体が溶けないのは、と中学生は考えた。きっと愛の力なんだ！

彼らの英雄が首をくくられる日が、もうすぐそこまで迫っていた。

鍵《かぎ》

星 新一

1967

星 新一〔ほし・しんいち〕（一九二六～九七）

東京生まれ。東京大学農学部卒。五七年「セキストラ」でデビュー（その経緯は巻末解説参照）。翌年、代表作となる「ボッコちゃん」「おーい でてこーい」を発表し、ショートショートの第一人者、日本SFを代表する作家という評価を確立していく。六八年に『妄想銀行』および過去の業績に対して第二十一回日本推理作家協会賞受賞。七六年から二年間、日本SF作家クラブ初代会長を務める（これ以前は会長を置かなかった）。八三年にショートショート一〇〇一篇の偉業を達成。没後の九八年、長年の業績に対して第十九回日本SF大賞特別賞が贈られた。その生涯は最相葉月による評伝『星新一 一〇〇一話をつくった人』にくわしい。

その作品は数知れぬ読者にSFへの、あるいは読書への扉をひらいた。生前に刊行された『ボッコちゃん』『マイ国家』『午後の恐竜』『きまぐれロボット』など約四十冊のショートショート集は現在も文庫の増刷が続き、近年の再編集版とともに新たな読者を広げている。ほか、連作本格SF長篇『声の網』、ジュヴナイルSFファンタジイの傑作『ブランコのむこうで』、時代小説集『殿さまの日』、星製薬創業者である父・星一の伝記『人民は弱し 官吏は強し』など著書多数。

代表作中の代表作である「鍵《かぎ》」は、贅言を要しない珠玉の逸品。（山岸）

初出：〈ミステリマガジン〉1967年3月号
底本：『妄想銀行』新潮文庫

その男の人生は、とくに恵まれたものとは呼べなかった。いままでずっとそうだったし、現在もまたそうだった。といって、食うや食わずというほど哀れでもなかった。

こんな状態が、いちばんしまつにおえない。なぜなら、恵まれていれば、そこには満足感がある。哀れをとどめていれば、あきらめの感情と仲よくすることができる。しかし、そのいずれでもない彼の心は、ひでりの午後の植物が雨を求めるように、いつもなにかを待ち望みつづけていた。

そんなわけで、注意ぶかくなっていたためかもしれない。男はある夜、道ばたでひとつの鍵を拾った。人通りのたえた静かな路上。薄暗い街灯の光を受けて、それはかすかに輝いていた。

男は手にとり、ただの鍵と知って、ちょっとがっかりした。こんなものなら靴の先でけとばし、通りすぎてしまってもよかったのだ。しかし、拾ってしまうのもめんどくさく、それをポケットに入れた。したがって、わざわざ交番へとどける気にならなかったのは、いうまでもない。

数日たって、男はポケットに入れた指先で鍵のことを思い出した。退屈まぎれに手のひらにのせ、あらためて眺めた。

明るいところで見ると、どことなく異様な印象を受ける。ありふれた鍵とは、形が大いにちがっていた。ほどこされている彫刻の模様は、異国的なものを感じさせる。だが、異国といっても、具体的にどの地方かとなると、まるで見当がつかなかった。その点、神秘的でもあった。また、わりと新しいようでもあり、遠い古代の品のようにも思えた。いくらか重い銀色の材質だったが、なんでできているのかわからない。硬い物でたたくと、すんだ美しい音がした。

なにかすばらしく価値のあるもののように思えてきた。男はここ数日間の新聞をくわしく読みなおしてみた。しかし、貴重な鍵を紛失したという記事も、拾い主を求むという広告ものっていなかった。

どこか金持ちの邸《やしき》の鍵かもしれない。こう男は想像した。市販している普通の鍵を持ちたがらない人だってあるだろう。そんな人が金にあかせて特別に作らせた鍵ではないかと考えたのだ。

これを使えば、留守宅に忍びこんで、金目のものを持ち出すことができるかもしれないな。最初は軽い気持ちで思いついたにすぎなかったが、しだいに形をとってきた。侵入した時に見とがめられたとしても、拾った鍵をおとどけに来たのだと言えば、いちおうの言い訳にはなる。鍵の落し主をたしかめるためには、それであけてみる以外にないのだから。うまくいけば収穫は大きく、失敗しても危険は少ない。男はその計画を実行に移しはじめた。鍵を拾ったあたりの家々を手はじめに、いくつもの立派な邸宅の玄関に近より、ひそかに試みた。

時にはその行為をみつけられ、怒られることもあった。しかし、鍵が合うかどうかを調べようとしただけでは犯罪とはいえず、怒られる以上のことにはならなかった。

男は歩きまわる範囲を、しだいに広げた。しかし、その鍵で開くドアには、依然としてめぐりあわなかった。用事でどこかのビルを訪れることがあると、そのついでに、いろいろな部屋のドアの鍵穴にもさしこんでみる。

だが、ほとんどの場合、鍵は鍵穴に入らなかった。入ったとしても、回らなかった。ごくたまに回ることがあったが、手ごたえのないからまわりだった。

そう簡単にめぐりあえるものでないことは覚悟していた。男はあきらめなかった。この鍵が、自分になにかすばらしい幸運をもたらしてくれるように思えてならなかったのだ。男は時どき、手のひらの鍵に呼びかける。

「幸福への扉を開く鍵なんだろうな」

「そうよ」

と確答するかのように、鍵はきらりと光るのだった。それは、鍵を試みることに熱中している男の、気のせいなのかもしれなかった。しかし、男はその答えを本気で信じる。

「どこの、なにをあければいいのだ」

と、つぎの質問をすると、鍵はわけのわからない光り方をする。なにかを告げているようなのだが、あいまいで複雑で、それを読みとることは男にも不可能だった。つまり、なんの答えも得られなかったのだ。

この希望と絶望とのあいだにはさまれながら、男は鍵に合う存在を求めて、例の行為をくりかえしつづけた。

数えきれないほどの鍵穴に、男はその鍵を押しつけてみた。だが、どれも受けつけない。むなしい拒絶だけがもたらされる。時には、もうあきらめようかとも思う。しかし、この次にはぴたりと合うのにめぐりあうのではないかとの予感がし、中止の決心には至らないのだった。

がむしゃらに手当りしだいに走りまわってもだめだ。もっと系統的な、むだの少ない方法を考えるべきだ。男はいくらか反省し、錠前店に出かけ、なにげない口調でこう聞いた。

「知りあいに忘れっぽくなった老人がいてね、この鍵がなんの鍵だか思い出せず、困っているのです。どんなものに使う鍵だか、教えてもらえないだろうか」

その店の者は手にとって眺めていたが、やがて首をかしげて言った。

「うちではたいていの鍵を扱っていますが、こんなのは見たこともありません。個人的に、趣味か道楽で作ったものではないでしょうか」

会話を聞きつけ、店の奥から年配の店主が出てきたが、やはり同じ答えだった。

男は博物館にも出かけた。とくにたのんで、陳列してある古代の箱などの鍵穴に入れさせてもらった。しかし、どれにも合わない。博物館員は言った。

「その鍵をどこで手に入れ、なぜそう熱心にお調べになるのかは存じませんが、それに合うようなものは、ここにはありませんよ」

と資料室に案内し、古今東西の鍵の写真集を見せてくれた。大きな鍵、小さな鍵、歴史的な意味を持つ鍵、美しい鍵、最新の鍵。たくさんの種類がそれにのっていた。しかし、男が拾った鍵と似たようなのは、そのなかから発見できなかった。男はお礼を言い、博物館を出た。

だが、その鍵に合う相手を求める努力はやめなかった。ここに鍵が存在するからには、どこかに、これで開くものがなければならない。あるはずだ。あるとなれば、それをさがしあてることもできるはずだ。さがし出さなければならない。

男は鍵にとりつかれたように、鍵に魅入られたように、ひたすらそれを求めつづけた。

それにたどりつけた時の興奮、満足、幸福感を空想すると、疲れなど気にならなかった。

鍵についての男の行動の異常さは、周囲の者の目をひいた。もはやひそかな楽しみの段階をすぎ、なかば公然としたものとなっていた。しかし、そのうわさを聞き伝え、その鍵は自分のものだから返してくれ、と現れる人もなかった。冗談半分にそう言ってくる者はあったが、その鍵に合うものを示すことができず、作り話はすぐにばれた。

ひまがあると男は旅に出た。きりつめた費用での旅だったが、期待を追っての旅であり、つらいことはなかった。そして、いろいろな建物を訪れて鍵をたしかめたり、鍵がないため開かないで困っている箱やドアはないかと聞きまわったりした。

しかし、どの国に行っても、どの地方に行っても、その努力はむくいられなかった。そのたびに、男は手のひらに鍵をのせ、ため息をつく。吐息を受けて鍵は少し曇るが、すぐに輝きをとりもどし「まだなの」と、うながすように、からかうように、ささやくように光るのだった。

男はまた気力をとりもどし、あてもない、しかし期待にみちた旅をつづける。いつ終るともしれない旅だった。

限りない回数の試みがくりかえされ、限りない回数の失望を味わった。だが、男の執念はさらに高まるのだった。この鍵で開くものを見つけさえすれば、万事が解決する。多彩で豊富な、はなやかなメロディーの流れる、信じられないようなべつな世界が、そこに展開するはずなのだと。

　男は目的の場所に達した夢を見ることがあった。それは箱であることも、ドアであることも、ふしぎな装置であることもあった。鍵穴にぴったりとおさまり、手ごたえとともに鍵が一回転するのだ。感激と喜びのため、男は思わず大きな叫び声をあげる。しかし、自分の叫び声で目がさめ、夢はそこで消えてしまう。箱のなか、ドアのかなた、始動した装置の作用などについては、夢のなかでも知ることができない。

　男はひたすら、それだけのために生きた。それが生きがいだった。いらいらしたり、胸をおどらせたり、がっかりしたり、自分に鞭《むち》うったり、さまざまな感情を波うたせながら生きつづけた。

　年月は流れ、男はとしをとった。としをとるにつれ、あらたな感情がそこに加わった。それは疲れだった。たえまない旅と休みない努力のため、男の心にも疲れの感情が宿りはじめたのだ。また、それは肉体のおとろえのためでもあった。

　外出するたびに、やはり鍵の試みはくりかえすのだが、その外出の数がへったし、足の歩みものろくなった。そして、ついにほとんど外出をしなくなってしまった。

　それとともに、男の心も少しずつ変化してきた。かつては考えもしなかった、あきらめの感情がめばえ、大きくなってきた。もうだめだろう。これだけ努力したのに、どこにも発見できなかった。やはり、運がなかったのだというべきなのだろう。そろそろ、本当にあきらめるべき時なのかもしれない。

あるいは、この鍵はなんの意味もない、ただの装飾品のたぐいだったのかもしれない。しかし、眺めなおしてみると、実用性がこめられているように思えてならなかった。男の未練のためだけでもなさそうだった。

あきらめたとはいっても、思いきりよく捨てる気にもなれなかった。いままで肌から離すことなく、ともに生活をし、ともに旅をし、喜んだり悲しんだり、ともに人生をすごしてきた鍵なのだ。

男はひとつの案を思いつき、錠前店を訪れ、こんな依頼をした。

「この鍵に合う錠を作ってもらえないだろうか。自分の部屋のドアにとりつけたいのだ」

「妙なご注文ですな。鍵をなくしたから、錠に合う鍵を作ってほしいとのおたのみはよくあり、その仕事なら何度もいたしました。もちろん、ご希望の錠をお作りしてさしあげることもできます。しかし、お高いものにつきますよ」

「かまわない。高くてもいい」

男は心からそう答えた。人生も終りに近づいたのだ。余生を思い出とともにすごす。それには、これが最もふさわしい方法であり、ほかにはない。

やがて錠ができ、男の部屋のドアにとりつけられた。男はひとり部屋にこもり、ドアをしめ、鍵をさしこんで回した。手ごたえはからだの神経を微妙にくすぐるようだった。かすかな響きは、こころよい音楽となって耳の奥をふるわせた。

長いあいだ、あこがれつづけていた感触だった。もちろん、望んだ形での実現ではなかったが、いま、ここに鍵に合うドアがあるのだ。幻ではなく現実のドアとして。

安心感というか満足感というか、期待していた以上の、やすらぎの気持ちが心にあふれてきた。もっと早く、これをやってみればよかったと思う。しかし、それは今だからこそいえることで、元気だったころには、そうは考えなかっただろうなとも思うのだった。

夜になると、男は久しぶりに、じつに久しぶりに、静かな眠りについた。長い過去の疲れがいっぺんに出たのかもしれなかった。静かな、やすらかな眠り……。

しかし、夜のふけたころ。男は鍵の回る音を聞き、ドアの開くけはいを感じた。暗いなかで男はそれに気づき、たとえようもない感情にとらわれた。それは恐怖。

とても信じられない現象だ。一生を棒に振ってまで、あれだけさがしつづけたのに、ついに鍵に合う錠を見つけ出せなかった。あの鍵に合うものは存在しないのだ。このドア以外には存在しないのだ。やっとそう悟った時、しかもその第一夜に、それをあけてなにものともしれぬ人物が入ってくるとは……。

人物のけはいは近よってきた。男は毛布のなかにもぐり、夢であってほしいと祈り、これは夢なのだと信じようとした。また事実、夢なのかもしれなかった。

「ああ、この世のものとは考えられない……」

男はふるえながら言った。すると、それに答えて女の声がした。

「ええ、そうよ」

男は勇気を出して質問することにした。女の声は、やさしい調子をおびてはいる。しかし、あのドアをあけて入ってきた、想像もつかない相手なのだ。この世のものでないと肯定もしている。これからなにがおこり、どんな目にあわされるかわからない。あるいは死かもしれない。死なら死で、それも仕方のないことだ。だが、このなぞだけは聞いておきたかった。

「あなたはだれで、なんのためにやってきたのですか」

「あたしは幸運の女神。あの鍵は、あたしがわざと落しておいたの。力を貸してあげる人を作ろうと思ってね。鍵を拾ったあなたが、その資格をお持ちになったわけなのよ。やっとドアを作っていただけたのね。だから、すぐにおたずねしたのよ」

ほんとうに女神なのかもしれなかった。普通の人のような声ではなく、やわらかく夢のなかから響いてくるような声だった。男は言った。

「それなら、なぜもっと早く来ていただけなかったのですか。なぜ、ドアがなければならないのでしょうか」

「だって、幸運を与える儀式は、秘密におこなわなければならないものなの。他人の入ってくる可能性のある場所ではだめなのよ。本人とあたしだけが入れ、ほかの人の入れない場所が必要なの」

「そうだったのか……」

「さあ、どんな幸運をお望みになる。お金でも地位でも、すばらしい恋でも、輝かしい栄光でも、お好きなものをおっしゃってちょうだい。不老長寿や若がえり以外なら、なんでもかなえてさしあげるわ」

しばらくの沈黙ののち、暗いなかで、男の低いしわがれた声が答えた。

「なにもいらない。いまのわたしに必要なのは思い出だけだ。それは持っている」

過去への電話

福島正実

1968

福島正実〔ふくしま・まさみ〕（一九二九〜七六）

樺太生まれ。明治大学文学部中退。編集者、作家、翻訳家、アンソロジスト、評論家として八面六臂の精力的な活動で日本にSFを定着させた、現代日本SFの育ての親。〈SFマガジン〉初代編集長として確固たるSF観のもとにSF界を牽引したのをはじめ、早川書房の編集者として手がけた企画の数々は本書巻末解説にあるとおり（六九年に退社）。当時の状況は回想録『未踏の時代』で語られている。児童文学界でも活躍し、没後の八三年に福島正実記念SF童話賞が設立された。訳書にハインライン『夏への扉』、クラーク『幼年期の終り』ほか多数。

作家としての著書に、『リュイテン太陽』『異次元失踪』などのジュヴナイル作品多数のほか、『百鬼夜行』『虚妄の島』『ちがう』など、再編集を含めて十五冊の短篇集、眉村卓との合作長篇『飢餓列島』がある。多元宇宙や超常現象、精神医学、社会問題などを題材に、透徹したペシミズムを湛えた筆致で情念的な世界を描く作者とその作品を、石川喬司は「醒めたロマンチスト」「私小説の伝統をSFの中に生かし、空想と現実の接点に肉薄したユニークな作品群」と評した。発表当時の著者と同じ雑誌編集者を主人公にした「過去への電話」は、そうした作風を代表する短篇。〈SFマガジン〉七六年七月号の追悼特集でも再録された。（山岸）

初出：〈ミステリマガジン〉1968年10月号
底本：『出口なし』角川文庫

1

　そんな企画を思いついたのは、久方ぶりに出会った古い友人のAと喫茶店で雑談をしていたとき、ふとAの口を洩れて出たひと言がきっかけになったのだが、考えてみればその日は、朝から時無し雨がじくじくと降ったり止んだりしていて、何とはなしに何処かへのめりこむような気分にお互いに浸っていた、そんないわば自堕落な、疲れた意識が、共鳴しあって生まれた思いつきかも知れなかった。

　Aは、よんどころない用事があって、すでに引退して久しい大学時代の旧師のところへ電話をかけたのだが、それほど昔のことではない、せいぜい二十年かそこいら前のことを質問しても、旧師はほとんど憶えていず、いや思いだそうとする気持さえかきたてられないようで、「まるで、どろどろによどんだ古池に石を投げこんだときみたいに、どぼんと濁った水音をお義理に立ててそれっきりという調子で、ぜんぜん反応がないんだ。おれはそのとき、過去へ電話をかけているんだなと、しみじみ思ったっけ」と、Aはそんなふうにいったのだ。

その「過去への電話」という言葉が、間髪を入れずこっちの胸に共鳴して、まてよこいつはやり方によってはイケるかもしれない、とそのとき思った。Aと別れて、二日三日は例によって例のような煩雑《はんざつ》な日常のあれこれ、ちいさな嘘、些細な挫折、こまかな損得、意味も定かならぬ泡沫ジョークのねぶり返し、慢性の胸焼け、急性未遂の腹立ち、その他もろもろの間に埋もれて忘れていたが、三晩めの夜、やはり飽きもせず降る長雨に降りこめられて、珍らしくただ一人、行きつけのちいさなバーで嘗《かつ》ては事情《わけ》ありのマダムを相手に飲んでいるうちに、とつぜん「過去への電話」のアイデアが心の表面に梅雨時《つゆどき》の黴《かび》さながらにこびりついていたことを覚ったのだった。「過去への電話」うん悪くない、来月号の企画に一丁行こまいかと、考えはじめると面白くなってきた。

もちろん、ただの過去もの、追憶ものではすでにどこでもいつでもやっているから茶番狂言にもならないが、そいつをもうワンツイストして、Every dog has his day の味つけ、嘗てはそれ相応の日向《ひなた》の時代持ち、多少は人にも知られ自らたのむところもある存在だったが、時経り時流れて、今ははや活躍の幕閉じ、ひっそり愚痴などこぼしながら暮している作家や評論家、学者のたぐいに、現在を語らせることによって、逆に過去を構成したらどんなものか、と思ったのだ。

「先生もお若い頃はずいぶん派手に変ったことをおやりになって、変人奇人と騒がれたものですが、どうですか、この頃のサイケ流行《ばやり》をどんな風にごらんになっていらっしゃいますか。まず、あれを見て不愉快ですか気持がいいですか、それとも何にも感じませんか」と、こんな具合に水を向ける。すると相手は、どうせ体裁のいい悟ったみたいなことをいうか、それとも我意を得たりとばかり、珍らしくもない「一徹ぶり」を、なりふりかまわず演じてみせるか、たいていは二つに一つだが、実はそんなことはたいして問題ではない。そうした対談の中から、彼らの、すでに遠く去ってしまった人生への未練と、だいぶ近づいてきた死への恐怖とを――要するに「死にうる境地」に、まずは達することのない人間の切なさやりきれなさを、できるだけ残酷に、真に迫って再構成できればこっちの目的は果せられるのだ。

いや、あるいは、それは一種の自虐趣味だったのかもしれない。Aが旧師を「過去そのもの」と呼んで切なそうな目付きで笑ったとき、実はこっちの胸に、旧師の過去の中に埋めこまれた、自分自身の青春や野心や欲望や、まだ使いはじめでみずみずしかった心などの残骸を見る思いがして、なまなかのことでは追い払えない不快感を感じた――それへの復讐の念が、エネルギーとなっていたのかもしれなかった。そんな企画が、果して雑誌の読者にアピールするかどうかということについては――それこそ、わが青春の大部分を呑みこんでしまった雑誌への、復讐めいた黒い思いが先に立ち、そんなことは二の次、三の次だと胸の中で呟《つぶや》くと、ひさびさに結晶した可笑《おか》し味が湧き上ってきて、くっくとひとり笑いをした。

「何をひとりで笑ってるの。変な人」

わざとらしく寄って来てのぞきこむマダムを見返すと、自分では、二十人並みでないかもしれないが十人並みではあり、まだまだ男をひきつける魅力があると、勝手に思いこんでしまった女の顔は、滑稽は滑稽きわまるがそれなりにけなげで、いとおしく、ほかに人のいないのを幸い、ひさびさに口説いてみる気になりかかり、改めて見やれば、ちかぢかと寄せられた、紅い唇は官能に濡れ目も妖《あや》しく光って見えたが、そのときスタンドの上に置かれた電話もいっしょに目について、そのとたん、そうだ、今ここからあの企画をはじめよう、明日になると色あせて見え、結局実行しないでしまうかもしれない。そう思ったらもういけない、たちまち女はただの安バーの、頭のよろしくない欲たかりの年増女に戻り、女にはうっかり触るもんじゃないという日頃の教訓身にしみて思いだし、早々に手をひっこめてしまった。

2

犠牲者を選ぶにはオン・ザ・ロック三杯分の時間がかかった。

というのは、こっちの目的からいって、適当な知名度も持たねばならず、それにひきかえ今は少しみじめったらしくなければならなかったし、その上その人物の過去について、世間なみ以上に知っている必要もあったからで、それで最後に白羽の矢を立てたのは、科学にも強い異色の文芸評論家として、相当なこわもてのしかたもし、それにつけこんでかなりたちの悪い、もちろん体裁だけはいい稼ぎをした、Bという人物だった。そんな風だから小才もきき要領もよかった筈なのに、なぜか十年ほど前からさっぱりお座敷がかからなくなり、この頃ではジャーナリズムの関係者ですら殆んどその消息を知る者もない、けれども当時こっちは、パトロン顔するBの家にかなりしげしげと出入りして、私生活の一端も、性格そのままの小狡《こずる》い女出入りの一つ二つについても、べつに好奇心を発揮したわけではないが知っていた。

つまりはこのプロジェクトに理想的な対象だったからなのだ。仕事仲間の一人二人のところへ電話をかけて、忘れていたBの家の電話番号を教えてもらい、さてダイヤルを回してみると……出ない。電話のむこうの端には、じりじりりん、じりじりりんとベルが鳴りひびき、繰り返し鳴り渡っているというのに、まるで無限の虚空《こくう》の中にそのまま拡散してしまうかのように反応がなく、そのベルの音に耳をすましているこっちの心までが、何もない、空っぽな闇の中へ吸いこまれていくようで、堪らない不安と、恐怖と、焦燥とがじりじり受話器の奥から迫ってくる……。

　諦めて切ろうとした、まさにその瞬間、カチリと、ひどく澄んだ、機械的な音が受話器の底で響いた。はっとして、胸が激しく鼓動しはじめ、取りかえしのつかないことをしてしまったと悔む心が走りはじめ、手に持った受話器をそのまま戻してしまいたくなって……そのとき、はるかな遠く、無限の薄闇の霧の彼方から、嗄《しゃが》れ乾いたこの世ならぬ老爺の声が「はい。どなた」と聞こえたのだ。

　そのかぼそい声音が、どんな魔力を持っていたというのか——なぜこっちの心から抵抗力を奪い去りひどく柔順な心根を植えつけたのか——。

「たいへんご無沙汰いたしております。奥陸書房の太田です……以前、ずいぶん先生にはお世話になりっぱなしで……」

「太田？」

　嗄れ声が繰り返すと、なぜか総身がぞっと震え、悪寒の偽足が縦横に神経を貫いてのびた。

「ああ、あの」

　こっちはますます柔順に、受話器の前で愛想笑いを浮かべ、三度も四度も低頭しながら、

「そうです、そうです、その太田です、ほんとに先生、その節はいろいろご厄介になりまして。それで、実は、たいへん唐突なんですが、今度わたしの雑誌でちょっとした構成も

のを企画していまして、その件についてぜひ先生のお知恵を拝借したいと思いまして、お電話さしあげたのですが、いかがでしょうか。もしご都合がよろしければ、すぐにもうかがいたいのですが」

「よかろう」

なんともいいようない手応《てごた》えなさで、殆んど反射的に戻ってきた承諾の返事に、こっちは心の足が踏み外れ、ぐらりとよろめく思いなのを、耐え、踏みとどまって、

「有難うございます、それではこれからすぐにおうかがいいたします、ええと、お宅は、確か前とおなじ世田谷《せたがや》の――」

「東松原」

「わかりました。それではすぐまいります、有難うございました、失礼いたします」

「太田君」

「はい？」

「必ず来るだろうね？」

「まいります、もちろん。すぐ車で飛んでまいります」

「待っている」

電話を切って、ひょいと前を見るとそこに、マダムがまだ立ってまじまじとこっちの顔をのぞきこんでいるのに気づき、その目差《まなざ》しに、珍奇な動物の珍な恥部かなんぞを見つめ

るときの、妙に童女っぽい好奇の表情がむきだしになっているのを見つけて、突然顔が赤らむ、とマダムの顔も、見る間に朱《あけ》に染まった。

「何だい」

「何よ」

と、咄嗟の受け答えも滑稽で。

「いゃあだ、太田さんのそんなとこ、わたし初めて見たわ。いやらしい」

「よけいなお世話だ」

3

タクシーを拾って夜の街を走りはじめると、待っていたように雨脚が早まり、窓にしぶく横なぐりの雨粒を見ても、まるで雨がこっちを追いかけてくるような錯覚にとらわれ、いつか心もかじかんで、フロント・グラスをせわしなく右へ左へ往復するウインドウ・ワッシャアが、大きなごきぶりの触角そっくりに見え、むかむかと吐き気さえ感じては、これはもうただごとではなかった。

「変な雨だな」

運転手がひとりごとめいて呟くのでふとそっちを見やると、その中年の運転手はハンドルの上に上体をかがめて顔をガラスに近づけ、しかめ面をいっそうすがめて前方を見やりながら、

「あっちは降っていないのに、こっち側だけ土砂降りでやがる。気ちがい雨だ」

にやっと唇をゆがめてこっちを見ると、

「お客さんが雨を引っぱってるんじゃねえかな」

他愛のない冗談だったはずなのに、それがずきんと胸に刺さって、だから一層、は、はとひからびたお愛想笑いひとつ、それさえ咽喉にひりついて、できるかぎり何気なさそうに装いながら雨をすかしてそっちを見る。するとなるほど、むこう岸の舗道では、通行人が傘をかしげて街灯の光に雨脚をすかして見、手のひらをかざして雨粒の落ち具合などを確かめているというのに、こちら側だけがどうどうと、ちょっとした集中豪雨ほどの雨量なのだ。

何かある。不吉な何かが、待っている。

そう思ったとたんに、どう避けようもない眩暈《めまい》が目の奥を渦まきはじめ、目を閉じてはうっと口元まで迫ってくる吐き気に驚き、しかたなく、どうどうと降りしきる雨を、ただ意味もなくまなじりをひんむいて見つめるばかりだった。

身体が揺れる。神経が流れる。意志が解体し、腐敗して悪臭をたてはじめる。ああ神よ。

ああたのむ。ああ助けて、恥をかかさないで。もうもたない。もうあと一分。あと一分——。

「お客さん、東松原のどのへんです？」

運転手の声が神の声に聞こえて、もういい、ここでいいと飛び降り、金を払って、臭い排気ガスをまき散らしながら車が遠去かってしまうのを待ちきれず、口腔いっぱいにたまった酸っぱい唾液を道端にはき、ほっと一息、まぶたを押しあげて洩れ出た涙を手の甲でこすって——そして気がつくと雨はほとんどあがり、あちこちで街灯の光を反射する水溜りの面に、ぽつり、ぽつり、ぽつりとちいさな水滴を落しているばかりだった。

有難い、助かった。そう思ってまわりを見渡して、はたと首をひねった。わずかな街灯の光に照らしだされたそのあたりの風景に、さっぱり見覚えがないことに気がついたのだった。吐き気に追いまくられて、適当なところで車を降りたのだから、目的地まで多少の距離のあることは承知の上だったが、それにしてもBの家までそう遠いはずはなく、とすればどこかに何か見覚えがなければならないはずなのだが、それがまるきり、何にもない。といって、新しい建築があるわけでも、区画整理のあとがあるわけでもないのだから、土地が変って印象がつかめないのでもなさそうで、さあどうしたものだろうと思うと、とつぜん自信が水の洩れるようになくなってきた。すこし離れた街灯の下の灯だまりに、痩せこけた犬が一匹、首をかしげ、うさんくさそうにこっちを見守っているのも怪しく、あわていくらか明るく見える彼方の十字路を目指して歩きはじめたが、どこか見当もつかない見たことも来たこともない土地にほうりだされたことはおおむね間違いなかった。

　こうなればもう諦めて出直そうと、臆病風に吹かれるまま、十字路目指しむやみと足早に歩きだして、妙な気配にふと振りむくとさっきの犬が、すぐうしろ、踵《かかと》に鼻面こすりつけんばかりにして追ってきていたのだ。その弱々しげな、うるんだ瞳を見たとたん猛烈に腹がたち、ちくしょう踏ん潰《づぶ》してやると足をあげかけると、なんと、臆病犬はたちまち変じて面構えも荒々しい猛犬となり、白い乱喰い歯むき、牙を鳴らし、泡を噛んでこっちの足もとめがけて飛びかかろうとする。前肢を踏んばり、ここと思えばまたあそこと跳びはね、前進し、後退し、咽喉を鳴らし威嚇《いかく》し、唸《うな》り、吼《ほ》えかかり、隙あらば咬《か》みつこうと狙うそのすさまじさに、血も凍り思考力も消えうせ、ただうろうろと狼狽するばかりだった。

　そうして何分、犬と睨み合いをしていたのか覚えはないが、とつぜんに道に面した家の一軒の門ががらがらと派手な戸車の音たてであいたと思うと、和服を着、眼鏡をかけた痩せて弱そうな若い男が一人、頭上に木刀をふりかざしながらおそろしい勢いで飛びだしてきて、「こらあ」と大声で怒鳴った。犬が怒鳴られたのかこっちが脅されたのかわからない雰囲気で、もろくも浮き足だつ犬といっしょに、こっちも逃げ腰になりかけ、それでも振りかえって肩越しに見ると、男は木刀をめったやたらとふりまわし、ふりおろし、下駄ばきの両脚地たたらを踏んで、大仰きわまったる犬おどし、遠い街灯の光の中で、どう見ても恐怖におびえて踊り狂っているとしか見えなかった。犬はまるで射程距離に達しない棒ふり舞いを、ちょっとのあいだ呆れたように見まもっていたが、そこは犬畜生の、己の役柄心得ていて、たちまち尻尾を後ろ脚のあいだにはさみ、きゃあんきゃああんと悲しげな鳴き声洩らしながら、闇につつまれた露地のほうへ走り去ってしまった。

若い男は、からっぽの闇にむかって、もう二、三度、びゅうびゅうと木刀の素振りをくれると、

「まったくうるさい。原稿も書けやしない」

と、誰にいうともなく、ひどく神経質そうな甲高い声で、吐き棄てるようにいった。

その声、その言葉のアクセントの何処かに聞きおぼえがあり、うす明りにおぼろげに見える顔かたち、痩せた肩のあたり、だらしなく着くずれた着物のおびの結び具合にも確かに見おぼえがあって、思わずじっと見つめると、見かけよりはずっと年らしい男は急にこっちをきっと見返し、

「なんだって人の顔をじろじろ見るんです、失敬な」

とやはり調子はずれなきんきら声を張りあげる。

「いや、どうも済みません、狂犬を追っぱらっていただいて、ほんとに助かりました……ところで、ぼくはあなたに何処かでお目にかかりませんでしたかね？」

「会ったことはないね、きみなんかに」

男はにべもなくいって、さっさと家へ戻りかけて振りかえり、

「それに、あいつはただの野良犬で、狂犬なんかじゃない。大袈裟《おおげさ》ないいかたはよしなさい」

その口調、その気障《きざ》っぽさ。それに聞きおぼえがあったのだ。

「わかった」

おもわず大声あげて、

「あなた、Bさんの息子さんじゃないですか。そうでしょう？　どうも似てる、似てるとさっきから——」

「Bさん？　息子さん？」

男はこっちの顔をあらわな軽蔑と憎悪の念こめてねめつけ、

「Bさんなんて男はぼくは知らないよ。それになんだい、息子さんとは。なれなれしい」

「ちがいますか。おかしいな。じつによく似てるんだがな……」

「失敬な男だな、きみは！」

男は俄然憤怒を爆発させて、

「似ようが似てまいがぼくの知ったことか。きみみたいな図々しい手合いが、ぼくは一番きらいなんだ。しつこくて、生意気で、礼儀知らずで、無知で、嘘つきで、愚劣で、嫌らしくて——」

いっきにまくしたてた途中で息が切れ、ぜいぜいと肩で息をしたかと思うと、
「ああ、またこれで今夜も原稿が書けなくなった！　ちきしょう、ちきしょちきしょ！」
喚き散らしながら門の中へ飛びこみがらがらぴしゃんと戸を閉めた。つづいて玄関のガラス戸を閉め切る派手な音がして、それっきり中は静かになり、こっちは再びただひとり、文字どおり人っ子ひとりいない暗い夜更けの街路にとり残されて、心細さ、空しさ、恨めしさ混じりあった濁った感情がこみあげ、すこしのあいだ未練たらしく門の前に立ちすくんでいた。

仕方なくまた十字路の明りを目指して歩きはじめようとしたそのとき、なぜその門柱の標札を見る気になったのか、いまでさえわからない。恐らくは、すべてが計算された運命という名の盲目的なメカニズムが、こっちの身体をつき動かしたにちがいなかった。

標札を見あげて、そこにDというありきたりな名前を読み、ふん、薹《とう》の立ちかかった神経衰弱の文学中年め、ばきゃろ、どうせ売れもしない独りよがりのくず原稿書いているだけなんだろう、てめえみたいなのを反古《ほご》作家というんだと、心と口先で毒づきながら数歩あるいて、とつぜん天啓にさも似た閃《ひらめ》きが、額から胸、胸から腹へと走りくだり、三歩でもとの門柱の前へ飛び帰って、もう一度よく読み返した。やはりDとあった。だが、Dとは、Bがまだ売れなかった不遇時代、同人雑誌やら三流読みもの雑誌やらに、雑文や小説まがいの読みものを発表していたころ使っていた名前だった。とすれば、さっきあった、

あの思いきって気障で神経過敏で欲求不満でばかげたロマンの残党は、まさに後年のBの前身そっくりではなかったのか。

そして、もし、そうだとすれば……

4

門柱の前を、いつどうはなれ、どこへ向ってどう歩き、どのくらいの間どうしていたのか、覚えがなかった。とにかく、ひょいと気がつくと、いつか暗い住宅街ではなくて、電灯の下に黄や赤や青色の果物《くだもの》ならべ、うでたまご山と積んだ果物屋や、お定まりの赤提灯《あかぢょうちん》つるした寿司屋が、がやがやと声高なだみ声洩らす一杯飲み屋、戸をたてきった薬屋などの続く郊外線駅の商店街を、肩かがめ前のめりになってとことこと歩いていたのだった。

そして、そのことに気がついた瞬間、またもやつぎの衝撃が、いきなりがんと鼻柱のあたりを襲った。

その商店街にも、たしかに見おぼえがあったのだ。その灯を消した煙草屋の前のポストにも、電柱に針金でくくりつけられた、枠だけの立看板にも、商店街の名れいれいしく飾りたてたチャチなアーチにも、かなり古ぼけてはいるが、紛うかたない追憶がまつわりついている。確か、その三つめの角を右にまがってみじかい坂を降り、ちいさな美容院を通りこして三軒めに、その頃としてはわりと見映えのする新しい二階建てのアパートがあることもおぼえているし、その二階の、階段のつきあたりから右へ三番めの二十三号室には……。

思わず声をあげかけて耐え、恐る恐る見あげるとその二階の右寄りの窓は閉まり、灯が消えて、暗く静まりかえっていた。だが目を閉じてさえ、部屋のなかの調度の置き具合、柔らかな夜具の柄、女学生の使いそうな貧弱な本箱の中の貧しい書物類、花模様のすりガラスをはめた整理だんすの、なかの茶道具まごとめいた鍋釜茶碗のたぐいまで、ありありと目に映じてくる。

とすれば、これは……。

そのまま、そこに、やや暫く立ちつくすあいだに、一度あがっていた雨が、ふたたびぱらぱら、ぱらと落ちてきて、無情の雨粒つづけざまにいくつか額に受け、のろのろと動きだしたときには、もうそれを否定する気持はなくなっていた。

この町、この道、このアパート、そしてこの心を疼《うず》かせる追憶の群……すべては、ここが、二十年まえの過去の世界であることを、物語っていたのである。

そういえば、二十年あまりまえ、Bのところへ原稿とりに通う行き帰り、白っ茶けた真昼の町を、しょぼくれた夜半の通りを、数えきれない回数も歩いたもので、腹をすかせてあの赤提灯の寿司をつまんだこともあり、煙草を買ったこともあり、ポケットにつっこんだまま何日かたってよれよれになったハガキを、あのポストにほうりこんだことも確かあった。絶えることなく何かが不満で、飽くこともなく何かがいいたく、あれもしなければ、これも早く、でなければ間にあわなくなるのだと、年じゅうのべたらに焦り、いらだつかと思えば、とつぜんわが貴重な才能の花咲き実る未来の幻影ありありと目前に浮かんで、性来の用心深さもケチなリアリズムも何処かへすっ飛び、われはもや安見児《やすみこ》得たりと、場ちがいな古歌自ずから口をついて出る昂揚《こうよう》の時、とたんに足を踏みはずして、いっきに奈落の底へまっしぐら、結局は進むべき道が間違っていたのだ、いやそうでない。俺には進むべき道を選ぶ余裕などありはしなかった、時代が悪く親が悪く、友人がたよりにならず先輩面がエゴイストで……おまけに才能がなかったせいだ、畜生、くたばれ、死んじまえという沈滞の時、躁《そう》につづく鬱《うつ》、鬱にかわる躁、何のことはない振子よろしくの往復運動はてしもなく繰り返すことのできた過去のエネルギー。そのすべてが、ここにはそっくり埋まっていたのだ。

　だとすれば、やっぱりここは……？

　見る人もいないのに、思わず人をはばかる仕種《しぐさ》も真に迫って、そっと後ろを振りかえり、もう角のむこうに見えなくなったアパートの方を見やれば、そうだ、確かに間違いはない、二十年まえそうして、いま別れてきた女の部屋をふりかえった記憶を、心までか身体ですらおぼえていた。淋しいわ、どうしても行かなければならないの、今日一日だけこうしてじっといっしょにいてはくれないの、おねがいしてもだめなの、そうだめなのね。

　しかも、たぶん……たぶんいま、ここから踵《きびす》を返してあのアパートの戸をそっとあけ、足音しのばせて階段をあがり、あの部屋の前に立ちさえすれば、間髪をいれずいそいそと中で人の動きだす気配して、ドアがかすかに細目にあき、うるんだ黒い双の眼《まなこ》が、じっとこっちを見あげるにきまっているのだ。二十年前、しばしばそうして見あげ見おろしたその時の雰囲気そのままに。

　つまりここが二十年前なのだ。

　そんな、ばかな。

　顔に、肩に、胸に、地面に、落ちる雨粒が急に増えてきて、泣き面に蜂の気分、台詞《せりふ》は否定の台詞でも、もうそれだけの気力もなく、いわばみじめなひかれ者の小唄《こうた》、いつか、なぜか、自分が過去の世界へ引きずりこまれてしまっていることを認めていたのだった。

　逃げなければならない。

　だがそんなことは、ちょうど降りしきる雨を逃がれる術《すべ》がないように、所詮は不可能なことで、せいぜい、わずかに張りだす軒の下で、ズボンの裾気にしながらの雨宿りができるにすぎず、たちまちのうちに、そうして家守《やもり》よろしくへばりついている自分がどうにも惨めったらしくなり、濡れるのを承知でまたつぎの雨宿りの軒の下まで、駆けださずにはいられなくなる。しかも行く先は遠く遥《はる》けく、けっきょくは骨の髄までずぶ濡れになってしまうことは、はじめから判りきったことなのだ。

雨どころではない。過去から逃れる術こそは、あり得ようはずがないのだった。考えてみれば、Bに電話をかけたとき、感じた不吉な予感めいたもの、得体の知れない恐怖の気配、とりかえしのつかない崩壊感覚は、とりもなおさず、過去の差しのべた冷たい手の、なまなましい感触だったので、それに気がつかなかったというのは、ただただ、他人はいざ知らずてめえだけは、精一杯現在に生きている、過去なんぞは知ったことかという、浅はか極まったる自惚《うぬぼ》れがさせた愚行なのだ。

だいたいが果敢《はか》ない人の生命、一日生きれば一日寿命が尽き、二日生きればその分だけ過去の負荷《ペイロード》が重くなって、そのうち推力不足で飛び上れなくなることは考えればわかるはずなのに、大病でもするか、大金でもするか、再起不能の大失敗でもやらかさない限りその事実に気づかないというのは、人の弱さをカバーしようという、いわば天然自然人生の知恵ともいうべきものなのだろうが、世の中に何から何まで結構ずくめということはなく、ふと過去の重みを感じた刹那から、人は過去を喰いものにし、懐しんでいるつもりでてめえの現在を喰い散らかすか、それともストレートにその重みに潰れてしまうかするものなのだ。それというのも、過去の実在性について、みんながあんまり無知だからで、過去というものは、もやもやっと後ろの方にあるのではない、ちゃんとこんなふうに、電話一本かければつながるそばにある。それもそのはず、毎日毎晩、自ら製造した過去を、溜めて置く場所が空間的にもなければおかしい、こんな簡単な理屈がわからなくなっていること自体、済度しがたいといわなければならないのだ。

だが、救われようと救われまいと、結局、帰するところは同じというのが人生の妙で、死ぬまで気がつかない人、死んで気のつく必要のなくなる人、死ぬ前、ふといたずら心を起し過去への電話をかけてみようと思う人、あわせての三種類しか、世の中に人の種類はないのである。

ある日、ある時、ある場所で、ふっと疲れが耐え難く、誤魔化し難くなったとき、そのときさみは、過去への電話をかけようと、潜在的に決心を固めているので、あとそれがどんなかたち、どんな意味、どんなきっかけで行なわれるかは、時間の問題、今日か、明日か、来年か、要するに遅いか早いかの問題にすぎないのだ。いつかきみは受話器をとり、ダイヤルまわし、あの得もいわれぬ過去への信号音に耳をすましている、その音色は、運命的な魅力を持ち、とにかく最後にあいてが出るまで、決してきみを離しはしない。鳴って、鳴って、そして……ふと気がつくと、二度とふたたび戻れない過去の世界にのめりこんでいることに気がつくのだ。その世界がきみの気に入ろうと入るまいと、誰を責めることも不足をいうこともできない、その世界を作ったのは誰あろうほかならぬきみ自身なのだから、どうしようもないのだ。

　だから、これでもかと情け容赦なく降りしきる雨に濡れそぼたれ、とぼとぼと歩く前方に、かすかなポピュラー・ソングの音を聞き、まつ毛に宿る雨の滴《しずく》を払って見上げたとき、そこに、またも二十年以前何度も通った覚えある場末のバーを見かけて、ドア押し、中へ入り、いらっしゃいませ、あらたいへん、ずいぶん濡れたわね、さあと、愛想のいい女の声に迎えられても、もう覚悟はできていた。

　わざと顔をあげず、さしだされた冷たいおしぼり丹念におしひろげ顔におしあててゆっくり拭き、はじめて顔をあげて、返そうとしてカウンターのむこうにひっそりと立っている女を見たら——やはり思った通りそれは、二十年前、あのアパートの一室で、何度かともに夜を明かした昔の女にちがいなかった。

　ただそのときはじめて判ったのは、女が意外に若い——というよりはまだ娘々した新鮮さを持っていたことで、記憶のなかにあった、あのすこし崩れた雰囲気がちょっと見当らず、いくらかアルコールが入って光をたたえた瞳にも、笑おうか、笑うまいかと中途半端にすぼめたふっくら受け口の口もとに、大人の人生に入りこんだばかりの初々《ういうい》しさがたっぷり表われていた。ことによるとこれは、以前のあの過去よりもうすこし過去、つまり俺が過去において知っていたよりももう少し若い過去へ飛びこんでしまったのかもしれない、いい、と思うと、なんとなくスリルに似たものを感じたのは、人間、いつになっても、しんから悟ることなどない証拠だった。

「何お飲みになる？」

「オン・ザ・ロック」

「ダブル？」

「シングル」

　この女と、今夜からだったか、明日の晩からだったか、一緒に寝ることになっていたのだと思ってみると、ひなには稀なその手の清々《すがすが》しさのためだけでなく、奇妙に静かな、その表情のかげりの深さのためだけでなく、たちまちしんみり酒が心にしみてきて、

「もう一杯」

「おなじものでいい？」

「おなじものでいい」

「シングル？」

「ダブル」

　そうだそういえば、たんなる記憶なんて当てにはならない。あのときもこの娘は、やはりこんなに新鮮だったのに、てめえで汚しておいてから、最初から崩れていたなんて勝手なことを考えたのにちがいない。現在から見てこそ過去は重くよどんでいるが、過去そのものに入ったいまは——。

「もう一杯」

そして、時は意味を失った。そこにあるのは、酒と娘と、雨と酔いとだけだった――。

電話が鳴ったが、誰もとらず、娘もとらず、じっとこっちを見つめているので、俺にかかってきた電話だと悟った。

「もしもし、はい、どなた」

この世ならぬ過去の声。

「どうも、ご無沙汰しています。ミステリ・マガジンの加藤です。ずいぶん前ですが、太田さんにはいろいろご厄介になりました」

「加藤？」

「ああ、あの」

と眉ひそめ、すぐ、

「そうです、そうです、その加藤です。じつは太田さん、ずいぶん急なんですけれども、今度ミステリ・マガジンで、かわった特集ものの企画をしてるんですが、それについてちょっと太田さんのお知恵が拝借したいと思いまして……どうでしょう、もしご都合よければ、今夜中にでもうかがいたいんですが」

「よかろう」

「ああ助かった。すぐ行きます」

「加藤君？」

「はい」

「必ず、来るだろうね？」

OH！ WHEN THE MARTIANS GO MARCHIN' IN

野田昌宏

1969

野田昌宏〔のだ・まさひろ〕（一九三三～二〇〇八）

福岡県生まれ。学習院大学政治経済学部政治学科卒。学生時代からSFファン活動を開始し、フジテレビに入社。「ひらけ！　ポンキッキ」など人気番組を手がけた。後に日本テレワーク社長。六三年にエッセイ「SF銀河帝国盛衰史」で〈SFマガジン〉デビューし、六八年には同誌に小説「レモン月夜の宇宙船」を発表（ともに本名の野田宏一郎名義）。

SFエッセイ集は『SF考古館』『SFパノラマ館』など多々あるが、中でも『SF英雄群像』は、我が国におけるSF翻訳の流れに多大な影響を与えた。自らもハミルトン《キャプテン・フューチャー》シリーズなどを翻訳している。

代表作は短篇集『レモン月夜の宇宙船』、大河スペーオペラ《銀河乞食軍団》シリーズ、《キャプテン・フューチャー》の公式続篇『風前の灯！　冥王星ドーム都市』など。『「科學小説」神髄』により第十六回の、その功績を讃えられ第二十九回の、日本SF大賞特別賞を受賞。

「OH! WHEN THE MARTIANS GO MARCHIN' IN」は、作者本人を主人公とする作品のひとつで、当時の円盤ブームを背景にしている。オースン・ウエルズの『宇宙戦争』騒動は歴史的事実で、キャントリルの調査結果も実在する。（北原）

初出：〈SFマガジン〉1969年10月臨時増刊号
底本：『レモン月夜の宇宙船』創元SF文庫

民間放送のプロデューサーやディレクターというものは、その番組のスポンサーに対してはグウの音《ね》も出せず、ひたすら相手のゴリ押しを御説《ごせつ》ごもっともとおそれかしこみ、スポンサーのお気に召すような番組を制作することにのみいそしんでいるものと考えられている向きが多いのだが、これはうそである。

それは、民間放送という企業そのものが、スポンサーの出してくれる電波料や制作費でなりたっているのだから、民放の現場の連中でスポンサーを大切にしないやつがいたとしたら、そいつは民放の人間として失格である。

どんないい番組を作ったところでスポンサーが金を払ってくれなかったら商売にはならない。商売をぬきにして芸術づくりなりなんなり、やりたいことをやりたいというのなら、これはもうＮＨＫにでも行くしかない。あそこには営業マンの代りに集金人というのがいて、軒並みに金をとりたててあるけばいいのだから気楽なものだ。もちろん気楽とはいっても、なかには私みたいなタチのわるい視聴者もいて、俺ァ民放の人間だ、あんな番組、俺なら三分の一の制作費で作ってみせらイなどと、日頃のうっぷんを集金人にぶっつけたりするやつもいるからららくというわけでもないだろうが、なんといっても、スポンサーからいただく料金とはきびしさがちがう。

そんなわけだから、民放の人間がスポンサーを大切にするのは理《り》の当然であり、これはまぎれもない事実である。私なども、自分の番組のスポンサーが決定した瞬間から、その会社の製品がやたらと目についてしょうがなくなる。よその家に行って、そこの奥さんがこしらえてくれる即席ラーメンにまで、こりゃどこそこのやつでしょう、なぜ○○ラーメンをくわないんですなどと、ゴマスリではなく、本当にそう言いたくなるのである。民放の人間ならみんなそうだ。

しかしである。

それだからといってわれわれ民放の人間がスポンサーの言い分を一から十までヘイヘイとおそれかしこんで聞いているわけではない。スポンサーも大手になれば番組提供について十年からのキャリアがあるわけで、なまじっかな現場の人間よりもテレビのことをよほどくわしく知っている。だから、番組の方向づけに関して自社の考えを徹底的に主張することはしても、いったんレールにのったものについてはあでもないこうでもないと現場をおどかすのがプラスにならないことは、充分わきまえているのである。

民放の人間が本当にグウの音も出なくなる相手というものは、実は、他にある。視聴率というやつ。もう一方のお客さん、つまり視聴者がその番組をどのくらい見てくれているかという割合を示す数字である。スポンサーにしてみればこの数字が、制作費や電波料の形で投下した宣伝費の効率をじかに示すわけだから、こればかりは容赦しない。局側にしてみればなおのことである。多額のお金をスポンサーからいただいていながら、その番組を視聴者がろくろく見てくれないとなれば、これはもう会わす顔のないことは言うまでもない。それにひとつの番組の視聴率の低下は全番組の平均視聴率にもなにがしかの影響をおよぼすわけだから、ひいてはこれが局そのもののイメージダウンにもつながってくる。

つい数年前までは、広告代理店が無作為抽出法でえらんだサンプル世帯に頼んで、毎日見た番組の日記をつけて貰い、これを集計して二、三カ月に一回位《くらい》の割で発表する位だったのだが、今や専門の調査会社がサンプル世帯のテレビに特殊機械をとりつけて、その記録テープを毎週末に回収してコンピューターにかけ、次の週の火曜には前週の視聴率が全部出てしまう。情容赦もない。きびしいものである。

視聴率というものは、なにもその番組の内容だけできまるわけではない。その時間にずらりとならんだ各局の番組でもって視聴率を奪いあうわけである。つまり各番組の力関係がものを言う。どんないい番組でも他局の物凄い人気番組とぶつかれば苦戦をまぬがれないし、すでに人気のピークが過ぎた番組にあたらしく強力な番組をぶっつければ相手の視聴率があれよあれよという間に下降していくこともある。ここいらがむつかしいところであり、番組編成の技術でもあるわけだ。

もう数年前のことだが、私のやっていた〈わんぱく音楽大行進〉というテレビ番組がまさにその視聴率戦争のただ中にあった。これは私の職務上の機密に属することなのでくわしいことを教えるわけにはいかないが、とにかく、この番組はおそろしく高い視聴率を誇っていたのである。そして、その番組を中心として我々が策定した〈子供誘拐作戦《オペレーション・キドナップ》〉によって全国の小学校を侵略した結果、この番組に出たいという子供は数十万人にものぼり、音楽の授業では我々がつくった『わんぱく行進曲』、『ロボットの子守唄』、『サイボーグのエレジー』、『小惑星のブルース』などが正式の教材として使われるほどになった。視聴率では人気番組〈おたまはん〉よりも高かったことがあるほどである……。

しかし、だからといって安閑《あんかん》としていられるわけはない。追われる身のつらさである。他局はなんとか〈わんぱく……〉を食ってしまおうと手を変え品を変え、いろいろな番組で狙いうちをかけてくる。なんとかかんとかその攻撃をかわしつづけてはきたものの、いつ、どんな闇討《やみう》ちをくらうかもわからないのだ。薄氷を踏む思いというやつはまさにこれだろう。

番組がスタートしてからまる四年目、不敗をほこってきたこの〈わんぱく……〉にも危機がおとずれた。その年の四月の番組改変で〈わんぱく……〉の同時間に、各局が申し合わせたようにいっせいに子供向けの番組をぶっつけてきたのである。番組ひとつひとつでは大したことがなくとも、こうして束《たば》になってかかられたのでは脅威である。こっちは足かけ五年目、いささかマンネリの気味もあり、どうしても、番組自体の持つポテンシャル・エネルギーみたいなものが低下しつつあるところにどっとばかりいっせいにユサブリをかけられたのだから、かなわない。こっちの視聴率はおそろしいほどの勢いで転落してしまった。

さあどうする――

それはスポンサーもおどろいたが、スポンサーと局の間に入る広告代理店の連中はもっとおどろいた。代理店というのはスポンサーの広告業務をいっさい代行しているわけだから、彼らと局の共同企画がこんな目に遭《あ》えば、スポンサーに対して合わせる顔がないのは我々以上である。

「ひでえことになったなあ」代理店である万年社の稲垣は局にすっとんでくるなり苦りきった声を出した。

「ひでえな」と私は言った。「ハチャハチャよ」

「どうしよう」

「情勢をすこし見るほかないな。あわてたってどうなるもんじゃない」

「のんびりかまえてる時じゃないぞ。こっちはスポンサーに会わせる顔がないじゃないか」

「そりゃ俺だってそうよ。しかしな、悪あがきをしてみたところでどうしようもないよ。一栄一落《いちえいいちらく》これ春秋よ」

「対策はないのか」

「対策は——ある」私は出まかせを言った。

「放送時間を移動するか。どこか空《あ》き時間はないのか？」

「そんなことをしたってまた追い撃ちを食らやそれっきりよ」

「それじゃどうしようってんだ。いずれスポンサーに対策を報告しなきゃならん。早いとこ文書にしてくれ」

「文書文書とまるで小役人みたいなことを言うがね、まだ二、三週間はとっくりと情勢を検討しなきゃならん、対策はそのつぎだ」

おごる平家《へいけ》はひさしからず——とやら、一旦《いったん》ゆさぶりに成功した他局は騎虎《きこ》の勢いで追い討ちをかけてくる。なにしろまる四年の間苦杯《くはい》をなめさせられた他局にしてみれば凱歌《がいか》のひとつもあげたくなるのは無理もない。受けて立つ〈わんぱく……〉の方も負けじとばかりにやたらと賞品の貰えるクイズとかなんとか手を替え品を替えて防戦に相つとめてみたが、上げ潮にのっておしよせてきた敵方に返り討ちを食わせるのは容易なことではない。視聴率はじりじりと下るばかり。

　唯一の救いは、我々のスタッフがちっともへこたれた様子を見せず、対外的に強気一点張りでいてくれることだが、これだってそういつまでもつづくわけのないことは私が一番よく知っている。ここでスタッフがヘコたれたらもうおしまいなのだ。不思議なもので番組のエネルギーというものは、その裏方のチームワークと密接な相関がある。スタッフがばらばらの番組というものは、なにかそんなものが番組のどこかに必ず顔を出すものなのだ。〈わんぱく……〉の中でもそんな不気味な徴候が現われ始めていた。チーフ・アシスタントの牛窪はおそろしくシャープな男だから、番組の先行きについては私よりも先を読んでいるのだろうが、私同様に、それを表《おもて》に出せば番組そのものがおしまいになることをわきまえていて、叱咤《しった》激励、前にもまして鬼軍曹ぶりを発揮しているが、彼よりも五、六歳若い伊藤や渡辺はそこまで読めない。無意識にそのあせりが表に出てしまう。渡辺がデスクと大喧嘩を始めたり、伊藤が公開放送の現場で警備のお巡《まわ》りをどなりつけたり——などという現象は、これまでとんとなかったことなのである。

「なんとか手を打つ必要がありますな」と牛窪は言った。

「うん、わかってる。なんとかしなきゃならん」とはいうものの、名案が右から左に浮かぶわけはない。「スポンサーだって、もう忍耐もリミットだからな」

スポンサーとじかに接触するのは局の営業部や代理店だが、逆に彼らが制作にタッチしていないだけに、スポンサーに対しても事情を説明するときの苦衷《くちゆう》はよくわかる。なんとか手を打てと毎日矢の催促、このままでは、スポンサーがおりてしまう——というわけである。

「おい、あの手はどう思う？　牛ちゃん」と私は牛窪に聞いた。

「ああ、あれですか。しかしリスク大きいねえ。一発しくじったらえらいことですぜ」

「うん、そりゃわかってるんだ。しかしここまでくると他に手はないからな」

「……」

「企画変更とか放送時間移動となりゃこれまた話が別だけど、とうぶんここで勝負をしなきゃならんとすればよほど思いきった手を打つほかないからなあ」

「まあやるんだったらやろうじゃないですか。当ったら凄いでしょうからねえ」

「よし、やるべえ」私は決心した。最後の切札である。

「今日七時から制作会議をやるぞ」牛窪がスタッフ全員に宣言した。

「俺が考えてる手というのはな」と制作会議にあつまったスタッフを前に私は口を切った。

「公開録画の現場に空飛ぶ円盤を着陸させて子供をさらわせようというんだ」

「？」

「？」

　みんな狐につままれた様《よう》な顔をしている。

「どうやってやろうというんだよ」代理店のスタッフの稲垣が呆《あき》れたようにやっと言った。

「今俺が説明する。視聴率を高めるということはとにかく視聴者に番組を見させることだ。視聴率が落ちて以来、俺たちゃありとあらゆる手を打ちまくってきた。プレゼントをあげます。ジェット機でアメリカに行こう！　『ワンパク・ソング』のレコードをあげます。自分の顔をテレビにうつして日本中の子供に見て貰おう……どのキャンペーンでも応募者はおそろしいほどの数があつまった。こんなに申し込みがあるのにどうして視聴率が低いのか俺たちゃいつも首をかしげた。クイズの問題を見るためにゃみんながその番組を見る必要があるんだから、クイズの回答の数から考えりゃ視聴率はもっともっと高いはずだ。なにしろ、クイズのハガキが多いもんで東京郵政局の局長が文句を言ったほどだ。その原因がやっとわかった。今の子供たちは悪辣《あくらつ》だ。当番をきめて、そいつが〈わんぱく……〉を見てクイズの問題を知り他のやつに流す。その間他のやつはのほほんとして他局の番組を見てよろこんでたわけだ」

「悪いやつらだなあ」稲垣が溜息をついた。

「それが空飛ぶ円盤とどんな関係があるんです」と渡辺が聞いた。

「今やクイズやプレゼントで子供をおびき寄せる時代は過ぎた。なにか強烈なインパクトが必要だ。それでもって〈わんぱく……〉がいやでも見たくなるように仕向けなきゃならん。怪獣ブームは過ぎた。つぎは怪奇ブームだというが、おいそれとへんなお化けを出したところであんまりさまにならん。だから円盤で勝負しようというわけだ。円盤が公開放送の現場に着陸して子供をさらう。大騒動になる。新聞種《だね》になりゃこっちのものだ。いったんパブリシティにのればあとはらくだ。来週も円盤が子供をさらいにくるかもしれない、などというニュースをこっちが流すんだ。円盤撃墜用に高角《こうかく》機銃を〈わんぱく……〉が用意したとかなんとかな……」

「円盤なんて誰も信用しやしないよ」稲垣が浮かぬ顔で言った。「対策ってのはそんなことか」

「みんなオースン・ウエルズって知ってるか?」私は彼にかまわずに言った。

「知ってますよ。ハリイ・ライムでしょ、『第三の男』の」と伊藤が言った。

「『市民ケーン』が代表作ですよ、知らねえんだな、伊藤ちゃんは」と渡辺。

「あーら、あたし、オースン・ウエルズのブロマイド持ってるわ」とタイム・キーパーのQ子が言った。「『フォルスタッフ』のスチールよ。ジャンヌ・モローとほっぺをくっつけてるの、すてきでしょ、昔好きだった男の子がくれたのよ。いかすわよォ、部屋にはってあるのよ。こんな大き――」

「いいからお前はしばらく黙ってろ」牛窪がいらいらした表情でとっちめた。「お前がしゃべり出すと頭痛がする。猿ぐつわをかますぞ」

「そのオースン・ウエルズだ」と私はつづけた。「そのオースン・ウエルズが主宰していたマーキュリー・シアターという劇団は一九三八年頃ニューヨークのWABCというラジオ局で、毎週日曜の八時から一時間ドラマの単発枠で〈マーキュリー・シアター・オン・ジ・エア〉というのをやっていたんだ。『二都物語』とか『ジェーン・エア』とか『木曜日の男』とかいろいろなものをやったらしい。それでその年の十月三十日、万聖節《ばんせいせつ》、ハローウィンという、こっちでいやお盆みたいな日の夜にH・G・ウエルズの『宇宙戦争』をやった。火星人が地球に攻《せ》めこんでくる話だ。俺ンとこに台本があるが、面白いんだな、その台本が。クレジットが終るといきなり本物の天気予報がはじまるんだ。それから今度はホテルのボール・ルームからのダンス音楽の中継だ。もちろん生《なま》のな。『ラ・クンパルシータ』かなんかだ」

「あたし、アルゼンチン・タンゴって大好き。カルロス・ガルデルの――」

「静かにしろって言ったら！　縛《しば》るぞ、手と足を」

「なによ、いいじゃないのさぁ。サディスティックね、牛窪さんって」

「いいから！　それが〈わんぱく……〉とどんな関係があるんですか」と伊藤。

「そうすると『ラ・クンパルシータ』がいきなり途切れて臨時ニュースが入る。〝二十分ほど前にイリノイ州シカゴのマウント・ジェニングス天文台のファレル教授は火星の表面を観測中に、一定の間隔を置いて白熱したガス状の爆発が火星表面で起ったのを目撃しました。スペクトロスコープによれば、その高熱のガス体は非常な速度で地球の方へ向かっております。プリンストン天文台のピアスン教授は、ファレル教授の観測結果をさらに補足して、そのガス体はまるで大砲から打ち出されたかのようだと言っています。では音楽に戻ります〟てなもんで、『ラ・クンパルシータ』が終って今度は『スター・ダスト』だ。そこでまた放送が中断して〝ただ今、気象庁は全国の天文台に対して、火星表面をひきつづいて観測をおこなうようにとの要請をおこないました。この事態について、プリンストン天文台のピアスン教授に説明をおねがいするためにラジオ・カーがプリンストンに急行中です。中継の準備が完了するまでしばらく音楽をどうぞ〟そしてまた『スター・ダスト』がいいかげんつづいたところで〝こちらプリンストン天文台に到着しましたラジオ・カーでございます。今、私どもは半円形の観測ドームの中におります。短冊《たんざく》のように切れた天井のすきまからはまばゆいほどの星の光、あたりはひっそりと静まり返り、聞こえるのは観測用の時計のセコンドばかりでございます。ピアスン教授はこの部屋の中央にそそり立つ巨大な天体望遠鏡ととりくんでおられます〟てなことで記者会見が始まるところに電報が届けられる。ニューヨーク博物館のグレイ博士から、館内の地震計がプリンストンの近辺二十マイルあたりで起きた震動を記録したというんだ。そこで〝それではラジオ・

カーを現場に急行させますからその間音楽をどうぞ〟」

「迫力あるなあ！」渡辺が言った。

「それが円盤とどんな関係があるんだよ！」稲垣が不機嫌そうに言った。「早く本題に入ってもらいたいな」

「いいから、ちょっと我慢しな。それで間もなくラジオ・カーからの放送が入ってくる。これが例の原作の頭ンところ。

　土の中に半分埋まったシリンダーの口が見ているうちにひらき始めて、やがて火星人が出てくるところをアナウンサーはもう半狂乱の態《てい》で説明するわけだ。

　ところがその頃からだ。言い忘れたが、この番組は全米にCBSのネットワークで流れていたんだが、この頃から各局に電話がジャンジャンかかり始めた。それから、舞台になったプリンストン、プリンストンってのはニュージャージー州で、ニューヨークのすぐ川向かいだが、そのプリンストンあたりへ向かって友だちやら親戚やらの安否を気遣う電話がアメリカ中から殺到しはじめた。

　ドラマの方はそんなことにはお構いなしにどんどん進む。シリンダーが次から次へと地球に到着して火星人が攻撃をはじめるわ、陸軍が出動して大砲をブッ放すわ、とうとう退避命令が出るところまでくると、もうニュージャージーからニューヨークの一円は放送を本当と思いこんだ群衆で手のつけられないような騒動になってしまったんだ。

今、俺たちの番組はテレビコードで規制されてるだろ。ヌードはうしろ向きでもいかんとか、上半身のときはどうだとかいろいろあるわね。あの中に、ニュースとまぎらわしいドラマをやっちゃならねえという項目があるが、これは、この騒動にこりたアメリカのFCC（連邦通信委員会）が制定したものなんだ」

「火星人を〈わんぱく……〉の公開放送の現場に出そうってのかい。ちえッ、古いや、そんな手は」と稲垣。

「まあ聞きな。そのときの騒動のあまりの大きさにCBSはプリンストン大学と共同でこの騒動の起きた動機についての大掛りな調査をおこなった。こいつは、なにしろ第二次世界大戦が始まりかけてたころだ、この手でドイツや日本に後方攪乱をやられたら大変だという政府の心配もあったらしいな。で、その調査結果をハドレイ・キャントリルという社会心理学者が一冊にまとめて、プリンストン大学の出版部から発表した」

「あるんですか、その本」と伊藤。

「これが今度の計画のハンドブックだ。いまどき火星人が攻めてきたなんていったって誰も信用するやつはいっこない。マリナー4号だっけか、あの宇宙船の撮った火星の写真にゃ火星人なんて一匹もうつってやしなかったもんな。だから円盤でセマろうっちゅうわけだ。

　まあその前に、このキャントリルの調査レポートを説明するから聞きな。この放送をきいた視聴者は四つのパターンにわけられる。まず、ぜんぜん、おどろきもしなかったやつだ。これは二十三パーセントくらいいた。なぜおどろかなかったか？　まず、『宇宙戦争』の原作を読んだことのあるやつで、この時間にそのドラマが放送されることを知ってたやつ。このグループは〝まるで本物みたいだ〟ってなわけで、台本を書いたハワード・コッホとオースン・ウエルズの腕前にうなりっぱなしだったそうだ。なんせ、オースン・ウエルズはその時二十三歳だってんだからな。お前さんと同じ年だろう」と私は伊藤に言った。

「すこし発奮するんだな」ブスリと牛窪がいや味を言った。

「それから、ある程度現場の事情にくわしいグループ。つまり、天文台の記者会見から第一発目のシリンダーが落ちた現場まで何十マイルもあるというのにラジオ・カーはほんの二、三分で行ってるとか、軍隊の出動があんまり早すぎるとかいったところにおかしいと感じたわけだ。それから大砲をブッ放す指揮官の言葉が素人《しろうと》ッぽいらしくて、兵隊にとられた経験のあるやつはすぐに気づいたらしい。それからもうひとつは、事件がまるで〈アメージング・ストーリーズ〉に出てた話に似てるから、きっとそうそだろうと思ったグループなんかもいる。

　第二のパターンというのは、この番組を聞いてびっくりして、こいつが本当かどうかをチェックしてみて、ドラマであることを確認した連中だ。まず他局にダイヤルをまわしてみた。べつになにも変ったことはない。これじゃ本物のはずがない。それから新聞のラジオ欄を見て『宇宙戦争』のタイトルを確認してひと安心したグループ、警察や現場近くの知り合いに電話をしてみてドラマなことをたしかめた連中もある。〝二十三号ハイウェイは閉鎖されました〟とか〝ニュージャージーは青い怪光に包まれました〟なんかのニュースで、二十三号ハイウェイの近くの連中や、ニューヨークのハドソン河岸の連中はべつに異常がないのを見てこれがフィクションであることを確認している。これが十八パーセント。

第三のパターンってのは第二のパターンと出発点はおんなじなんだが、そのチェックにしくじった連中だ。たとえば新聞を見ようとしたが生憎《あいにく》と新聞がない。ラジオを他局にまわしたら讃美歌をやってた。なるほどこっちはもう地球人類の終末のためにお祈りしてるんだなってわけだ」

「本当？　話、できすぎてるわね」とQ子。

「本当だよ、ちゃんと書いてある。それから警察に電話したら、〝目下《もっか》問合せの電話が殺到していて調査中です〟なんぞと答えられて慌てた連中、〝ハイウェイ二十三号が閉鎖されました〟ってんでハイウェイ二十三号を走ってたやつがハッと気がつくとなるほど向うからは一台も車が来ない。大変だってんで大あわてでUターンしそこなって河におちた奴《やつ》もいる。

火星人が緑色の放射線を発射してるってんでハッとして窓の外をみたらボーッと緑色の光が見えた。ネオンの光かなんかなんだが、仰天したやつにはそんな判断つきっこない。

電話をかけてみるが、みんなお話し中で通じない。そんなところに通りがかりのやつが、〝地下室に入れてください！〟なんぞとわめきながら駆《か》けこんできた日にゃもうアウトだ。これが二十七パーセント。

第四のパターンというやつは、火星人と聞いてチェックする余裕もなしにとび上った連中だ。ネット局の半分以上は放送の途中で騒動の持ち上ったことに気がついた。そして番組の後半で何回かＳＩＤ（局名アナウンス）やスポットを入れてドラマだっていうことを知らせようとしたんだが、なにしろこの一番知らせなきゃならん連中が、みんなラジオを放り出して逃げ出したりかくれたりしちゃったから、とんと役に立たなかったんだ。それから逆に親類やら友だちやらから電話がかかってきて、〝大変ヨッ、火星人が攻めてきたわよッ、ラジオ入れてごらんなさい〟みたいなことでスイッチを入れたやつは、これがドラマだなどとは夢にだって思やしないからなあ、これが実に三十二パーセントだ。

すくなくとも百万人の聴取者がなんらかの行動をおこしたそうだからな、大変なものよ。しかもだぜ、この番組の裏にゃ〈チャーリー・マッカーシー・ショウ〉っていう、見たことないか？　一見イロオトコ風のアヤツリ人形があるだろう。あいつを使った腹話術のコメディをやってて、聴取率の比率は二十一・六対三・四七だというんだ」

「低いなあ」

「その低さでこれだ。もちろん〈チャーリー・マッカーシー・ショウ〉は〈マーキュリー・シアター・オン・ジ・エア〉よりも二十分早くおわるもので、その時点でダイヤルをWABCにまわしたやつは、もうそのドラマの真っ最中から聞いたわけでよけいおどろいたことも考えられるがな」

「……」

「とにかくそういう騒動が起きたんだよ。これでもってマーキュリー・シアターは一躍名を売って、大いにかせいだそうだ。それでだね、俺はこいつをぶっこいてみようと思うんだ」

「火星人なんかじゃ駄目だよ」と稲垣。

「わかってるったら。火星人だの怪獣だのを本物でございなんぞと今頃登場させてみろ、コケにされるのがおちだ。そのくらいのことは俺だってわかってる。テレビでもっていやというほどにせものを見てるからな。ところが円盤ってやつはまだ正体がわかっていない。おまけにタイミングとしちゃまことに都合がいい」

「わかったわ！　イカロスでしょ」

「おう！　いい線いってるぞ、女のくせに。それだ。小惑星のイカロスというやつが、二十日ばかりあとに地球から百万キロのところにまで接近してくる。現に今Q子がそれに気がついたのが何よりの証拠だ。『火星人ゴーホーム』というＳＦの中で、作者のブラウンが、この騒ぎを評して、〝みんながこれほどあわてたのは、みんなの心の中に火星人がくるかもしれないという素地《そじ》があったからだ〟と言ってるんだが、その素地をこっちで用意するわけだ。これを見な」と私は買いあつめておいた少年雑誌をひろげた。

「〈少年ウイークリー〉、〈少年ライフ〉、〈こどもタイムス〉、〈少女コンパニオン〉、みんな今週のトップのグラフは、イカロスにはどんなやつが住んでいるかという特集だ。このての雑誌は、子供よりも大人の方が読んでるってんだろ。絶好じゃないか。さっきの第一のパターンの連中なんてのは物事を信じないみたいに見えるが、これがインテリの悪いくせで、もっともらしい証拠でも見せられたひにゃ最初にひっかかる手合《てあい》よ。第二、第三の連中に至っちゃおんなじことで、それらしい餌《えさ》をまいときゃみんなひっかかる。ラジオじゃない、今度はテレビだ。生放送の真最中《まつさいちゅう》に円盤がひらりと降りてきて子供をさらってみろよ。こりゃワクでェ！」

「わくのはいいとして、どうやってその円盤を手に入れるんです」と渡辺。

「実はこの手を思いついたのがこれなんだがな、横田のアメリカ空軍基地にＮＶＱ１８８というレーダー標的用の試作機が一機あって、いったいなんだって日本くんだりまで試作機をもってきたのか知らないが、こいつを廃棄処分にするってんだ。こいつが君、主翼がまん丸で、垂直上昇が可能ときてる。まるで空飛ぶ円盤よ。銀色でな。ライカミングの空冷エンジンが載ってるんでエンジンだけでも払い下げると先方《せんぽう》さんは言ってるが、なにしろ大きすぎてセスナやパイパーには載りっこない。それでそのまんま基地の格納庫に入ってる。そこでだ」と私は声をはりあげた。

「さいわいに、ここにいるお若いお二人さんは」と私は伊藤と渡辺をちらりと見た。「大学時代に航空部で活躍なさってる。な！　そうだろ！」

「ええ、ええ、ま、まあ、そんなところで」二人はひどくとり乱した。

「あわてることたあねえだろ。なんか、金さえありゃ、ビーチクラフトでグァム島まで海水浴においでなさるとかいう噂もちらほらと」牛窪がタイミングよく援護射撃を嚙《か》ました。

「だって僕たちそんな大型機のライセンスもないし、第一そんな飛行機やったことないんですもの」伊藤が代表して抗議した。

「心配することたぁねえ。藤沢の飛行場は閉鎖になったが、工場の建つ予定が延び延びになってる。夜陰《やいん》に乗じてアメリカ側にあそこまで持ってこさせるから練習しろ。すこし飛べるようになったら、こっそり地面すれすれで東京まで飛んできてデモンストレーションをやるんだ。さっき言ったろ、みんなに信用させるための下地をこしらえるんだ」

「整備はどうするんです。僕たちゃそんな大きなエンジンの整備なんてできっこないですよ」渡辺が口をとんがらした。

「合衆国第5航空軍の技術力を信用するんだな、なンせB52を整備してる連中のやることだ。間違いあるめえ。一週間や十日は手を入れなくたって大丈夫だ」

「どうする、なべちゃん。困っちゃうよなあ、俺たち」伊藤が言った。

「本当だよな」と渡辺も弱々しい声を出す。

「ほう、するてえとなにかい！〈わんぱく……〉がつぶれても仕方がないってわけか」

と牛窪。

「わかったよ。それじゃ俺と牛ちゃんと二人で飛ばす。その代り、本番の生中継は二人でちゃんとやってくれるだろうね。いっとくけど生だよ。トチったらおしまいだよ」と私。

「そ、そんな無茶な！」二人がいっしょに言った。

「無茶は承知の上よ。どっちでもいい方をやってくれよ」私は煙草に火をつけた。

しばらくたってからかぼそい声で伊藤が言った。「やりますよ。やりゃいいんでしょ」

中継をやるといわれたらえらいことだと私は思ったのだが「おっこちたって知らないから」と渡辺がなさけなそうな声を出したのでとりあえずほっとした。

「よし、頼むぜ！　中継の手が足りない方は当然稲垣旦那に手伝っていただくとして――」

「本当に子供をさらうのかい？　もめるぜ、教育ママが」と稲垣が言った。

「わかってるよ。Q子にエプロンかけさせてカンカンをお下げにしたら、柄《がら》も大きくないから小学生にゃ化けられるだろ。Q子をさらうんだ」

「私を?!」
「そうだよ。お前さんは騒々しいから、イヤン、バカ、助けてェッとかなんとかいつもの調子でわめきゃそれでさまになるよ」と牛窪がケロリとした顔で言った。
「地で行くんだな」と私も言った。

かくて、〈子供誘拐作戦二号《オペレーション・キドナップ・Ⅱ》〉は発動した。私が米空軍と交渉した問題の円盤機は、びっくりするほどの安値で払下げとなり、米空軍の手で夜陰にまぎれて藤沢の飛行場へ到着した。あのへんの地形はよくわかっているから、人目につかぬ窪地へ着陸させ、その巨大な機体にはかきあつめてきたムシロをかけて人目を避けた。

一方、私は〈わんぱく……〉の中で視聴者を相手にコンテストをやって、「小惑星イカロスの生物はどんな乗りものに乗ってるでしょう」という問題を出してみた。「お父さん、お母さん、お兄さんやお姉さん、学校の先生にも相談してみよう！」という呼びかけがついているのはもちろんいうまでもない。

全国から送られてきた数十万通の回答に目を通してみた私はほっとした。案の定である。九割までが円盤である。小惑星イカロスこそは円盤の故郷だとみんな信じ込んでいるのだ。

円盤機の方も順調に進んでいるようだった。もともと飛行機が嫌いではない二人のことである。ふてくされていたのは初日のこと、やがて、毎日夕方になって藤沢からひきあげてくると目を輝かせて、やれ、垂直上昇はらくですが降下は目測をあやまりやすくむつかしいですとか、子供をさらうのに便利なように網をとりつけましたとか、くわしい報告をしはじめた。

機は熟した。

視聴率は依然としてじりじりと下降をつづけており、これ以上もう待つわけにはいかない。小惑星イカロスの近地点通過も間近い。そこで我々はX日を七月の七日と決定した。

この日、我々は狭山《さやま》のユネスコ村の野外舞台をつかって公開放送をやることになっていた。放送開始が午後七時というのはちょうど暗くなり始める頃で円盤があらわれるのにちょうどよい明るさだし、Q子を誘拐して逃げるうちに暗くなってしまい、アジトに舞い戻るところを目撃されるリスクも少ない。新聞記者を招待しようかと稲垣が言ったが、かえって怪しまれることになってもつまらないので止《や》めにした。生放送の最中に円盤が降りてきて子供をさらって逃げれば、なにをしなくても大騒ぎになることはわかっている。なにもしない方が得策だというわけである。

「それでは行ってきます」

伊藤と渡辺は、まるで特攻隊みたいなあいさつをのこして藤沢へ出かけていった。我々はユネスコ村の公開放送の現場へ向かう。

「大丈夫かね、円盤がイカサマだってことがばれたら大変なことになるぜ」稲垣が浮かぬ顔で言った。

「大丈夫だよ、心配するなったら」牛窪が言った。「〈わんぱく……〉の公開放送の現場からひと山越えたところで円盤が子供をさらうロケをやることになってるんだ。いざつかまったら、その円盤が風に流されてこっちに来てしまったと言えるようにしてある。航空局の着陸許可もとってある」

「それじゃ円盤がニセモノなのをはじめから公表するようなもんじゃないか!」

「バカだな、そんなことするもんか。許可はヘリコプターでとってある。円盤機に変ったことは、なぜか連絡の行き違いが起きて航空局には届かないんだよ」

「そんならいいけど、俺、なんかいやな予感がするな」

「あらあたしもそうなの、昨夜二階から落ちた夢見たわ」お下げ髪にリボンをつけたカマトト・スタイルのQ子が言った。

「じゃ止めるかい?」牛窪《や》はわざと不機嫌そうに言った。「止めるんなら今すぐ止めようぜ。その代り〈わんぱく……〉がどうなっても――」

「わかったよ、わかったよ、そんなこと言ってやしないじゃないか」

伊藤と渡辺がいないと、さすがにこっちは目の回るような忙しさだった。稲垣の尻をひっぱたいて、いいようにコキ使ってはみたが、とてもあの二人分の代用にはならない。生放送だから定時に番組がスタートしなかったらおしまいだ。しゃかりきになってリハーサルを片づけ、会場に客が入り始めたのは本番三十分前、あぶないところである。

「奴ら、定時に飛んでくるんだろうなあ」牛窪が心配そうに空を見上げた。きれいな夕焼けである。「本番終ってからのこのこ飛んでこられたんじゃみっともなくて仕方ないからな」

大きなエプロンをつけたQ子は客席の中央の一番目立つところにすわらせた。リボンには螢光塗料が塗ってあるので上から見ればその位置はすぐわかるはずである。

「本番三分前！」

おぼつかない手つきでストップ・ウォッチをにらみながら、稲垣が叫んだ。私は中継車の中に入りながらもう一度空を見上げた。そのとき真っ赤な夕焼けの中になにか白いものがキラリと光った。目をこらしてよく見ると円盤である。きてるな。高度がおそろしく高いのがちょっと気になったが、超低空でくるのでなければあの位の高度で入ってくる方が安全だろうと思った。

舞台に立っている牛窪が頭につけているヘッドセットを通して、会場のざわめきが中継車の中にまで伝わってくる。

〝本番一分前！〟と稲垣の声。

「おい、もう円盤は来てるぜ！　見えるだろう、そこから」

〝どっちの方ですか？〟と牛窪。

「西だ、西の方」

〝いるいる。うまいことやってくれよォ！　馬鹿に高いところにいるなあ。Q子オーバーにやれよ〟

「急降下してくるつもりじゃないか」

〝しくじって突っこまなきゃいいがな〟

「本番三十秒前！」

七時の時報音と同時に〈わんぱく音楽大行進〉の公開放送がスタートした。はなやかなライトを浴びて子供たちが次々と登場すると割れるような拍手が客席からまきおこる。

番組が半分ほど進行したときである。突然異様なざわめきが客席から起きたのが中継車にまで伝わってきた。と同時にキューンという異様な音。

「来たな？」返事がない。

私は、すぐ前にある受像機にうつる客席の全景に目をこらした。と、そのとき、まるで客席全体に掩《おお》いかぶさるように巨大な円盤が上から降りてきた。もちろんテレビのカメラマンには何も言っていないから、ひどくおどろいたらしい。舞台はそっちのけでその円盤の姿をとらえた。こちらの思うつぼである。だが、そのとき私はぎょっとなった。形がちがうのだ！　第一、あの米軍払い下げの標的機よりもはるかに大きい！

「大変だアッ！　本物の円盤が降りてきた！」牛窪の絶叫。

悲鳴ともなんともつかぬ客席のわめき声と、奇怪なそのキューンという音がまじりあって、スピーカーがこわれそうなはげしさである。

「おい、どうした？　どうしたんだ？」

そのとき、円盤がサーっと上昇したかとおもうと、あたりはうそのようにシーンとなった。今の今まで逃げまどっていた人たちはポカンとして空を見上げている。

〃中継現場さン！　どうしたの?!　なにが起きたの?!〃局の主調整室の呼んでいる声だけがわんわんひびいた。

「事故だ！　そっちでとってくれ！　放送は継続不能！」

放送の画面はすぐさま〈そのままお待ち下さい〉に変った。私が中継車からとび下りて客席にとび込むと牛窪が呆然としてつっ立っている。「何だ?!　ありゃいったい?!」

「本物の円盤が子供をさらいやがった！」

あわててあたりを見まわした私はぎょっとなった。ぼんやりとつっ立っている客の中に子供が一人もいなくなっているのだ！

「子供だけさらってったのか？」

そこにばさッ！　という音とともに、なにか大きなものが私と牛窪の間におちてきた。

エプロンをかけたままのQ子である。

「なるほど見破りやがったか？」稲垣が叫んだ。

そのとたん、私たちは得体《えたい》の知れぬおかしさにおそわれ、頭からおっことされて伸びている彼女をはさんで、もうどうにかなるほどころげまわって笑いこけた。会場はそれをきっかけにしたように手のつけられない混乱におちいった。泣きわめく母親、わけのわからぬことをわめき散らす父親、腑《ふ》抜《ぬ》けになったみたいにポカンと空を見つめている老婆、まるで気違い大会である。

そのとき、牛窪がはっとなって空を見上げながら叫んだ。

「馬鹿ァ！　今ごろ来やがった！」

見るとまさしくあの標的機が、すこぶる危なっかしい飛びかたでヨタヨタと近づいてくる。かなり大きな円盤にはちがいないが、さっきの本物にくらべるとかなり見劣りがする。

「やばいぞ！」警官が駆《か》けこんでくるのに気づいた稲垣が叫んだ。牛窪は引き返せというように両手をあげて必死になって合図をするが、円盤機はおかまいなしに近づいてくる。全然こっちには気がつかないらしい。そして徐々に高度を下げながら我々の頭上をとび越し、ひっくり返るような騒ぎの客席へと降りてきた。わーッと観客が算《さん》を乱して逃げまどう。我々は円盤の下へ駆けつけた。真下についているハッチが開かれ、渡辺が網を片手に半身をのり出している。

「どこだ？　どこだ？　Q子は？」渡辺が叫んでいる。

「いいから逃げろ！　やばいから逃げろ！」

我々は声をからしてわめき立てたが爆音が大きくて聞きとれないらしい。なにをトチ狂ったか手に持った網をぱっとばかりに稲垣へ打ちかけた。ばさり！　網はもろに稲垣をとらえた。

「逃げろってんだ！　馬鹿！　聞こえないのか！　逃げろ！　お巡りがくるから逃げろ！」

「えーッ？　逃げるんですかァッ！」渡辺が片手を耳にあてながら叫んだ。

「逃げろッ！」

「早くしろッ！」

「わかったあッ！」渡辺が首をひっこめるとすぐに円盤はすごい勢いで上昇をはじめた。網の中でじたばたしている稲垣はそのまま吊り上げられた。しかし、ぶら下った稲垣の重さのためか、円盤はぐいとバランスをくずし、そのままよろよろかしいだと思ったら、さーっと失速して会場のまわりに茂っている木にひっかかり、そのままやぶの中へ突っこんだ。

駆けつけた我々が網の中から稲垣を助け出し、二人といっしょに逃がすのが精一杯だった。

とにかく署まできて事情を説明して下さいという警官の申し入れに、致し方もなく牛窪と二人でパトカーにのりこんだ私は、一生懸命であのハドレイ・キャントリルのレポートの内容を思いうかべてみた。火星人来襲のドラマの最中に本当の火星人が押しよせてきたとしたら、いったいどんな騒ぎが起こっただろうか——と。

もちろんキャントリルはそんなケースを考えに入れてはいない。私はいつしか、真珠湾攻撃に遭遇したホノルルのラジオ局のアナウンサーのことを思い出していた。

「これは実戦です。演習ではありません。本当の日本軍の攻撃です……」

大いなる正午

荒巻義雄

1970

荒巻義雄〔あらまき・よしお〕（一九三三～）

北海道生まれ。早稲田大学第一文学部（心理学）卒業後、家業の建築業を手伝うため北海学園大学土木科に入学。札幌の建築現場で働く傍ら多くのSF同人誌に参加し、論客として名を馳せる。七〇年、評論「術の小説論」と短篇「大いなる正午」を相次いで〈SFマガジン〉に発表してデビュー。以後、短篇「ある晴れた日のウィーンは森の中にたたずむ」「柔らかい時計」、長篇『白き日旅立てば不死』『神聖代』などの硬質な幻想SFを次々と発表して高い評価を得る。

一方で、伝奇SF《空白》シリーズ、《キンメリヤ七つの秘宝》シリーズ、大河SF《ビッグ・ウォーズ》シリーズなどを発表して幅広い読者をつかむことにも成功。八〇年代後半からは《要塞》シリーズ、《艦隊》シリーズなどのシミュレーション小説を精力的に発表した。

商業誌デビュー作となる「大いなる正午」は、同年の〈宇宙塵〉一四〇号に発表された短篇「時の波堤」が改稿のうえで〈SFマガジン〉に転載されたもの。知り合いがニーチェを宇宙論的に解釈した独創的な論文を書いていたのに想を得たという。自身の専門分野である土木建築の技術をベースにしながら奔流のような想像力で読者を未知の世界に連れ去る傑作である。（日下）

初出：〈SFマガジン〉1970年8月号
底本：『柔らかい時計』徳間文庫

河の水は繰りかえし源へ回帰する。そして汝らは、この同じ河へ、同じものとして幾度でも上ってくる。

ニーチェ『ツァラトゥストラ』

――もしいるとしても、秘水路の存在を知る者は、無漏《ムロ》族の識者のみであった。

〈秘〉の分流は、そこより多次元的に急斜し、一気に通称〈亜〉の大岩壁へ奔流していた。

即ち〈ウ〉の中心部に存在すると伝えられる源より、四海六十四方へ時の水域をわけて流れ広がるナルの大水系、その一なる彌勒《ミロク》河！　〈河〉はくだるにつれて麻のごとくちぢりに乱れるが、その数億を数える分流の一つ――〈秘〉は、今や、急を告げる〈海〉に短絡する唯一の水路なのであった。

——行け！

〈ニ〉は一瞬の迷いより覚める。それは、——至上なるものの命令というよりは、〈ニ〉の存在それ自身をその内より律する自然なるものの声、いわば超越的本能ともいうべき何かであった(1)。

〈ニ〉は内部よりのその声に従う。その超越的器官は彼の分担する〈域〉に、あの大いなる〈海〉の、新たな侵入を認知したのである。〈ニ〉とその配下、即ち低次元人《ロウ》の大集団を収容したその巨大な球船は、時の波堤に迫れる危機を知り、現場に向かって急行する途次にあったのだ。

〈ニ〉はしばし、時の急流がそこよりはじまる境界に球船をとめ、行く手を凝視したが、やがて、

《行くぞ！》

低く配下の一党に合図を送った。……

文字通りそれは落下する。球船はたちまちにして、その矢のごとき流れに従い、うめきながら跳ね、沈んだ。一瞬のうちに、時の射流にのって幾十億の隔りを疾り、時の跳水(2)にのって幾億カルパ(3)をも跳躍するのであった。

最初の試みのあとで、球船を正しく操舵することの不可能を悟った〈ニ〉は、機関部に組みこませた幾十四かの噴射獣《ジェッター》をやすませた。

球船は、ただ流れの意志に従い、疾走し、疾駆した。おそらくその処置は、最も賢明な策であったにちがいない。それはやがて球船が、その神秘な〈亜〉の大懸崖の下に流れ着いたことで証明されたといえるだろう。

〈亜〉！

それは堅い時核である！

もし操舵を誤まり、真正面からもろに激突していれば、たとえ四次元龍《ハイディメンショナル・ドラゴン》の骨格を利用してつくられた堅牢なこの船であっても、こなごなに裂け、分解して果てていたであろう。

球船は、懸崖の縁にそって、そのよどみに漂い寄った。

神秘の大懸崖！

その、かつて見たことのないあまりの美しさに、〈ニ〉は思わず驚嘆の声をあげた。

〈亜〉は、今や、その死せる時の堆積を層状に傾斜させた大壁面を、あますところなく開示[4]していた。

だが、いつまでもそこに滞まることは許されないのだ。現場の急迫が〈ニ〉をあせらせる……。それは〈ニ〉が所属する〈ハ〉一族の宿命的な使命観によるものであった。

しかし、いったい〈ハ〉一族とは何者なのだろうか。

彼らは、いわば宇宙生成の大過程の内なる律に組みこまれた建設種族ともいうべき存在、そして、彼らの天より賦与《ふよ》された才能は、宇宙創造の大輪廻《りんね》劇を司る越なる大演出者〈ウ〉を授ける……。又、〈ウ〉がカレらを必要とし、一説によると、その分身として〈ハ〉一族を創造したのだとも伝えられている。……

即ち！

大宇宙は輪廻する！

その収縮、膨張する大宇宙の、永劫回帰(5)する時の大流転の一過程にあって、彼ら〈ハ〉一族は、越者の超宇宙的無限の億万カルパにわたるスケジュールを補佐するのだ——。その彼らが駆使する多次元土木技術《ハイディメンショナル・シビル・エンジニアリング》こそ、聖なる大宇宙劇に関与しているのだ。

それ故——

もし邂逅という言葉が彼らにもあるならば、この大地峡で、それにつづく出来事として起った〈ニ〉とヒト(6)との億万カルパに一つあるかなきかの全き偶然の出合いこそ、まさしくその言葉にふさわしく、二つの技術の出合いを意味していたのであった。

球船がただよいながら速度をゆるめ、大地峡の底の糸のごとき抜け路をゆくにつれて、景観の大展望は蜒々《えんえん》と開示されていった。そして、〈ニ〉が、信じられぬほどの驚きと共にそれを発見したのは、ちょうど、渓谷の中ほどを過ぎたときであった……。この堅牢にして緻密に形成された時核、そしてあたかも障壁のようなこの〈亜〉の大岩壁の一部に、ピンホールほどではあったが鑿孔《さくこう》があり、そこより一条の滝となって〈時〉が流れおちていたのだ。

その事実は、〈ニ〉にとって大いなる発見であった。なぜなら〈ハ〉一族と共に、この〈ウ〉世界に住む〈ニ〉の血縁部族無漏《ムロ》の識者たちの時質学《タジオロジー》(7)によれば、〈亜〉の大岩壁こそきわめて古い宇宙生成当時に形成されたものであろうといわれていたからである。

彼ら無漏族は、この時を指して〈始〉と呼ぶが、それはいうなれば、プレ・アインシュタイン宇宙期、つまりあの聖《セント》オーガスチン時代(8)の終期を指していた。即ち、前宇宙が収縮の極限に近づいた頃に生成された〈亜〉、即ち古世界の残滓《ざんし》であろうとされているのだ……。

それ故、宇宙の構成要素たる〈素〉も〈亜〉の大岩壁においては緊密なる結合状態にあり、その硬度は〈ウ〉世界中極大であるはずであった。

その〈亜〉の時核が破られていたのである。つまり〈ハ〉族の持つ最強の鑿孔《ボーリングマシン》機をもってしても不可能なことが、そこで行なわれていたのだった。

その、異次元世界からの物質は、ちょうど滝の落下点に沈んでいた。〈ニ〉は、この発見によって、滝の鑿孔の原因を悟った。そして、たとえ現場に急行する非常時下であっても、技師〈ニ〉の好奇心からすれば、それは看過し得ない発見であったのだ。

それは、〈ウ〉世界の智者たる無漏族のいう化石の一つに酷似していた。時おり、時の地層にはさまれて出土される異次元の化石である。だがカレらがヒトと呼ぶその化石は、奇蹟的にも、〈ウ〉世界における意味では死にきってはいなかった。

むろん、化石を目覚めさせるため、〈ニ〉は細心の注意をはらって必要な蘇生術を施さねばならなかった。ナル河の淵源に近く自生する神秘な生命の藻類に、その眠れる化石をたっぷりと浸したあとで、〈ニ〉はヒトを〈素〉の再生装置にかけたのである。

〈ニ〉の試みた施術は成功した。

好奇心に充たされた〈ニ〉は、待ちかねたようにその弱々しい生き物に問いかけた。そして知り得たのである。それが〈ニ〉と同じ自然改造者であったことを……。

《苦しい。全身がしびれている。——おれは生きていたのか。ここはどこだ——》と、もがきあがこうとするヒトを押しとどめ、〈ニ〉は問いかけた。ヒトはカレの問にこたえた。

こうして、二つの世界の者たちは、相互に理解を深めていったのだった。

ヒトは土木技師《シビル・エンジニア》だと名乗った。

〈亜〉の内部世界に、一つの小宇宙があって、ヒトはそのソル[9]と呼ばれる恒星系を支配する種族だった。彼らは彼らなりに、空間移行技術を身につけ、一つの遊星からその恒星の全域に進出して、一つの文明圏をつくっていたのである。

それは、〈ニ〉の立場からみれば、次元的に低いミクロの宇宙文明でしかなかったが、〈ニ〉にとっては、尺度の大小は事実上無意味であったのだ。〈ハ〉族が、超時間的種族であるからだ。その身体構造そのものが時空連続体ともいうべきであったし、同時に彼らの認識そのものが、位相学的であったためである。

あたかも、色覚異常者が色相の識別力に欠けているように、〈ニ〉は大なるものと小なるものの弁別能力を有していないとも言いうる。実際は、他の認識器官がその欠陥を補正するが、〈ニ〉本来の価値観からするならば、一つの銀河宇宙と石灰岩中のフズリナ[10]とは、同一であるのだ。

それゆえ、〈ニ〉は、このシンメトリックな五つの突起物を有するヒトの形態に異様さをおぼえたし、また、その物性的な特徴に戸惑いをさえ感じた。

――ところで、無漏族の長老たちは、よく宇宙論の根拠に自然と非自然の二元論を置く。彼ら種族内の論争は果てしないが、自然的宇宙観と人為的宇宙観とがその二本の柱であった。即ち、自然物とは、それ自身から出現するということにおいて生ずるものである。人為物はこれに対して、知性体の生産によって生ぜしめられるのである[11]。

そしてこの論争が果てしないのは、それが一種の循環論であるからだ。自然宇宙があらかじめ存在し、〈ニ〉族ら選良の自然改造者たちがそれを改造し、維持し、経営の任に当る……。あるいは別の説では、自然宇宙とは、原因的にあらかじめ存在するものではなくして、永劫の輪廻の一環としてあり、自然改造者たちが、あたかも一つの回廊をめぐりめぐるように先人の改造の跡をさらに改造しつつたどるという。

しかしここに、〈ニ〉と同じく技術を有する知性体を発見したことは、無漏の長老たちの論争をして結末をつけさせるかも知れなかった。

というのも、無漏族の正統たちが、知性体そのものの根源をも天然・自然に帰属せしめ、よって〈ウ〉の統一的世界観を構成するとするこの一種の大宇宙的階級制度《カースト》に、この生ける化石も所属していると言えそうだったからである。……

とまれ、かような宇宙論に関することとなると、無漏族たちが果てしなく蜒々《ながなが》とつづけるお喋べりというものに、まだ若い〈ニ〉はあまり興味を抱き得なかった。従って〈ニ〉は、この異次元の化石との、存在に関する予備的な問答は早々に切り上げて、個人的な興味に移って質問をはじめた。それは当然のことである。なぜなら、〈ニ〉自身がカレの世界における技術者であるからだ。

問題がそこに移ると、会談は友好的に進み、相互の理解を深めていった。《技術に秘密などというものはありえない》とヒトは答えた。〈ニ〉が、技術的好奇心からこう問うたからである。……

《ヒトよ。〈亜〉は時核の堅さで有名な特異地帯だ。われわれの最新なマシンでも掘削不可能な層なのだ。それを、お前はあの取るに足らない動力で、内側から突破してきたのだからな。わたしは、お前の技術に感嘆しているのだ》

《そう言われても、おれは答えに困る》とヒトは言った。《だが、おれの航時機《タイムマシン》は妙な成

功をしたらしいな》
《それは、水底に沈んだあの破壊された、不格好な物体のことなのかね》
《そうだ。全部を話せば長くなるが、まあ聴いてほしい》と、ヒトは語りはじめた。
《おれは、新キリスト暦の十《プラス》二二六年、地球月でいう九月のある夕方、第九惑星[12]を飛びたったのだ。思えば、無鉄砲な阿呆のやることだったよ。おれは、専門の機械技師じゃない。ガキの頃は、宇宙船の造船技師になることを夢見ていたけれどもな……。とにかくその結果は、あなたの見たとおりさ。おれの機械《マシン》は、次元の整合壁をぶち破った。まるで巨大なダムのピンホールから噴きだした水流に巻きこまれたように、異次元の大海に向って、一筋の潮流に乗った小舟同様押し流されたというわけなのさ。素人の浅ましさよ。聞きっ噛《かじ》りの時空構造理論ばかりで、その真相については何ひとつ知らないのだからな。おれは、あっという間に、数万光年は放り出されたらしい……》
《いや、もっとだ》と〈ニ〉は語った。《もっとも、この世界にお前たちの尺度は通用しそうもないが、……先をつづけてくれるか》
《最初の動機は単純だった。おれは、航時機の玩具を造るつもりではじめたんだ。おれも、ガキの頃、多少は本を読んだからな。ただし、アマチュアのいささか無茶な好奇心で、時空構造理論を少しばかり聞き噛っていたのが怪我のもとさ。ところで、おれがアレを思いついたのは、ぶっ壊れたVマシンを弄《いじ》くりまわしていたときだった。あいつは第九惑星の

Aアイスをぶち破るのには実に効果的な機械なんだ。……》

ヒトは語りつづけた。

《当時、おれは第五十三次宇宙計画の一環として宇宙局がはじめたケルビン計画[13]の真只中にいた。第九惑星は、極低温産業の中心地だからな。だから、太陽《ソル》が一点の恒星ほどにも見えるほどの寒冷地獄でありながら、第九惑星はそれなりに繁栄していたんだ。なにしろ、宇宙航空燃料工業の六十パーセント、最新エレクトロニクス産業の四十パーセントまでが、ここに集中しているほどだからだ。おれの配置されていたのは、ケルビン計画の第七工区だ。あの工区のAアイスときたらダイヤモンド・カッターだっててんで役に立たない……》

《いったいそのケルビン計画とは何なのだい》と〈ニ〉が尋ねた。

《第九惑星のAアイスを貫通して、惑星の本体に到達しようという計画だよ。七本のパイロット斜坑を同時に掘り、それぞれの受持区を前進して行く。おれたちの受持ちは、その大斜坑の最深部だった。とにかく圧力がひどいからな。Aアイスは、ダイヤモンド以上の硬度を有していた……》

《なぜ、そんな工事をするのだ》と〈ニ〉は不審気にたずねた。

《第一には、知的な好奇心だろうな。人類ってのは、知識《アクタイオン・コンプレックス》欲の権化みたいな種族なんだ。むろん歴《れっき》とした理由もあるさ。第九惑星は、太陽《ソル》の子供じゃないかもしれないんだ。外宇宙から飛んできて、太陽《ソル》の引力圏に捕えられた養子らしいんだ。おれの推定に過ぎぬけれども、あの惑星の内部をひっ搔き回せば、外宇宙進出のため、必要な資料がえられるにちがいないからな……。あるいは軍事目的だったかもしれないが、いずれにしても計画をたてるのは、いつもお偉方の仕事だ。現場は、与えられた課題をやり遂げればいい。ところで、あの惑星だが、冷えきった星だから、かえって掘り易いのさ。〝硬さ〟ということさえ、技術的に解決すれば……。その点、超重力産業の栄えている木星の方がかえってやりにくいぜ。あいつは水に浮くほど平均密度の薄い惑星だがね……。木星土木は、おれの性には合わんのだ。あれは、一種の流体土木だからな……。で、そのVマシンだが、そいつは第九での必需品なんだよ。第九惑星でのやり方は、あの環境にふさわしく、極低温土木だ。他の方法では全然だめなんだ。幸い、あそこは、電力が豊富なんだ。たとえば極低温電池だけをとっても、その効率たるやものすごくいい……。超伝導モーターが主な動力となるわけだが、内部摩擦はゼロ、効率百パーセントのものさえも新鋭機には搭載されているほどだ。で、そいつのベアリングだが、新型の永久磁気ベアリングでよ……、といえば分るはずだが、まさしく極低温工学の成果がフルに活用されてるのさ……。

さて、おれが受け持った主な仕事は、破砕作業だった。あそこでは、切羽《きりは》のボーリングに、レーザーかメーザーをよく使う。Vマシンってのも実はメーザー・ドリルを併用した機械なんだが、そいつで鑿坑《さくこう》したあとで、コイルマイト[14]を詰めこむ……。スーパー・ダイナマイトや小型原爆《アトム》とちがって扱い易いし、性能もいいんだよ。原理も簡単だ。超伝導性のコイルが突然その性能を失った場合、たくわえられたエネルギーがすべて爆発するというわけなのさ。安いのがとりえで、おれたちは、こいつを大量に使う。で、スウィッチを「パチン」と切りかえて、ボカーンさ……。切羽《きりは》は、水晶の洞穴みたいなんだ。支保工なんてのは、ぜんぜん要らない。だから能率はよく、一作業サイクルに、楽に十メートルは掘り進む。で……、ある日のこと、氷の中より別世界からきたタイムマシンが現われた……となれば、話は簡単なんだが、実際はそうじゃないんだな》とヒトは一息ついて先をつづけた。

《おれは、おれの航時機が極低温科学の偶然的な副産物みたいなものだったということを、あんたに理解してもらいたかったのだ。ケルビン・ゼロ、即ち絶対零度イコール摂氏マイナス二七三・一六度を超えた者は誰もいなかった。それは光速の壁と同様、物質の限界みたいなものなんじゃないか……。が、光速に比べると、こっちの方に何かしら可能性がありそうだった。というよりは、おれは空想したんだ。おれは漠然とこう考えた。四次元とはなんだ……。絶対空間と絶対時間との組み合わせとするニュートン的宇宙観が滅び去って、既に久しい。おれたちの世界では、量子力学の初歩は十代の子供のための教科書に載っているくらいだもんな。時間―空間は、要するに事物や事象の容器じゃない……。時空連続体という概念は、物質の究極的単位、つまり素子の生成についての観測的事実から生じてきたものらしい。……いや、許してくれ、あなたに講義など聴かせるつもりじゃなかったんだ。おれだってそんな理論はどうでもよかった。おれはただ、時間というものがケルビン・マイナスで、どのような意味を持つかを知りたかったのだ。で、おれは理論じゃなく、体験しちまったというわけなのさ。あの壊れた乗物は、何のことはない、土木機械なんだぜ。

——ところでVマシンには、高性能のクライオポンプ(15)がついているんだ。極低温発生装置のことだがね、こいつがおれの好奇心を駆りたてた。直観力だな。全く単純な発想だった。おれは、故障中のVマシンから不用になったクライオポンプを外してきて、クライオポンプの多位相的鎖《チェーン》(16)を試作した。それは一種のメビウス的な循環鎖となった。おれは、ケルビン○・○○○○二からはじめた……。今考えると、おれはそのとき、どうもVマシンのバイブレーション発生機を、その系の中に間違って組みこんでしまったらしいんだな。もっとも技術上の進歩がしばしば偶然によって起るという事例の一つといえるかもしれないが……。

そして何が起ったかよく分らない。とにかくおれは、おれの改造したVマシンがまっしぐらに、ケルビン・ゼロに向って降下している事実を知った。いずれは超伝導理論を量子論にうまく結びつけた理論家が、おれの体験した現象を理論化してくれると思うが、おれ自身はまるで生れ立ての赤ん坊みたいに、ぜんぜん分っちゃいない始末さ。ところで、〈ニ〉よ。あなたは、おれが察するに時空連続体的生物のようだが、うまく納得してくれ

ただろうか》

ヒトは語りおえて、〈ニ〉に尋ねた。

《ああ、お前以上にわたしは理解した。としても、お前に分るように説明はできないと思う。水域から空域に跳びだしてきたようなお前にはな……》と〈ニ〉は、ヒトの意識下の言葉を探りながら言った。

《いずれ、折をみて、配下の〈タム〉と話してみるとよい。〈タム〉とお前とは同じ低次元人同士だから、〈タム〉はきっと、お前の世界が持つ空間性を不思議に思い、理解し得ないだろうよ。なぜなら〈タム〉にとっては、空間は不可逆的であるからだ。一方お前は時間の可逆性を理解しえないだろう。つまり、時に拡がりがあるということが[17]……だ。さて……》と、〈ニ〉は、親愛を示す精神的なテレパシーを送ってヒトを包みこんだ。

《わたしは、お前たち種族の自然改造技術を応用してみたいのだが、どうだ、私に同行して一仕事手伝ってくれぬだろうか。その代りの条件に、お前を〈亜〉の内側にむけて送り返してやろう》

《そうだな》と、ヒトは言った。そして、《だが》とためらいがちにつづけた。

《第一、本当に帰れるのだろうか。本当にそれができるのか》

《多分な……》と〈ニ〉は言った。《お前の話から、〈亜〉の大岩壁に秘密の路のあるらしいことが分ったからな。つまり抜け穴だよ。お前は宇宙一運の強い男だよ。数億カルパに一の確率で、お前のVマシンはその抜け穴を通ってきたのだろう。お前の世界と〈ウ〉とを繋ぐ糸筋のようなパイプだよ。無漏族の秘典に、そのことが記されていたことを、わたしは今思いだしたところだ。即ち、無漏の教典に、『覚者の一人〈亜〉に潜入し、失す』とあった。もし、お前を無漏の者たちに引き会わせたならば、彼らは、彼らの教説に時層学的傍証を得たとして欣喜するかもしれない》

　といいながら、〈ニ〉は漠とした想念に囚われていた。

……あるいは、この生き物は〈亜〉に消えた覚者の、別の姿なのかも知れぬ。〈亜〉世界内部の環境が、その覚者をして変貌させたのかもしれぬ。〈亜〉の内部時間の異質な環境が、想像を絶するような大変異を起させたのかもしれない……。

　一方、ヒトは、亜科学期、人類が中世と呼ぶ暗黒時代より近代へ移行して行った時代を連想していた。

《あなたの話には、興味があるよ》とヒトは語った。《ニュートンという稀有の天才が現われた頃だった。古い神学的宇宙観が崩壊しつつあった時代だ。聖書と呼ばれるヨーロッパ部族の教典に大洪水伝説があって、それが信じられていた。旧約聖書のノアの方舟というやつだが、その頃多くの地質学者と古生物学者は、地層中の化石をその伝説の実証的な証拠として解釈したといわれている。つまり、ノアの大洪水で溺死した生物たちの悲劇的最期の姿だというのだ。さしずめ、あなた方にとってこのおれは、……そんな役目を果す

のだな》
《面白いな……》と〈ニ〉は言った。共感の響きがあった。《少なくとも、無漏の者たちはこう言うだろうよ、おれたちの〈ウ〉は、お前たちにとっても、同一の……》
《おれたちの世界では、それは神《ゴッド》とか仏《ブッダ》とか言っている存在だな……》
大いなる〈ニ〉と微小なるヒトとは、こうして対峙し合った。またそれは、ヒトをして〈ニ〉への親近感を一層深めさせたようでもあった。その証拠に、ヒトは、あたかも彼の兄弟に話しかけるように親しみをこめてこう言った。
《第二に、果してわれわれの技術があなたの役に立つかどうか。何をしたらいいのか皆目見当もつかない。われわれの技術は、三次元《ロウ》の技術だからな。むろん、宇宙空間でもおれは色々な仕事をしてきた。経験だけは豊富なつもりだ。小惑星《アステロイド》を繋ぎ合わせて宇宙船の発進基地を造る惑星曳屋の作業にも従事した。ぶっ切れたワイヤーロープに弾かれて危く死ぬ目にも遭ったよ。大惑星計画では、木星の大気の中で巨大なアーチを懸けた。燃える水星に大天蓋をかけた大陰《ビッグ・シャドウ》謀計画……。だが、次元《ディメンション》の違いはどうにもできぬ。いったい、その仕事の実態とは……》
《ウォールだよ》と〈ニ〉は言った。
《波堤《ウォール》……》とおうむ返しにヒトは言った。
《高次元《ハイディメンション》波堤《ウォール》だ。どうだ、現場を見てみぬか》

《見たいな》

　ヒトは、技術屋特有の好奇心をそそられたようだった。

《昔から百聞は一見にしかずとよくいう。第一に現場に当ってみるのが、われわれ土木屋の鉄則だからな》

〈ニ〉も大きくうなずいた。

　突如、〈ニ〉はヒトを分解し、吸収し、再構成して彼をおのれの眼底に据えた。そして、言った。

《開くぞ》と、〈ニ〉はヒトの注意を促がしたのであった。

　ヒトは〈視〉た。〈視〉ることができたのである。

〈ニ〉の認識力は、距離と言われる時空構造の隔りを超越して、砕かれた波堤《ウォール》を認識した。その開かれた〈窓〉を透して、ヒトはそれを視たのだった。彼は軽く呻いた。

　本来ならば、ヒトの認識をもってしては〈不可視《みることあたわざる》な〉海がそこに存在していたのだ。

　高次元海《ハイディメンション・シー》！

　これがその実相なのか……。地球のあの水分子の集積である彼らの海とは本質的に異なる海！

〈海〉は狂い、荒れていた。

《どうした》とヒトの畏怖の念をとり除き励ますように、〈ニ〉は言った。

《気分が悪くなってきたぞ》ヒトは正直にこたえた。《こいつはまるで生きているみたいだ……》

そのぬめぬめした〈海〉の照り返しが、無気味にヒトの意識を嬲《なぶ》る。同時に〈海〉の体臭が、何か発情したけものじみているのだった。

《慣れるだろうよ、すぐにな》と〈ニ〉はこともなげに言った。

そのとおり、思わずむかついてくる嫌悪感を耐えるうちに、やがてそれは治まった。

《お前の想像どおり、こいつは生きている。それ自体、亜意識体《プレ》ともいい得る存在なのだ》と、〈ニ〉は説明を加えた。

《それは、始原的なものにして、かつ終末的なもの。われわれが通常、意識を定義しているその意味とは違って、言葉をもってはうまく言い表わせぬが、〈始〉にして〈終〉の、共に極限的な意識進化の両極の〈相〉が、そこに芽生えかつ沈澱する相。そして互いが攪乱されている〈亜〉の相……。

即ち、力強い〈本能〉的な狂暴さと、進化の究極を極めた〈智慧〉の〈智慧〉……その両相を兼ね具えている……。それ故に、われわれにとってもこの〈海〉は、畏怖的存在でありうるのだ……》

〈ニ〉の説明を聴きながら、ヒトは言葉を失った。

《みたまえ、あの海岸線を》と〈ニ〉は言った。

《〈ウ〉世界の、あれが境界線なのだ。われわれはそれを防備する。非《ナル》〈ウ〉の侵略から〈ウ〉を守るのだ》

ヒトは、その次元的景観の壮絶さに、我を失っていた。

次元の霞《かすみ》の薄く棚引《たなび》く彼方へ、湾曲しながらのびる長大な砂嘴《さし》！　それに沿って蜒々として構築された次元の波堤《ウォール》こそ、〈ハ〉一族の高次元土木技術《ハイディメンショナル・シビル・エンジニアリング》の傑作というべきか。

その手前の一部が大きく無残にも崩壊し、〈海〉は意図あるごとく侵入しようとしているのだった。〈海〉は海獣のように咆哮し、波堤《ウォール》の一角を崩すたびに、その都度歓喜の雄《お》叫《たけ》びをあげていた。もし、このままに放置すれば、必ず〈海〉はその目論見《もくろみ》をとげ、波堤の崩壊部から〈内陸〉へ侵入しはじめるにちがいない。

そしてそれは逆流する〈河〉となる。あるいは巨大な〈内陸海〉を造る。又は〈奔流〉となって宇宙の〈内核〉部を深くえぐる……。その〈海〉の一雫が、ヒトの尺度で換算するとき、一つの小宇宙《ミクロコスモス》を覆い、それを破壊し、さらに、あたかも風に乗ってばらまかれた種子のようにそこに定着し、自己増殖をはじめる……。

ヒトは脅威を覚えた。

確かに補修工事は急を要していた。

〈ニ〉のあせりが灼熱し、今にも燃えあがらんばかりにヒトには感じられるのだった。

ヒトは呻くように言った。

《どんな難工事でも……現場に呑まれてはおれたちの仕事は勤まらぬ。だが、この信条も崩れはじめたところだ。この工事の施工難度は、場数を踏んだフォアマンにとっても稀有《けう》な……、いや二の足を踏む、背筋が寒くなるよ》

ヒトは再び狂える〈海〉を見なおした。

〈海〉はまた、波堤の根をえぐりとり、それを呑みこんで叫んでいた。つづいて巨大な波《ウォ》堤《ール》の一角が揺らぐと、すさまじい水しぶきをあげて沈んでいく。休む間もなく〈海〉の侵攻は次の脆弱部へ向って攻めたてる……。

《どう思う、お前の考えは……》と問う〈ニ〉に、

《よく分らぬが、問題なのは、波堤基部を支える地盤だな》とヒトはこたえた。

《さすがだな》と〈ニ〉は相槌を打った。

《わたしもざっくばらんに言おう。われわれも、これほどの悪丁場《あくちょうば》に出逢ったのははじめての経験なのだ。渚《なぎさ》の時層が軟かすぎるのだ》

《〈ニ〉よ》とヒトは尋ねた。

《おれの初歩的な質問に答えて欲しい。この渚地帯は、おれたちの次元地質学《ディメンション・ジオロジー》が仮定的に想定している〈タイム・スリップ〉[18]の痕なのではないか》

《タイム・スリップ?》

《つまり、われわれの三次元地質学の言葉を藉りていう、四次元的な地辷《じすべ》りのことだ》
《ちがう》と〈ニ〉は否定した。
《これは地辷りではない》
〈ニ〉はうまい説明の言葉を探すように、ヒトの言語巣を透視した。
《時辷《じすべ》りなら、時の滑落面からあるはずだ。だがこれは違う。この時層はお前たちが地形学的に曰《い》う堆積層、しかもいうなれば、泥《クレイ》の層なのだ。その層は新しすぎ、軟かなままの堆積層なのだ。悠久にして長大な時の流れが、その微細な時相的粒子をここに運び、沈澱させたものなのだ》
《高次元泥《ハイディメンション・クレイ》》
《そうだ。正確な判断は内部を試掘《テスト・ボーリング》しなくてはならんがね。だがその必要はほとんどあるまい。タイム砂《サンド》、タイム・シルトの場合もあり得るが、それはこの場合薄すぎて支持層とはなり得ないだろう》
《タイム泥を支持層とするのだな。だが……》とヒトは眩くように言った。《泥《クレイ》は、おれたちにとっては厄介な代物だぜ。としてもだ、今ひとつピンとこないな》
《無理もない。概念的に摑めても、実相は理解しにくいようだな》
《そうだ》とヒトは言った。
〈ニ〉は、異世界の技術者と、技術上の問題について討論することについて興味を募《つの》らせたようだった。〈ニ〉は、再びヒトの言語巣をさぐって言葉を探した。

《お前たちの種族は、時間を空間化して考える癖があるようだな。たとえば、時計という面白い道具があるらしい。それは、お前たち種族には、時間を直接知覚する感覚器官が発達していないためなのだろう。だが、空間は知覚できるらしい。それ故、お前たちは時計という道具を造りだした。時間を空間的なものに翻訳し、空間化して知覚するという方法を思いついた》

《あなたは、いったい何を言おうとしているのか》とヒトは、急転した話題に面喰ったように問い返した。《だが、確かにその点に関してはあなたの言うとおりだが……、しかし補足するならば、われわれの種族の中の一員に、そうした時間の空間化を問題とした者もいたのだ。その男の名はベルグソン[19]、亜科学期の末期に現われたヨーロッパ部族の思想家だった》

《それは、お前の記憶巣の中から今、わたしも知ったところだ。その男の空間と時間の理論、生命と物質、純粋持続の概念など、またそれに続く後代の思想家たち、たとえばフッサール[20]など現象学派に属する連中なども、所詮はお前たち種族の生物学的能力の限界が、その存在論の大前提としてあったことを疑いもしなかったようだな。といっても、お前たち種族の宇宙的地位から言って同情すべき点はあったが……、としても、精緻を極めたそうした思想体系も、結局は知覚能力の限界とともに、限定された真理に過ぎなかった》

《かも知れぬな》と、ヒトは答えた。《われわれ人間の世界観と、あなた方の世界観が異っていて当然なのだろう。われわれがもし、たとえば蜜蜂の体内時計のような時間感覚器官を内蔵していたなら、われわれの思想も根本的に今と違っていたかも知れぬな》
《あるいはな。より進化した感覚器を持っていたならば、知性の働らきなどという回りくどい方法をとらなくとも、本能の作動によってお前たちは、より一層宇宙の真理に近づいていたかも知れぬ。だが、この問題は又にしよう……》
〈ニ〉は本題に立ち戻った。
《さて、このタイム泥《クレイ》の実相だが、お前たち高次元知覚を持たぬ知性体にとっては、時は無限といえるかもしれぬ。地球上の一匹の蟻にとって地表が無限であるようにな。あるいは、時は永劫回帰するだろうなどと考えた者もおったようだな。しかし、われら〈ハ〉族にとっては、時間は有限なのだ。有限であるばかりか、時は加工し得るもの、裁断し、分割しそして集結させ得るもの、それより巨大なエネルギーをも採り出し得るものなのだ。つまり、君たちの文明が物質を基礎に置いて成り立っているように、われわれに在っては、時こそが基本単位であるのだ》
《時を、そのように考えていいのだろうか》とヒトは尋ねた。
《その疑問こそ、まさにお前たち種族の知性的限界を証明するものなのだ。「思想は種族の認識能力と関連がある」と言った宇宙比較思想学の始祖、新科学期初頭に現われた男の

説……》

《Yアラマの「思想感覚相関説」のことか》

《そうだ。その男は遂に認められずに死んだようだが、お前たちのスケールでは、幾世紀か早く生まれすぎたのだろう。しかし、完全ではなかったが彼の説は、正鵠を射ていた》

《かも知れない。彼の思想の存在を知る者は皆無に近いとさえ言ってよい。「蜜蜂の思想」と付題した一冊の小冊子を出したきり、他に何も書かなかったからな。だから、彼の思想は彼の死と共に消え失せた。それは極めて暗示的で、東洋的瞑想に彩られていたが、理解し得た者は誰一人としていなかったようだ。よくあることなのだ。いささか早く生まれ過ぎたためにその世代から狂える人扱いにされる天才は……》

とヒトは一息ついて、それから先をつづけた。

《われわれの種族が、時間と空間の二元論を捨てて時空連続体の概念に到達しえたのは、アインシュタインによってであると伝えられている。彼は彼なりに正しかったようだ。以来、長い空白の期間があった。その間に専ら追求されたものは、物質の究極の姿ということだった。そして数多くの素子が発見された。それとともに時空の構造も徐々に究明されてきた。時間と物質は別箇に在るものではなく、より高次な統一体である、という考えが……》

《さよう、お前たちは時空素子(21)を発見した。お前たちの認識器官の限界を考慮するとき、それはまた何という偉業だろうか……奇蹟と言ってよい。むろん、完全たるべき正確さを欠いてはいる。だが、としてもだ、それでお前たちも宇宙の真相の一部に迫り得たのだ》

《では、タイム泥《クレイ》の正体は、われわれの言う時空素子なのか》とヒトは訊いた。

《……と言ってよいかどうか。ある意味では、純粋なそれらの素子の結合した分子状態が、更に集合したいわば時の粒子が、タイム泥《クレイ》の一単位だと解すべきだろう……。ところで……》と〈ニ〉は語りつづけた。《お前たちの技術では、かような地層に対してどのような施工法を採るのだ》

《そうだな。伝統的工法では……》とヒトは応えた。《泥層などの軟弱地盤に対しては通常、杭打工法、捨石工法、置換工法などがある。むろん、実際の技術は多岐多様に進歩しているが、原則的には、この三方法に分類されるだろう。そして、それを決定するのは現場の状況と規模、目的などである》

《お前の具体的な意見を聴きたいのだ》と〈ニ〉は率直に言った。

《難問だな》とヒトは苦笑しながら言った。〈ニ〉は、どうやら本気でそう尋ねているらしいのだ。

ヒトは再び〈海〉の様相を視た。

湾に沿って流れる海岸流があった。巨大な時の潮だ。その潮は速かった。だが、この世界で速いということはいったいどんな意味を持つのだろうかと、ヒトはぼんやり考えた。

《この地形は、時の沖積地ではないのか》とヒトは訊いた。《かつて、ここには時の大河があったはずだ》

《そうだ》と〈ニ〉は答えた。《たしかにそれは存在していた》

《では、いまはどこに在るのか》

《時の大河は蛇行して、砂嘴《さし》の彼方へ水路を変えた》

《自然《ナチュラル》にか》

《いや》と〈ニ〉は言った。《水路を変えたのは、われわれの一族だ》

《何故《なぜ》？》

《〈河〉こそわれわれの最大の武器だからだ》

《武器？》

《そう、武器だ。〈河〉こそが宇宙膨張の根源の力なのだ。あたかも河が陸地を拡げるように、時の〈河〉は、宇宙をおし展《ひろ》げる。まあ、聴くがよい。宇宙の拡張こそ、われら〈ハ〉一族にとって、これは天地創造《カオス》以来の使命であるからだ。われわれは〈河〉の〈堆積〉力を、われらが事業目的遂行のための、最大の武器として利用してきた。お前たちは、宇宙の中心区域から流れ出す無数の時の存在を知っているだろうか。その水系は宇宙全域を覆いつくし、長大な宇宙発達の期間を通じて、絶えず、内部の〈物質〉を運びだして来た……》

《そうなのか》と、ヒトは呟いた。《おれたちも〈河〉の存在を知らなくはなかった。しかし、それは極く一部の者でしかなかったようだ。しかもそれは仮定的に考えられていた。この〈流れ〉の存在は、外宇宙へ向って旅立って行ったスター・ドライバーたちによって、気付かれていた。経験豊かな連中の中のある者は、あえて、この〈流れ〉に船を乗り入れるんだ。スター・ドライヴ[22]といわれているあれだ。また、運さえよければ成功するワープ航法[23]も、あるいは蛇行する大きな〈河〉の捷水路《しょうすいろ》に船を乗り入れたとき起る現象であったのだな。だが、時の〈河〉こそが、膨張する宇宙の根源の力であったとは知らなかった……》

〈ニ〉はうなずいて語った。

《息づく脈動宇宙の収縮のとき、即ちあの聖《セント》オーガスチン時代の終期にわれわれの祖先は現われた。そして宇宙半径十億光年のカオスの中から、われわれが創造されたのだと言い伝えられている。それ以来われわれ種族は、営々として努力し、お前たちのスケールで三十億有余年を算《かぞ》える間、歴代の事業を受け継いできたのだ。それは〈河〉がやがて無くなり、宇宙生成の一つの周期が終るとき、即ちドジッター[24]の宇宙のときまでつづけられるのであろう……》

再び、〈海〉は今一つの波堤の時塊を食いちぎった。ヒトは自分が冷静であり過ぎることに気付いて、かえって驚いた。そして言った。

《人工の力が、〈河〉の自然な水路を変えた。そのためにこの地域の自然的均衡が崩れたのであろう。〈海〉はその弱点を突いてきたのだ。〈河〉が、この地点に供給していた内部物質の不足が第一の原因だ。〈ニ〉よ、おれはこう考える……第一に〈潮〉の方向を反《そ》らすこと。そのために小さな〈突堤〉を〈海〉へ向けて突き出させることだ。それが核となってやがてその地点にもう一つの砂嘴が発達するに違いない。第二に、崩壊部の下部に〈捨石〉を行なう。だが並の〈捨石〉では、〈波〉が荒すぎるので駄目だ。われわれはこのようなとき多脚ブロックを使う》

《それは一体何だ?》

《ブロックとブロックが互いに嚙み合って連帯し合い、強固な基礎を造るのだ。だが、あなた方にそれに代るような材料が見つかるだろうか》

《タムをつかおう》

《タム……?》

ヒトは耳を疑った。《それは配下の低次元人《ロゥ》ではないのか》

《そうだ》と〈ニ〉は冷静に答えた。

《それはいけない》とヒトは抗議した。

《なぜか》〈ニ〉は依然として冷静のまま言った。《タムが知性体であるからなのか》

《そうだ。タムを捨石に使うなどとは、人柱と同じではないか》

《そうだろうか》〈ニ〉は突然、柔和な情感をヒトに伝えてきた。

《お前たちの倫理を、大宇宙の倫理に汎化させるのはよくないぞ。タムにとっては、それこそが彼らの生甲斐なのだし、また彼の存在する理由なのだ。タムもまた、われわれの大事業のために創成された種族なのだ。タムはそのために生きるのだ。お前に訊きたい。お前は何故《なぜ》生きるのだ。お前の生甲斐とはいったい何なのだ》

《わかった。あなた方にとっては、その存在そのものが、宇宙のメカニズムと共に在るというのだな》とヒトは言った。《なるほど、あなた方には終りというものはないだろう。あなた方は、宇宙のあらん限り生きつづけるのだから……》

秘渓の峡で、こうして行なわれた異なる世界の種族の邂逅は、ヒトに大いなる智慧をさずけたようであった。彼には、〈ニ〉の〈ウ〉と、ヒトの〈亜〉世界とは、共に同一の法《ダルマ》によって律せられているようにも思えた。

《手伝わにゃなるまい》とヒトは自らを納得させるように呟いた。彼もまた、生成し、消滅し、流転する宇宙の大輪廻劇に、〈ニ〉に従って参加《アンガージュ》するのだ。

《やらねばなるまい》

ヒトは、その凝視を〈海〉へ向けた。

――それに続く日々、いな、日々はも早ヒトの根源に合体していたが、ヒトはめまぐるしく動く〈ニ〉一党の多元土木技術の成り行きを見守っていた。

それは、ヒトにとって理解し難く、あたかも複雑なはめ絵パズルを解くときのように思われた。

たとえば工程だが、彼らのやり方は全く異様だった。

あるとき、〈海〉の照り返しの中に、蜃気楼のごとく無数の土運船《はしけ》が浮かびあがったかと思えば、それは忽然と消え去り、再び新たな建設機械が空に蝟集《いしゅう》する。その機能もほとんど理解し難く、また姿、形も異様だった。

ただ、それらはそれぞれに何らかの意味を持っているようだが、真の姿ではなく、ヒトに認識されるとき、それらの一つ一つは表象としてあるのかも知れなかった。この表象として認識されるそれらの示した外観は、あきらかに生き物、ときには巨大なる龍、怪獣の姿をとる——かと思えばまったく抽象的な形態、たとえば単なる球、立錐体であるような場合もあった。そして、一見無秩序でばらばらのこれらの諸工程も、ある超越的な意図に従って着実に最終目標に向って収束して行くように見えるのだった。

それは、〈ニ〉の上にいるもの、その越者の深遠にして計り知ることのできぬ設計意図より為されているようにも思われた。

というのも、ヒトはその過去において拾い読みした啓蒙哲学書の記憶をたどりながら、ライプニッツ[25]を思い浮かべていたからである。そのほとんど同時代人であるスピノザ[26]が、神を唯一原因として演繹《えんえき》して壮大無比の大ピラミッドを体系化したのに対し、この男は窓の無いモナドより出発して、神の帰納的証明を試みた。その幾つかの教説の、最後の予定調和説――、そこで彼は神の設計意図を想定している！

　即ち、超越者は、この世界を創造するに先立ってあらゆる可能性を検討した。従って、可能なる世界は無限に在り得るのである……。いわば、このライプニッツこそヒトの世界で初めて、多元宇宙《パラレル・ワールド》(27)の存在を推理し得た思想家であったということもできるのだ……。

　ヒトは、このとき思い浮かんだ想念を、一度〈ニ〉に語ったことがある。

《この男には二つの時計説というのがある。一つの時計と他の時計とは同じ瞬間に時鐘を打つ。だが、この二つの時計、あるいは無限個数の時計たちの間には、お互いが相作用し合うなんらの関係もあるわけではない。これは、あらかじめ単一の外部「原因」が存在していたからである。彼はこの比喩になぞって、神の存在証明と予定調和説の根拠とした。実体の究極単位たる彼の単子《モナド》は、いってみればこの時計のようなものなのだ。そのモナドには窓が無く、他のもろもろのモナドと関係し得ない。いわばそれ自体が閉ざされた世界なのである……。にもかかわらず、われわれがもろもろの諸物の間に秩序や調和を見出すのは、あらかじめ何者かによって意図された目論見があるからではなかろうか……。

〈ニ〉よ、おれは思うのだが、〈ウ〉世界の統率者こそ実はこのライプニッツの想定した超越者と一致するのではなかろうか》

〈ニ〉は少なからぬ興味を示した。だが、その議論はそれ以上には進まなかった。というのは、現場は〈ニ〉にとって余りにも多忙すぎたせいだ。〈ニ〉はそれに忙殺されていたからだった。

再び、日々はそれに続く。珍しく狂える〈海〉の怒濤が静まりかえったとき、突然、長大なる大波堤《ウォール》は波打際に、そして突堤は〈海〉へ突き出したその全貌を現わした。

だが――

それは、いっときの仮相でしかなかったのだ。〈海〉は再び狂いはじめて波堤の一角を喰った。生ける〈海〉の邪悪な心意でそれを待ち構え、あたかも食欲を満たさんとする餓えた狼のごとく……。

再び泡立つ〈海〉へ向けて、大量のタムが運びこまれ投げこまれる……。その群は沈黙のうちに列をつくって、次々と没し去って行った。

その厳粛な儀式のごとき進行を、ヒトは凝視し、そして畏怖した。

また再開されたあの不可解にして不連続な作業工程……。

〈海〉は、その間不気味に静まりかえり、待ちかまえる。そして……、再度、波堤《ウォール》を喰いちぎった。

《悪い。状況は、前よりも悪化している》

〈ニ〉はヒトを呼んで語りかけた。
《このままだと、遠からぬうち、〈海〉は全宇宙の内奥深く侵入し、その災害は〈有史〉以来の規模に達するだろう》
《どうするつもりだ》とヒトは言った。〈ニ〉の沈鬱な情緒がヒトを包みこんだ。《いっそのこと、この渚の脆弱部から一歩後退したらどうだ》
《撤退するのか》
《そうだ。この、時の沖積地からの後退も止むを得まい》
《だが、それからどうする》
《おれは、前から一度この域の全貌を知りたいと思っていた》とヒトは言った。《〈ニ〉よ。地図のようなものはないか》
《地図?……おお地図か、ある……》
それは認識の能力を越え、超トポロギー的な図形をおもわせるものだった。
《〈ニ〉よ》とヒトは要求した。《ちょっと手伝ってくれ。こいつを塗り分けて、地質図、そう、時の地相図にするのだ》
《よかろう。お安いご用だ》
〈ニ〉はためらわず、よどみなく、触手をもって精密に作業した。
《これでどうだ》

《奇怪だ。……》
　とヒトは呟いて、出来あがった時質図を凝視した。
《〈ニ〉よ、もう一度手伝ってくれ。こいつを読むのはおれの手に余るよ。どこか、〈海〉を食い止めるにいい場所はないかな。たとえば、堅牢な時質と時質とが交叉するところ……、そこを見つけだして、その地点に最後の拠点を築くのだ》
《なる程》と〈ニ〉はうなずいた。それから叫んだ。《ここだ。ここ以外に無いぞ。お前を見つけた〈秘〉の出口……。だが、駄目だ。ここで食い止めることは、かえって内陸への短絡路をあの〈海〉に教えてやるようなものだ。ここに築堤すれば、きっと〈海〉の本能は刺戟されるぞ。やつはきっとこの〈秘〉の水路を遡って、〈ウ〉世界の中心部へなだれこむだろう。もしそんなことが起るとすれば……》
《だが、他に方法はない。どっちみち、〈海〉はここを見つけ出すにちがいないさ。だから先手を打つのだ。〈ニ〉よ、なまじな仕事では駄目なのだ。より巨大な堤をここに造る……》
《お前は一体、何を考えているのだ》と、〈ニ〉は驚きの声を響かせた。《まさかお前は、わたしが今思いついたその案を……》
《そうさ。その通りだ……》
《だが、万一出来たとしても、その結果おこる波及現象を考えたのか》

《やってみなければ分らないさ。おれは決断しなければならないとき、いつもそう自分に言い聞かせる。だが、こいつは確かに大宇宙的な大博打《ばくち》だぜ》
《で、どうする》と〈ニ〉もいささか昂奮しはじめていた。
《おれの考えはこうだ》とヒトは、冷静な口調でその案を述べはじめた。
《おれは、あの〈亜〉の大岩壁を切り崩して、谷を埋めたらどうかと考えたのだ。あの大岩壁を土取場とし、大量の〈亜〉を構成する硬い素材を、築堤の基礎に置けぬかと思ったのだ。で、その段取りだけど……》
《面白い。お前の考えをもっと詳しく説明してくれ》と〈ニ〉は乗り出すようにして尋ねた。
《そうだな。おれたちは、土木工事、丘陵切崩し、砕石採取など、ごく急を要する工事の場合とか、全山が鉱石であるような場合には坑道発破《はっぱ》をやる。俗に大発破とも言うがな。むろん使用爆薬量は莫大なものだ。で、そのやり方だが、山腹に直角な坑道を掘鑿して行き、ある深度で止めて左右に横孔を掘る。そしてこの併行坑道に幾つもの薬室を造るのだ。何故にこのように坑道を曲げて掘るのかというと、爆発のエネルギーが、外部に逃げ散るのを防ぐためなのだ》
《だが、どうやって、その坑道を掘るのだ》
《おれの乗って来たマシンの原理を応用すれば、鑿孔機《ボーリングマシン》が出来ないか》
《それは出来るだろう。だが、微小すぎはしないか》

《かも知れぬ。だが貫通力は十分にある。そうだな、十分な爆薬を詰めこむための薬室の造成に手間どるな。いや待て、いい代案があるぜ。〈亜〉の基底部に坑道を掘る。いわゆる蛇穴《スネーク・ホール》発破法というやつだ。それでも足りなけりゃ、頂点部からも垂直坑をおろそう。そして、爆薬を詰めこんで爆発させ、まず小さな穴を拡大する。それを二度三度繰りかえすうちに、十分な爆薬を詰めこむだけの薬室が出来あがるさ。これは、おれたちがスプリングキング発破と言っているやり方だ。どうだい、これなら十分いけると思うが。おれは、あなた方がどんな爆薬を使うか知らないが、築堤に必要な容量を知らせてくれれば、爆発エネルギーと薬室の数をすぐ計算できると思う》

《なるほどな、われわれは、こんな場合、タイムマイトを使う。お前流に表現するとそういうことになるな。ダイナマイトではなく、時空素子の組合わせから造りあげる爆発エネルギーだ。だが、お前の案はちょっと無理だぞ》

《なぜだ》とヒトは不満そうに言った。

《知っての通り、ここは複雑な時層帯だ。お前たちは、爆発対象と空間との達する面、つまり自由面の数によって簡単に計算式を立てているようだが、この場合はそうはいかない。高次元の自由面は、容易に察知できないのだ。それは、無漏族たちの工学者が、色々研究を積み重ねている問題だが、まだまだ分らぬところが多いのだ》

《たとえば、おれたちのクラインの壺が、内部が外部となり、外部が内部になるようなト

ポロギー的な空間、いやそれよりももっと不可解な世界なのだな。では〈ニ〉よ。どうしたらいいのか》
《わたしもいま、それを考えていた。たとえば、こんなやり方もあるだろう。〈亜〉そのものに、いわばお前たちの液体爆薬のようなものを浸みこませる方法だ。お前たちも、液体酸素を炭素に浸みこませた爆薬を使うことがあるらしいが……、われわれにもそんな方法があるのだ。あの〈亜〉は、言ってみれば〈ウ〉の世界における一番安定した元素、つまり炭素のようなものだからな》
《なるほど、〈亜〉の世界の一部を爆薬化するというわけだな》
《そうだ。この方法だと、簡単だし、起爆剤は少量で済むだろう》
　と言って〈ニ〉は、ちょっと言葉を詰まらせた。
《だが、このやり方を、わたしは使いたくはない。やはり、内および外への影響が大きすぎる。特に〈亜〉の内部そのものへの波及が心配だ。もし〈亜〉が吹っ飛んだら、どういうことになると思う》
《止むを得ないではないか。あの〈タム〉のように、おれたちが犠牲になることも……》
《ヒトよ。それはちがうぞ》と〈ニ〉はきっぱりと言った。《〈亜〉は閉鎖された一つの世界だ。いつの日か、われわれの倫理とお前たち種族の倫理が一致するときもあるだろうが、今はまだ駄目だ》

再び、沈黙がながれた。

《では、どうする……》とヒトは自問した。《他に案はないのだろうか――》その長い沈黙の末に、ヒトは再び口を開いた。

《〈ニ〉よ。聞きたいことがある。あの〈亜〉は、〈ウ〉世界の中心部に根を張った多次元時塊なのだろうか》

ヒトは、つくりあげられた時質図を睨みつけながらつづけた。《〈亜〉は、前世界の残滓かもしれぬと言ったことがあったな。即ち、『われらの世界の宗教家、聖《セント》オーガスチンが、神が世界を創りたもうた前に、何があったのだろうかという想念にとりつかれた』という言い伝えになぞらえて、セント・オーガスチン時代と言い慣わされた時代、つまり前周期時代に宇宙の極小に収縮したときがあったが、そのときの一部かも知れないな……》

《そうだ。無漏族の専門家の間では、そういう説が有力だ》

《とすれば、〈亜〉をとり巻く〈ウ〉の世界との接合面に、何らかの不整合面があるのではないかとおれは思うのだ。つまり、たとえてみれば、水に浮ぶ氷塊のように〈亜〉自体は〈ウ〉世界に浮いている世界だ》

《なるほど、お前の推定は正しいようだ》と〈ニ〉は言った。《この色分けした時質図の

境界面をたどると、それは途切れることなく続いている。……そう、お前の言葉で言えばメビウス的にだ……》
《やはりそうか。とするならば、何か強大なエネルギーを外部から与えるならば、〈亜〉を接合面で切り離すことができないだろうか……》
《つまり、〈亜〉全体をそっくり浮きあがらせて、この沖積地へ移動させる。そしてそれ自身を堤防の代りにするというのだな》
《そうだ》
《いかにわれわれの宇宙的土木技術をもってしても、そのような大それた工事は、今までやったことはないぜ》
《できぬというのか。〈ニ〉よ、あなたの超越的な智慧を搾ってくれ。たとえば〈亜〉の基部にそって無数の穿孔を開け、爆破によって横転させるとか……》
《無理だな。仮りにわれわれの持っている最強の爆発力、タイミックを使用するとしよう。これはお前たちのアトム爆弾に該当するものだが、ある濃縮した時間素子を中心に置き、それをタイムマイトで包みこむ。点火すると、異る時間同士が集中的に時間融合をおこすのだ。むろんそれ一発で、恒星系一つを軽く吹っ飛ばすことが出来る。……だが……ちょっと計算してみようか。〈亜〉を吹きとばすには、一億カルパエルグの十乗倍……とても話にはならない》

《せっかくの名案も駄目か》とヒトは言った。
《ああ、発想はすごく良いが、不可能だ。また仮りにそれだけのタイミックが揃ったとしても、それだけ多大な量となると爆発の方向を制禦する方法が見付からないのだ》
《弱ったな》とヒトは呟いた。それから、狂える〈海〉を視詰めていたが、再び言った。
《その方法が無いというなら、いっそ、そのタイミック自身を起爆剤にしたらどうだ。たとえば、この地帯のどこかに弱点を見つけて、そこにタイミックを仕掛ける。それを引き金として次元断層を人工的に起すのだ。そしてそのエネルギーをうまく不整合面に伝えることが出来たら……》
《実はな、おれも一番最初にそう考えたのだ。しかし、お前の希望するような断層が見付からないのだよ。この時質図によると、脆弱線は一本だけ、あの〈秘〉に走っている。あれは、いうなれば〈断層谷〉と言うべきなんだ。しかし、〈秘〉の断層は〈亜〉の基部までは達していないのだ。だからお前の案をこの域に適用するのは、ちょっと不可能であると思う……》
沈黙がさらに続いて重くるしかった。
《〈ニ〉よ。より大きな力は無いのか。あの〈亜〉を浮きあがらせるような……》
《そうなのだ。われわれにはより大きな力が必要なのだ》と〈ニ〉は応えて、測り知れぬほど深遠な思考の中に没して行った。ヒトの提案した策は、たしかに妙案だった。それは強い可能性を持っていた。だが、未だに最終的な段取りが見付からないのだ。

……わが内なる越者よ……〈ニ〉はそれ自身の内部に沈潜して行った。……大いなる智慧を与えたまえ！

〈ニ〉は、宇宙的無意識の巨大にして底知れぬ深淵に自ら下りて行かんとしていた。こんな窮地に陥った場合にはいつもそうするのである。そこには、永遠永劫無限の彼方より蓄積された宇宙的智慧があるかも知れぬのだ……。その宇宙的記憶のダムを今、〈ニ〉はさまよい歩いていた。

そこに　多岐　多様に　変化する　無限の　宇宙の　姿がうかび　消滅していった……

そして　あらゆる時の　あらゆる相の……その万華鏡のごとき　大変化の諸相の　中から

一条の光が射すように　突然〈ニ〉は知り得たのだ……

それは、はじめ漠然とし、次第にその姿を現わしていった。

《そうだ……》

突然、〈ニ〉は低く呻くように叫んだ。《大いいなる正午、、、大いいなる正午、、、……》

大いなる正午……あたかも津波のように押し寄せてきた〈ニ〉の想念に、ヒトは弾かれ、目を見開いた。

《それは何だ。いや、ちょっと待て。大いなる正午！　そうだ、〈ニ〉よ、おれも思い出したぞ。それは、おれたちの近代に在って超人を夢みた一人の夢想家の念頭に啓示された想念であった。『神は死んだ』と街頭で叫んで物狂《ものぐる》い扱いにされた男だ。権力の意志を志向して宇宙的巨人たらんとした男……！　その名は〈ニ〉ーチェ……。ディオニソス的生成流転する宇宙の真相を直視できた哲人だ。ピラミッド状にそそり立つひとつの巨岩、その名を橄欖《かんらん》山と言った。ある日突然に、彼はこの山に対峙してその啓示を受けたといわれる。そうか、〈亜〉の硬さはかの橄欖山の硬さだったのか。それは偶然の暗合だったのか、それとも何者かが彼に啓示を与えたのであろうか……。そして、あの〝ツァラトゥストラ〟の中に唱われる永劫回帰の歌……夜半の鐘が遠く十二度響きわたるとき、その回帰を主題とする〝ツァラトゥストラ〟の第三部は閉じられる——。『苦痛は言う、滅び行け、と。さあれ、すべての快楽《けらく》は永劫を冀《ねが》う——！——深き深き永劫を冀う——！』と》

〈ニ〉はそれに唱和した。

《……『さあれ、彼らすべてにかの日はきたる。変動、審きの剣、はた大いなる正午はきたる。その日にこそ、多くのことがあきらかになるであろう……』》

〈ニ〉は重々しくその先をつづけた。

《ヒトよ。われらの知る大いなる正午とは、宇宙脈動の一サイクル、その、いってみれば収縮の極より膨張の極へ到る宇宙進化の、ちょうど中心に当る時なのだ。それをお前の認識に直すとき、進化の速度を緩めながら、ドジッターの静止宇宙に到る——。もし、その進化過程のグラフを微分するとき、微分値がプラスからマイナスに移りかわるとき、つまりゼロの時点、あるいは積分してみたとき、積分グラフが頂点に達したとき、そのときこそが大いなる正午なのだ。そして宇宙は、この予定された進化のスケジュールに従って進化する！　もしそのとき、宇宙のある部分だけが進化の速度を緩めたならば、いったいどうなると思う……。その部分は、進化の無限に向って飛び去るにちがいない》

《つまり、その場合、進化のグラフは双曲線となる……。脈動宇宙に対する概念として、おれたちの世界で知られている双曲線宇宙の考え方だな》

《そうだ。もしあの〈亜〉が……いやそれは有りうることだぞ。いや、きっとある。あの〈亜〉は、時間の密度で言えば堅い世界だ。ということは、あたかも投擲器から鉄球が弾き飛ばされるように……そこだけが浮きあがる。むろん巨大な〈ウ〉世界の、高次元的全質量に引き戻されて、永遠に飛び去ることはできないが、しかし、その瞬間を利用して、タイミックを基底に仕掛けてやれば……》

《可能なのか……？》とヒトは言った。

《できる》と〈ニ〉は〈亜〉の地塊を睨みつけながら言った。

《そして、その大いなる正午は、いつやってくるのだ》

《間もなく……そう、お前たちのスケールで言えばな》

　それから〈ニ〉は、ヒトに向ってこう言ったのであった。

《ヒトよ。お前は直ちにお前の故郷に帰るべきだ。いいか、これは命令だぞ。そして、お前の同胞たちに告げるのだ……。大規模な異変が〈亜〉世界に起るやもしれぬとな。〈亜〉世界の移動によって生じる影響をお前たちは感知し得ないかも知れない。しかし、それは必ず何らかの影響をもたらすはずなのだ。むろんわれわれは、この大仕事の影響を内部に及ぼさぬように、出来るだけの段取りはつけるつもりだ。だがな……これは、わたしにとっても一世一代の大博打なのだ。やはり、何らかの波及効果が、お前たち世界の内部に伝播されるだろう》

《わかった》ヒトは大いなる巨人を視詰めながら言った。《あなたの言う通り、変化は徐々にでも、その異変は有史以来の影響をもたらすだろう……》

そして、別れの沈黙が支配した。だがそれは慌しかった。

《行け》〈ニ〉は一声、低く吠えた。

あたかも発射された弾丸のように、ヒトは〈ニ〉の手中を離れて飛翔した。彼はそのとき、ある超越的かつ抽象的なエネルギーと化した。

夢想——

それは大いなる哲学の、幻夢だったのだろうか。ヒトは、ありきたりの平凡な土木技師に戻っていた。

今、彼は岡の上に立ち、緑なす地上の山河に対峙している。

——やがて、男はゆっくりと彼の住む街に向って道を下りはじめた。

註（1）「至上なるもの」とは超越者（神）を指す。「自然なるもの」とはハイデッカーの言う〈それ自身から出現するということにおいて生ずるもの〉を指している。

ここで作者が、「内より律する自然なるものの声」と書いたのは、身体もまた自然だからで、この場合〈ニ〉の性格はニーチェの超人に近い。また、「超越的本能」とはユングの集合的無意識と同一概念である。

なお、「至上なるものの命令というよりは」として神よりも自然を優位に置いている理由は、ハイデッカーの《自然は神よりも古く在る》という認識に作者も立脚するからである。

註（2）射流（ジェット・フロー）は跳水と同じく水理学用語。開水路における常流に対するもので、フルード数が1より大きい。また跳水（ハイドロリック・ジャンプ）とは流水が常流から射流に変るとき起る現象。

註（3）カルパは仏教用語。無限に近い数の単位と解してよい。

註（4）開示したとはEröffnungの意。

ハイデッカーは、自己を開く〝世界〟に対立させて、大地は自己の中に隠れる――と言っている。芸術作品はこの両面の性格を有しているわけで、立ちのぼることと身を隠すことの相反する緊張から成り立っている。

従って〈ニ〉は、この天然の芸術作品と言ってよい〈秘〉の大懸崖の前で、人間が優れた芸術作品の前で驚嘆するように、佇《たたず》まざるを得ないのである。なぜと言うに、〈秘〉は〈ウ〉宇宙において隠されたものであったが、〈ニ〉の到着によってはじめて開示されたからだ。

ところで、ハイデッカーは、その〝技術論〟の中で、芸術と技術とがギリシャ語のテクネーにおいて統一されていることを指摘している……。実を言うと作者の意もそこにあるわけで、〈ニ〉はこの大宇宙的作品世界の中で、芸術家即技術者の役割《ロール》を荷わされているのである。つまり芸術家であると同時に技術者である〈ニ〉は、カレの技能に携わることによって、〝世界〟を露わに発《あば》くひとつの在り方として自然（大宇宙）の仕立てに参加しているのである。……

なお賢明なる読者に対して蛇足になることを承知しながら書き添えるが、作者自身この作品を書いた時点では、一介の土木技術者だった。つまり作者は実際に自然の改変作業に従事していたわけであり、聖なる大自然が卑小なる人間によって暴き変えられていく過程を畏《おそ》れ、かつ痛みつつ目撃していた。……


註（5）永劫回帰とは超人論と共に、〝ツァラトゥストラ〟を構成する二大思想の一つである。

註（6）ヒトは人類ではない。人間《フマニュート》を指す。

註（7）時質学は時と地質学を組み合わせた新造語。

註（8）聖オーガスチン時代。現宇宙の創造以前を言う。

註（9）ソルはわれわれの太陽のことで、SF用語として用いられている。

註（10）フズリナ。石炭紀から二畳紀にかけて栄えた有孔虫で、円柱形、球形をしている。

註（11）この個所の自然物と人為物の区別は、アリストテレスの自然論に基づく。

註（12）　第九惑星は冥王星を指す。

註（13）　ケルビン。イギリスの物理学者（一八二四〜一九〇七年）。絶対零度の予言者。

註（14）　コイルマイトは新造語。極低温において超伝導性（電気抵抗がゼロになる）を持つ物質を用いて造られたコイルが、突然その超伝導性を失った場合、すべての内部エネルギーは爆発するだろうと予想されている。その性質を利用した爆発物。

註（15）　クライオポンプ。クライオンスタットと共に今日実用化されている極低温発生装置。

註（16）　ケルビン〇・〇〇〇二は今日到達し得た極低温である。

註（17）　事象の地平線を越えブラック・ホールの内部に突入すると、時間と空間の持つ意味は逆転すると言われている。

註（18）　タイム・スリップ。SF用語。地辷り現象のように時間のオーダーがスリップして、ある地域全体が過去や未来に移動する現象。

註（19）　ベルグソン（一八五九〜一九四一年）。知性が空間と関連しているのに対し、本能あるいは直観は時間に結びついていると彼は言う。また、全宇宙は二つの逆行する運動である上昇する生命と下降する物質の衝突であり紛争であるとするフランスの哲学者。

註（20）　フッサール（一八五九〜一九三八年）。現象学の創始者であるが、この哲学者も〝内的時間意識の現象学〟などで時間の問題を追究している。

註（21）　今のところ時空素子なる素子は作者の空想である。だが、時間そのものをエネルギーとみな

し、時間素子の存在を予想した学者もいないわけではない。

註(22)普通スター・ドライヴとは、星系の回転運動、銀河系の自転運動を推力として飛行するSF的推進法を指す。

註(23)ワープ航法。宇宙空間の歪みを利用して飛ぶ宇宙航法。

註(24)ドジッター宇宙はアインシュタインの脈動宇宙に対立する宇宙進化論。この考えでは、宇宙はゼロより膨張しはじめ、究極において静止する。

註(25)ライプニッツ(一六四六～一七一六年)。ライプツィッヒ生れの哲学者。

註(26)スピノザ(一六三二～一六七七年)。オランダ生れの哲学者。

註(27)多元宇宙。SF的仮説の一つで、この宇宙が現実世界のみならず二つ以上の世界との多元構造をなしているという考え方。

およね平吉時穴道行《ときあなのみちゆき》

半村 良

1971

半村　良〔はんむら・りょう〕（一九三三〜二〇〇二）

東京生まれ。都立第三中学（現・都立両国高等学校）卒。高校卒業後は紙問屋店員、板前見習、バーテンダーなど三十あまりの職業を経た後、広告代理店に勤務。六二年、第二回ハヤカワ・ＳＦコンテストに応募した「収穫」が入選第三席となり、〈ＳＦマガジン〉六三年三月号に掲載されデビュー。その後数年間沈黙するも〈ＳＦマガジン〉七〇年二月号に「赤い酒場を訪れたまえ」（後七一年に長篇化『石の血脈』）を発表。『石の血脈』により伝奇ロマンというジャンルを確立。以後、精力的に執筆活動を展開。壮大なスケールの伝奇ＳＦから人情小説、時代小説と幅広く活躍した。七三年に開幕した伝奇時代ＳＦ『妖星伝』は一般読者からも高く評価された。代表作にムー大陸を舞台とした大河ロマン『太陽の世界』（未完）他多数。七三年『産霊山《むすびのやま》秘録《ひろく》』で第一回泉鏡花賞、七五年『雨やどり』で第七十二回直木賞、八八年『岬一郎の抵抗』で第九回日本ＳＦ大賞、九三年『かかし長屋』で第六回柴田錬三郎賞を受賞。

「およね平吉時穴道行《ときあなのみちゆき》」は、時を超えて織りなす男女の機微を描くタイムスリップＳＦの傑作。本作同様にタイムスリップを描いた作者の代表作に映画化もされた『戦国自衛隊』がある。（星）

初出：〈ＳＦマガジン〉1971年2月号
底本：『およね平吉時穴道行』角川文庫

生まれつき絵心にとぼしい私が、なんとなく絵画に関心を持つようになったのは、身辺に野田弘志とか山本貞《てい》といった優れた絵描きがいるせいもあるが、やはり長年デザイナーやカメラマンの群れの中で暮していたためだろう。しかし、江戸期戯作者《げさくしゃ》の雄である山東《さんとう》京伝《きょうでん》に、その文章からではなく絵画のほうから接近して行ったのは、コピーライターとしてはいささか筋違いだったようである。

もっとも、山東京伝の名前は学生時代に教えられて承知していた。だが特に江戸文学を専攻したわけではないから、その記憶はごく通り一遍で、黄表紙・洒落本《しゃれぼん》の大家という程度の知識しかなかった。従って画工北尾《きたお》政演《まさのぶ》が山東京伝であるという、ごく初歩的なことすら知らなかったのだ。

そんな私が或《あ》る時ジェイムス・ミッチェナーの『日本版画』のページをパラパラとめく

り、北尾政演の『新美人合自筆鏡』に行き当った。シビレル……と冗談に言うが、その時私は理屈抜きにシビレてしまった。どうも知るということと、判るということは別物らしい。その時突然私にそれが判ったらしい。色感が豊かで構成が緻密《ちみつ》、だいいちバランスのとり方が今のイラストレーターやグラフィックデザイナー達のセンスと同じなのだ。悪い癖で歌麿や北斎などという知れすぎた名だとテンから見向きもしないのが、少くとも私にとってはフレッシュな北尾政演という名を発見して、まるで昂奮《こうふん》してしまった。

その後『隅田川八景』や『金沢八景』、『奥女中・あさづま』など、北尾政演の作品の複製を探しまわり、とうとう松方コレクションの実物を見ないことにはどうにも承知できないほどになり、結局錦絵『山東京伝之店《たな》』を見るに至って、はじめて北尾政演と山東京伝が同一人物であることを知ったようなわけである。

調べて見れば何のことはない、天明元年に四方赤良《よものあから》こと大田南畝《なんぽ》大先生の著した『菊寿草《きくじゅそう》』には、当代の画工として、北尾重政、鳥居清長、北尾政演の順で挙げられている。この頃葛飾北斎は是和斎《これわさい》、喜多川歌麿は北川豊章の名でやっと黄表紙などに描きはじめたばかりである。北尾政演の名手を識《し》った私は、ざっと二百年ばかりズレていた勘定になる。

そういうわけで、昭和三十年代の後半から、私と山東京伝の奇妙なつながりがはじまったのである。

京伝の住いは銀座であった。姓は岩瀬、名は醒《さむる》、通称を京屋伝蔵と言い、京屋伝蔵がつまって京伝。今は京橋と銀座が別のものになってしまったが、本来銀座は京橋の一部。安永二年、京伝十三歳の時に京橋南詰新両替町二丁目へ移り住んで、以来歿年《ぼつねん》までそこに暮した。新両替町は銀座である。もっとも、その住所が銀座二丁目であったか一丁目であったかは、史家によって定まらないでいる。私にとってはどうでもいいことで、二百年後のファンとしてそのあたりをうろつけるだけでも嬉《うれ》しいのだ。

そしてそのあたりをのべつうろついた。広告業界で生活していると、どうしてもそうなってしまうのだ。広告主も広告代理店も媒体側のオフィスも、みんな銀座辺に集中していて毎日毎日が銀座でなければどうにもならないのである。そして二百年後のこの京伝ファンは、手前勝手に京伝とは随分因縁の深い仲なんだなアと感じたりしたものである。

本格的に銀座へ出入りするようになって、もう何年になるか……。勿論《もちろん》銀座生まれの泰《たい》明《めい》小学校組には及びもつかないが、私が生活のために銀座へ足を踏み入れたのは、まだ敗戦という語感が生き生きしていた朝鮮戦争の頃である。オフ・リミットと白ペンキを入口にこすりつけた店々がやたらにあって、尻《しり》の肉の盛りあがった進駐軍の兵隊が、その尻ポケットを札束で膨らませて闊歩《かっぽ》していた時代だ。二丁目の西側……丁度小町屋の裏手に当る酒場で、私は人生修業、いや色修業酒修業欺《だま》し修業に欺され修業……以来十有余年夜となく昼となく銀座を出たり入ったりし続けて今日に至っている。

いろいろ調べている内に、その二丁目の向う側の家並み……松屋の並びに京伝一家の最初の住いがあったらしいと判ってからは、何やら他人とは思えなくなり、いっぱし京伝の研究家ぶって書物漁《あさ》りに精を出した。

馬琴が憎い。……そう思うようになった。調べれば調べるほど馬琴という奴は嫌な男で、北尾政演の麗筆とは月とすっぽんの下手糞《くそ》な絵を臆面《おくめん》もなく書きちらし、無類の悪筆家で馬琴日記の研究者を手こずらせ、知ったかぶりの考証だくさんで紙数をかせぎながら、けの一念弓張月《ゆみはりづき》でとうとう名を文学史に留《とど》めてしまった。しかも匿名で『伊波伝毛乃記《いはでものき》』なる悪意に満ちた京伝の伝記を書き、後世京伝の名声を少なからず損うことに成功している。……京伝の弟子のくせに。

なき人の昔おもへば　かぎろひの
　いはでものこと　言ふぞかなしき

伊波伝毛乃記のいはでもは、この一首から出ている。匿名にしてもすぐに馬琴と知れるように書いてあるところがいっそう憎い。寛政二年秋、「深川櫓下《やぐらした》の滝沢倉蔵と申します。是非とも門人にとりたてていただきたく、お願いにまかり越しました……」と酒樽《だる》一本手土産に、卑屈な顔でねばり抜いた馬琴が、どの面さげて師匠京伝にたてついたのかと思えば、京伝の世に逆らわぬ粋な生き方を知るだけに、憎くて憎くてドブの中へ叩《たた》き込んでやりたくなるような気持になる。

　伊波伝毛乃記は多くの学者によって確実に馬琴の筆になったことが解明されているが、その文中京伝の絵は大したことがないと断言しているのだ。作品が残ることを勘定に入れなかったのだろうか。

「京伝狂才あり、然《しか》れども書を読むを嗜《たしな》まず。弱冠の時日日堺町に赴きて長唄三絃《ながうたさんげん》を松永某《なにがし》に習ひしが、その声清妙ならずをもつて羞《は》ぢ、これを棄てたり。その頃より北尾重政を師として画技を修めしが、画もまた巧みならず。……しきりに売色を好みて吉原町に通ひ、家に在ること一ヵ月に五、六日を過ぎず」……よくそんなことが言えたものだと、馬琴が私と同時代人でないのを感謝したくなる。

　つまり馬琴は都会児京伝をまるで理解できなかったのだろう。この時代勉学とは即ち読書である。人にガリ勉を知られるのを恥とするセンスが馬琴にはまるで欠落していたらしい。歌舞音曲にまるで無縁で、ひょっとすると音痴だったかも知れない馬琴に、京伝の音楽的才能を評する資格があるとは思えない。画技拙劣はまるでそっぽもいいところで、当代随一の文化人大田南畝が折紙をつけているのに、それをくさすとは人一倍長生きして関係者が物故したあとの増長慢《ぞうちょうまん》であろう。売色を好みて吉原町に通い……というが、今でいうならバーへ一歩も踏み入れたことのない偏屈人が、清廉気どりの説教臭でいっぱい、というところだろう。吉原を売色とひとことでかたづけるには、この頃の時代相は異質すぎる。むしろ吝嗇《りんしょく》にこりかたまって吉原のヨの字も知らない馬琴のほうが、時代人としては卑しまれるべきだったろう。馬琴日記天保十五年六月二十日の項に、庭の竹の幹から剝《む》け落ちた竹の皮を集めて売ったら、たった三十二文に買い叩かれたと口惜しげに記しているくらいのケチである。

京伝のほうは理財の法もスマートだ。長崎の料理人に教わって弟の相四郎、のちの山東京山《きょうざん》に江戸で最初の天麩良屋《てんぷらや》をはじめさせている。天麩良のネーミングも京伝のアイデアである。また、画工、デザイナーとしての腕を生かし、ピーター・マックスばりにいろいろな小道具類にデザインをほどこして小間物屋で稼いだり、染色図案集を出したりして粋な儲《もう》け方をしている。特筆すべきは原稿料システムの発案で、それまでは文字どおり戯作、余技として作品の報酬が酒宴一席程度で終っていたのを、寛政三年に一編いくらの原稿料という前例を作り、小説より他に収入の術《すべ》を知らない馬琴でも、終生作家で食えるようなシステムにしたのである。原稿料制度のことから駆け出し時代居候《いそうろう》をさせてもらったこと、一流出版社耕書堂の編集部員にしてもらったこと、飯田町の下駄《げた》屋伊勢屋に入婿《いりむこ》させてもらったことなど、馬琴は京伝に絶対頭のあがらぬ立場だった筈《はず》なのである。

京伝びいきの馬琴ぎらい……私だけでないらしく、京伝研究家の出版物は多かれ少かれ馬琴非難の文章がある。京伝を識ってから馬琴憎しの数年間が続いたが、私の京伝びいきが身近の人々に知れわたった頃、妙な方角から私を京伝研究の深間《ふかま》に引きずり込む者が現われた。

私の親類で、葛飾《かつしか》区四ツ木町に荒物商をいとなむ田島老人である。公害、物価高、それに人情酷薄を算《かぞ》えたて、もうたまらねえ俺アどっか山ン中へ婆さんと引っ込みてえよ、を口癖にしていたのが、つてがあって本当に三島の山中へ転居の肚《はら》をきめたという。二人の息子はどちらも一流銀行に職を得て今は楽隠居といった具合だが、何せ先祖代々の葛飾人で、四ツ木の地所もかなり広いし、家がまた恐ろしく古い。流石《さすが》に父祖の地を引き払うのが心残りだったのか、急ぎもせず丹念に整理をして見たら、どうやら山東京伝にまつわる文書が出て来たらしい。別れに際してそれをくれるから取りに来いというのだ。

喜び勇んで子供の頃から苦手な頑固爺《じじ》いの家へ駆けつけると古く大きな家中が奇麗にかたづいていて、若い頃から俳句をひねり続けて来たせいか、妙に雅味の出た皺《しわ》くちゃ面をほころばせて、ブルックボンドのティーバッグを落した寿司《すし》屋の大きな湯のみを大事そうに口に運んでいた。

無造作に膝《ひざ》元へポンとほうり出された紙の束をひろげて私は思わず歓声をあげた。天明五年の『江戸生艶気樺焼《えどうまれうわきのかばやき》』と同七年の『通言総籬《つうげんそうまがき》』があるではないか。どちらもたしかに初版本である。それに宿屋飯盛撰《やどやのめしもりせん》で政演画の『吾妻曲狂歌文庫《あずまぶり》』の完全な奴……。それが銀座一丁目の京伝店《だな》で包装紙兼用にしていた宣伝チラシ十葉ばかりにくるまっていたのである。

京伝はデザイナー兼コピーライターで、日本の本格的アドマンの元祖と言っていい。その先達に風来山人平賀《ふうらいさんじんひらが》源内《げんない》があるとは言え、自作の本の中途に突如一ページ広告を持ち込んだり、作中の人物にCMを言わせたり、画文混合のクイズ的商業文案をしたり、やっていることは現代アドマンたちと大して変らない。私の京伝びいきはそんなところにも理由があった。

問題は、その中に稚拙きわまる画文が混っていたことだ。そのひとつは肉筆の墨画で構図の天地さえたしかめねばならぬような怪し気な筆さばき。よく見れば墨堤夜景と題があり、墨田河畔の風景画だ。

月と葦《あし》　浮いたばかりの　土左衛門《どざえもん》

……臆面もなくそんな物凄《ものすご》い句を賛してある。私は思わず吹き出した。どう見ても素人仕事で、それも余程の大素人らしい。印もなく、ただ左下隅に弧人という署名があるばかりだ。弧人……聞いたことのない名である。

もうひとつは部厚い和綴《わとじ》本で、製本はどうやら玄人らしいが文字はねじれ金釘《かなくぎ》。やはり肉筆で表紙に『大富丁《おおとみちょう》平吉』の名があり、中央に濃墨たっぷりと、『な日記』としてあった。変体仮名の『な』に日記の二字、何やら意味あり気でもあり同時に頼りなさそうな文献という気がした。開いて見ると、日記といっても馬琴日記のような丹念なものではなく、

二、三ヵ月続くと思うと何年も飛んでいたり、つまりその気になった時だけの気儘《きまま》日記らしい。巻頭の日付は天明四年六月十二日、終りは明治三十三年二月一日となっている。有難く頂戴《ちょうだい》して京成電車に乗り、それが地下にもぐって都心近くに来てから私は急にとんでもないことに気づいた。慌てて次の駅で降りるとアワを食って喫茶店に駆け込み、四ツ木でもらって来た包みをひらいた。

冗談じゃない。天明四年は一七八四年で明治三十三年は一九〇〇年だ。天明、寛政、享和、文化、文政、天保、弘化、嘉永、安政、万延、文久、元治《げんじ》、慶応、明治と、その間十四代百十余年の年月がある。……あの爺いかつぎやがった。そう思いながら『〓日記』を繰って見たが、ねじれ金釘流の書体は終始一貫していて、内容もとびとびながらふざけたものではないらしい。私は呆《あき》れ返ってしまった。

もし私が小説の、それもＳＦなどというジャンルに首を突っ込んでいなかったら、多分『〓日記』は疑問符をつけっぱなしで埃《ほこ》りまみれにさせてしまったことだろう。だが百十余年にわたる日記、ということが私をモロにＳＦ的解釈にもつれこませてしまった。仮りに大富丁平吉なる人物が十五歳のときから日記をつけはじめたとしても、明治三十三年二月一日までで百三十歳を生きたことになる。

ＳＦになるかならぬか、まさにギリギリであった。百余歳の長寿は稀《ま》れではあるがないわけではない。だが百三十歳となると記録ものだ。明治のことでそんな高齢者が記録もれになっていたかも知れないが、これを二十歳代でつけはじめたとすれば百三十何歳……まごまごすると百四十歳。異常な高齢である。SF的思考の介入する余地が出て来る。

　私は家へ帰ってから……と言っても当時は四谷《よつや》のアパート住いだったが、じっくり腰を据えて『た日記』に取り組んだ。

　まず表紙。中央の『た日記』という意味は不明だが、大富丁という町名ならすぐ探し出せるはずだ。図書館へ行って近江《おうみ》屋板の江戸切絵図を繰って行くと、思ったとおり日本橋南芝口橋迄《まで》・八丁堀霊岸島築地《つきじ》辺絵図の中で簡単に発見することができた。場所は真福寺橋西詰……地図を文で説明してもはじまらないから大ざっぱに言うと、今のテアトル東京の裏手へ伸した線と、歌舞伎座の裏へ伸した線が交差するあたりである。掘割りぞいのいわゆる河岸地という細長い小さな区画で、真福寺橋を渡れば京橋南詰まで一直線、つまり山東京伝が経営した煙草入小物店とはほんのひとっぱしりの距離である。

　その位置関係で、四ッ木の田島家にあった京伝の本や京伝店の宣伝ビラの意味が知れた。

　京伝が北尾重政の門に入って浮世絵の修業をはじめたのは安永四年頃のことと推定されている。安永四年と言えば蜀山人《しょくさんじん》大田南畝が洒落《しゃれ》本の処女作『甲駅新話《こうえきしんわ》』を出版した年である。江戸の庶民文芸ブームがはっきり姿を現わした頃で、京伝のように文才に恵まれた人物には、そのような時流が肌に沁《し》みて感じられた時代であったはずだ。そして安永七年には処女作『お花半七開帳利益札遊合《かいちょうりやくのめくりあい》』が刊行されている。今のように画文の才が別々に認められる時代ではなく、文士は同時に画家であって、そのふたつが切り離せない時代だった。青年画工北尾政演は翌八年に二作を発表、安永九年には『娘敵討古郷之錦』で画工から独立した文人山東京伝のペンネームをはじめて使用している。そして二年後の天明二年、デビュー五年目で当時の芥川賞直木賞的意味を持っていた蜀山人の賛辞を受けた。作品は『御存商売物《ごぞんじのしょうばいもの》』であった。

　つまり『た日記』書きはじめの天明四年は青年作家京伝が江戸社会のスターとして知れ渡り、登り坂の派手な雰囲気につつまれていた時代である。黄表紙・洒落本の類《たぐい》が庶民の間に大量に売れはじめていることを重ね合わすと、昭和におけるテレビ興隆期の様相があてはまる。新時代のスターであったわけだ。町内の人々はもちろん、その近傍に住む連中が、近いというだけで肩身の広い思いをし、何かというと京伝を話題にしたであろうことは想像に難くない。大富丁の平吉も多分そうした理屈抜きの京伝ファンであったのだろう。だから京伝の筆になるものを収集し、丁寧に保存したのである。

　平吉という人物は、ひょっとすると四ッ木の田島老人の先祖に当るのではないだろうか。天明四年といえば京伝二十四歳の年で、文化十三年五十六歳で死ぬまでの間には数多い著作がある。平吉はその間京伝の作品を大量に収集したとも考えられる。その散逸した残りが私の手許《てもと》に舞い込んで来たのかも知れない……そう思うと田島家での保存のし方を恨みたい気分になるのだった。

一方『〽日記』の本文解読は困難をきわめた。第一に私は江戸文学の基本を修めていないから、早書きに書き崩した変体仮名がよく読めない。同時代人には註釈《ちゅうしゃく》の必要がない俗語俗称略称略語の類も、ひとつひとつ遠まわりして各種の文献探しからはじめなければならない。おまけに平吉の教養程度はかなり粗雑なもので、誤字あて字が到る所で罠《わな》を作っている。これには閉口した。私は専門家ではないし、広告屋というのはいつも全く未知の分野に転進し続ける商売で、化繊、電卓、食品、車とその都度相当突っ込んだ所まで自習作業をしなければならないのである。

時間がない、しばらく放置する、熱がさめる、忘れる……そして思い出したようにまたはじめる。そんなパターンを幾度か繰り返し、私の『〽日記』研究は大した進展を見せなかった。

しかし、それでも幾らか見当がついて来た。大富丁平吉は、はじめ考えていたよりずっと京伝の身辺に近い人物であった。日記の様子では毎日のように京伝の家へ行く。

○十七日丁酉《ひのととり》　晴

高井の松と松丁湯すぐ岩家行中食《ちゅうじき》相四と食ス　夕伝さま戻スキヤ汁粉へ使米上々吉
夜上大通へ供風吹ク

……たとえばこのような記事が到る所にある。高井の松とは平吉の友人らしい。大富丁のはずれ、本多隠岐守《おきのかみ》の邸《やしき》の前に番小屋があって、その角から二軒目に高井某《なにがし》という武士の家があった。松はその下僕であろうか。ひょっとすると家族の一人かも知れない。私は松吉という名を考えたが、松之助かも知れない。とにかくその友達の高井の松ちゃんと平吉は朝湯へ行ったのだ。日記の他の部分と総合すると平吉の家の近くに銭湯はなく、向う河岸の松屋町まで入浴に行くらしい。ひと風呂《ふろ》浴びてその足で京伝の家へ向う。岩家は岩瀬家つまり銀座の京伝宅である。中食は昼飯のこと、相四は相四郎京山の略である。平吉は京伝を伝さまと記し、弟の京山を相四と気安く呼んでいる。して見ると京山よりは年長であろう。京山は岩瀬家の末息子で京伝とは八つ違いであるから、平吉の年齢は天明四年ごろ二十二歳から十五歳の間、私はだいたい二十歳ぐらいだろうと見当をつけた。その平吉が京山と岩瀬家で昼食をとる。どうも使用人のような具合だ。そして夕方になると伝さまこと京伝が帰宅し、平吉を数寄屋《すきや》河岸の汁粉屋へ使いに出す。汁粉屋とは北川嘉兵衛のことでペンネームは恋川好町《こいかわすきまち》である。恋川春町《はるまち》の門人で狂歌名を鹿都部真顔《しかつべのまがお》と言った。恋川春町は小石川春日町に住み、石と日の二字をけずって恋川春町と称したが、その弟子の好町も、数寄屋の屋を削って好町《すきまち》と言ったらしい。そして夜、八丁堀上大通りの町御組のどこかへ供をして行った。強い風の吹く晩であったらしい。夜になって平吉が供をしたのは京伝ではない。父親の伝左衛門である。

私には平吉という人物がだんだん判って来た。平吉は銀座町屋敷の使用人で京橋南詰から尾張町一丁目一の橋通りまでを縄張りとする、いわゆる岡ッ引を兼ねていたらしい。日記をつけはじめた天明四年、それまで住み込んでいたらしい銀座町屋敷を出て大富丁に借家した。このことから私は天明四年平吉二十歳と推定した。一家を構える年齢に至ったから町屋敷を出たのだろう。それまで家族同様に暮したから、その後も当然のように岩瀬家で食事をし、京山を相四と記したのだ。

京伝の父伝左衛門は伊勢の人である。江戸に移住した時期についてはよく判らないが、一説では七歳、また九歳、十九歳の説もある。とにかく孤児であったらしい。深川木場の質舗伊勢屋に奉公し、誠実で商才のあったところから伊勢屋の養子となり妻を迎え、京伝、京山のほかお絹お米の四子を設けたが、安永二年伊勢屋から離籍し銀座町屋敷を預る町役人になっている。平吉はその町役人岩瀬伝左衛門の配下であろう。ひょっとすると安永二年七、八歳の頃、岩瀬家町役就任と同時に下僕として住み込んだのではあるまいか。忠実に奉公し町屋敷の業務に通じて、天明中期に一の橋通りまでを預る岡ッ引になったという推理が成立する。

そんなわけで八丁堀と岩瀬家は密接な関係があり、日夜こまごまとした連絡があった筈《はず》である。伝左衛門と平吉は八丁堀同心の誰かに会いに出掛けたのだ。『さ、日記』には八丁堀同心の名が何人か出て来るが、いちばんひんぱんに現われるのは清野勘右衛門である。平吉は時に清野さま、と書き時にせいのと仮名であらわしている。勘忍旦那《だんな》とも記す。

○廿五日乙亥《きのえゐ》天明ヨリ雨五半時過雨止
　菓子店橘屋盗賊の件隣家イシ煎庵子長太郎ト判　せいの方伺ひ両家談合に定ル　爾後《じご》いさかひ無之様申渡　また勘忍旦那なり

……そういうように述べている。菓子屋の泥棒が実は隣りの医師の倅《せがれ》長太郎と判り、清野勘右衛門が示談処理をしたのだ。本来なら送検するところをゆるくはからったわけで、平吉はまた勘忍旦那がはじまったと言っているのである。勘忍旦那はそうした人情味を慕われた同心清野勘右衛門の愛称であったらしい。そして、清野勘忍旦那の上司が、与力の細川浪次郎である。細川浪次郎は江戸文芸史にかくれもない京伝ファンで京伝門人を自称しみずからも洒落本を著した鼻山人《はなさんじん》である。

　平吉は『た日記』のところどころに米上々吉、とか米凶、とか書いている。私は最初の内米穀相場のことかと思っていた。米上々吉などの記述が特に多出する天明年間は天災地変が頻発し、天明四年には関東奥羽に大飢饉《ききん》が起っていたし、同七年の五月には江戸市中で米騒動の打ちこわしがあったくらいで、一庶民平吉も日々の米相場に一喜一憂したのだろうと考えていた。

ところが、日記の或《あ》る部分に換行を嫌って書き加えたような細字で、米かぜ熱甚し、とあるのを発見し、私の解釈がガラリと変ってしまった。

風邪熱甚だし……と来れば米は人名である。コメと読まずにヨネと読むべきだ。ヨネ、それは岩瀬家の下の娘の名である。上の娘は京伝と五つ違いのお絹、下は十違いのお米である。およね……記録によると彼女は天明八年十八歳で病死している。

その時私は平吉の恋を直感した。そして大富丁平吉という江戸時代の若い岡ッ引を、ひどく身近な存在に感じはじめたのである。主家の娘をひそかに恋い慕ういなせな若者……。私は『〆日記』の米という字を徹夜でチェックし朱線を引いて見た。朱線は天明四年から現われ六年、七年でピークに達し、八年の前半から急に消えてそれ以後は現われない。この頃およねは十六、十七、十八歳で、はたち代の男の恋の対象には若すぎる気がしたが、早婚社会を考慮するとそうとばかりも言い切れない。

私の興味は俄然《がぜん》平吉の恋に集中した。もっとも、『〆日記』通読を優先し、そのあと部分追求に入るべきなのが、とにかく解読難航をきわめ、前に原文引用したとおり、文脈まるで判じ物。根気のなさに意志の弱さ、加えて浅学の私であってみれば、京伝妹およねへの慕情を発見すると田の大半を刈り残したまま早くも脱穀作業をしたがったというわけなのである。

吉、上々吉、または凶、という記述はいったい何を指しているのであろうか。『た日記』にはおよねに関して大した記述がない。他の家族のことはしょっちゅう出て来るのに、およねだけは無視したように書かない。私はそれを恋のせいだと思った。この時代の男性心理にはそうした傾向があったはずである。人に言うはおろか、文字に書くことすらはばかられたのであろう。吉……およねと親しくできた日であろう。上々吉……折りがよく二人きりで沁々《しみじみ》とした語り合いでもしたのか。凶……その日およねは素気なかったのではないか。

上々吉や大吉はあっても、大凶は一度もない。それは平吉の願望のあらわれであり、同時に肘《ひじ》テツをくらうほどの打明け方をしていない証拠でもあった。私はそう思い、遠い二百年の昔、銀座に咲いた恋一輪を折にふれしのび返していた。

ところで、このおよねは大変な才女であったという。もちろん京伝の引き廻《まわ》しもあるだろうが、天明の江戸狂歌界の異色タレントとして、黒鳶式部《くろとびしきぶ》のペンネームで知れ渡っていたらしい。京伝に関する資料が不充分であった頃は、およねの年齢についても水増しされてもう少し年長の、十八、九から二十二、三歳のイメージで解釈されていた。それに岩瀬一族は男女とも美貌《びぼう》で名高いから、才女黒鳶式部には妙齢豊艶《ほうえん》な美女というイメージが直結して来るのだ。従っていろいろ艶《つや》めいた噂が研究家の間からとび出して来る。

まず根強いのは某侯御留守居役後援説である。だがこれは資料の整った今日では、噂の発生経路がはっきりしている。亀山人《きさんじん》、手柄岡持《てがらのおかもち》、朋誠堂喜三二《きさんじ》などのペンネームで狂歌、俳諧《はいかい》、戯作《げさく》などを数多く残した同時代の文化人平沢平格常富《つねまさ》という武士がその本人である。秋田佐竹侯の留守居役で大田南畝グループの有力メンバーだ。当時の文人中には数多くの武家がいるが、その中でも身分の高い存在で、その喜三二が黒鳶式部の才能を高く評価し何かにつけてひいきにしたのだろう。それが後に男女の噂を生んだに違いない。

また、松平不昧《ふまい》公の寵《ちょう》を受けたとか、青山下野守《しもつけのかみ》と関係があったとか、幕医鵜飼《うかい》幸伯の妾とか、年齢を水増しされたためにいろいろ取沙汰《とりざた》されている。鵜飼幸伯の件は京伝の叔《お》母《ば》に当るお勢が、幸伯の世話で青山下野守忠高の側室となり、寵を独占してその子二人までが相ついで青山侯の家督を継いだ事情から来ている。青山侯御隠居説も同じ源である。

ところが、この一見愚にもつかない噂が私には気になりはじめたのである。というのは『た日記』が天明四年六月十二日にはじまっているからだ。資料ではその日上野不忍《しのばず》池畔でデザイン・コンテストが開かれている。

京伝の著作に『たぬぐひあはせ』があり、これはそのコンテストにおける作品と、デザイナーの短文が収録されている。手拭合せ《たぬぐい》は文字どおり手拭《てぬぐい》の染図案を競った風流な集りで、この主催名義人が黒鳶式部なのである。

もちろんこれはおよねを盛りたてた京伝たち文人グループの仕事だろうが、その会の有力後援者に江戸大通の一人である雪川公がいた。雪川公は出雲《いずも》松江の松平出羽守治郷《はるさと》すなわち松平不昧公の実弟である。不昧公説はとにかく、プレイボーイの雪川公登場が気になって仕方がない。おまけに平吉は『[illegible]日記』第一日目に、自分も上野の手拭合せに行ったこと、およねが年不相応のませた衣裳《いしょう》、髪かたちで、思いも寄らぬあでやかさだったことを丹念に記している。まるでその会のおよねを書き留める為に日記をつけはじめたようである。私は国会図書館に雪川公日記なるものがあるのを知ると、矢も楯《たて》もたまらずに読みに出掛けた。

　雪川公日記はまさしく珍品であった。吉原細見記《さいけんき》と言ったほうがいいくらいで、蜀山人や表徳文魚らとのべつ遊び歩いている。京伝も画工名で交際していたらしく、政演の名もよくあらわれる。ただ六月十二日の手拭合せの記事はなく、その月の朔日《ついたち》に「鳶女の催し中旬に決る」とだけ記してある。六月一日に京伝グループの誰かが予定言上《ごんじょう》に行き、ついでに資金をねだって行ったのだろう。

　鳶女……それは黒鳶式部のおよねのことだ。雪川公の書き方が判ったので、鳶女の二字をたよりに日記をたどると、分冊になった天明九年の分、つまり寛政元年分でもある一冊に意外な文章を発見した。「政演万八楼にて曰《いわ》く、鳶女遂《つい》に神隠しと定り、命日 遡《さかのぼ》りて前年三月三日と為《な》す。まこと怪事はありたるものなり」……万八楼は柳橋の料亭であるが、これは奇ッ怪な記録と言わねばならない。およねは病死でなく、神隠しにあったのだ。命日遡りて前年三月三日と為すというのは、だから命日は行方不明になった去年の三月三日にいたしましたという報告である。

百年以上にわたる『〆日記』と言い、およねの神隠しと言い大富丁平吉には何か得体の知れぬ事件が起っていると思った。超自然現象、四次元の異変……そんなSF的なキャプションが、私の頭の中で渦を巻いた。


京伝の身辺にSF的現象が起きたらしいと感じはじめてからしばらくすると、今度は馬琴の『伊波伝毛乃記』が気になりはじめた。理由はその巻頭言である。

「その家に於《おい》て秘する事あり、歓《よろこ》ばざる事あらむ。一覧の後速かに秦火《しんくわ》に附せよ。妄《みだ》りに売弄《ばいろう》せば、余が辜《とが》をまさむ」

馬琴は案外およねの件を知っていたのではあるまいか。それまでこの巻頭言は京伝に対する中傷で、殊に京伝の出生に関する流説を企《たくら》んでいるものと解釈していたのだ。

「京伝は椿寿斎の実子に非《あら》ず。その女弟以下京山は京伝と異父兄弟なりといへり」

この一文が、その家に秘することあり、という伏線を生んだのだと思っていた。また京伝の母についても、

「尾州の御守殿にみやづかへし奉り、数年の後椿寿斎に嫁したりとは聞きたれども、前夫ありしよしは余が知らざることとなれば……」

と素ッ破抜きめいたことをやっているからなおさらの事であった。まして文政元年の

『著作堂雑記』では、

「京伝は前妻の子なり。女子以下京山とは異母弟なりしかといふ」

と、今度は腹ちがいにしてしまい、天保五年の『江戸作者部類《えどさくしゃぶるい》』では、

「京伝は伝左衛門の実子に非ず、某侯の落胤《らくいん》なりとぞ」

と高貴落胤説を持ち出して馬琴一流のしつっこさを示している。

『伊波伝毛乃記』が文献として尊重されながらも、馬琴の人格を疑う重大な要素になっているのはこの辺の事情によるわけである。

しかし京伝歿《ぼつご》後の京山との争いや、京伝本人とのライバル意識から発した喧嘩《けんか》として、馬琴も案外口が堅く、言わでものことは言わずに、ただ巻頭言でおよねの秘事をチクリと触れただけなのではあるまいか。そう言えば、

なき人の昔おもへば　かぎろひの
いはでものこと　言ふぞかなしき

という一句は前記巻頭言の思わせぶりの直後に記されている。なき人を京伝ととらずにおよね、或《ある》いはおよねと京伝と取れば、巻頭言は巻頭言で完結し、本文中の京伝異父説の伏線ではなくなってしまう。

父親の伝左衛門はおよね失踪《しっそう》の直後、阿弥陀《あみだ》仏の熱心な信者になり、寛政七年にはとうとう剃髪《ていはつ》して椿寿斎と名乗るようになった。椿寿斎の命名は京伝で、父のそんな深刻ぶりを嫌ったのか、いかにも京伝らしく鎮守祭をもじった椿寿斎を与えている。伝左衛門は芸事に理解のあるお祭り好きの陽気な男だったというから、そんな名を与えて元のお祭り好きに戻れと励ましたのかも知れない。だが寛政十一年に他界している。

だいたい京伝はそういう深刻がりをひどく嫌っていた。何事もしゃれのめしていこうというポーズに似ているが、実はそれほど勇ましくはなく、すべてにアウトサイダーでいたかったらしい。傾城《けいせい》に血道《ちみち》をあげるのは野暮、通人であろうと努力するのは半可通、すべてを知り何事も心得た上で流れに棹《さお》せず水と共に流れて行くのを最上とした。何かに熱中する様子を見せるのを恥とし、現代語で言えばビューティフルに世渡りをして行きたがったのである。だから小間物商京伝店《だな》も洒落《しゃれ》で経営し、著作も余技めかして、別に生計の途《みち》が立たないのなら作家になどなるな、と馬琴入門の際に訓《さと》したりしている。従って田沼失脚に引きつづく松平定信の寛政改革をからかって手鎖五十日の筆禍を蒙《こうむ》ると、その上ムキになって逆らう気はなく、勧善懲悪物語などに転向してしまい、今日に残る善玉悪玉を考案して別な方角から大衆の心を摑《つか》んで行く。なんとなく稼いで、なんとなく有名になり、のべつ遊んでいるように見えて、なんとなく次々に作品が発表されている……それが京伝の生き方で、馬琴の競争心まる出し、モーレツ作家ぶりなどとはまるで別な美意識を持っていた。まして遊興即肉欲処理とする馬琴と、泥田の蓮《はす》に最高の花を観て二度も傾城と結婚した京伝では、師弟といえどもソリが合わぬのは当然であったろう。

私の京伝研究は、平吉およねの脇道からはてはSF的異変事につまずいて進展せず、『お日記』も余りの難解さとその日の糧に追われるアドマン稼業で、かなりの間解読が中断してしまった。

シャンプーのCF製作と、繊維メーカーのファッション・ショーに追いまくられて、ろくに寝る間もない日が続いていた。特にシャンプーのCFは何度コンテを出してもOKが出ず難航していた。ファッション・ショーのほうは仲間の加勢でなんとかサマになる所へこぎつけることができた。大手町のホールで三日間連続して行なわれ、三部構成で幕間《まくあい》が二回ずつあった。最初の幕間はスタジオNO1の踊りで、あとの一回は菊園京子の唄《うた》だった。スタジオNO1は心配ないとして、菊園京子のほうが幾分心配だったが、シャンソン風の唄い方で当てた京子の実力は大したもので、デビュー曲「夜の魂」、ミリオンセラーの「流れ者のタンゴ」、そして例の「マダムと呼んで」、の三曲で完全に客を魅了してしまった。当時私も行きつけのバーなどで、「マダムと呼んで」の最後の一節を、マダムを呼んでェ……とやって嬉《うれ》しがっていた具合いだったから、この新進スターには興味があり、仕事にかこつけて何かと話しかけた。

頭の回転が恐ろしく速い。それに美人である。私は初日ですっかりファンになり、二日目にはその黒く長い髪にハタと手を打って、

「きみ、シャンプーのコマーシャルをやって見ないか」

と誘いをかけた。京子は艶《つや》っぽく笑って、「そうね、いずれはやらされるんだから、どうせなら早いとこやっちまおうかしら」

サバサバした調子でそう答えた。

「なあ、コンテで攻めるから落ちないんだよ。タレントを見せちゃおうじゃないか」

私が居合せた仲間の一人に言うと、

「それもそうだ。見事な黒髪だよな」

そう言って無遠慮に京子の髪に触れた。

「マネージャー、ちょっと来てェ」

京子は楽屋から廊下に向って呼んだ。「わたしコマーシャルやってみる」

仙田というマネージャーは二十四、五の若い男で、誠実そうな美男だった。

「やろか……」

これは出来てるな……私はそう思った。呼吸が一心同体になっている。「みんな一度はコマーシャルをやるんだ」

仙田は教えるような口ぶりで言い、はげましをこめた眼で京子を見た。正直言って私は、

なアんだ……と少しがっかりした。だがもう言葉は口から出てしまっている。気持を切り換えて仕事本位に自分を戻し、

「いつが空いてる」

と訊《たず》ねた。打てば響くように、

「あしたの四時から九時までなら」

京子は仙田に同意を求めるような表情で答える。

「よし決った。すぐにスポンサーに連絡しよう」

私はそう言って二人の傍を離れた。先方の担当者に連絡すると、明日は昼から多摩川工場へ行っているが、それでもよければ連れて来いと言う返事である。

「弱ったな、六時にちょっとTBSへ行かなきゃ……」

私がその返事を伝えると仙田が顔をしかめた。

「空いてるって言ったじゃないか」

「ええ空いてるんですよ。でも僕のほうが」

「君のヘアスタイルを見せたって仕様がないだろ。菊園君が要るんだ」

するとと京子は笑いながら、

「だいじょうぶよ、わたし一人で行って来るわ」

と言った。

「そうだよ。何ものべつ手をつないで歩いてなきゃいけないわけじゃないんだろ」

いくらか焼餅《やきもち》も手伝って私は邪慳《じゃけん》な言い方をした。仲間も二人のムードに気づいていたらしく、ケラケラ馬鹿笑いをした。……とにかくそうして相談はまとまった。


秋であった。

京子起用案は物の見事に成功し、ＯＫの出た多摩川工場の帰途、私は彼女を横に坐《すわ》らせて、多摩川べりを溝《みぞ》の口《くち》に向けて車を走らせていた。橋に近づくにつれ道路は渋滞し、やがて一寸きざみのノロノロ運転になった。私は京子のノーブルな横顔を時々盗み見しながら、ひとりよがりに甘ったるい気分をたのしんでいた。眼の下の暗い河原にちょぼちょぼと生えた……というよりは生え残ったすすきが風に揺れ、その向うの低い空に不吉なほど赤い大きな月が浮いていた。

私はふと覚えていた句を口ずさんだ。

「月と葦《あし》　浮いたばかりの　土左衛門……」

「え、なんて言ったの、いま」

「月と葦　浮いたばかりの　土左衛門。どうだい、名句だろ」

京子は軽く笑って見せた。

「名句かどうか……あなたの句じゃないでしょ」

「そう。弧人の句だ」

その瞬間私は急に隣りから冷えびえとした風が立ったような気がして、思わず京子の顔を見た。京子は凍《い》てついたような瞳《ひとみ》で私を睨《にら》んでいた。「どうしたんだい」そうとりなすように言わざるを得なかった。

「その句、どこで読んだの……」

強い詰問調であった。私は白刃で切りつけられたようにうろたえた。

「待ってくれよ。一体どうしたんだい」

「あなた誰なの」

京子は私の身許《みもと》からして疑っているようであった。

「ご存知のとおりの男さ」

京子はなおも私を睨み続け、身を引くように狭い車内で距離をとり、ドアにぴったりとよりかかっている。

車の列が少し動いて、私は救われた思いでギヤを動かしハンドルを握って眼を前方にそらせた。気まずい沈黙が続いている。

「墨堤夜景という下手糞《くそ》な俳画に書いてあった句だよ」

橋の中ほどまでも進んでから、私はやっとそう言った。それほど京子の態度は異様な感じであった。

「どこで見たの」

京子はせきこんで訊ねる。

「持ってるのさ、俺が……」

「大川橋のたもとから向う河岸《がし》を見た絵でしょ。丁度こんな大きな月が出ていて……」

私たちの行手に赤い大きな月が浮いていて、京子はちらりとそのほうを見て言った。

「そうだよ。よく知ってるな」

はてな、と思った。あの絵は田島家に長く眠っていたはずではなかったのか。他に複製されるほど価値のある作品でもなし、素人のいたずらといった程度のものである。それをこの若い女が知っているというのは、どう考えても腑《ふ》に落ちない。それに今の言い方も奇妙である。大川橋というのは今の吾妻橋の古名だ。架橋はたしか安永年間だったように思う。京子は切れのよい東京弁を話すが、それにしても今の東京人は向う河岸《がし》とは滅多に言わない。向う岸《ぎし》が普通で、河岸《がし》という時は、向うッ河岸《がし》と促音が入るのだ。向う河岸《がし》と平板に言うのは明治生まれの下町育ちで、今はほとんど聞くこともない発音である。

横目で様子をうかがうと、京子は赤い月を見つめて凝然としている。

「きみは東京育ちかい」

ええ……という返事にかぶせるように私は質問に転じた。

「としよりに育てられたね」

「……そうでもないわ。普通よ」

「ほう。じゃあ江戸文学か歴史でもやったのかい」

「なぜ……」

前をむいたままだが、姿勢が少し柔らかくなっている。

「いま大川橋と言ったぜ」

「そうかしら」

「言ったよ」

京子は急に私のほうへ顔を向けた。

「ねえ、お願い……」

「なんだい」

「その絵、ゆずってくれないかしら」

今度は私が黙り込んだ。あの絵にそう愛着があったわけではない。タダでやっても惜しくはないのだ。現に部屋のどこにしまったか、はっきり覚えていないくらいである。だが、この京子に対して考え込まざるを得なかった。誰も知る筈《はず》のない駄句一句と、箸《はし》にも棒にもかからぬ素人絵一枚を知っていることがおかしいのである。

私は思い切って頭に渦をまきはじめた仮定をぶつけて見た。

「弧人というのは大富丁の平吉だろ」

「ええ」

すらりと返事が戻ってきた。だが、次の瞬間私が京子を見ると、彼女は右手を口にあてがっておびえたような瞳をこちらに向けていた。

誰も知るはずがない。……頭の中でそういう大声が谺《こだま》していた。それは私の絶対的な確信であった。二百年前に生きた無名の一庶民平吉が、『たい日記』以外のどんな文献にも名を留《とど》めているはずがない。しかも『たい日記』は私の手に入るまで、研究の対象になったこともなければ、世に出て発表の機会を得たこともないはずなのである。

その時私はよく事故を起さなかったものだと思う。駐車スペースを求めて夢中で車を走らせ、瀬田の交差点をやみくもに左折して環状八号に入ると禁を犯して強引に右折し、ドライブ・インの暗い駐車場へ乗り入れた。京子のほうはというと、これはまたうっかり口を割った犯罪者のような様子である。体中の力が抜け、不安げに両手の指を組み合わせている。

つね日頃、SFの世界に入り浸っていると、こういう時常識人の枠を超えた飛躍が、飛躍とも異常とも自覚せずに口をついて出るものらしい。……あとでそう思ったのだが、もし私がSFを書きも読みもしない男だったら、決してそんな言い方はせず、従って菊園京子の秘密に立ち入ることもなかったであろう。

しかし、私は言った。相手を安心させるため、精いっぱい温かく、静かな声で……。

「きみは黒鳶式部なんじゃないかい」

京子は瞳をあげて私をみつめた。冷たく堅い表情であった。だが私はその押し殺したような無表情さに、かえって肯定の返事を観た。

「知りません、そんな人……」

「大丈夫だよ。これでも山東京伝のファンで、好きなばかりに独りでこつこつ研究してるくらいなんだから。……味方だよ」

京子は黙っていた。私はかまわず彼女の心が和らぐのを期待して続けた。「黒鳶式部、いやさ岩瀬のおよねちゃん……随分とお達者で何よりでしたねえ」

軽く笑いながら芝居がかりで言ってみた。芝居がかるよりほかに天明時代の江戸言葉を持ち出す工夫がつかなかったのだ。

「…………」

「助六が、笠《かさ》にかかりし悪態は……したにも着かぬ散り桜かな」

私は黒鳶式部の狂歌を、思い出し思い出しゆっくりと言った。

「……たしかそうだったね」

「助六が、笠にかかりし悪態は……」

暗い駐車場の車内で、京子は低い声でそう詠み返した。

「したにも着かぬ……散り桜、かな……」

下の句は泪声《なみだごえ》であった。環状八号を通る車のライトがひっきりなしに天明の美しい江戸娘の顔をかすめ、頬をつたう大粒の泪が光った。

それは私の心にも甘酸っぱい感動を呼び起していた。二百年も前のふるさとを思い起し、別れた身内の誰かれも、墓の朽ちるほど古びた遠さになってしまったうら若い美女がひとり、戻れぬ時代に身を震わせて泣いているのである。

ひどく残酷なことをしたと、私はあとでつくづく後悔したが、その時はなんとかして京子との接点を作りたい一心で、次々に知っている名前を挙げた。

「小伝馬町の伊勢屋忠助さんのおかみさんになったお絹ねえさん。お祭り好きの伝左衛門さん。数寄屋河岸のお汁粉屋の嘉兵衛さん、つまり狂歌師の真顔さん。唐来参和《とうらいさんな》の和泉屋《いずみや》源蔵。南陀伽紫蘭《なんだかしらん》の安兵衛さん。大門口の蔦屋《とびや》さん。大和屋の表徳文魚さん。市が谷の質亭文斗《ふみます》は鍋屋《なべや》さん。青山様のお勢叔母《おば》さんに与力の細川さん、同心の清野勘忍旦那《だんな》、それに大富丁の平吉、高井の松ちゃん、相四郎……」

心なしに私が次々と言いつらねる京子の懐かしい人々の名が、どれほど彼女を打ちのめしたことであろうか。途中から京子はすすりあげ、泣きはじめていた。だが私は無慈悲にも、京子に対して、ホラこれほどあんたのことを知っているんだよ、という気持で続けた。

「木場の伊勢屋に堺町のお師匠《おし》さん、双紙問屋の五兵衛店《だな》に三郎兵衛店《だな》、竹河岸、京橋、炭屋橋。紀の国橋に三原橋。休伯屋敷槍屋町、一の橋までは平吉の縄張りで、それから大事な雪川公……」

調子に乗って半ばうたうように思いつくまま言いつらねていると、雪川公のところで京子は声をあげて泣き、いやいや、と身をよじって私の左肩にもたれて顔を伏せた。

私は言うのをやめ、煙草をくわえて車のライターで火をつけた。

「駒さんまで知ってるのね」

しばらくすると京子は人差指で泪を拭《ぬぐ》いながら言った。

「駒さん……」

「松平のよ」

「雪川公のことか」

「駒さんに逢《あ》いたい」

京子はしんみりと言い、ハンドバッグからハンカチを出して顔に当てながら、気をとり直したように、「馬鹿ねあたし……もう逢えるわけないのに」と弱々しく微笑してみせた。

「雪川公が好きだったのかい」

すると京子はあいまいな表情で、

「私たちのこと、そんなにくわしいの、なぜ……」

と話をそらせた。

「北尾政演は素晴らしい画家だよ。山東京伝は文豪だ。それに岩瀬伝蔵は江戸ッ子の見本だ。俺は大好きなんだ。馬琴なんて糞《くそ》くらえさ」

「馬琴……」

京子は怪訝《けげん》そうにした。

「そうか、知らなかったんだな。……きみが神隠しにあったのが八年の三月三日だろ。その翌とし年号が天明から寛政にあらたまって、その二年目、お兄さんのところへ弟子入りした奴だよ。大栄山人滝沢清右衛門といって、のちに曲亭馬琴という名に変えたんだ。こいつが出世してから何かとお兄さんたちにたてついてね。嫌な野郎さ」

「ふうん」

京子は瞳《ひとみ》をキラキラさせはじめていた。「でも、あにさん、相手にならなかったんでしょう」

「ああ、京伝はそんな相手をする人柄じゃないものな」

「そうよ、あにさんは誰にだって何にだって本気で相手にならない人よ」

京子は得意そうに言った。

「あにさん……そう呼んでいたのかい」

「ええ」

「じゃあ京山のことは」

「相ちゃん。よそいきは相四郎。……京山なんて、おかしくって」

京子は元気をとり戻し、ペロリと舌をのぞかせた。テレビの人気者がすっかり元の江戸娘に戻って、そんな仕草まで現代人にはない一種独特の味のようなものをかもし出している。

私も一時のひどい昂奮《こうふん》状態から脱して、時計を見るゆとりをとり戻した。

「まだ九時までだいぶある。お茶でもどうだい。明るい所で化粧も直したほうがいいし」

京子は素直に同意して車から出た。二階の気障《きざ》な店へ昇る階段の途中で、

「あたしコーヒー駄目なの。紅茶ばっかりよ。やっぱりね……」

と言って笑った。モロに算《かぞ》えれば二百歳という身の秘密をあっさり抛《ほう》り出し、私を信じ切った、というよりは悪あがきしても仕様がないという爽《さわ》やかな姿勢であった。

「あんたの時代を考えれば、当節なんでも舶来だからね」

意識してそんな古めかしい喋《しゃべ》り方になるのは私のほうで、明るいレストランに入ると、一気に二百年という時差の違和感が押し寄せて来るのであった。

店中の顔がこちらへ向いた。スター菊園京子の威光である。そして京子は忽《たちま》ちの内に、ひと殻もふた殻もかぶった芸能人のポーズに変り、慣れ切ったさり気なさで快活に席へついた。

つくづく舌をまかされた。

デビューして二年である。歌手としてもまだ多少ぎごちなさが残っていて不思議はない

のに、京子は二百年彼方《かなた》からやって来た時の客である。何もかも新しずくめのはずなのに、けろりとすべてを呑《の》み込んで見事に順応しているのである。……女とはもともとこういうものか。それとも黒鳶式部がケタ外れの天才児なのか。恐らくその両方であろうと思った。

京子は紅茶、私はコーヒーを前にして、

「さて、どうしてもこいつだけは聞かなきゃならないぜ。神隠しってどういう具合いなんだい」

と切り出した。

「神隠しなんて知らないわよ。あたしそういう風に言われてるの……」

「いや、きみは十八歳、天明八年に病死したことになっている。だが俺は雪川公の日記を調べて、京伝さんが雪川公に神隠しだと言った記録を発見したんだ」

「あら、駒さんの日記があるの。見たいわ是非……貸してよ」

「俺が持ってるんじゃない。国会図書館にあるんだ」

「連れてって。国会図書館てどこなの」

京子はまるで私の妹のような調子でねだった。

「いいよ。暇を見て行こう。それより今はどうして二百年もとびこえちまったか、だ」

「いまなんじ」

私は京子を見つめたまま腕時計を見せた。

「あなただから言うけど、ほんとに便利なものね。森羅亭《しんらてい》さんにひとつ買って行ってあげたいわ」

「森羅亭万象か」

「そうよ。あのおじさんとっても新らしもん好きなの」

「そうか、森羅亭は平賀源内の弟子だったな」

「喜ぶだろうなァ」

京子はさも惜しそうに私の時計を見つめた。

「で、どうして二百年……」

「時間が足りないわ。NTVの仕事が十二時すぎに終るから、そしたらゆっくり話してあげる。どうせ打明けるならあたしだってじっくりお物語り申しあげたいもの」

「それもそうだ。しかしあら筋だけでも」

すると京子は悪戯《いたずら》っぽく笑って、

「ふふ……あなたもりそうみたい」

と言った。

「なんだそれ」

「こっちへ来る当座はやってたざれ言葉《ごと》よ。ああ……久しぶりに使っちゃった」

「もりそう……そうか、小便の我慢のことだな」

京子は楽しそうに笑った。お侠《きゃん》な銀座娘たちの間で、そんな言い方が流行していたのだろう。友達も肉親も、言葉まで失っている京子を、私は憐《あわ》れだと思った。

「なによ、ふっ切れない顔をしちゃって。あたしがこっちへ来たのは、つまり穴ぼこをくぐったからよ」

「穴ぼこ……」

「そう。町屋敷って言うのは倉がついてるの。ついてないのもあるけど、ちゃんとしたのはみんなついてるのよ。銀座の町屋敷はちゃんとしてたから倉があって、穴ぐらまであったの」

「地下室だな」

「ええ。でも湿気が強くて長いこと使わないであったんだけど、あたしはちっちゃいときからよく穴ぐらで遊んだわ。それで田沼さまのことがあった年に、その穴ぐらの隅の石がひとつ転がったら、今まで知らなかった横穴が見つかったのよ。しばらくしたら、その横穴の向う側が別な世界だって判ったの」

「田沼様のことというと、田沼意次《おきつぐ》か……」

「違うわ。若いほう。意知《おきとも》。ご新番の佐野政言《まさこと》という人が斬っちゃったの」

「世直し大明神だな」

「そう」

「天明四年か。するときみが不忍池でたぬぐい合せをした年じゃないか」

「あら、そんなことまで……」

京子は眼を丸くしていた。

「その地下室の横穴が、この昭和につながっていたというのかい」

京子は声をひそめ、そうなのよ……と幾分世話がかった言い方をした。

「に、ついてはいろいろとあったの。話してると長くなっちゃうから、あとでゆっくりにしましょうよ」

その気になって聞いてみると、京子の言葉のはしはしには、まだ色濃く江戸臭が漂っているようであった。そのことを言うと、京子はテーブルごしに口に手をあてて囁《ささや》きかけて来た。

「ふだん近所の子たちと喋っていたのは、今じゃあとても汚なくって聞けたもんじゃねェさ。丁度今の男言葉だもの。今の言葉は半分以上お武家言葉がへえってて、女言葉と来たら月とすっぽんさ。でもうちのあにさんはお武家言葉でちっちゃい時から暮していなすったから立派なもんさね」

アクセントもテンポもまるで外国語めいた昔の喋り方をして見せ、言い終ると恥ずかしそうに笑った。

「なるほどね」

私は感じ入ってそう言った。

「平吉の絵、くれる……」

京子は真面目な表情に戻って言った。

「あげるよ、明日にでも。しかし、なぜあの絵をそう欲しがる。懐かしいのかい」

「そう。だって、あの絵はあたしがこっちに来るお節供《せっく》の晩、平吉がお祝いだってくれたんですもの」

「平吉は岩瀬さんの使用人かい」

不思議なもので、私はいつの間にか京子、いや、およねの家を岩瀬さんとさんづけで言い、京伝を京伝さんと呼ぶようになっていた。

「そう。ずっとうちに奉公してたの。でも今じゃ一人前のご用聞きよ。銀座のこの字平吉って言えばみんな知ってるわ」

京子の時制は幾分混乱していた。

「この字……」

「そう。この字平吉。通り名よ」

「そうか。それでこ日記としてあったんだな」

「こ日記って……」

「そうだ、きみに助けてもらおう。平吉は日記をつけてたんだよ」

「まあ……」

「たぬぐい合せのあった日からだ」

「じゃあ十手をもらった次の日だわ」

そんなことがあったらしい。日記をつけはじめた理由がはっきりした。

「平吉は幾つだったんだい」

「いま二十四……かしら」

「馬鹿言うなよ、いまだなんて」

「あ、そうだわね。だと、天明八年十九歳」

「若い岡ッ引きだな」

「岡ッ引き……ご用聞きよ」

どうやら岡ッ引きはもっと後年の称であるらしい。

「惚《ほ》れてたんじゃないかな、きみに」

「どうして……」

「日記を見ると判る」

ふうん、というように京子は考え込み、

「知ってたわ。いまそう言われて見ると、たしかにあたし気がついてた。……そう、日記に書いてるの」

としんみりした顔になった。

「とても読みづらいし、俺には判らないことが多すぎる。きみに教えてもらえば一遍にカタがつくと思うけど、どうだい」

「いいわ、あたしも見たいし」

若いウェイトレスがやって来て、口ごもりながら京子にサインをせがんだので、雰囲気は一度に二百年とび、流行歌手とコピーライターのいるテレビ時代の風景に戻ってしまった。

その夜おそく、ブラウン管にうつる菊園京子の顔は、どことなく淋《さび》し気であった。


東京の街なみはすぐ様相が変る。つい先ごろ銀座二丁目にあったキャバレーと、その隣り角の骨董屋《こっとうや》も、今はもうなくなっている。

ところで、そのキャバレーが岩瀬一家の住んだ銀座町屋敷の跡である。町方の、今で言えば区役所と警察と裁判所をいっしょくたにしたような、行政の出先機関で、同時に住民の自治機関でもあった。岩瀬伝左衛門は安永二年、深川木場の質店伊勢屋から離別すると、一家をひきいてこの町屋敷に移った。大栄転である。一度婿に入った者が養家から除籍を受ければたいていは不幸の日々になるのが、支配地の広い銀座町屋敷の町役人になったのだから、ちょっと様子が変っている。町役人は名主で、たいていは旧家名家の当主がつとめており、また仮りにそうでなくても株さえ買えばなれないことはないが、氏素性人柄人気がしっかりしていなければ、そのような町方行政の要職を譲るわけもなかろう。

史家によって岩瀬家移住先を一丁目とも二丁目ともいうのは、伝左衛門がはじめからかなりの大世帯で来たため、二丁目町屋敷のほか、一丁目裏に借家してそこに家族の一部を起居させたためらしい。京子の話では五年後に許しを得て町屋敷に増築をするまで、岩瀬家は一丁目と二丁目の両方にあったということである。のちに京伝店《だな》が橋のきわに出来、更に元の借家を買い取って、有名な雅屋《がおく》山東庵《あん》を建てた。

とにかく、町屋敷の跡にキャバレーが建っていた。

京子が幼時から遊んだ倉の地下室は、そのキャバレーの地下室に、時代をへだてて重なっていたわけである。倉には町屋敷に必要な什器《じゅうき》備品のほか、支配地内の人別《にんべつ》、宗門、訴訟、質入れつまり担保証書その他の記録が納められていて、のべつ関係者がそれを出し入れしていたから、日中はいつも開いていた。

京子は天明四年の三月、殿中で佐野善左衛門の刃傷《にんじょう》があった頃、ふとしたことでその地下室に奇妙な横穴があいているのを知った。

結論から言うと、それはタイムスリップ現象の発生現場で、かなり長い間続いていたという。はじめは気にも留めず、悪戯《いたずら》に物を投げこんでみる程度だったが、二年ほどたつうち、穴の向う側で人が動いていることや、その穴が尋常なものではなく、壁も距離もない夢のような得体の知れぬ空間で向う側とつながっていることを知った。

何かしら危険を感じ、或《あ》る時兄京伝をつれ込んでそれを見せると、京伝はしばらく案じてから、これはときあならしいと結論した。

数多くの怪異譚《たん》を書き、また文壇には次々に未来記ものが登場していた時代で、今のSF作家的側面を持っていた京伝だけに、タイムスリップ現象についても理解があったのであろう。京子に穴を抜けるなと禁じ、ついでに強く口どめし、

「こういう物は文にしてこそ面白いのだ。実物が知れて世間が見物に押し寄せては、折角の夢見る楽しさが失われてしまう」

そう言って京伝は以後口にもせず忘れ去ったようにしていた。

京子は兄京伝に心服し切っていて、そういう京伝の理屈をそのまま自分のものにしていたが、年が若いだけに好奇心が消えず、時々穴の向うを眺めて小半日も地下室にこもっていたという。

穴の向うは昭和のキャバレーの地下室で、京子の側から見れば別世界であった。しかしこの別世界はひどくうらぶれていた。三畳の畳敷きと、催し物に使った造花の桜や柳が壁にそって建てかけてある殺風景な物置きであった。白ペンキを塗ったワゴンは客にスピードくじを引かせるときのくじ入れだし、ベニヤを切り抜いて表に波を描いた紙が貼ってあるのは、大漁節のショーに使ったものである。だが、タイムスリップという稀有《けう》の奇現象

で生じたその時穴《ときあな》から覗《のぞ》けば、いつも桜が満開で、青々とした柳があって、柳桜をこきまぜた中に白い波がしらをたてた海原が続く天下の絶景であった。キャバレーの桜まつりや柳まつり、スピードくじや民謡ショーがどれほど味気なく、また欲の皮まるだしのいやらしいものか知るはずもない江戸娘が、それらをうっとりと眺め暮したであろうことは想像に難くない。

だがそれはそれまでのこと。京子……いや江戸のおよねにはその時代の毎日があった。

万事派手であった。

お乳母日傘《んばひがさ》とまで大仰には構えないが、ほぼそれに準じた育てられ方で、母方の叔母《おば》お勢が大名の寵《ちょう》を独占していることでも判るとおり、美貌《びぼう》の血を享《う》けている。父は町役人として江戸中に知れた名士、まして兄京伝の伝蔵が作家の名のりを挙げてからは、岩瀬家の名声は日ましにあがり、およね自身も文筆の才があって黒鳶式部の名で知られる。天明中期はむしろおよねの方に人気があるくらいで、ひと目見ようとはるばる内藤《ないとう》新宿あたりから弁当持ちでやって来て、町屋敷のまわりをのそのそと日がな一日歩きまわる郊外の閑人《ひまじん》もいるくらいであった。

出版ジャーナリズムの興隆とともに話芸も興っている。天明六年四月、江戸落語中興の祖といわれる烏亭焉馬《うていえんば》が第一回目の咄《はなし》の会を向島の料亭武蔵屋で開催し、百人以上の戯作《げさく》者《しゃ》狂歌師連が集った。もちろんおよねも出席している。

この時代すでに落語は三升《みます》、桜川、三遊亭などの屋号が発生し、講釈もそれ以前享保年間に志道軒《しどうけん》が出て隆盛の一途を辿《たど》っていた。

つまり、重ね合わせれば一億総タレント化時代の今日と同じ様相を呈し、青年ご用聞き平吉が発句のひとつもひねろうという、そういう時代のトップクラスのスターが京伝やおよねだったのである。

京子に言われて気づいたのだが、現在の落語家達の高座態度を見ても判るとおり、こうしたタイプのスター……芸能人、いや、作家を含めたタレントたちは、一様に老けて見せる傾向があった。それは時代の教養として、故事古文に通暁しなければならず、大衆に対してそれを示すとき、若々しくてはなんともサマにならなかったからである。現に京伝も二十七歳のときすでに山東隠士京伝老人という署名を残している。韜晦《とうかい》と言えば言えるが、それ以上に老成という状態への志向が、この時代の人々の美意識に根強く蔓《はびこ》っていたのであろう。

当然およねもそうした。彼女の、いや黒鳶式部のイメージは二十四、五歳に設定されていたらしい。およね本体も早婚時代の娘としていっそう早熟な天才児であって、天明五、六年当時、すでに一人前の男性の恋の対象になり得たという。

何しろ二十七、八歳の作家が極端な場合九十九翁《つくもおう》などと文中で自称し、そのため後世の研究家が年齢を六十歳もとり違え、享年を算出したら百数十歳になってしまったという実例があるくらいである。京子の言によると駒さんこと松平雪川公は平吉よりわずかに年長の二十二歳であったというのに、文献を当ると京伝より七つほど年嵩《としかさ》にされている。

これは私の臆測《おくそく》であるが、狂歌や発句をものした雪川公も、当時の風潮に従って年齢を水まししたのだろう。それが彼の身分から来る権威の影響で史上に定着してしまったと考えられる。

およねと松平衍親《のぶちか》……つまりスター黒鳶式部と雪川公の間に恋が芽生えていた。週刊誌があれば飛びつくネタである。片やのちに十八大通の一人に挙げられたプレイボーイ、片や美貌の女流作家。両者とも派手な話題をふりまいて世の注視を浴びている有名人だから、当然のことながら噂は口から口へ囁《ささや》かれて行く。

田沼時代が終り寛政改革が動き出している。やがて風俗倹約令が出され奢侈《しゃし》が禁じられ、旗本奥女中等に大量の処分者が出ることになるのだが、その直前である。既に時代の行方は定まり、幕閣の動向は松平侯クラスには手にとるように判っている。雪川公の派手な動きを封ずる策が講じられ、殊に黒鳶式部とのスキャンダルは藩をかけて回避させねばならない情勢であった。

所詮《しょせん》、悲恋であった。天明八年三月の節供《せっく》の宵、破局がおとずれた。黒鳶式部をホステスに置いて企画された日本橋の料亭百川《ももかわ》での歌合せに雪川公は顔を見せず、かわりに留守居役磯村兵太夫が乗り込んで来た。

折悪しくおよねは座興に芸妓《げいぎ》の衣裳《いしょう》をつけていて、お家大事一途《いちず》の磯村兵太夫に毒婦呼ばわりをされ、兄京伝ともども雪川公との絶縁を誓約させられてしまった。

その会は雪川公グループだけの内輪の集りで、グループ内だけでも黒鳶式部と雪川公の恋仲を公認してやろうではないかという、悪戯半分の披露パーティーだったらしい。

しかしおよねにとっては嬉《うれ》しい会であった。将来とも正室になれる望みはないものの、駒さんを生涯のうしろだてとして、文筆一途に華々しく生きる未来を夢みていただけに、この破局に絶望してしまった。

京伝はその時、時勢の転換を説いて松平家の立場をおよねに訓《さと》す立場に回ったという。およねには京伝の言う意味が判りはしたが、雪川公が自分で説明に来なかったこと、愛と身分の比重の問題などを言いたてて泣きじゃくり、一人で銀座へ帰ってしまった。

そういうことがあった晩、平吉は何も知らずに自作の墨画をおよねに献じたのだ。雪川公とのことはもちろん知っていて、京伝好みのなんとなく洒落《しゃれ》めかした中に、実は祝言のまねごとのような意味をちらつかせた今夜の宴を祝うつもりだったのであろう。

月と葦《あし》　浮いたばかりの　土左衛門

祝いとしては不吉な句であるが、それをとびきり下手糞《くそ》な筆さばきが救っている。京伝やおよねが見たら吹き出さずにはいられない作品なのを計算していたのだろう。

およねはそれを受けとり、雅号がないのは淋《さび》しいと言って、この字平吉にちなんだ弧人の名を与えた。平吉はひどく嬉しがって早速筆をとり、弧人、と書きそえたという。

……その絵が私の手もとにまわって来た絵なのである。多摩川畔で私が弧人の名を出たとき、京子が異様な反応を示したのはだから当然のことであった。

哀しいとき、せつないとき、およねは倉の時穴《ときあな》の前で、じっと柳桜をこきまぜた動かぬ磯辺《いそべ》の景色を眺めることにしていた。手燭《てしょく》を持って穴ぐらへ降り、時穴の向うに見える別世界をみつめていると、急にその視界の中へ一人の若者が入って来た。

それは後で菊園京子のマネージャーになった仙田であった。

「向う側へ抜けたらどうなるか……いえ、抜けられるかどうかもはっきりとは判らなかったの」

テレビのナイトショーが終ったあと、京子は麹町《こうじまち》のマンションの一室で長い物語をはじめ、その中途で仙田の顔を見やりながらそう言った。仙田ははじめ京子が私に秘密を知られてしまったのをひどく悔やんで、だから一人歩きをさせたくなかったんだ、などとうらみがましく言ったりしていたが、やがて気を取り直したらしくその後の事情をすすんで説明してくれた。

「死ぬ気だったんですよ」

仙田はそう補足する。「でもこっちは驚きましたよ。芸者の幽霊が出たんですからね」

……仙田は当時中央装飾社というディスプレイやインテリア・デザインを扱う会社の社員であった。そのジャンルは宣伝のそれと半ばあい重なっており、中央装飾社の名は私も聞き知っていた。

中央装飾はこのとき、銀座二丁目のキャバレーの改装を請負っていて、その下見に仙田が派遣されていたのだ。時間は昼の一時ごろ。彼は換気ダクトを辿って地下へ降りていた。機械室は京子が出た物置きの隣りであったという。

物置きいっぱいに造りものの桜や柳の樹が並んでいて、仙田側から見ると京子の姿ははじめ色も立体感もない虚像のように、うすぼんやりとその柳の木の間へ出た。偶然のことながら、まさにおあつらえであった。

およねは芸妓姿のままで時穴へ身を投げた。何とも得体の知れぬ虚の空間の向うに見える柳桜の景色に向って夢中で体を伸していた。

そのとき、天明の銀座では京伝が叫んでいた。

「およね、戻って来い」

……京伝は日本橋の百川で、およねがまさか芸妓姿のまま帰りはすまいと高をくくって白けた座をとりなしていたが意外に戻るのが遅いので気になり、二階から降りて帳場に訊《たず》ねると、駕籠《かご》を呼んでそのまま帰ったという。

感じやすいとし頃である。まして普段並外れて気丈なだけに、思いつめたら何をするか判らない。……京伝はうろたえて銀座へ駆け、家の中にいないのを知って、さてこそと血相変えて倉の穴ぐらへとびこみ、その階段の中途から時穴でかすみかけているおよねを呼びとめた。

「あにさん……」

およねも中間で叫んだ。その声が、いや想念が、時穴の両側にいる二人の男へ同時に届いた。

「あにさん、勘忍。でもあたし駒さんの邪魔になりたくない」

そういう意志と共に、黒鳶式部岩瀬およねの情念が、時代をへだてた二人の男の脳へ、直接ぶち撒《ま》けるように届いた。

京伝にどう響いたか、彼はこの件に関して一切書き残していないので知る由もないが、仙田は惚《のろけ》気半分にこう言っている。

「あんなに感動したことはありませんでした。燃えるように一途な女心が、それはそれは美しく、しっとりときめこまやかに僕の心へ流れ込んで来たのです。一瞬の間に何もかも事情が理解できました。それは京子の全生命、すべての記憶がさらけ出されていたからです。筋を辿《たど》った理屈ではなくて、二度と味わえない心の触れ合いでした」

肉の交わりの記憶は、そのときおよねが我知らずさらけ出したものの中になかった。雪川公との仲は純粋にプラトニックなものであった。……いま堰《せ》かれても、駒さんはきっとあたしのことを追ってくれるに違いない。でも駒さんはご大身の、それもとかく公儀から眼をつけられているお家をまもらねばならぬ身に生まれついてしまっている。大好きな駒さんのためなら、この世から消えてしまっても悔いはない。

寛政改革前夜の、音を軋《きし》ませて揺れ曲るような時の流れの中で、一人の美しい娘が松江藩十八万六千石を救おうとしていた。当主不昧公は松江藩黄金時代を現出した名君で、先代宗衍《むねのぶ》公が江戸市中に「出羽様御滅亡」の噂をたてられたほどの貧乏藩を一挙に建て直した人物であったが、それだけに硬骨……田沼時代も贈賄を断ち、殊更「知足は聖人の教えるところ」と称《たた》えて要路の神経を刺激していた。

百川における兄京伝の説諭でそうした時代の様相が判っている。京伝にしたところで、いつまで作家活動が続けられるか判らない不安な空気の中にいる。言論弾圧は時の勢いで、この美しい天才児の行末を思えばこそ、雪川公との仲を思いとどまらせなければならないと決意している。どうやら京伝の真意は、雛《ひな》の節供にことよせて、それとなく別離の宴を催したつもりであったらしい。

そこへ明日の暗い時代を先どりしたような留守居役磯村兵太夫の登場である。およねが時穴に消えかけているのを知って声をかけた瞬間、その言葉とはうらはらに「行かせてやろう」……そう決意したらしい。ふたつの時空の中間で、およねは兄京伝のそうした思いも、こちら側の仙田の好意も、その両方が流れるように心の中へしみ通って来たという。

「それじゃあ、あにさん」

「そんなら、およね……」

丁、と柝《き》が入る場面があって、およねは仙田側へとその実体を移した。

およねの転移が彼女にとって幸であったか不幸であったか、私ごときに判定することはむずかしい。しかし、少くともその直後から言論弾圧がはじまり、三年後の寛政三年に京伝は手鎖《てじよう》五十日の刑を受けている。およねを後援した朋誠堂喜三二も『文武二道万石通《ぶんぶにどうまんごくどおし》』で禁に触れ、主家の圧迫で以後筆を折ってしまうし、恋川春町などは主家にまで累が及びそうになって「生涯苦楽、四十六年、即今脱却、浩然《こうぜん》帰天」と辞世を残して割腹自殺をとげている。そのほか唐来参和が絶版を命じられたのをはじめ、式亭三馬、十返舎一九、柳《りゆう》亭種彦《ていたねひこ》、為永春水《ためながしゆんすい》と、あい次いで罪を受け、遂《つい》に無傷だったのは石頭の馬琴ぐらいなものであった。

京伝の生きた時代は、昭和元禄《げんろく》の現在と非常に相似した時代相を呈している。

政界は腐敗し権力の専横が著しい。財界はそれと密着し資本が寡占化している。遊芸が栄え人々がレジャーをたのしんでいる一方、各地に深刻な飢饉《ききん》その他が発生し、北方領土にロシアの脅威がしのび寄り、長崎には持て余すほどの外交問題が山積している。しかも維新への底流が姿を現わし、尊号問題で高山彦九郎が割腹している。近代科学が発芽しエレキテールの見世物が流行し、そして出版ジャーナリズムが極限にまで登りつめている。松平定信のような人物が社会の再建をはかっても金融引締め奢侈《しゃし》禁止はそっぽを向かれ、そのくせそれに媚《こ》びた心学の徒が大きな顔をする。だが民衆をひきずる力を持った文化人たちは、そうした時代の問題点を避けてとおり、蜀山人は遠山の金さんに従って長崎の外交舞台を踏んでいるのに能吏の仮面にかくれてしまう。主義に殉じて屠腹《とふく》する者、保守陣営に身を潜める者、テレビショーのレギュラーとしてタレント化する者……文壇ひとつとって見ても今日と余り変らない。

二つの時代を銀座の時穴《ときあな》がつないでいるというのは、この相似と果して無関係なのであろうか。

さて、およねはこちら側へ来てしまった。一瞬の内に時穴の正体はじめ、およねの事情、人となりなどを理解させせられてしまった仙田は、それが宿命ででもあったかのように、一途《いちず》におよねの力になろうとした。ひょっとするとそこにははかり知れぬ時空の力が作用しているのかも知れない。

およねをそこへ置いて、無人のキャバレーの楽屋うらへ行き、ホステス用のロッカーから女の服を盗んで来ると、芸妓《げいぎ》姿のおよねにその着方を教えてやった。髪を解《ほど》き、長すぎるのを思い切って鋏《はさみ》でつめると現代娘ができあがる。天与の麗質というのであろうか、椅子のない江戸下町の育ちにもかかわらず、およねの脚はスラリと伸びていて、ミニスカートがよく似合う。

　そうこうしている内に、さっきおよねが現われた辺りから京伝の姿がうすぼんやりと浮きあがり、その想念が二人に呼びかけた。

「そこの人、およねをおたのみ申します」

　時穴《ときあな》へ半分以上身をのり出したらしい京伝は、妹への深い愛情をほとばしらせつつ、紫色の袱紗《ふくさ》包みを昭和の銀座へ投げてよこした。向うで大急ぎに母屋へとってかえし、その包みを持って来たのだろう。

　虚空の一角から袱紗包みは実体となって物置きの空間に現われ、埃《ほこ》りのつもったコンクリートの床に落ちてガシャリと割れた。チーン……と冴《さ》えた余韻を残して、そこに山吹色の黄金が輝いた。およねは身をかがめてその一枚を拾いあげ、

「まあ、あにさんこんな……」

と愕《おどろ》いた。仙田にもそれが小判であることは判ったが、いったいどれくらいのものか見当もつかないでいた。

　普通の小判ではない。有名な正徳・享保金である。正徳四年新井白石の馬鹿げた理想論から、純度八十四パーセントを超える極端に良質な通貨が発行された。秀吉が造った史上最高の慶長小判の昔に戻すべく、全く同純度の通貨を鋳造したのである。通用した期間は

短く、僅《わず》か二十年余りで元文《げんぶん》金銀に交替させられ、何度も退蔵を厳禁する布告が出されて、所持することが危険な死貨であった。

それが百枚……現在の古銭市場では慶長小判一枚に約六十万円の価がついている。およねの時代でさえ、その交換率は相当な高さにのぼっていたはずである。

価値の見当もつかぬまま、それを仙田がひろい集めているとき、およねは非常に重大な行動を起した。物置きの隅に積んであった紙の束に目を留めると、流石《さすが》天才女流作家だけあってそれがこちら側の書物であることを察し、時空の中間帯から名残り惜しげに身を引きかけている京伝に向って、それを抛《ほう》り投げたのである。

こちら側では愚にもつかない古雑誌の束が、天明八年三月三日の銀座町屋敷の一角へ投げ込まれたのだ。

およねが転移し、京伝が小判百枚を転移させ、いままたおよねが古雑誌を江戸時代へ転移させたことが、異るふたつの時空の物理現象を渦動させ、その時以来銀座の時穴《ときあな》は活発に変化しはじめたのであった。

仙田は自分のアパートへおよねを案内し、そこにかくまって現代人教育をはじめた。およねは聡明《そうめい》であるばかりでなく、柔軟な適応性に恵まれていて、瞬く内に江戸臭を消して行く。現代東京人から見れば、土地は同一でも天明の江戸人は田舎者である。しかし、だからと言ってこの場合およねが直面した問題はそうむずかしいものではなかった。

要するに地方から出て来た娘が東京という都会に慣れるだけのはなしである。まして気丈な負けずぎらいの、第一級文化人だったプライドに燃えるおよねである。瞬く内に言葉も動作も物の考え方も、疑いようのない現代娘になってしまった。

となると、恵まれた資質は現代でも輝き出し、およね自身じっとしていられない衝動に駆られる。あでやかに生きたい、派手に活動したい、いろいろな世界を見たい……つまりスターになりたい。

この点でも、若い地方出身娘が持つ公約数的願望と大差ない。しかしおよねの場合前身が前身だけにそれはいっそう強烈で、仙田がその気迫に気おされるくらいであった。

人一倍おしゃれもしたい、カラーテレビも欲しい、車も持ちたい、マンションに住みたい……江戸時代にもそういう面は持っていたのだろうが、それが消費時代にとび込んで一挙に枷《かせ》が外れ、仙田ごときの手に余る浪費ぶりを示した。資金の出どころはひとつ、例の正徳小判である。

銀座を知る現代人は二丁目のキャバレーのとなりに骨董《こっとう》屋があったのを、まだ忘れはしないであろう。キャバレーの時穴《ときあな》につながる縁で、仙田はなんということなしにその骨董屋に小判を持ち込んだ。

一枚二枚と売っている内に、りゅうとした身なりで馬鹿に盛り場のあちこちに顔が効き、そのくせ定職もなくさりとてやくざ愚連隊のたぐいでもない、という怪し気な男の興味をひいてしまった。

その男は植村繁といい、一時問題のキャバレーの支配人をしていただけに、となりの骨董屋とも親しくしていた。そして植村は仙田という若い男が、正徳小判を大量に所有していると睨《にら》んだのである。

親から譲り受けたかどうかして、大量の正徳小判を握っている世間知らずを口説いて、一挙にそれを換金させれば、百万やそこらのサヤをとるのはいとたやすいこと。……植村の肚《はら》は見えすいていて、しつっこく仙田にまつわりついた。美貌《びぼう》のおよねにも食指を動かし、二人の部屋へ気安げに顔を出すようになった或《あ》る日、植村はそこで意外な尻《し》ッぽを摑《つか》んでしまった。

仙田がキャバレーのロッカーから盗み出しておよねに着せたブラウスとスカートである。それは植村の情婦でホステスをしている伊藤芳子のものであった。

それでなくても仙田やおよねの様子には不審な点があるのに気づいていた植村は、そのスカートとブラウスをネタに若い二人を脅しあげ、居もしない背後の暴力団や警察とのつながりをちらつかせて、小判をとりあげようとした。伊藤芳子を連れて来て盗品の確認をさせたり、その露骨さに二人とも閉口してしまった。

日毎夜毎の脅しにノイローゼ気味となった二人は、それを京伝に相談しようということになり、仙田は仕事にかこつけて昼間のキャバレーにもぐり込んだ。

だが、植村と伊藤芳子にあとをつけられてしまったのである。植村と芳子はキャバレーに何かが隠されていると、二人の様子から薄々勘づいていて、ひょっとしたら小判の出所ではないかと話し合ったりしていたのだ。銀座の地下から古い貨幣が出るのはよく聞く話である。

つけて行くと案の定まっすぐ地下の物置きへ向う。こいつは本命だとほくそ笑みながら陰で見ていると、物置きに踏み台を作って何やらやっている。……仙田は恐いもの知らずに時穴《ときあな》を抜けて向う側をたずねようとしていたのだ。

それは異様な光景だったに違いない。しかし欲に眼が眩《くら》んだ二人には、宝の山へ入る入口に見えた。とび出して行って半身かすませかけた仙田の足を引っぱり、撲《なぐ》り倒すと助け合いながら二人で時穴へもぐり込んでしまった。

……そして穴の向うでどうなったか。それを知る手がかりは『[illegible]日記』享和三年九月十一日の項以外に何もない。

○十一日庚申《かのえさる》北ヨリ風アリ晴

朝ヨリ竝木《なみき》町へ行。いよいよ暇也。夕景馬喰《ばくろ》丁附木店辺小火《ぼや》、一寸也。

夜半町屋敷お倉に賊、大騒動也。男女二名風体奇怪、女賊腰巻ひとつ髪ふり乱様、こと更凄《すさま》ジ。乱闘小半刻《こはんとき》、男ノミ取押女賊ノガル。暁方細川さま御カケ付御取調トモ埒《らち》なし、生国判ラズ言い様おかし。長谷川さま手方御通寄りなされ、南ばん太夫など申居たり。朝マデ木戸番屋、翌朝之記。

……この年記録によれば京伝は浅草並木町に菓子店《だな》を開業したが、商いは思わしくいかず失敗している。平吉は朝一番でその店へ使いに行き、店が暇だと嘆いている。夕方馬喰町の附木店から失火したが大したことはなかったらしい。そして夜に入り、町屋敷に賊が入って大騒ぎになったと明記している。

賊が男女二人づれだったことや女のほうの風体が記されていることから、私は植村繁と伊藤芳子の二人は、この時点へ現われていると確信している。

腰巻ひとつ髪ふり乱しさまが殊更凄まじかった、というが、スカートにショートカットの伊藤芳子が色気も何もない鬼女に見えたのであろう。そして乱闘にまぎれて芳子は逃げ、植村は逮捕されてしまった。

官辺に報告が回ったのはあけ方らしく、京伝門下鼻山人こと与力細川浪次郎が一大事と駆けつけ、吟味をするが一向にはっきりしない、生国不明で喋《しゃべ》り方も変だ。丁度火付盗賊改の長谷川平蔵の配下が通りかかり、細川浪次郎と共に調べたが、結局南蛮太夫というオランダ服を売物にした曲芸師に似ているようだというだけで何も判らずじまいだった。平吉は京橋橋詰の番小屋で夜を明し、翌朝帰宅してから日記にそのことを書いた。

この頃には平吉の日記のつけ方もだいぶ進歩している。

問題は日付である。享和三年は一八〇三年で、およねがこちら側へ来たのが一七八八年
……それから一年半しかこちら側では経過していないのに、向うでは十数年たっている。

両者をつなぐ時穴《ときあな》が脈動をはじめ、時空の関係が乱れはじめていたのだ。

だとすれば、植村と芳子の転移でそれはなおさらひどくなったはずである。

○十三日壬《みずのえ》戌《いぬ》薄曇
　今朝盗賊加役方寄場送　右細川さま御取計之事有難シ　サテモ穴奇妙也

……一日置いた十三日の平吉の日記は簡潔である。朝早く植村繁が石川島の人足寄場に送られ、それは細川浪次郎の特別の処置であったと述べている。

たしかにいくらなんでもこの処分は早すぎる。石川島の人足寄場は寛政二年に新設された一種の拘置所である。京伝は植村の件について、時穴の存在を関係者に打明けざるを得なかったのだろう。だからこそ、与力細川浪次郎は非常措置をとり、京伝一家の秘密を保ったのである。そして平吉は、「サテモ穴奇妙也」と言っただけで筆を擱《お》いてしまったのだ。

曲亭馬琴が伊波伝毛乃記で、その家に秘事あり、とちらつかせたのは、ひょっとすると

これを知ってのことではなかろうか……。

伊藤芳子はおよねと丁度同じ年齢であった。その後菊園京子という芸名でマスコミの世界へ進出して行った経緯は、多くの週刊誌などが既に根ほり葉ほり書きつらねたとおりである。京子、つまりおよねの戸籍を調べると、その本名は伊藤芳子になっている。仙田の策でそのまま頂いてしまったのだ。芸名の菊園は天明当時京伝の想い者で、のち寛政二年に最初の妻となった吉原江戸町扇屋宇右衛門方番頭新造の菊園の名をそのまま姓にし、京伝ちなみの京を一字とって京子とした。

平吉はどうしたであろうか。

私は京子の協力で『[illegible]日記』の解読をすすめて行った。だが奇妙なことに、平吉の日記は「穴奇妙也」のあと文化四年二月ごろまでひどく粗略になっていて、まるでそれまでのつけようとは違っている。気がないのだ。そして、文化四年三月三日以降、いきなり明治二十八年へ飛んでいる。

○三月三日丙辰《ひのえたつ》晴
朝飯後町や敷祝儀罷出《まかりいづ》トモ米無キ后取立祝可《べき》事も之無也　伝さまと話ス　宵倉穴ヲ見ル今宵《こよい》行可也　夜万端取片付家内清掃

……平吉の文字は更に一段と進歩しているが、ここまで語ればもう説明を加える要もないであろう。思い出の雛《ひな》まつりの宵、平吉は身のまわりの整理をすませ時穴《ときあな》へ入ったのだ。生き甲斐《がい》を失っていたのかも知れない。三月三日という日付は、彼のおよねへの慕情を物語って余りある。

だとすると、仙田と既に夫婦関係を結んでいる京子は、平吉に対してどういう態度をとればよいのだろう。私と京子は仙田を混えずに、二人だけでそのことを語り合った。しかし、人の世の、人と人とのからみ合いの不思議さを、どう変えどうとりつくろうべきも発見できぬまま、もし平吉に逢《あ》うことがあったら、すべてを率直に打明けるしかないと結論せざるを得なかった。

それにしても、逢う可能性はまずなかった。明治二十八年から日記が再開されている以上、平吉は乱れた時の道を辿《たど》ってそのあたりへ出現し、今はもう鬼籍に入っているに違いないのだ。

「でもねえ……」

京子は言いづらそうに眉《まゆ》を寄せてそう言った。「平吉だってあたしのこと、そう恨みはしないと思うのよ」

「なぜだい」

スターの生活に憧《あこが》れる若い娘達の夢をそのままかためたような、華やかなムードの菊園京子の部屋で、私はそう問い返した。

「だって……」

京子はなおも言い澱《よど》み、しばらく間を置いてから、「この字平吉って仇名《あだな》は、あにさんがまだ子供の頃つけたのよ。寒い冬の日に、両手を着物の袖口《そで》にかくして、奴凧《やっこだこ》のように京橋を渡って来るのが、まるでこの字のように見えたんですって。……ひどい蟹股《がにまた》だったのよ」

私は裏切られたような感じで、そんな平吉の姿を心の中に描き直して見た。恋に悩むいなせな青年ご用聞き……手前に黒鳶式部と雪川公のよりそう姿があって、その背景の橋のたもとの柳の下で、力なくうなだれている美青年……そんな構図の浮世絵を心に浮べつづけて来た私は、ひどい蟹股の平吉をどうしても想像する気になれなかったのである。

『〓日記』……その命名に平吉の自虐の笑いがあったような気がして、私はなんとも言えぬ情けない気分を味わった。江戸中に知れ渡ったこの字平吉の名……その変体仮名で書かれた『〓』の字の意味を、なんと私はいい気に解釈していたことであろう。

それはさて置き、私の『〓日記』研究は意外な方向へ発展して行った。京伝にたのまれる使いの行き先に、天明の雛まつり以後或《あ》る傾向があらわれているのだ。十一屋五郎兵衛、伊能忠敬、杉田玄白、宇田川玄随、志筑《しづき》忠雄、桂川甫周、本木良永、そして橋本宗吉らの名がひんぱんに登場してくるのである。

私は京伝が文学者でありながら、なぜこうも理科系統の人々と交際を深めたのか不思議に思った。しかも様子では京伝自身はこれらの人々と直接会おうとはしていないらしい。

私はハタと思い当った。こちら側へ出て小判をもらったとき、およねは古雑誌の束を向う側へ投げ出したのである。……それがどんな内容のものを含んでいたか、全く判らない。しかし、京伝がそれらの記事から選び出した昭和の知識を、江戸の先駆者たちにひそかに与えて、その諸研究の助言者となっていたのではあるまいか。十一屋五郎兵衛こと間重富《はざま》の天動説、伊能忠敬の日本地図、杉田玄白らの新医学、本木良永の星雲起源説などは京伝の指示した方向に進むことによってはじめて成立した事業ではなかっただろうか。

その真偽をたしかめるためには、まだ相当の時間が私には必要である。


そしてあの菊園京子の奇禍である。東名高速を名古屋から東上中、仙田もろとも観光バスに追突されて死んでしまった。

マスコミはもう彼女のことを忘れ去ったようにしているが、まだ時折り街では京子の唄《うた》声を聞くことができる。私はそのたびに泪《なみだ》ぐまずにはいられないのである。

私は京子に恋していたのかも知れない。敬愛する北尾政演、山東京伝の妹である彼女が、私の心の奥深くにそういう感情を芽生えさせていたのは、むしろ当然かも知れない。

追悼の意味もあって、私は一日三島の在へ引っ越した田島老人をたずねた。田島老人は新居から少し離れたところにある植木園の手伝いをして、気ままな余生を愉《たの》しんでいた。

「俺のおやじという人は明治三十七年に、四十前の若さで死んじまったのさ」

田島老人は植木園の一隅で、眼を細めて盆栽の松を眺めながら、鋏《はさみ》を鳴らしそう言った。

「……俺がみっつの時だったかなあ。よくは覚えてないが、そうそう、大変な蟹股でなア」

小春日和の穏やかな日ざしの中で小鳥の声がいくつも重なり合い、富士山の頂上に白い雲が流れていた。

文化元年、山東京伝は『近世奇跡考』を著している。

おれに関する噂

筒井康隆

1972

筒井康隆〔つつい・やすたか〕（一九三四～）

大阪市生まれ。同志社大学文学部卒。父は動物学者の筒井嘉隆。六〇年、家族でSF同人誌〈NULL〉を発行。そこに発表した短篇「お助け」が江戸川乱歩によって探偵小説誌〈宝石〉に転載されデビュー。以後、「東海道戦争」「ベトナム観光公社」などのスラップスティックな作品を中心に、「母子像」「くさり」などの恐怖SF、「座敷ぼっこ」などの抒情SF、「ビタミン」などの実験SFと多彩な作品を次々と発表し、若い読者からの圧倒的支持を得る。ジュヴナイル『時をかける少女』は何度も映像化されている少年SFの古典である。

第九回泉鏡花文学賞を受賞した『虚人たち』以降、実験小説への傾斜を強め、『虚航船団』、『夢の木坂分岐点』（第二十三回谷崎潤一郎賞）、『残像に口紅を』、『朝のガスパール』（第十三回日本SF大賞）など多くの収穫がある。九三年、安易な用語規制の風潮に異議をとなえて断筆宣言を行ない話題となる。以後は俳優としても活躍。九六年に断筆を解除して執筆活動を再開した。

また、恐怖小説集『異形の白昼』や年度別《日本SFベスト集成》シリーズを編纂し、アンソロジストとしても高く評価されている。「おれに関する噂」は、自らの手で『日本SFベスト集成』の七二年版にも採られた初期の代表作の一つ。（日下）

初出：〈小説新潮〉1972年8月号
底本：『おれに関する噂／デマ　筒井康隆全集13』新潮社

NHKテレビのニュースを見ていると、だしぬけにアナウンサーがおれのことを喋《しゃべ》りはじめたのでびっくりした。

「ベトナム関係のニュースを終りまして、次は国内トピックス。森下《もりした》ツトムさんは今日、会社のタイピスト美川明子《みかわあきこ》さんをお茶に誘いましたが、ことわられてしまいました。森下さんが美川さんをお茶に誘ったのは今日で五回めですが、一緒にお茶を飲みに行ったのは最初の一回だけで、あとはずっとことわられ続けています」

「ん。なんだ何だなんだ」おれは茶碗を卓袱台《ちゃぶだい》へたたきつけるように置き、眼を丸くした。

「なんだ。これはいったい、なんだ」

画面には、おれの顔写真が大きく映し出されている。

「美川さんが森下さんからのデイトの誘いをことわった理由は、まだ明らかにされてはおりませんが」アナウンサーは喋り続けた。「美川さんの友人で会社の同僚、坂本ひるまさんによりますと、美川さんは必ずしも森下さんを嫌っているわけではなく、ただ、それほど好きではないという理由からことわったのだろうということであります」

美川明子の顔写真が、大きく映し出された。

「このことから考えますと、美川さんは最初一緒にお茶を飲んだ時森下さんから、何ら特別な印象を受けなかったのではないかと思われます。なお、消息筋の伝えるところによりますと、森下さんは今夜、会社が終ってからどこへも行かずに下宿へ帰り、現在ひとりで晩ご飯を作って食べているということです。森下さん関係のニュースを終ります。ところで今夜は神戸市瑞《みず》ケ丘《おか》にある厄除け八幡の夜祭りですが、夜店で賑《にぎ》わうその模様を現地からお伝えしましょう。ええ、現地で取材中の水野さん」

「はいはい水野です」

テレビが次のニュースを流している間もおれはただ茫然と、うつろな眼で画面を眺め続けていた。

「ああ、びっくりした」やがて、おれはそうつぶやいた。

幻覚だ。そうに決っている。幻視と、そして幻聴だ。そうとしか考えられないではないか。だいたいおれが美川明子にデイトを申し込み、いつものようにみごとに振られたことを報道して何になるというのだ。ニュース・バリューは何もない。

だが幻覚にしては、映し出されたおれと美川明子の顔写真、写真の下に書かれた名前の字体、アナウンサーの喋りかた、すべてがあまりにもなまなましく記憶に残っている。

おれははげしくかぶりを振った。「そんな馬鹿な」

ニュースが終った。

決然と、おれはうなずいた。そして断固としていった。「幻覚だ。うん。幻覚だ」つぶやいた。「こんなはっきりした幻覚も、世の中にはあるのだなあ」

はははは、と、おれは笑った。四畳半の部屋に、おれの笑い声が低く響いた。

もし今のニュースがほんとに放送されたのだとしたら、と、おれは想像した。そしてそれを美川明子が見ていたとしたら、会社の連中が見ていたとしたら、いったい何だと思うだろう、そう考え、おれは吹き出した。

笑いがとまらなくなってしまった。「わははは。わはははははは。ひー、ひー、あはははははは」

布団へもぐりこんでからも、しばらくは笑いがおさまらなかった。

翌朝、新聞の社会面におれのことが出ていた。

美川さん、森下さんの誘いを拒否

十八日午後四時四十分ごろ、東京都新宿区三光町にある霞山電機工業株式会社の社員森下ツトムさん（二八）が同社員でタイピストの美川明子さん（二三）に、退勤後お茶を飲みに行きませんかと誘いかけたところ、今日は早く家へ帰らなければならないからとことわられてしまった。美川さんを会社の廊下で誘った時、森下さんは昨日新宿のスーパー・マーケットで買った、赤地にグリーンの水玉模様のネクタイをしていた。森下さんはしかたなく吉祥寺東町の下宿に帰り、ひとりで夕食を作って食べた。夕食後はいつもの通り、すぐ寝てしまったものとみられている。なお、美川さんが森下さんの誘いをことわったのは四度めである。

おれの顔写真が出ていた。昨夜テレビで見たのと同じ写真である。美川明子の写真が出ていないところを見ると、このニュースの主役はどうやらおれの方らしい。

おれは牛乳を飲みながらその記事を四、五回読み返し、それから新聞をずたずたに引き裂いて屑籠《くずかご》に捨てた。

「陰謀だ」おれはそうつぶやいた。「誰かの陰謀だ。くそ。こんな凝った細工をしやがって」

たとえ一部だけにしろ、新聞を印刷するには金がかかる筈《はず》だ。そんな金をかけてまでおれの理性を狂わせようとたくらむ人間は、いったいどこの誰だろうか。

おれは他人から恨みを買うような覚えはまったくない。強いていえば美川明子を愛しているおれ以外の誰かと考えられぬこともなかった。だがそれにしても、今のところはまだ、おれは彼女から振られ続けているのだ。

　これほど大がかりないやがらせをするやつは、よほど偏執的な人間に違いない、と、おれは思った。しかしそんな人間がおれの周囲にはいないことも事実だった。

「ああ、あの新聞を破らないでおけばよかった」

　駅へ向いながら、おれは自分の短気に舌打ちした。犯人を見つけるのに役立つかもしれなかったし、見つけた時の証拠になるかもしれなかったのだ。

　混雑した通勤電車に乗り、車輛の中ほどの通路に立って、あれこれと心あたりの人物を考えているうち、おれは隣に立っている男が読んでいる新聞にふと眼をやった。新聞は違っていたが、そこにもちゃんとおれの記事が出ていた。しかも二段組みである。

「あ」と、おれは小さく叫んだ。

　読んでいた男がおれの顔を見て、また新聞に眼を落し、おれの写真を見てからまた顔をあげ、おれをじろじろと見つめた。おれはいそいでその男に背を向けた。

　なんてひどいやつだ。おれは、はらわたが煮えくり返るような怒りに襲われた。犯人はこの沿線一帯の朝刊をにせものとすり替えたのだ。おれだけでなく、おれと同じ通勤電車に乗る連中にまでおれの記事を読ませ、おれを笑いものにし、おれの悪評をひろめようとしているのである。そして言うまでもなく、おれを錯乱状態に陥れようとしているのだ。

おれは満員電車の濁った空気を肺一杯に吸いこんだ。くそ。その手には乗らんぞ。発狂なんかしてやるものか。

「わはははははは」おれは高笑いをした。そして怒鳴った。「誰が、だれが発狂なんかするものか。おれは正気だ。わはははははははは」

新宿駅ではいつも通りにスピーカーががなり立てていた。

「新宿。新宿。山手線にお乗りかえのかたは、山手線の電車が入ってくるホームにおまわりください。この電車は四谷、神田、東京方面行きです。なお、この電車の六輛目には森下ツトムさんが乗っていました。森下さんは今朝、牛乳を一本飲んだだけです。皆さま。今日も一日元気で仕事におはげみください」

会社の雰囲気《ふんいき》は、特にいつもと変ったところはなかった。ただ、おれが部屋へ入っていくと、集まっていた七、八人の同僚が脇腹を小突きあい、おれを横目で見てふたこと三こと何かこそこそとささやきあっただけである。おれの悪口を言っているな、と、おれは思った。

自分のデスクで伝票を二、三処理し終えてから、おれはタイピスト用の小部屋へ入っていった。美川明子を含めた四人のタイピストが、おれを見るなり顔をこわばらせ、急に熱心にキーを叩きはじめた。あきらかに今まで仕事そっちのけで、おれの噂をしていたのだ。

おれは美川明子には眼もくれず、坂本ひるまを廊下へ呼び出した。

「昨日、誰かがおれのことを君に訊《たず》ねなかったかい」

坂本ひるまは泣きそうな顔になり、おどおどしながら答えた。「ごめんなさい。あの人たちが新聞記者だとは知らなかったの。あんな記事が新聞に出るなんて、思いもよらなかったわ」

「あの人たちって、どんな連中だい」

「男の人が四、五人いたわ。もちろん、みんなわたしの知らない人ばかりよ。帰り道でわたしのまわりへやってきて、あなたに関するいろんなことを訊ねたの」

「ふうん」おれは考えこんだ。陰謀は、おれが思っていたよりもずっと大がかりだったのだ。

昼過ぎ、課長に呼ばれた。

課長はおれに新しい仕事をあたえてから、声をひそめて言った。「朝刊、読んだよ」

「はあ」おれは、なんと答えていいかわからなかった。

課長はにやりと笑い、おれに顔を近づけた。「ま、マスコミは無責任だからね。気にするなよ。わたしだって、なんとも思っちゃいないよ」そのくせ、面白がっていることはあきらかだった。

課長に命じられた用を果たすため、おれは会社を出てタクシーを拾った。若い運転手はカー・ラジオを最大のヴォリュームでかけていた。

「銀座二丁目まで行ってください」

音楽がやかましすぎて、おれの声が聞えないのである。

「え。どこだって」

「銀座何丁目」

「二丁目。二丁目」

運転手はやっとうなずいて車を走らせはじめた。

音楽が終り、アナウンサーが喋り出した。

「二時のニュースです。政府は今朝、全国で発売されている笑い袋を、いっせいに没収し、密造、密売を厳重に取締るよう、各都道府県の警察へ通告しました。この笑い袋というのは、げらげら笑い続けているおもちゃの袋のことで、最近この笑い袋を使ったいたずら電話が急激に増加し、迷惑する人が多いため今回のこの通告となったものです。深夜の二時、三時といった時間に電話をしてきて、電話口でこの笑い袋を笑わせるわけですが、これはかけられた人にとって非常に腹の立つ場合が多いということであります。次のニュースです。森下ツトムさんは今日、定刻に出勤しました。出社してすぐタイピストの部屋へ行き、坂本ひるまさんを廊下へ呼び出して、しばらく何ごとか話していた模様ですが、会話の内容についてはまだ何もわかっておりません。わかり次第、ニュースでお伝えすることになっております。なお森下さんはその後、会社の用でタクシーに乗り、現在銀座方面へ向っています。次のニュースです。厚生省は今日、全国のパチンコ・プロと釘師《くぎし》を対象に行なった調査の結果を発表しました。これによりますと、パチンコは鰻《うなぎ》を食べたあとでやった場合、からだには非常によくないということであります。これについて、全国釘師連合会会長、茜村正《あかねむらまさ》氏は」

運転手が、カー・ラジオのスイッチを切った。ニュースが面白くないからであろう、とおれは思った。

おれはほんとに、それほど皆によく知られている存在なのだろうか。おれは眼を閉じて考えた。肩書きなしのおれの名前が、世の中にそれほど知れ渡っているのだろうか。

肩書きはあるにはあるがおれは単なる会社員だ。霞山電機工業株式会社社員などという、そんな肩書きなど、マスコミの世界ではないも同然である。これは当然である。ではおれの名前は、あるいはおれの顔は、いったいどの程度知られているのだろうか。たとえばこの運転手である。彼は今のニュースを聞いて、その本人が自分のタクシーの後部座席に坐っている人物に他ならないということを知っただろうか。それともおれのことを、おれがこのタクシーに乗った時から知っているのだろうか。あるいはおれのことなど、まったく知らないのだろうか。

おれは訊ねてみた。「ねえねえ、運転手さん。あんた、ぼくのこと知ってるかい」

運転手はバック・ミラーを覗《のぞ》いておれの顔を観察した。「どこかで会ったかい」

「いや。会わないよ」

「それなら、知ってるわけないじゃないか」

しばらくしてから、彼は訊ね返してきた。「あんた、タレントさんかい」

「いや、タレントじゃないよ。ただの会社員だ」

「テレビによく出るのかい」

「いいや。テレビに出たことは一度もないよ」

運転手は苦笑した。「そんな人をおれが知ってるわけ、ないじゃないか」

「そうだね」おれはうなずいた。「その通りだ」

おれはさっきのラジオ・ニュースを、もういちど思い返してみた。アナウンサーは、おれが現在タクシーで銀座方面へ向っていることを知っていた。してみると、誰かがおれを尾行し、おれの行動を見張っているということになる。おれはうしろを振り返った。車の数は多く、どれがおれを尾《つ》けている車なのかさっぱりわからない。疑い出せばどの車もすべて怪しかった。

「尾行されている可能性が多いんだがね」と、おれは運転手にいった。「まいてくれないか」

「弱るなあ。そういうのは」運転手は渋い顔をした。「相手がどの車かわからないんじゃねえ。だいいちこの混雑だ。とてもまけないよ」

「おそらく、あの黒いセドリックだ。ほら、新聞社の旗を立てているだろう」

うぜ」

「じゃ、まあ、なんとかやってみよう。だけどおれは、おそらくあんたの被害妄想だと思
「おれは正気だよ」おれはあわてて運転手にいった。「精神病院なんかへは、つれて行かないでくれ」

夢遊病者が運転しているみたいに、タクシーはふらふらとさんざあちこちをさまよった末、銀座二丁目に着いた。

「少なくとも、黒いセドリックだけはまいたぜ」運転手がにやにや笑いながらそういった。

「チップをはずんでほしいね」

おれはしかたなく、表示されている料金に五百円だけ足して払った。

銀座二丁目にある得意先の会社へ入って行くと、顔見知りの受付嬢がいつになく丁寧な態度でおれを貴賓用の応接室へ案内した。いつもだと担当の係長のデスクへ呼ばれ、あっちは椅子に腰かけたまま、こっちは立ったままで話すのである。

だだっ広い応接室のソファに腰をおろし、居心地の悪さにもじもじしていると、どうした加減か先方の部長と課長が入ってきて、礼儀正しくおれに挨拶しはじめた。

「うちの鈴木が、いつもいろいろとお世話になっております」部長がそういって、深ぶかと頭を下げた。

鈴木というのが、先方の担当係長の名である。

「いいえ。どういたしまして」

おれがどぎまぎしていると、部長と課長は仕事の話そっちのけでおれのネクタイを褒《ほ》めちぎり、おれのセンスの良さをもちあげ、しまいにはおれの容貌までを讃美しはじめた。おれは辟易《へきえき》して、課長からことづかった書類を渡すなり、伝言もそこそこに席を立った。

得意先の会社を出ると、歩道ぎわにはさっきのタクシーがまだ停っていた。

「お客さん」と、あの若い運転手が車の窓から顔を出しておれに呼びかけた。

「やあ。まだいたのか。ちょうどよかった。新宿まで戻ってくれ」

運転手は、後部座席へ乗りこんだおれに、五百円札をつきつけた。「これ、返すよ。冗談じゃねえや。まったく」

「どうかしたのかい」

「あれからあと、ラジオのスイッチを入れたら、さっそくニュースであんたのことを喋りはじめたんだよ。アナウンサーの言うことにゃ、あんたは暴力タクシーにつかまってさんざあちこち、ぐるぐると遠まわりさせられた上、無理やりチップを五百円もとられたんだそうだ。おれの名前まで出しやがった」

得意先の会社で丁重に扱われた理由が、おれにはやっとのみこめた。

「だから言っただろ。尾けられているって」

「とにかく、この五百円は返すよ」

「いいよ。とっといてくれ」

「いやだ。返すよ」

「そうか。じゃ、しかたがない。貰っとこう。ところで、ぼくを新宿まで乗せてってくれるのかい」

「いやというわけにはいかんだろ。またニュースで、乗車拒否だなんて言われるものな」

タクシーは新宿へ向って走り出した。

おれを混乱させようという陰謀の規模が、はかり知れぬほど大がかりなものであるらしいことが次第にわかってきた。何しろ敵は全マスコミを買収したらしいのだ。いったいその正体は何者で、目的は何だ。なんのためにこんなことをするのだ。

成り行きにまかせるしかなかった。黒幕の正体を突きとめるのは不可能に近い。たとえおれが尾行者のひとりをひっとらえたとしても、全マスコミが買収されている以上、そんな三下が黒幕の名を知る筈はない。

「弁解するわけじゃないがねえ、お客さん」運転手が話しかけてきた。「おれはあの黒いセドリックだけは、確実にまいたんだよ。本当だ」

「わかってるよ」おれは答えた。「車で尾行している、などといった、なまやさしい監視じゃなさそうだ。この車のどこかにだって、きっと盗聴器がついてるよ」

そういってからおれは、あっと思った。疑い出せばこの運転手だって充分疑えることを知ったためである。もしそうでなければ、チップが五百円であったことを尾行者がどうやって知ったのか。

ばらばらばらばらばら。

ふと気がつくと、タクシーの上空を二人乗りのヘリコプターが旋回していた。ビルの屋上すれすれに高度を保っている。

「あのヘリコプターはたしか、行きがけにも見かけたよ」運転手が空を白眼《にら》んでそういった。「尾行してるのは、あいつじゃないかね」

轟音とともに、血のような色の閃光《せんこう》が空の一角を走った。見あげると、火花が八方へ足をのばしていた。ヘリコプターが十数階建のビルの屋上近くへ衝突したのである。地上に気をとられていて、操縦をあやまったのだろう。

「ざま見やがれ。けけけけけけけ」

猛烈なスピードで事故現場から遠ざかりながら運転手は笑い続けた。彼もすでに、正気の眼をしてはいなかった。

これ以上、この車に乗っているのは危険だ、と、おれは思った。「用を思い出した。ここでおろしてくれ」この近くに精神・神経科の個人病院があることを思い出したのだ。

「どこへ行くのかね」と、運転手が訊ねた。

おれは答えた。「どこでもいいだろう」

「おれはこれから、家へ帰って寝るんだ」運転手はそういいながら蒼い顔でおれから料金を受けとった。彼も被害者だったのだ。

「うん。そうすればいいよ」おれは車をおりた。ひどく暑かった。

病院の待合室では約二十分待たされた。ヒステリーらしい中年女と癲癇《てんかん》らしい若い男が帰っていき、次がおれの番だった。診察室へ入ると、窓ぎわの机で医者が卓上テレビを見ていた。テレビはさっきのヘリコプターの事故を報じていた。

「空まで混雑しはじめたんだな」そうつぶやきながら、医者はおれを振り返った。「患者がふえるのもあたり前だ。それなのに、よほどの重症にならなきゃ病院へこない。日本人の悪い癖です」

「ええ。そうですね」おれはうなずいた。少しせっかち過ぎるかとも思ったが、それからすぐ事情を話しはじめた。勤務時間中で、あまり暇がなかったからである。「昨夜だしぬけに、テレビがぼくのことを喋りはじめたのです。今朝の新聞にも、ぼくのことが記事になって載っていました。駅のプラットホームでも、スピーカーがぼくのことを放送しました。ラジオでも放送しました。会社では皆が、ぼくの噂をしてこそこそとささやきあっているのです。ぼくの家やぼくの乗ったタクシーには、どうやら盗聴器がつけられている様子です。実をいうと、ぼくには尾行がついています。大規模な尾行です。さっきニュースに出たヘリコプターは、ぼくの乗ったタクシーを追いかけている途中でビルに衝突したのです」

医者は世にも悲しげな顔つきで喋り続けるおれをじっと睨《にら》んでいたが、やがて、我慢できないといった身ぶりをしてわめきはじめた。「どうしてもっと早く病院へこなかったのですか。そんな重症になってしまってからやってこられたのでは、わたしとしてはもう強制してでも入院させるしか他に方法がないではないですか。はっきりしています。追跡妄想、被害妄想、つまり関係妄想です。典型的な精神分裂病です。さいわいまだ人格の荒廃は起っていない。すぐ大学病院へ入院なさい。手続きをとります」

「待ってください」おれはあわてて叫んだ。「いそいでいたために、うまく話せませんでした。いや、そりゃあたしかに、喋りながら少しまずいなとは思っていたのですが、口下手なものですから筋道立てて説明できなかったのです。じつは今申しあげたことは妄想ではなく、事実なのです。しかしわたしは平凡な会社員ですから、マスコミで噂されるほど有名でないことは確かなのです。こんな平凡なわたしを尾けまわし、取材して報道しようとする今のマスコミは、どう考えてもちょっと狂っています。先生のところへうかがったのは、こういった際わたしはこれにどう対処すればよいかというご指示を仰ぐためだったのです。先生は社会の病的傾向、マスコミの異常性について本を書いておられます。テレビでそれをお話しになったことも知っています。だからこそぼくはこの病院へきたのです。異常な環境にも正気を失わず適応できる方法を教わるために」

医者はかぶりを振り、受話器をとりあげながらいった。「あなたが今いったこと、それはあなたがより重症であることを示す証拠にしかならないのです」

ダイヤルをまわしかけた医者の手の動きがぴたりと停《とま》った。彼の眼は卓上テレビの画面に釘づけになった。そこにはおれの顔写真が映し出されていた。医者は眼を大きく見開いた。

「森下さん関係の、その後のニュースです」アナウンサーが喋っていた。「霞山電機工業株式会社の社員森下ツトムさんは、その後銀座二丁目にある得意先の会社を出てからふたたびタクシーを拾い、帰社するため新宿方面に向っていましたが、急に気を変えた様子で車をおり、四谷にある精神・神経科の竹原医院へ入りました」

医院の玄関を正面から撮った写真が画面にあらわれた。

「森下さんが竹原医院に立ち寄った理由は、まだあきらかではありません」

医者はうるんだ眼で、あこがれるかのようにおれの顔を眺め、口を半開きにして赤い舌をへらへらと踊らせた。「それではあなたは有名な人だったのですね」

「いいえ。違います」おれはテレビを指さした。「今、言ったでしょう。会社員だと。ぼくは平凡な人間です。それなのにぼくの行動は監視され、全国に報道されているのです。これが異常でなくてなんでしょう」

「あなたはさっき、異常な環境にも正気を失わず適応できる方法を教えてくれとおっしゃいましたね」医者はゆっくりと立ちあがり、薬品の並んだガラス戸棚に近づきながらいった。「その質問には矛盾があります。環境とはそこに住む人間すべてが作り出しているものであって、あなただってその異常な環境を作っているひとりなのです。したがって、あなたの環境が異常であればそれは即ち、あなた自身が異常であるということなのです」医者は『鎮静剤』と書かれた茶色いガラス瓶《びん》の中から大量の白い錠剤を出し、むさぼり食いながら話し続けた。「ですから逆に、あなたがどこまでもご自分の正気を主張なさるのなら、それは環境が正常であり、あなただけが異常であることを証明する結果になります。環境が異常であるとお思いなら、あなたも、さあ気ちがいにおなりなさい」彼は机の上のインク瓶をとり、ブルー・ブラックの液体をごくごくと飲み乾《ほ》し、横の寝椅子にぶっ倒れて眠ってしまった。

「狂った朝、ふたりは、青いインク、飲み乾し」鼻歌をうたいながら全裸の看護婦が診察室へ入ってきた。片手にインクの大瓶をぶらさげ、ときおりラッパ飲みをしながら、彼女は医者の上へ覆《おお》い被《かぶ》さっていった。

解答が得られぬまま、おれは医院を出た。日は傾きかけているが、まだまだ蒸し暑かった。社へ戻ってすぐ、美川明子がタイピスト室からおれの席へ電話をかけてきた。「昨日はせっかくのお誘いだったのに、ことわっちゃってご免なさい」

「いや。いいんですよ」おれは他人行儀にそう答えた。

明子はしばらく無言だった。おれが誘いかけるのを待っているらしい。あきらかに、世論がおれへの同情に傾いたことを気にし、マスコミの非難が彼女に集まるのではないかと心配しているのである。だから今日は、おれの誘いを受けるつもりで電話してきたのだ。

おれはしばらく黙っていた。彼女も黙っている。

溜息をつき、おれは誘った。「ところで、今日はいかがですか」

「喜んで」

「じゃ、退勤後『サン・ホセ』で」

彼女とおれの待ちあわせのことが、すぐニュースになって報道されたらしい。おれが『サン・ホセ』へ入っていった時、店内はひどく混雑していた。いつも、そんなに混むような店ではないのだ。どの客もみなアベックを装っており、どれが報道関係者でどれが野次馬なのか、おれにはさっぱりわからなかった。しかし彼らが、どちらにせよおれと明子のデイトを観察するつもりで来ていることは、そ知らぬ顔をしながらも時おりおれたちの方をちらちらとうかがうことで充分察知できた。

当然、おれと明子は『サン・ホセ』にいた一時間ほどの間、お茶とお菓子を前にしてただだまっていただけだった。何か変な会話を交わしたりしようものなら、たちまち三段抜きの大見出しで記事になるに決っているからだ。

彼女と新宿駅で別れ、おれは下宿に帰ってきた。ながいあいだためらった末、おれはテレビのスイッチをひねった。

緊急特別番組として、座談会が開かれていた。

「それでですね、これは非常にむずかしい問題だと思うのですが、このままの速度で事態が進展した場合、森下さんが明子さんとホテルへ行くのは、いつごろになるとお思いですか。あるいはそういった事態にはならないのでしょうか。大川先生、いかがでしょう」と司会者が訊ねた。

「明子という女性は、いわば逃げ馬的性格を持っていますから」と、競馬の評論家がいった。「問題は森下さんの粘りと押しにかかっていますね」

「わたしの占いでは」カードを見せながら、女性占星術師がいった。「今月の末ごろになるでしょう」

誰がホテルへ行ったりするものか、と、おれは思った。そんなことしようものなら、声は録音され体位は撮影され、それが全国的に報道されて恥を満天下にさらすことになる。

さて、万事がそういった調子で二、三日経過した。

その朝、出勤途中の満員電車の中で、おれは女性週刊誌の車内吊《つ》りポスターを見あげ、ぎゃっと叫んだ。

あの森下ツトムさん（28歳・平凡な会社員）が美川明子さん（23歳・タイピスト）と

喫茶店でデイトしたんですって‼

おれの大きな顔写真の下に、いちばんでかいゴチック活字でそう組んであり、その横には少しちいさな活字でこう記されていた。

その夜森下さんはオナニーを二回した

おれは怒髪天をつき、歯がみして叫んだ。

「人権蹂躪《じんけんじゅうりん》だ。訴えてやる。せんずりを二回しようが三回しようが、お前らの知ったことか」

出勤してすぐ、おれは課長の机の前に立ち、駅の構内で買った例の女性週刊誌をつきつけた。「私用外出の許可をあたえてください。ご存じでしょう、この記事。この週刊誌を出している出版社へ怒鳴りこみたいのです」

「君の気持はよくわかるがね」課長はおろおろ声でおれをなだめはじめた。「短気は起さない方がいいんじゃないか。マスコミはこわいよ、君。いやいや、私用外出ぐらい、いつでも許可してあげるさ。君も知っての通り、そこいら辺のことに関してはわたしは温情主義だからね。それは君にもわかっているだろう。うん。わかっているとは思うがね。ただわたしは、君の身を案じていっているのです。そりゃあ、たしかにひどい。この記事はひどいですよ。うん。君の立場には同情します」
「まったく、ひどいよなあ」
「ほんとよ。ひどいわ」
いつのまにかおれと課長の周囲に集まってきていた同僚たちが、口ぐちにそういってお
れに同情しはじめた。女事務員の中には泣いている者もいた。
だがおれは誤魔化《ごまか》されなかった。彼らは陰でこそこそとおれの悪口をいい、マスコミの
取材に協力しているのである。有名人の周囲にいる人間たちが必然的に持たざるを得ない
双面性だ。
社長までが出てきて説得したため、出版社へ怒鳴りこむことだけは思いとどまった。だ
が、おかしなことにはおれがあれだけ怒り狂い、騒ぎ立てたというのに、そのことはテレ
ビのニュースでも報道せず、その日の夕刊にも載らなかった。そこでおれはもう一度、数
日前からのマスコミの、おれに関するニュースの選びかたについて考えてみた。
連中は、おれがマスコミを意識してやった行為すべてを、ニュースから省いていた。た
とえば尾行をまこうとしたことや、テレビのニュースや新聞記事に腹を立てて怒鳴ったこ
となどは、まったく無視するか、他の原因にすり替えて報道していたのである。それどこ
ろか、おれを尾行したためにビルに激突したあのヘリコプターの事故なども、おれとはま
ったく関係のない事件として報道していたのだ。そのあたりが、他の有名人を取材し、報

道する場合とは大きく異なっていた。つまりマスコミはおれを、まるでおれがマスコミなどというもののない世界に住んでいる人間でもあるかのように扱っていたのである。

しかし、逆に考えてみれば、おれに関するニュースが次第に大きく報道されるようになり、人びとがそのニュースに大きな関心を持ちはじめ、おれが誰知らぬ者のない平凡人になってしまった理由は、そこにこそあったのだ。たとえばある日の朝刊などは、第一面のトップに六段抜きの見出しででかでかとこう報じていたのである。

森下ツトム氏ウナギを食う！
一年四カ月ぶりのぜいたく

時にはおれに隠れておれを取材している連中と、ばったり出会《でくわ》すこともあった。会社の便所で大便をし、出てきてから傍らに並んでいるドアを片っぱしから開けてやると、そこにはたいてい録音機やカメラをぶら下げた連中がぎっしり詰っていた。帰途、空地の前の灌木《かんぼく》の繁みなどを、だしぬけに傘の先などでがさがさひっかきまわしてやると、中からはマイクを手にした女性アナウンサーなどがとび出してきて駆け去って行く。

一度、下宿の自分の部屋でテレビを見ている時、突然立ちあがって畳をあげ、根太板《ねだいた》をひっぺがし、押入れの襖《ふすま》をあけ、箒《ほうき》の柄で天井板《てんじょういた》を突きあげてやったことがあった。床下にぎっしりだったアナウンサーや野次馬が悲鳴をあげて逃げまどい、押入れからは女性を混えた四、五人の記者が畳の上へころがり出てきて、天井からは、あわてふためいて逃げようとしたカメラマンが天井板を踏み抜いて墜落してきた。

もちろん、こういったことはすべて、まったくニュースにはならなかった。おれに関する日常茶飯事だけがとりあげられ、政治、外交、経済等の重要ニュースを越すビッグ・ニュースとして大大的に報じられた。

いわく「森下さん、月賦で背広新調！」

いわく「森下ツトム氏またデイト」

いわく「全調査！　森下さん一週間の食生活！」

いわく「森下さんの意中の人は？　本当に明子さん？　それとも……」

いわく「森下ツトムさん、伝票操作のミスをめぐって同僚の藤田さん（25歳）と口論」

いわく「衝撃！　森下さんの性生活」

いわく「森下さん今日、月給日！」

いわく「森下さんは月給をどう使うか？」

いわく「森下ツトムさん、また三百五十円の靴下（ブルー・グレイ）を購入！」

しまいにはおれ専門の評論家まであらわれた。これには驚いた。

ついにおれの写真が、新聞社系の週刊誌の表紙を飾った。カラー写真だった。もちろん、いつ撮られたのかわからない。おれが通勤のサラリーマンたちに混ってオフィス街を会社へ向っているところだ。よく撮れていたのでおれはいささか嬉しかった。

記事にしたならともかく、表紙のモデルに使ったのだから、新聞社から当然何らかの形で挨拶があっていい筈である。だが、週刊誌発売後三日たっても四日たっても、新聞社からはなんの連絡もなかった。おれはたまりかね、ある日得意先からの帰途、その新聞社へ寄ってみた。

町を歩けばすれ違う人間はみなおれを振り返るのに、新聞社の社屋へ入ると受付嬢も担当の編集者も、いやによそよそしかった。まるでおれなんか知らないとでも言いたそうな態度である。来ない方がよかったのかな、などと考えながら通された応接室で待っていると、しぶい顔をして週刊誌の副編集長だという男があらわれた。

「森下さん。あなたねえ、こんなところへ来ちゃ困るじゃないですか」

「やっぱりそうでしたか。ぼくがマスコミとは関係のない平凡人だからですね」

「あなたはタレントでもないし時の人でもない。有名人でさえないのです。だからこんなところへきてはいけなかったのです」

「でもぼくは事実有名じゃありませんか」

「有名でない人がマスコミで噂されているだけだったのです。顔を知られてからも、ずっと無名のままでいてほしかった。あなたには充分おわかりだろうと思っていたんですが」

「それなら、無名のぼくをどうしてニュースにする必要があったのですか」

副編集長は溜息をついた。「そんなこと、わたしにはわかりませんよ。ニュースになり得ると判断したからじゃないですか」

「マスコミがですか。そんな馬鹿なことを言い出した張本人は誰です」

「張本人ですと。張本人なんかがいた場合、こんなに各社足並み揃えてあなたを追いまわすことにはならんでしょう。誰が号令をかけずとも、マスコミは報道価値のあるものをしか追いません」

「あんな日常茶飯事に報道価値があるんですか」

「では、どんな記事をあなたはビッグ・ニュースだとおっしゃるのです」

「そうですね。たとえば天気予報があたらなかったとか、どこそこで戦争があったとか、何丁目が十分間停電したとか、航空機が墜落して千人死んだとか、リンゴが値上りしたとか、犬がひとを嚙《か》んだとか、犬がスーパー・マーケットで万引したとか、米大統領が万引したとか、人類が火星に着陸したとか、女優が離婚したとか、最終戦争が起りそうだとか、公害企業が儲《もう》けているとか、よその新聞社が儲けているとか」

副編集長はぼんやりとおれの顔を眺めていたが、やがて悲しげにかぶりを振った。「そういうことがビッグ・ニュースであると、あなたは思うわけですね、つまり」

おれは茫然とした。「違いますか」

彼は苛立《いらだ》たしげに手を振った。「いやいや。もちろんそういったものもビッグ・ニュースになり得ます。だからちゃんと報道してるじゃないですか。そしてそれと同時に、ひとりの平凡な会社員のことも記事にしているのです。マスコミが報道すれば、なんだってビッグ・ニュースになるのです」彼はうなずいた。「報道価値なんて、報道したあとからいくらでも出てくるんです。ところがあなたは今日ここへやって来たことでその報道価値を自ら叩き潰《つぶ》した」

「しかし、ぼくは困りませんが」

「なるほど」副編集長は膝《ひざ》を叩いた。「そういえば、こっちも困らないのだ」

おれはいそいで会社へ戻った。戻ってすぐ、自分の席からタイピスト室へ電話をした。

「明子さん」と、おれは大声でいった。「今夜、ぼくと一緒にホテルへ行きませんか」

電話の彼方《かなた》で、明子が息をのんでいた。

部屋中が一瞬、しんとした。同僚や課長が眼を丸くしておれを眺めている。

やがて明子が、泣きそうな声で答えた。「ご一緒させていただきますわ」

そしておれはその夜、明子とホテルに一泊した。毒どくしいネオンの灯にあふれたホテル街の、いちばん下品な感じの連れこみホテルだった。

案の定、そのことは新聞に載らなかった。テレビのニュースで放送されることもなかった。その日以来、おれに関するニュースはマスコミから姿を消した。おれにかわって、その日からはどこにでもいる中年のサラリーマンが登場していた。瘦《や》せて、背が低くて、子供が二人いて、郊外の団地に住んでいる、造船会社の庶務係長だ。

おれはふたたび、実質的にも無名人となった。

その後一度だけ、おれはためしに明子を誘ってみた。退勤後、喫茶店で会わないかといったのだ。だが明子はことわった。明子という女がよくわかったため、おれは満足した。

一ヵ月経つと、もうおれの顔を記憶している者は、おれの知人以外にいなくなってしまった。それでも時おり、おれの顔を見て、おや、という表情を見せる人間はいた。ある日、下宿へ帰る途中の電車の中で、おれの前の席に腰かけた二人づれの娘の片方が、やはりそんな顔をしてつぶやいた。

「あら。あの人、どこかで見たわ」彼女は隣の娘を肱《ひじ》で小突いた。「ねえ、あの人、何をする人だったかしら」

もう片方の娘が面倒臭げにおれを見て、やがて興味なさそうな口ぶりで答えた。「ああ、あの人は別に、なんでもない人なのよ」

解　説

ＳＦ研究家
星　敬

『日本ＳＦ短篇50』は、日本ＳＦ作家クラブ創立五〇周年記念出版の一つとして企画されたものである。

収録に当たっては、日本ＳＦ界を代表する作家であること。各年度を代表する作品であること。二〇一二年末時点において日本ＳＦ作家クラブ会員であることが条件とされた。

第一巻には、日本ＳＦ作家クラブ創設の一九六三年から七二年までの十年間の作品が収録されている。日本ＳＦ作家クラブの会員が営々と築き上げてきた歴史的成果をお楽しみいただきたい。

収録作品個々の解説は各篇解説にゆだねるとして、ここでは日本ＳＦ五十年の歩みを振り返る。

まずは、ＳＦマガジン創刊に到るまでの五〇年代の動きを追ってみることとしよう。

戦後の混乱がようやく落ち着きを取り戻そうとする五〇年四月、誠文堂新光社より怪奇小説叢書《アメージング・ストーリーズ》が創刊されるが、七冊で中断。

五四年十二月、日本初のSF専門誌〈星雲〉（森の道社）が創刊されるも、一冊のみで休刊。毎年日本SF大会で授与されるファン投票による年間最優秀SF作品賞〈星雲賞〉は、この日本初のSF専門誌を記念し、その名を継承したものである。

五五年一月、室町書房が《世界空想科学小説全集》の刊行を開始するも、二冊を刊行したのみで中断。

十二月、石泉社よりジュヴナイル翻訳SF叢書《少年少女科学小説選集》がスタートするが、翌五六年十二月までに全二十二巻を刊行、中断。この叢書企画には、後にSFマガジン初代編集長となる福島正実の協力があった。

五六年四月、元々社《最新科学小説全集》がスタート。欧米SFを中心に第一期十二巻を刊行。同年十一月から第二期十二巻の刊行がスタートするも、十八巻刊行時点で中断。引き続き刊行された《宇宙科学小説シリーズ》は二冊のみでこれまた中断。

このように創刊されるSF叢書のいずれもが、志し半ばでの中断を余儀なくされる状況からか、当時日本ではSF出版は成功しないという風説が生まれた。

日本SF出版を取り巻く状況は決して芳しいものではなかったが、そんな中にあっても日本にSFを根付かせるための地道な活動が続けられていた。それは熱心なSF愛好者と理解者によるファン活動である。五七年五月、柴野拓美を中心に、矢野徹、星新一、光瀬龍、今日泊亜蘭、瀬川昌男らの手によって日本初のSF同人グループ・科学創作クラブ（後の宇宙塵）が創設され、日本初のSF同人誌〈宇宙塵〉が創刊される。創刊第二号に発表された星新一「セキストラ」が大下宇陀児の薦めによって江戸川乱歩の目にとまり（というかたちをとって）、探偵小説専門誌〈宝石〉五七年十一月号に転載されデビュー。星新一は、その生涯に一千篇以上のショートショートを発表。後にショートショートの神様と呼ばれることとなる。

十二月、早川書房の編集者となった福島正実、都筑道夫の企画になる《ハヤカワ・SF・シリーズ》（創刊当初は《ハヤカワ・ファンタジイ》）が創刊される。ジャック・フィニイ『盗まれた街』、カート・シオドマク『ドノヴァンの脳髄』の二冊からスタートしたこのSF叢書は、以後七四年十一月の終巻までに古今東西のSF作品全三一八巻を刊行することとなる。

五八年八月、講談社より翻訳SF叢書《SCIENCE FICTION SERIES》の刊行が開始されるが、フレドリック・ブラウン『星に憑かれた男』（『天の光はすべて星』）、ロバート・A・ハインライン『夏への扉』、アイザック・アシモフ『裸の太陽』ほか、全六作品を刊行したのみで中断。SF叢書にまつわるジンクスはいまだ解消されなかった。この年、岩波書店の総合誌〈世界〉七月号より翌五九年三月号に安部公房の本格SF『第四間氷期』（五九年、講談社）が連載され、話題を集めた。

ジャンルとしてSFが未だ確立していなかった五〇年代を日本SF揺籃期と呼ぶならば、確かなる胎動が始まる六〇年代は、日本SF黎明期と呼ぶべきだろう。


〈SFマガジン〉が創刊されたのは、五九年十二月（月号は一九六〇年二月号）のことだった。初代編集長は後にSFの鬼と呼ばれた福島正実。小説、評論はもちろんのこと、SFを取り巻くさまざまな情報を提供するファン待望の月刊専門誌が遂に登場したのだ。

ただし、創刊号から第三号までに掲載された作品は、翻訳作品のみ。日本人作家の登場は、創刊第四号の五月号まで待たねばならなかった。この時登場した日本人作家は、安部公房、都筑道夫、高橋泰邦の三名。続いて九月号では、すでにショートショートで注目を集めていた星新一が「To Build, or Not to Build」で登場。創刊当初のSFマガジンに作品を発表した作家は、編集長の福島正実の他に佐野洋、結城昌治、樹下太郎、小泉太郎、田中小実昌、多岐川恭といったミステリ作家や翻訳家ばかり。星新一を除いては、未だ現代日本SF作家は誰一人登場していなかったのである。

六一年、SFを志す気鋭の日本人作家の登場を願って早川書房と映画会社東宝の共催による空想科学小説コンテスト（後のハヤカワ・SFコンテスト）が開催される。結果はSFマガジン八月号に発表され、佳作第一席に山田好夫「地球エゴイズム」、第二席に眉村卓「下級アイデアマン」、第三席に豊田有恒「時間砲」が、さらに選外努力賞に小松左京「地には平和を」が選出された。山田好夫の「地球エゴイズム」は同年九月号に、眉村卓の「下級アイデアマン」は十月号にそれぞれ掲載された。

この年二月には、星新一が処女作品集『人造美人』（新潮社）を刊行。SF作家による初のSF作品集の登場であった。星新一は、さらに『ようこそ地球さん』（新潮社）、『悪魔のいる天国』（中央公論社）の二冊のショートショート集を刊行。ショートショート六篇が第四十四回直木賞候補となり作家としての地位を確立した。

翌、六二年に開催された第二回SFコンテスト（SFマガジン十二月号に発表）では、入選第三席に小松左京「お茶漬の味」、半村良の「収穫」の二作品が。また、選外佳作に筒井康隆「無機世界へ」、豊田有恒「火星で最後の……」などが選出される。ちなみに小松左京はSFマガジン十月号に「易仙逃里記《えきせんとりき》」を発表、デビューしていた。同年SFマガジンに登場した作家には、「晴の海一九七九年」（五月号）の光瀬龍、「レオノーラ」（六月号）の平井和正、「わがパキーネ」（九月号）の眉村卓がいる。また、すでに作家、翻訳家として活躍していた矢野徹が十一月号に「月世界生首事件」を発表。八月には、前年から〈宇宙塵〉に連載された「刈得ざる種」に大幅に加筆した今日泊亜蘭の『光の塔』が東都書房の推理小説叢書《東都ミステリー》より刊行される。日本人作家による初の長篇SFの登場である。東都書房は、続く六三年五月にも、眉村卓の処女長篇『燃える傾斜』を《東都ＳＦ》として刊行。黎明期の日本ＳＦ振興の一翼を担うこととなる。

日本ＳＦ大会が初めて開催されたのも六二年のことである。五月、東京の目黒公会堂を舞台に開催された第一回日本ＳＦ大会、愛称ＭＥＧ‐ＣＯＮに全国から一八〇人のＳＦファンが結集したという。これを契機にＳＦファンによる年次コンベンションとして毎年開催されることとなった。日本全国のＳＦファンが一堂に会して行われるお祭りともいうべき催しの始まりであった。

翌六三年、六〇年代最後のコンテストとなる第三回ＳＦコンテスト（発表はＳＦマガジン六四年五月号）が開催された。このコンテストからは、新たな作家が生まれることはなかったが、ＳＦマガジン三月号に半村良「収穫」が、四月号に豊田有恒「火星で最後の……」が掲載されそれぞれデビューを果たしている。さらに八月臨時増刊号では、筒井康隆が「ブルドッグ」で初登場。さらに後に宇宙軍大元帥と呼ばれることとなる野田昌宏（野田宏一郎名義）がＳＦマガジン二月号にエッセイ「ＳＦ銀河帝国盛衰史」を発表、続いて九月号からは後に単行本化されスペースオペラ・ファンのバイブルともなったＳＦ紹介エッセイ「ＳＦ英雄群像」（六九年二月、早川書房）の連載を開始。八月、《ハヤカワ・ＳＦ・シリーズ》に日本人作家の作品が初めて収録されることとなる。収録作は、星新一『宇宙のあいさつ』、小松左京『地には平和を』、光瀬龍『墓碑名二〇〇七年』の三作品。九月には同叢書に続く本格海外ＳＦ叢書となる東京創元社の《創元推理文庫ＳＦ部門》

（現・創元SF文庫）がフレドリック・ブラウン『未来世界から来た男』をもってスタート。

この年、三回のSFコンテストを経たことで日本人作家の陣容が整い始めたことを感じていたSFマガジン編集長の福島正実は、SF専門集団の結集のための組織創設を意識するようになっていた。当時、SFというジャンルは未だ世間から認知されず、文壇からもジャーナリズムからも冷遇されていた。福島正実はそんな世間に対抗する手段としての組織化を模索していたのだ。

そして六三年（昭和三八年）三月五日夕刻、新宿十二社の台湾料理店山珍居で日本SF作家クラブの発起人会が開催されることとなったのである。発起人会に参集したメンバーは、SFマガジン編集長福島正実、後に二代目編集長となる森優、サンデー毎日記者石川喬司、作家小松左京、星新一、光瀬龍、半村良、翻訳家矢野徹、川村哲郎、斎藤伯好、科学評論家の斎藤守弘の十一名。設立当初、会長は置かず、連絡役の初代事務局長には半村良が選任された。

東海道新幹線が開業し、東京オリンピックが華々しくも開催された翌六四年三月、小松左京が長篇SF第一作となる『日本アパッチ族』を光文社より刊行。八月には、早川書房より本邦初の日本人作家による長篇SF叢書《日本SFシリーズ》がスタート。細菌兵器による人類滅亡の危機を描いた小松左京の『復活の日』を皮切りに、十一月には広漠たる宇宙に挑む人類の姿を無常感溢れる筆致で描いた光瀬龍の『たそがれに還る』が、十二月には異次元からの侵略を描く星新一初の長篇『夢魔の標的』が登場。《日本SFシリーズ》は、その後六九年までに十五巻を刊行することとなる。小松左京『エスパイ』『果しなき流れの果に』、眉村卓『幻影の構成』『EXPO'87』、筒井康隆『48億の妄想』『馬の首風雲録』、光瀬龍『百億の昼と千億の夜』、豊田有恒『モンゴルの残光』、平井和正『メガロポリスの虎』など収録作は、いずれも現在に到るまで読み継がれる力作、名作揃いの叢書であった。この年、新たに登場した作家には、〈宇宙塵〉に発表後、SFマガジン七月号に転載された「X電車で行こう」の山野浩一がいる。山野浩一は、後にニューウェーヴSFを標榜し、独自の評論創作活動を展開することとなる。

六五年五月、福島正実編になる本邦初のSF読書ガイド『SF入門』(早川書房)が刊行される。SFの歴史から、一流作家による評論、SF用語解説、さらには創作作法にいたるSFを取り巻く状況のすべてを網羅する画期的な入門書であった。また〈宇宙塵〉に発表後、SFマガジン八月号に掲載された「ハイウェイ惑星」で工学博士の石原藤夫がデビュー。以後、創作に科学解説に、果敢な創作活動を開始する。九月には眉村卓『準B級市民』が、十月には筒井康隆『東海道戦争』(共に早川書房)と第一短篇集を刊行。

六七年三月、SFマガジンからデビューした作家(後に第一世代作家と呼ばれる)を中心としたジュヴナイルSF叢書が登場する。盛光社《ジュニアSFシリーズ》(後の鶴書房《ＳＦベストセラーズ・シリーズ》である。矢野徹『新世界遊撃隊』、光瀬龍『夕ばえ作戦』、福島正実『リュイテン太陽』、筒井康隆『時をかける少女』、眉村卓『なぞの転校生』、豊田有恒『時間砲計画』、小松左京『見えないものの影』など、第一世代作家の描く良質のジュヴナイル作品を通してＳＦと出会った読者は多かったはずだ。また、ミステリ作家として活躍していた河野典生がＳＦマガジン二月号に「美しい芸術」を発表。以後、七〇年代を通して幻想味の強い独自のＳＦ短篇を発表し続ける。

六八年十月には、早川書房よりジュヴナイルを除くと本邦初となる国内ＳＦ、翻訳ＳＦを共に収録する文学全集である《世界ＳＦ全集》全三十五巻の刊行が開始される。また、『妄想銀行』および過去の業績に対して星新一に第二十一回日本推理作家協会賞が贈られた。

六九年四月、立風書房が《立風ネオＳＦシリーズ》の刊行を開始。平井和正『アンドロイドお雪』、矢野徹『地球０年』の二作品からスタートしたこの叢書は、七〇年十二月までに眉村卓『わがセクソイド』、豊田有恒『退魔戦記』『地球の汚名』、光瀬龍『寛永無明剣』、平井和正『狼男だよ』、小松左京『三本腕の男』などを刊行。五月には、加納一朗の『透明少年』を皮切りに朝日ソノラマのジュヴナイルＳＦ叢書《サン・ヤング・シリーズ》がスタート。七二年まで続くこの叢書には、光瀬龍『北北東を警戒せよ』、福島正実『地底怪生物マントラ』、平井和正『超革命的中学生集団』などの第一世代作品が多数収録された。さらに十二月には毎日新聞社がジュヴナイルSF叢書《毎日新聞SFシリーズ(ジュニアー版)》の刊行を開始。七〇年十二月まで続いたこの叢書には、星新一『宇宙の声』、矢野徹『コブテン船長の冒険』、眉村卓『地球への遠い道』、豊田有恒『マーメイド戦士』、平井和正『美女の青い影』、筒井康隆『緑魔の町』、小松左京『宇宙漂流』などが収録された。筒井康隆の『霊長類 南へ』(講談社)が発表されたのもこの年のこと。

また六九年には、勃興期の日本SF界を牽引し、その普及に尽力してきた日本SF界のパイオニア福島正実が十年間にわたるSFマガジン編集長の座を去ることとなった。

六〇年代の日本のSF作家たちは、五〇年代に紹介が始まった欧米SFの影響を受けつつも、未開の領域であったSFというジャンルの確立に果敢に挑んだパイオニアであった。個々の作家は、各々にテーマを掲げつつ(小松左京は人類とその文明、光瀬龍は東洋的無常感溢れる宇宙SF、筒井康隆は風刺とユーモア、豊田有恒は歴史SF、眉村卓は組織に生きる人間に迫るインサイダーSF)、SFを根付かせるべく努力を重ねていたのだ。

ここに日本SFの良き理解者であり、評論家として、また作家として自らも日本SF擁立に参画した石川喬司が、六〇年代当時の日本SF界を表現した言葉がある。

「星新一や矢野徹がルートを拓き、小松左京が万能ブルドーザーで地ならしをし、光瀬龍がヘリコプターで測量し、眉村卓が貨物列車で資材を運び、筒井康隆が口笛を吹きながらスポーツカーを飛ばしている。福島正実は、それら全部をひっくるめた青写真をひいた工事責任者であり、SFランド大学の学長でもある。豊田有恒は、そのSFランド大学の誇る第一回卒業生である……」

七〇年代、それは黎明期を乗り切った日本SFが本格的に花開く時代であった。六〇年代がSFというジャンルの確立に邁進した時代とすれば、七〇年代は、勃興期、大いなる飛躍の年代といえるだろう。SFマガジンの編集長も、二代目編集長森優へと変わる。

七〇年、日本は大阪で開かれる万国博覧会に酔いしれていた。当時は、未来予測ブームの只中でもあった。そんな七〇年八月、エドモンド・ハミルトンのスペースオペラ『さすらいのスターウルフ』を皮切りに《ハヤカワ文庫SF》（創刊時は《ハヤカワSF文庫》）が創刊された。《ハヤカワ・SF・シリーズ》、《創元推理文庫SF部門》に続くSF専門叢書のスタートであった。日本作家の登場は七一年五月、豊田有恒描くジャパネスク・ヒロイック・ファンタジイ『火の国のヤマトタケル』から。八月には小松左京の『エスパイ』を再収録、さらに十一月には平井和正がその後九〇年代まで連綿と描き続けることとなる《ウルフガイ・シリーズ》の第一作『狼の紋章』を刊行。翌七二年三月には筒井康隆の『馬の首風雲録』と、日本作家作品が順次刊行されていく。また、六〇年代イギリスを舞台に始まったニューウェーヴSF運動を標榜する山野浩一によって雑誌、〈季刊NW‐SF〉が創刊されている。〈季刊NW‐SF〉は不定期刊ながらも八二年（昭和五七年）通巻十八号まで続く。

この年は、日本SF作家クラブにとって最大のイベントが控えていた。日本SF作家クラブと日本SFファングループ連合会議の共催による国際SFシンポジウムの開催である。大阪万博を契機に、イギリスの作家ブライアン・W・オールディスの提唱によって開催の運びとなったこの国際シンポジウムには、提唱者のオールディスをはじめ、アーサー・C・クラーク（イギリス）、フレデリック・ポール（アメリカ）、ジュディス・メリル（カナダ）、エレメイ・パルノフ（ソ連）等十数名の海外作家が参集した。この催しは、冷戦下での東西のSF作家が一堂に会する世界最初の機会ともなった。実行委員長には小松左京、事務局長は怪獣博士として知られた大伴昌司が務めた。

また、六二年以来、毎年開催されている日本SF大会も九回目（愛称、TOKON5）を迎えた。東京の洋服会館と岩波ホールを舞台に開催されたこの大会において、日本SF大会参加者による投票によって選出される文学賞、星雲賞が制定された。星雲賞命名の由来は、先に記した通りである。

この年、新たにSF界に登壇することとなった作家と作品を紹介してみよう。北海道在住の論客、荒巻義雄がSFマガジン五月号に本格評論「術の小説論」を、さらに八月号に短篇「大いなる正午」を発表、作家デビュー。SFマガジン六月号には本格ハードSFの担い手、堀晃が「イカルスの翼」を発表しデビュー。また、広瀬正が六五年四月から十回にわたり〈宇宙塵〉に発表した長篇ＳＦ『マイナス・ゼロ』（河出書房新社）が刊行されたのも、この年十月のこと。タイムマシンものを書かせたら右に出る者はいないとまで言われた広瀬正は、翌七一年四月『ツィス』を、十一月『エロス もう一つの過去』（共に河出書房新社）と、立て続けに長篇ＳＦを発表、三作品とも連続して直木賞候補となる快挙を遂げるが、翌七二年、その才能を惜しまれつつ急逝。ほかの話題作には、小松左京『継ぐのは誰か？』（早川書房）、矢野徹『カムイの剣』（立風書房）などがあった。

七一年十月、六〇年代の《日本ＳＦシリーズ》を継承する叢書として《日本ＳＦノヴェルズ》がスタート。十月筒井康隆『脱走と追跡のサンバ』、十一月半村良『石の血脈』（伝奇ロマンという呼称が使われた最初の作品）、十二月平井和正『サイボーグ・ブルース』を刊行。第一世代作家による野心作・問題作に加え、新たに登壇する第二世代作家の受け皿となるこの叢書は、勃興期の日本ＳＦを象徴する存在となった。この年、忘れてはならない一冊の啓蒙書が生まれている。筒井康隆編になる少年少女向けのＳＦ入門書『ＳＦ教室』（ポプラ社）である。筒井康隆をはじめ豊田有恒、伊藤典夫といった作家や翻訳家がＳＦとは何かに始まり、海外および日本ＳＦの名作紹介、マンガや映像、さらにはＳＦが内包する様々なテーマやアイデアをわかりやすく解説してみせた。実際、『ＳＦ教室』をきっかけにＳＦファンへの道を歩み始めた少年少女は数多いはずである。

デビュー直後からの長い沈黙を破って半村良が本格的に創作活動を再開するのもこの年

のこと。ＳＦマガジンに「戦国自衛隊」「わがふるさとは黄泉の国」をはじめとする中短篇ＳＦを矢継ぎ早に発表、さらには第一作品集『およね平吉時穴道行《ときあなのみちゆき》』を刊行。

　また、前年より少年マンガ誌〈週刊少年チャンピオン〉にショートショートを発表し、創作活動を開始していた横田順彌がＳＦマガジン三月号に「友よ、明日を……」を発表、さらに同号では梶尾真治が〈宇宙塵〉に発表した、時間テーマＳＦの傑作短篇としてファンの間に語り継がれる「美亜へ贈る真珠」が転載され、共に初登場を果たしている。また、豊田有恒の古代史ロマン『倭王の末裔 小説・騎馬民族征服説』（河出書房新社）が評判となったのもこの年である。

　七二年、〈宇宙塵〉に発表された後、ＳＦマガジン十二月号・七三年一月号に分載された「幻覚の地平線」で田中光二がデビューを果たす。田中光二は、その後欧米の冒険小説とＳＦを融合させた独自の世界を展開し始める。また、すでに自動車専門誌やファッション誌などにカーＳＦを発表していた高齋正がＳＦマガジン二月号に短篇「宇宙の牢獄」を発表。コンピュータ社会の到来とその危機を予見してみせた石原藤夫の『コンピュータが死んだ日』（光文社）のほか、光瀬龍の『喪われた都市の記録』、荒巻義雄の『白き日旅立てば不死』（共に早川書房）、筒井康隆の『家族八景』『俗物図鑑』（共に新潮社）といった作品が話題となった。

　日本ＳＦは本格的な開花を迎えようとしていた。

おことわり

本書には、今日では差別表現として好ましくない用語が使用されています。

しかし作品が書かれた時代背景、著者が差別助長を意図していないことを考慮し、当時の表現のまま収録いたしました。その点をご理解いただけますよう、お願い申し上げます。

（編集部）

日本ＳＦ作家クラブ会員名簿（二〇一三年一月三十一日現在）

【名誉会員】
石川英輔
石川喬司
石原藤夫
伊藤典夫
伊藤致雄
小尾芙佐
かんべむさし
高齋 正
田中光二
辻 真先
筒井康隆
豊田有恒
深町眞理子
眉村 卓
南山 宏（森 優）

【会員】
青木 和
赤尾秀子
秋田禎信
秋山 完
浅尾典彦
浅暮三文
芦辺 拓
東 浩紀
我孫子武丸
阿部 毅
天瀬裕康
天野護堂
天野 邊
新井素子
新井リュウジ
荒巻義雄
荒俣 宏
有村とおる
飯野文彦
五十嵐洋
井口健二
池田憲章
井沢元彦
いしかわじゅん
石田 一
石飛卓美
石和義之
出渕 裕
磯 光雄
礒部剛喜
一本木蛮
伊野隆之
井上 剛
井上雅彦
上田早夕里
宇月原晴明
冲方 丁
浦浜圭一郎
江坂 遊
榎木洋子
海老原豊
太田忠司
大槻ケンヂ
大友克洋
大野修一
大場 惑
大橋博之
大原まり子
岡崎弘明
岡本賢一
小川一水
小川 隆
岡和田晃
荻野目悠樹
押井 守
忍澤 勉
小野耕世
開田祐治
鏡 明
陰山琢磨
笠井 潔
加地真紀男
梶尾真治
粕谷知世
加藤直之
門倉純一
鼎 元亨
狩野あざみ
樺山三英
川又千秋
神坂 一
神林長平
樹川さとみ
菊地秀行
貴志祐介
北國浩二
北野勇作
北原尚彦
機本伸司
京極夏彦
金 蓮花
日下三蔵
草上 仁
久美沙織
倉阪鬼一郎
黒葉雅人
神月摩由璃
五代ゆう
木立 嶺
小谷真理
小林めぐみ
小林泰三
今野 敏
斉藤英一朗
榊 東行
坂本康宏
佐藤嗣麻子
佐藤哲也
椎名 誠
塩澤快浩
鹿野 司
篠崎砂美
篠田節子
嶋田洋一
縞田理理
霜島ケイ
新城カズマ
新戸雅章

須賀しのぶ
菅 浩江
杉本 蓮
杉山俊彦
図子 慧
すずきあきら
関 智
関 竜司
瀬名秀明
高井 信
高瀬美恵
高千穂遙
高槻真樹
高野史緒
高橋良平
武田康廣
タタツシンイチ
立原透耶
巽 孝之
田中哲弥
田中啓文
田中芳樹
谷 甲州
谷口裕貴
張 仁誠
津守時生
東城和実
東野 司
飛 浩隆
友成純一
友野 詳
とり・みき
中井紀夫
永井 豪
中子真治
中里友香
永瀬 唯
中野晴行
長山靖生
七尾あきら
難波弘之
西澤保彦
西脇博光
沼野充義
野阿 梓
萩尾望都
橋元淳一郎
長谷敏司
波多野鷹
林 譲治
火浦 功
氷川竜介
ひかわ玲子
日暮雅通
聖 咲奇
日高真紅
照下土竜
平谷美樹
福田和代
藤臣柊子
藤崎慎吾
藤田直哉
藤田雅矢
藤元登四郎
片理 誠
星 敬
堀 晃
前田珠子
牧 眞司
牧野 修
増田まもる
町井登志夫
松崎有理
三浦真奈美
三雲岳斗
岬 兄悟
三島浩司
水野 良
宮内悠介
宮野由梨香
宮部みゆき
宮本昌孝
村田 基
森奈津子
森 深紅
森岡浩之
森下一仁
矢崎存美
八代嘉美
八杉将司
安田 均
安彦良和
山藍紫姫子
山岸 真
山口 優
山下 定
山田正紀
大和眞也
山野浩一
山之口洋
山本 弘
YOUCHAN
弓原 望
夢枕 獏
横田順彌
横道仁志
横山えいじ
横山 宏
吉岡 平
吉川良太郎
吉田親司
米田 裕
若木未生
渡邊利道

【物故会員】
浅倉久志
浅羽莢子
伊藤計劃
大伴昌司
黒丸 尚
小隅 黎（柴野拓美）
小松左京
斉藤伯好
竹内 博
田中文雄
手塚治虫
中里融司
中島 梓
野田昌宏
半村 良
深見 弾
星 新一
福島正実
真鍋 博
光瀬 龍
矢野 徹

HM=Hayakawa Mystery
SF=Science Fiction
JA=Japanese Author
NV=Novel
NF=Nonfiction
FT=Fantasy

日本《にほん》ＳＦ短篇《たんぺん》50 Ⅰ

日本ＳＦ作家クラブ創立50周年記念アンソロジー

〈JA1098〉

二〇一三年二月 二十日 印刷
二〇一三年二月二十五日 発行
（定価はカバーに表示してあります）

編者 日本《にほん》ＳＦ作家《さっか》クラブ
発行者 早川 浩
印刷者 矢部真太郎
発行所 株式会社 早川書房
郵便番号 一〇一 - 〇〇四六
東京都千代田区神田多町二ノ二
電話 〇三 - 三二五二 - 三一一一（大代表）
振替 〇〇一六〇 - 三 - 四七七九九
http://www.hayakawa-online.co.jp

乱丁・落丁本は小社制作部宛お送り下さい。
送料小社負担にてお取りかえいたします。

印刷・三松堂株式会社　製本・株式会社川島製本所

ISBN978-4-15-031098-1 C0193

本書は活字が大きく読みやすい〈トールサイズ〉です。